中国现代文艺学大家文库

与西方文论的平等对话和争鸣

——孙绍振文艺学文选

孙绍振　著

山东文艺出版社

图书在版编目（CIP）数据

与西方文论的平等对话和争鸣：孙绍振文艺学文选／孙绍振著．—济南：山东文艺出版社，2021.4

ISBN 978 - 7 - 5329 - 6037 - 8

Ⅰ．①与… Ⅱ．①孙… Ⅲ．①文艺学—中国—当代—文集 Ⅳ．①I206.7 - 53

中国版本图书馆 CIP 数据核字（2020）第 013623 号

责任编辑：田元霞

装帧设计：刘小军

与西方文论的平等对话和争鸣
——孙绍振文艺学文选

孙绍振　著

主管单位	山东出版传媒股份有限公司	
出版发行	山东文艺出版社	
社　　址	山东省济南市英雄山路 189 号	
邮　　编	250002	
网　　址	www.sdwypress.com	

读者服务	0531 - 82098776（总编室）
	0531 - 82098775（市场营销部）
电子邮箱	sdwy@ sdpress.com.cn

印　　刷	山东新华印务有限公司
开　　本	890 毫米 × 1240 毫米　1/32
印　　张	11.25
字　　数	268 千
版　　次	2021 年 4 月第 1 版
印　　次	2021 年 4 月第 1 次印刷
书　　号	ISBN 978 - 7 - 5329 - 6037 - 8
定　　价	95.00 元

出版说明

    "中国现代文艺学大家文库"精选徐中玉、钱谷融、王元化、钱中文、李衍柱、王元骧、陈伯海、陆贵山、孙绍振、童庆炳等十位著名文艺理论家的代表性著作，涵盖现代文论、古代文论、西方文论等多个领域，以期对近百年来中国文艺学的创造性成果进行总结，全面立体地展示中国现代文艺学研究的理论建树，为专业的文艺学研究者提供经典、权威的文艺学资料，从而推动新时代文艺学研究向纵深发展。

    我们在编选过程中，除根据作者或授权编选者的意见对个别选文稍作修正外，尽量保持文章初次发表时的原貌。这是一套学术著作，我们本着严谨认真的态度进行编校，但难免会有疏漏，尚祈读者指正。

山东文艺出版社

2020 年 12 月

中国文艺学发展百年回眸

为了总结文艺学诞生、发展的历史经验，推进当代具有中国特色的文艺学的建设，山东文艺出版社拟出版一套"中国现代文艺学大家文库"，选择近百年来在不同历史时期涌现出的文艺理论家的代表性成果集结的"自选集"或由学子、亲人协助选编的"文艺学文集"，公开出版发行，与国内外读者见面。这一设想是有创新性的，也是具有学术价值和现实意义的。

第一批被选入的学者有十位，最年长的是2019年6月25日去世、享年105岁的徐中玉先生。徐先生1915年2月15日出生于江苏江阴。这一年恰是陈独秀创办的《青年杂志》（1916年改为《新青年》）问世。在五四精神的熏陶和培育下，在新文化运动的洪流中，徐先生刻苦学习、吸纳进步思想，在极端困难的环境中，积极为深爱的祖国贡献一份力量。在《忧患深深八十年——我与中国二十世纪》一文中，徐先生说："我们这一代人的发奋图强，誓雪国耻，要求进步，坚主改革，不论在什么环境、困难下总仍抱着忧患意识与对国家民族负有自己责任的态度，是同我们从小就受到的这种国耻教育极有关系的。'天下兴亡，匹夫有责'，这不是说个人有了不起的力量，而是说每个人于国、族兴亡，都要负起自己应该并可能承当的责任。"作为一位文艺理论家，徐中玉先生继承和弘扬了中国知识分子所具有的"先天下之忧而忧，后天下之乐而乐"和"独立之人格，自由之思想"的优良传统，由于敢于直言，敢于讲真话，坚持正义，主持公平，徐先生多次被诬陷、遭攻击，被打成"右派"，但他始终默默地搜集文献资料，思考和研究文艺理论问题。他认为："具有忧患意识，有使命感和历史责任则是每一个爱国者应有、能有的。"徐先生在受迫害的艰难岁月里，"利用一切可以利用的时间，埋头积累专业研究资料。二十年间孤立监改扫地除草之余，新读七百多种书，积下数万张卡片，约计手写近一千万字。甘于寂寞，自求心安。只有自己觉得这种积累有用，即使这些卡片将始终只能塞在我的抽屉里，也有意义。也许这只是为了求得自己心理上的平衡，但到底并没有把这二十年光阴完全白过。"① 徐先生在逆境中所显示出的这种坚韧不拔、甘于寂寞、潜心研究的治学精神，堪称为学界的楷模。

对于近百年文艺理论的发展，徐中玉先生为《中国近代文学大系·第1集·第1卷·文学理论集1》作的导言中认为，"近代文学理论在新旧交替、救亡图强的大变革世运中"②

---

① 徐中玉：《忧患深深八十年——我与中国二十世纪》，《徐中玉文存》，上海人民出版社，2019 年版，第 6 页。

② 徐中玉主编：《中国近代文学大系·第1集·第1卷·文学理论集1·导言》，上海书店，1994 年版。

得到长足的发展，在这方面王国维和鲁迅作出了突出贡献。

今天我们所说的文艺理论或文艺学①，它的古老的名字称为"诗学"。最早提出"诗学"概念并把它作为独立学科进行研究的是古希腊"最伟大的思想家"亚里士多德（公元前384—前322年）。在古希腊，诗是一个广义的概念，包括抒情诗、叙事诗、悲喜剧、史诗、音乐、舞蹈等。亚里士多德的《诗学》就是古希腊这些艺术种类实践经验的总结。因此，亚里士多德的《诗学》，就其研究的对象和论述的内容来讲，可谓是世界文论史上出现的第一部文艺理论或文艺学专著。

中国古代虽无"诗学""文艺学"的概念，但对诗乐理论的研究却源远流长、新见迭出，产生过多部影响深远的理论专著。从荀子的《乐论》到后来出现的《乐记》，从《文心雕龙》《诗品》《闲情偶寄》到《人间词话》，等等。三千多年前，在《尚书·虞书·舜典》中提出"诗言志"这一中国诗论"开山的纲领"以来，不断有新的理论观点问世，诸如：缘情说、形神说、风骨说、神韵说、意象说、性格说、境界说、意境说等，并对创作实践产生过程度不同的影响。诗论在中国古代，除《文心雕龙》《诗品》等专著中有所论述外，主要是以乐论、诗话、词话、曲话、批注、笔记等文体存在于历史典籍之中。

文学理论或文艺学作为一门独立的人文学科在中国出

---

① 据日本当代文艺理论家浜田正秀研究，文艺学（Literaturwissen-schaft 或 science of literature）这一词据说最先是在 19 世纪 40 年代初的黑格尔学派里使用，初见于 1843 年麦登（Mundt，1808—1861）的《现代文学史》一书的绪论中。见［日］滨田正秀：《文艺学概论》，陈秋峰、杨国华译，中国戏剧出版社，1987 年版，第 3 页。

现，则是 20 世纪的事情。1902 年，文学理论先是以"文学研究法"的名义跨入了"中国文学门"，正式被列入《钦定大学章程》。1912 年，在北大馆藏的《民国元年学科设置及课程安排》中，首次将"文学概论"列为人文学科开设的课程。1916 年蔡元培任北大校长，聘任陈独秀为文科学长。1917 年在北京大学重新修订的《文科大学现行科目修正案》中，进而明确将"文学概论"定为必修课。由此开始，一百多年来"文学概论"一直是全国各大学中文专业开设的必修课。① 上世纪开始的一二十年，多是借用国外学者撰写的关于文学艺术理论的著作为教材。上世纪 50 年代，中国各高校文科，普遍用的是苏联的文艺学教材。改革开放新时期，中国恢复学位制度后，文艺学正式作为一个独立学科在全国各高校与科研单位设立博士点、硕士点，并开始招收培养专门从事文艺学教学与研究的人才。文艺学在国家教育体制上被确立，同时也被学界接受认同。

　　回顾文艺学在中国发展的历史，20 世纪初，在中国古代诗学理论向中国现代诗学理论的转换过程中，王国维（1877—1927）作出了重大贡献。生活、学习和成长在中西文化交流和碰撞时代大潮中的王国维，在"文学理论"概念的出现和"文学概论"成为中国大学人文学科的必修课的同时，1904 年发表《〈红楼梦〉评论》；1904—1906 年开始撰写《人间词话》甲稿、乙稿，并于 1908 年分三期连载于《国粹学报》；1909 年，写出《唐宋大曲考》《戏曲考

---

①　参见程正民、程凯主编：《中国现代文学理论知识体系的建构——文学理论教材与教学的历史沿革》，北京大学出版社，2005 年版。

源》，刊于《国粹学报》；1912 年，《宋元戏曲考》成书。王国维运用康德、叔本华的美学观，结合中国文学和文论的实际，具体分析和评论了《红楼梦》、宋元戏曲和古代诗词，以境界为核心范畴，构建起一个具有中国民族特色的文学艺术理论新体系。王国维创建的文论新体系，在总结中国文艺创作实践的基础上，创造性地继承、创新性地发展了中国古代诗论的优秀传统，汲取融合了西方诗学中的合理成分。其研究和论述的方面，涵盖和扩大了亚里士多德《诗学》的内容，更加符合中国文艺的实际。他写的《〈红楼梦〉评论》，为中国现代文艺理论批评开了先河，投下了第一块基石。文中振聋发聩地提出："《红楼梦》者，可谓悲剧中之悲剧也。"① 这一理论观点，显然比胡适提出的"自传说"和蔡元培的《〈石头记〉索引》，有更高的审美价值。叶嘉莹说："此文在中国文学批评的历史中，实在可以说是一部开山创始之作。"② 这一评价，是公正而又符合实际的。王国维的《宋元戏曲考》或《宋元戏曲史》，是中国第一部戏曲史。王国维的《人间词话》，以中国古代诗话、词话的形式，表达出现代美学和文艺理论的丰富内容。王国维以境界范畴作为他的现代诗学体系的逻辑起点，系统总结了中国古代诗话、词话所蕴含的诗学理论，结合优秀古典诗词的分析，对文艺的本体论、创作论、构成论、鉴赏论、作家论提出了

① 王国维：《〈红楼梦〉评论》，《中国近代文论选》下，人民文学出版社，1962 年版，第 754—755 页。
② 叶嘉莹：《王国维及其文学批评》，广东人民出版社，1982 年版，第 176 页。

自己的见解，并且原创地论说了优美、壮美、古雅、情与景、写实与理想、隔与不隔、有我之境与无我之境等属于他自己独有的新的诗学范畴。他吸取了19世纪以来西方兴起的"写实派"与"理想派"，即现实主义与浪漫主义理论观点，认为在艺术意境的创构过程中，现实和理想相互渗透，融为一体，二者颇难区别。"写实家亦理想家"，"理想家亦写实家"。

对于王国维在中国学术史上的贡献，陈寅恪指出：

> 自昔大师巨子，其关系于民族盛衰学术兴废者，不仅在能承续先哲将坠之业，为其托命之人，而尤在能开拓学术之区宇，补前修所未逮。故其著作可以转移一时之风气，而示来者以轨则也。先生之学博矣，精矣，几若无涯岸之可望，辙迹之可寻。然详绎遗书，其学术内容及治学方法，殆可举三目以概括之者。一曰取地下之实物与纸上之遗文互相释证。凡属于考古学及上古史之作，如《殷卜辞中所见先公先王考》及《鬼方昆夷猃狁考》等是也。二曰取异族之故书与吾国之旧籍互相补正。凡属于辽金元史事及边疆地理之作，如《萌古考》及《元朝秘史之主因亦儿坚考》等是也。三曰取外来之观念，与固有之材料互相参证。凡属于文艺批评及小说戏曲之作，如《红楼梦评论》及《宋元戏曲考》《唐宋大曲考》等是也。①

---

① 陈寅恪：《王静安先生遗书序》，《陈寅恪史学论文选集》，上海古籍出版社，1992 年版，第 501 页。

　　陈寅恪先生总结出的王国维学术研究的三条基本经验和方法影响深远，对中国现代美学、诗学、史学的研究与发展，具有重大的学术价值和现实意义。在中国文学艺术领域，王国维既是中国古代诗话、词话的最后一位诗论家，同时又是中国现代诗学在新世纪伊始出现的最初的一位文艺理论家。中国古代诗话、词话的终结和中国现代诗学理论的开端，是以王国维创建的中国现代诗学理论（即文艺理论）为标志的。

　　王国维对中国现代诗学理论虽然作出了重大贡献，但也有明显的局限和缺失。徐中玉先生明确指出：王国维的理论虽有"精微处、透辟处，也有自相矛盾、未能自圆其说处，违反历史事实、时代要求、大众愿望处。国家民族仍在贫弱交困、急待救亡疗治的时刻，他这些理论大体只可供思考，起到免于走向极端功利而尽失文学特性的作用……王氏精微有余，正视现实生活不足，理想成分多"。徐先生认为，"王国维说：'主观之诗人不必多阅世，阅世愈浅，则性情愈真，李后主是也'，都不切合事实。李后主身受亡国之辱，阅世还浅？他的最好词作，难道不是这种阅历促成的？阅世深了，一定会使性情失真？如果真只是'赤子'，大眼界、深意境能从哪里来？说李后主'俨有释伽、基督担荷人类罪恶之意'，简直把一己之所爱，拔高到天上去了。王氏有很高的艺术鉴赏力，也有把自己的学术见解大胆提出来的理论勇气。但他的不少著名观点至少仍是大可商榷的。"徐先生对王国维的批评是十分中肯的。

　　在徐先生看来，对于建设中国现代文艺学（或文艺理论）的贡献，与王国维相比，鲁迅的贡献更大、更具有现代性。徐先生对鲁迅写于1907年的《摩罗诗力说》给予很高的评价。

（《摩罗诗力说》）是这一历史时期文学理论的总结，又是这一时期文学理论发展的最贵结晶，明显地起着承前启后的作用。鲁迅在此文中不废怀古之功，但更要求审己、知人："欲扬宗邦之真大，首在审己，亦必知人，比较既周，爱生自觉，每响必中于人心，清晰昭明，不同凡响。"这就是指出：一味自我欣赏而不审视自己的阙失，前途必无光明，有了改进的自觉，才有希望。为此，他坚决主张"别求新声于异邦"。异邦有诸如"立意在反抗，指归在动作"，"争天拒俗"，争取"独立、自由、人道"，"说真理"等类新声，都还是我们自己非常缺少却极需要的。对异邦行而有效的东西，认为虽应学习，"亦非吾邦民可活剥"，应学其"内质"，即真精神才是。

鲁迅分析了过去闭关的恶果，孤立自是，精神沦亡，以致维新了二十年仍无甚成效。他呼吁文学界有志之士都要做"精神界之战士"，为国族尽最大努力。"家国荒矣，而赋最末哀歌，以诉天下赂后人之耶利米，且未之有也！"

鲁迅凭其热爱国族的赤忱和高瞻远瞩的目光，其认识达到了当时思想界文学理论界的最高峰。[1]

---

[1] 徐中玉主编：《中国近代文学大系·第1集·第1卷·文学理论集1·导言》，上海书店，1994年版。

　　鲁迅（1881—1936）是一位伟大的文学家、思想家、革命家。他不仅是中国现代文学的奠基人，为中国 20 世纪文学竖起了第一座巍峨的文学高峰，而且是建设具有中国民族特色的文艺理论或文艺学的披荆斩棘的勇敢开拓者。鲁迅积极投入和倡导白话文运动，1918 年 5 月发表的《狂人日记》是中国文学史上出现的第一篇白话文小说。在中国文艺理论史上，鲁迅又是第一个将西方现实主义理论的核心范畴——"典型""典型人物"引入中国文坛的。他在 1921 年 4 月 5日写的《译了〈工人绥惠略夫〉之后》一文中，称阿尔志跋绥夫在 1905 年之前，"已经写出了一个以性欲为第一义的典型人物来。"[1] 在《阿 Q 正传》的论争中，典型逐渐成了批评家批评作品成败得失的重要审美尺度。鲁迅系统全面地研究了中国小说，撰写的《中国小说史略》《中国小说的历史的变迁》，开创性地为中国文学史研究打下了一个坚实的基础，并为中国文艺学的理论研究提供了丰厚的历史文献资源。鲁迅亲自将普列汉诺夫运用唯物史观写出的《没有地址的信》，翻译给中国读者。他对文学发生学的研究，既批判地吸取和借鉴了"游戏说""巫术说""劳动说"中的有价值成分，又紧密结合中国文艺发生的实际，提出了富有中国特色的文艺活动发生论的新观点。他的理论主张可概括为："劳动—巫术—休闲"说。[2] 徐中玉先生在《中国近代文艺理论的发展》中提出的中国文论史上长期争论不休的一个关

---

① 《鲁迅全集》第 10 卷，人民文学出版社，1981 年版，第 167 页。

② 李衍柱：《文学理想与文学活动》，人民出版社，2013 年版，第302—308 页。

于文艺与政治的关系问题，鲁迅总结中国文学史的经验，生动而又辩证地作出回答。他在《文艺与政治的歧途》《魏晋风骨及文章与药及酒之关系》等论文中指出：世界上没有超政治、超时代的文学，鼓吹所谓文学超政治、超时代，实质是为了逃避现实，然而这又是不可能的，"这是和说自己用手提着耳朵，就可以离开地球者一样地欺人"①。

人的意识的觉醒与人的价值和尊严的被肯定，人的主体性的确立和人的独立思考能力的恢复和增强，这是一百多年来在中国学术界、思想界、文学艺术界发生的一个重大变化。如同陈伯海先生所说："现代意义上的'人'的自觉和'文'的自觉，构成'五四'文学革命对20世纪中国文学发展的主要贡献。"② 人学与文艺学同属人文科学。而人学又是文艺学的重要理论基础。人学既是打开文学殿堂大门的钥匙，也是打开中国古代文论、书论、画论、乐论宝库的金钥匙。文学是"人学"的理论主张，不仅对于我们研究中国古代文论传统、开展中西文论比较，有指导意义，而且对研究中国现代文艺理论，总结五四以来文学艺术领域的经验教训和存在的问题，都有现实的意义。从1918年12月15日刊行的《新青年》第5卷第6号上发表周作人的《人的文学》到1957年第5期《文艺月报》发表钱谷融的《论"文学是人学"》，再到1980年第3期《文艺研究》发表钱谷融

---

① 《鲁迅全集》第7卷，人民文学出版社，1981年版，第113—114页。

② 陈伯海主编：《近四百年中国文学思潮史》，东方出版中心，1997年版，第22页。

的《〈论"文学是人学"〉一文的自我批判提纲》（即《我怎样写〈论"文学是人学"〉》），时间经过了六十余年，围绕着文学与人的问题，人性、国民性与阶级性问题，人道主义与人文精神问题，展开了多次的论争，尽管一些作家、理论家因此而落难，受到批判或斗争，但是真理是批不倒、骂不掉、打不死的，相反它会在反复敲打中闪烁出它的灿烂的光辉。[①] 选入"中国现代文艺学大家文库"的学者，几乎每一位都在自己所选论文中从不同视角论说到"人"的自觉与"文"的自觉问题。徐中玉在《忧患深深八十年——我与中国二十世纪》一文中说："文学既是人学，更是人心民心之学。"钱中文先生指出："'文学是人学'是针对教条主义把人当作描写的工具而说的，文学应该描写活生生的人，张扬了文学的人道主义，这一很有针对性的观点，开了解放文学思想风气之先，扩大了人们对文学的认识，使文学与真实的人结合起来，有力地批判了高大全、假大空这类虚假的文学主张，功莫大焉。"[②] 钱先生还专门撰写了《论人性共同形态描写及其评价问题》，结合中外的理论研究与创作实际进行了评说。在新世纪伊始，钱先生提出和倡导的"新理性精神"，进一步拓展和丰富了文学人学论的内涵。王元骧先生在论说马克思对德国古典美学的继承与革新的同时，撰写出《审美自由与人的解放》。陆贵山在重读经典文本的基础上，

[①] 李衍柱：《时代变革与范式转换》，人民出版社，2013年版，第201—203页。

[②] 钱中文：《三十年间》，《理论的时空》，复旦大学出版社，2016年版，第144页。

深入研究"马克思主义的人论与文学"课题，并出版了专著。"主体性文学论是人性、人道主义讨论的必然继续与具体表述，与'文学是人学'也是相互呼应的。文学主体论认为过去主体在反映论中完全是消极被动因素，所以那是客体文学，是没有主体的文学，现在要重建具有首创精神的创作主体，建立新的主体文学。纠正过去创作中创作主体的缺失，强调创作主体的创造地位与巨大功能，这是文学理论的一大进步。有的作家有感于此，后来阅读了阐释文学主体论的文章，真有一种解放之感；同时这一观念对于促进文学理论框架的反思，影响很大，这都是应该肯定的。"①

"时运交移，质文代变，古今情理。"② 中国文艺学的发展变化与时代的变革相向而行。革命是推动历史前进的火车头，解放思想则是激励亿万人民从事社会变革的不竭动力。一百多年来，中国社会发生了三次伟大的革命，经历了三次伟大的思想解放运动。历史的巨变，催生和推进了中国现代文艺学的发展。

20世纪出现的第一次大革命是以孙中山领导的辛亥革命为标志。在这次大革命孕育爆发的过程中，中国社会急剧地由一个封建专制社会逐渐沦为一个半殖民地半封建社会。十月社会主义革命，给中国送来了马克思列宁主义。孙中山播下的民主革命种子，催生和发展成了新民主主义革命，爆发

---

① 钱中文：《三十年间》，《理论的时空》，复旦大学出版社，2016年版，第144—145页。

② 刘勰著、范文澜注：《文心雕龙注》下，人民文学出版社，1961年版，第671页。

了五四新文化运动，出现了第一次思想大解放运动。中西文化的大碰撞、大交流、大融合，在中国文学艺术领域则呈现出可喜的百花齐放、学派林立、百家争鸣的繁荣局面。

第二次大革命和社会转型是以中华人民共和国建立和社会主义制度基本确立为标志，以打破苏联的教条主义为中心的延安整风，开启了第二次思想解放运动。从时间上说，可以从1927年井冈山建立第一块革命根据地算起，一直到1956年我国社会主义改造基本完成。这次大革命，使中国人民真正站起来了，获得了新民主主义革命的胜利，并且开始走上了社会主义的道路，取得了社会主义建设的伟大胜利。在这个将近三十年的过程中，中国社会形态发生了根本性的变化，由一个半殖民地半封建的社会转变成为一个新民主主义国家，然后又逐步确立了社会主义制度。在哲学社会科学领域，最大的成果，就是确立了马克思列宁主义普遍真理与中国革命实际相结合的毛泽东思想。在中国文艺学发展的历程中，则形成了马克思主义文艺理论与中国文艺实际相结合的毛泽东文艺思想，在革命与战争年代竖立起了一座马克思主义文艺理论中国化时代化大众化的里程碑。

第三次社会大革命和思想解放运动是以党的十一届三中全会为标志。以社会主义现代化建设为中心的改革开放，是中国大地上持续发展的又一次更为深刻和广泛的革命。四十多年的改革开放，中国人民已由站起来走向富起来，由富起来走向强起来。四十多年的伟大实践，我们已经成功地走出了一条中国特色社会主义道路。

从上世纪70年代末期开始的这次思想解放运动，使古老的中华大地重新焕发了青春，注入了无限的生机与活力。这次伟大的思想解放运动，使中国社会的各个领域，都发生了根本性的变化，文化、科学、艺术，迎来了自己发展的春天。中国现代文艺学同其他社会科学一样，挣脱了种种精神枷锁，走出了误区，打破了禁阈，回到了自己的家园。作家、艺术家、文艺理论家重新焕发出自己的艺术青春、学术青春。

今年正值五四运动发生一百年、中华人民共和国成立七十年和改革开放刚过去四十年，本文库第一批入选的学者中徐中玉先生是全程经历和参与的元老，其余诸位都是出生于上个世纪30—40年代。这些学者亲历和见证建国七十年中国社会发生的巨变，沐浴着改革开放的春风，全身心地投入到自己关注的文艺研究之中。他们的研究论著，从不同的侧面和层面，推进了现代中国文艺学的建设，为社会主义文艺事业的发展和繁荣作出了应有的贡献。从其所选文集的内容看，主要的标志性的理论贡献有以下几点：

第一，文学观念的更新和突破。十年动乱期间的闭关锁国，使中国文艺理论界中断了与世界的交流与对话。解放思想，改革开放，有力地推动了文学观念的更新和突破。改革开放四十多年，欧美和俄罗斯近代以来出现的各种哲学、美学、文学理论的代表性著作和文艺作品，相继被翻译、介绍到我国。《柏拉图全集》《亚里士多德全集》等西方古代、近代、现代的许多大家的全集相继被翻译到中国。世界各国不同的文学理论派别的倡导者的哲学观、历史观、价值观、美学观、文学观是大相径庭的。但他们的文学理论主张能够在不同民族国家出现，自有其实践的依据和现实存在的学理性。他们以不同的视角和方法，从不同的层面和方面，对文学艺术的审美特征和艺术规律的探索，他们的发现，他们的见解，甚至他们的"片面的深刻"或"深刻的片面"，都可作为中国文艺学研究的借鉴和参照系。中国学者在思考、探索如何继承古代文论、借鉴外国文论，在马克思主义世界观和方法论指导下，建设有中国特色的文艺学的历史过程中，先后出现了认识论文学观，以蔡仪主编的《文学概论》和以群主编的《文学基本原理》为代表；主体论文学观，以刘再复的《论文学的主体性》为代表；象征性文学观，以林兴宅的《文艺象征论》为代表；生产论文学观，以何国瑞的《艺术生产原理》为代表；审美意识形态文学观，以钱中文、童庆炳、王元骧为代表。1982年，钱中文先生最早提出这一理论观点；1987年，钱先生又补充说："文学作为审美的意识形态，以感情为中心，但它是感情和思想认识的结合；它是一种虚构，但又具有特殊形态的真实性；它是有目的，但又具有不以实利为目的的无目的性；它具有阶级性，但又是一种具有广泛的社会性以及全人类性的审美意识的形态。"① 比较集中体现审美意识形态文学观的则是童庆炳主编的《文学理论教程》和他的学术专著《文学活动的美学阐释》，王元骧的《审美反映与艺术创造》《文学原理》。文学艺术是一种审美意识形态，当下已逐渐为中国文艺理论界所接受，并成为我国文学理论教材建设的一个最基本的出发点。这一观点超越和突破了苏联文艺学教科书和我

---

① 钱中文：《论文学观念的系统性特征》，《文艺研究》1987年第6期。

国文艺理论家蔡仪、叶以群主编的全国通用教材中所坚持的认识论文学观。

第二，研究方法的变革。"工欲善其事，必先利其器。"观念的更新与方法的变革相伴而行。20 世纪 50 年代以来，系统论、控制论、信息论的提出和电子计算机的发明与应用，使自然科学有了重大的突破和发展，人们对宇宙的认识也有了新的进展。在社会科学方面，20 世纪以来世界各国出现了各种各样的思潮和学派，他们从不同视角和层面，提出了新的方法论问题。马克思指出："历史本身是自然史的即自然界成为人这一过程的一个现实部分。自然科学往后将包括关于人的科学，正像关于人的科学包括自然科学一样，这将是一门科学。"① 文艺学研究与自然科学结合，融合自然科学的方法和手段，这是文艺学在未来发展中的一个重要趋势。1985 年，中国学界出现了"方法论"热。大家普遍注意研究如何将系统论等自然科学研究方法与传统的社会科学研究方法结合起来，如何在马克思主义世界观和方法论指导下，综合各种古今中外行之有效的研究方法，推进文艺学研究的创新。

面对着以研究浩若烟海的中外文学艺术为主要对象的文艺学，应当采取什么方法，古今中外文艺理论家作过种种探索和尝试，出现过社会历史的方法，哲学美学的方法，心理学、现象学、符号学、结构主义的方法，人类文化学的方法等。从表现形态上讲，有宏观与微观，纵向与横向，归纳综

---

① 《马克思恩格斯全集》第 42 卷，人民出版社，1979 年版，第 128 页。

合与分析演绎，个案研究与整体把握等。选入本文库的学者中，陆贵山先生就主张"走向宏观的文艺学"。他说观察文艺世界需要两面镜子：显微镜和望远镜。既要提倡微观研究，也要提倡宏观研究。像绘画一样，一幅画既需要有宏伟的构图，也需要有精美的细部。只有宏伟的构图没有精美的细部可能造成空泛，只有精美的细部没有宏观的构图会痴迷于一点。建国七十年来，文学理论获得了前所未有的思想活力和学术发展的空间，运用不同的方法，以不同视角，从不同侧面、不同层次、不同方面研究文学艺术，百虑一致，殊途同归，建设有中国特色的文学理论，已成为我国文学理论界的共识。"有中国特色的当代文学理论新形态，是一种以马克思主义为指导，以现代性的追求为动力，在全球化的语境中充分立足于本土，在现代文论传统的基础上，不断地自我反思与批判，广采博取中外古今思想资料中的有用成分，鉴别创新，形成了一种具有科学的和人文精神的、开放的、动态的、形式复合多样的形态。"①

在上个世纪60年代王元化先生就开始酝酿和关注文艺学研究的方法论问题，先后撰写了《论诠释》《综合研究法》《由抽象上升到具体》《知性分析方法》等论文。对于王元化先生在古代文论研究方法上的贡献，牟世金先生在《"龙学"七十年概观》中说：王元化先生的《文心雕龙创作论》，"创造了一整套行之有效的综合研究法：第一是宏观研究和微观研究相结合，第二是文史哲研究相结合，第三

① 钱中文：《文学理论30年：成就、格局与问题》，《华中师范大学学报》2007年第5期。

是古今中外的比较、联系相结合。"① 这种"综合研究法"，是将"古与今和中与外结合起来，进行比较对照，分辨同异，以便找寻出在文学发展上带有规律性的东西"②。它的特征是古今结合、中外结合、文史哲结合。

在改革开放新时期，文艺学研究特别是马克思文学理论的中国化，取得了重大的成绩，七卷本"20 世纪马克思主义文艺理论国别研究"丛书的出版就是实绩之一。而文学基础理论也得到了前所未有的发展。就学科性的著作而言，在文学文体学、文学叙事学、文学语言学、文学修辞学、文学符号学、文学心理学、文学社会学方面，出现了许多很有分量的专著，研讨问题的范围有所拓宽。2000 年到 2002 年间出版的钱中文、童庆炳主编的"新时期文艺学建设丛书"，收录的 36 位学者的论著，就是一些带有标志性的成果。2016 年由复旦大学出版社推出的由朱立元、曾繁仁主编的"当代中国文艺学研究文库"，已出版的第一批 12 位学者的论著，进一步显示出当代文艺学研究在千禧之年到来之际出现的新的特点和趋向。

第三，面向实践，在创作与批评互动中推进文学理论的创新。

创作与批评是驱使文学发展的不可或缺的两个轮子。世界文学史的实践表明，凡是文学艺术在大发展的历史时期，几乎都是创作与批评两个轮子同步飞转，文学巨匠与批评大

---

① 王元化：《文心雕龙讲疏》，广西师范大学出版社，2004 年版，第 381 页。

② 同上，第 352 页。

师都同时留下了他们的足迹。文学理论只有同文学创作实践与文学鉴赏批评实践紧密相连，同步互动，才能不断找到自己的新的生长点。孙绍振先生在撰写《文学创作论》和创立文学解读学过程中深有体会地说："文学理论的生命来自创作和阅读实践，文学理论谱系不过是把这种运动升华为理性话语的阶梯，此阶梯永无终点。脱离了创作和阅读实践，文学理论谱系必定是残缺和封闭的。问题的关键在于，文学理论对事实（实践过程）的普遍概括，其内涵不能穷尽实践的全部属性。与实践过程相比，文学理论是贫乏、不完全的，因而理论并不能自我证明，实践才是检验真理的准则。"孙绍振在对《红楼梦》和鲁迅小说的文本解读中，具体分析的《红楼梦》的八个美女之死和鲁迅所写的八种死亡，使人耳目一新，给予读者以美的享受。徐中玉先生于1946年写的《批评的伦理》中说："20 世纪是一个批评的时代。所谓'批评的'，它的真实解释就是改造的——或者索性就说革命的。因为一切的改造或革命都要从批评开始，而真正的批评也不能不以改造或革命作为它的目标和结局。"① 在20 世纪 40 年代，徐先生对巴金创作的《家》《春》《秋》的解读和评论，充分肯定巴金的"激流三部曲"的审美价值和社会历史意义。童庆炳先生作为诺贝尔文学奖得主莫言的指导教师，联系莫言的生活道路和小说创作实践，写出的《作家的童年经验及其对创作的影响》《莫言的硕士论文与高密东北乡文学王国》，从批评与创作实践紧密结合上，丰

---

① 徐中玉：《批评的伦理》，《徐中玉文存》，上海人民出版社，2019 年版，第 277 页。

富和拓展了当代文艺学的内容。本人撰写的《第十个文艺女神的再生——关于文学批评的主体性思考》与《〈大秦帝国〉论稿——走向新世纪文艺复兴的绿色信号》，在阐明文学批评主体性的同时，显示出批评实践与创作实践、批评家与作家互动的必要性和可操作性。

第四，继承与创新，弘扬中华优秀诗学传统。

建设当代中国的文艺学，它的根，它的母体，它的基因，是中华优秀诗学传统。对于文艺学的建设与发展来说，传统和继承是它的出发点，而更新、创造则是它的目标和主导。文艺学的发展就是由多个创新的环节构成的；文艺学发展的历史，实际上就是继承传统又不断突破传统、不断创新的历史。没有突破与创新，文学也就失去了生命。"传统是一个动态的、开放的、不断发展的系统。它在时空的四维向度上不断地延伸、转化和发展。它作为社会心理、思维方式、价值观念、幻想、风俗、习惯、不同的人生观和世界观，对社会的发展产生巨大的推动作用。它肇始于过去，积淀于现在，影响着未来。一定的文化传统一旦形成，就具有相对的稳定性和惰性。优秀的文化传统，是一个民族的宝贵的精神财富，它具有强大的凝聚力、亲和力与融化力。"① 改革开放以来，中国古代文论和中华诗学传统的研究取得了空前的进展，先后出版的论著有：王运熙、顾易生编的 7 卷 8 册《中国文学批评通史》，罗宗强的多卷本《文学思想史》，黄保真、成复旺与蔡钟翔等人的《中国文学理论史》，袁行霈的《中国诗学

---

① 参见李衍柱：《时代变革与范式转换》，人民出版社，2013 年版，第 122—123 页。

通论》，陈良运的《中国诗学批评史》，张少康的《中国文学理论批评发展史》和入选本文库的学者徐中玉的《古代文艺创作论集》，童庆炳的《文心雕龙》研究，陈伯海主编的《近四百年中国文学思潮史》等。这些论著，采用不同的视角和方法，在吸收已有研究成果的基础上，以通史或断代史的方式，又以专题研究或个案研究为切入点，比较系统深入地探讨了中国古代文艺理论和中国古代诗学的创作与批评的历史发展的特点、规律、范畴，弘扬了中华诗学的优良传统，将中国现代诗学研究推进到一个崭新阶段，并为中国当代文艺学研究提供了丰厚的中国古代诗学资源和坚实的发展基础。

第五，网络思维、网络文学与信息时代文艺学建设。

思维方式的变化和网络文学艺术的兴起，是信息时代中国文学艺术领域变化最大、发展最快的一道风景线。改革开放四十多年，文学观念的更新与研究方法的变革，都与在人的头脑中发生的革命，即与人的思维方式的革命紧密相连。而人的思维方式的变化又与科学技术的革命息息相关。人类历史告诉我们，科学的重大发现和进步，总是直接影响着人的思维精神和思维方式的变化。

网络思维不仅突破了线性的思维方式，超越了一维、二维、三维的视野，它以爱因斯坦的"四维空间"理论，全方位地、立体地、动态地去研究文学活动的特点和规律；同时，又以对话思维超越了"二元对立"和"零和博弈"的思维方式。对话是两个以上主体之间进行平等自由的语言交际。它是沟通与联结我与你、学派与学派、民族与民族、国家与国家之间的桥梁。这是一座来自远古、立足现代、通往未来而又联结东西、今古，贯穿于过去、现在和未来语境中的桥梁。"对话思维不同于'是—是''否—否'二元对立的思维方式。对话的过程是一个异中求同、同中求异的双向运动过程。"① "'对话'是'把灵魂向对方敞开，使之在裸露之下加以凝视'的行为。"② 对话应当是真诚的、坦率的、自由的。对话的双方各自具有独立性，有自己的个性、尊严和价值。在中国现代美学和现代诗学研究过程中，钱中文先生积极倡导对话思维并亲自主持翻译了《巴赫金全集》在中国的出版，得到中国思想界、学术界、文艺界的赞誉，有力地推动了中外文化交流和中国当代文艺学的建设。

网络文学艺术是网络思维孕育出的奇葩。它的诞生标志着文学艺术真正迎来了一个前所未有的大普及、大发展的春天。据《文艺报》统计：截至 2017 年底，国内 45 家重点文学网站的原创作品总量高达 1646.7 万种，其中签约作品达 132.7 万种，年新增原创作品 233.6 万种，年新增签约作品 22 万种。出版纸质图书 6942 部，改编电影 1195 部，改编电视剧 1232 部，改编游戏 605 部，改编动漫 712 部。网络文学对外翻译影响日渐扩大，足迹已遍布亚洲主要国家以及英、美、法、俄等 20 多个国家和地区，成为中国文学"走出去"新的增长点。③ 理论来自实践。对网络思维与网络文

---

① 李衍柱：《巴赫金对话理论的现代意义》，《文史哲》2001 年第 2 期。

② 池田大作：《我的人学》，铭九、潘金生、庞春兰译，北京大学出版社，1992 年版，第 155 页。

③ 参见李晓晨：《进一步激发新文学群体创作活力》，《文艺报》2018 年 9 月 17 日。

学的研究，已引起文艺理论界的关注和研究。欧阳友权的专著《网络文学论纲》和由他主编的《网络文学新视野丛书》的出版问世，就是很好的佐证。

随着时代的推移和文学所使用的工具与手段的变换，文学的物化载体和传播媒体的变换，自然要引起文学自身的变异和发展。一些文学类型消亡了，一些文学类型出现了，批判继承，推陈出新，这是中外文学发展的一条重要规律。与文学的变化、发展相适应，文学理论研究也应以新的观念和方法向深广度发展。面对信息时代的到来，网络媒介的迅猛发展，电信技术王国的出现，解构主义大师雅克·德里达惊呼："整个的所谓文学的时代（即使不是全部）将不复存在。"必然导致文学的"终结"。作为德里达的信奉者、美国文艺理论家 J. 希利斯·米勒直言不讳地宣称他是赞成德里达的"文学终结论"的。并且进一步发挥了德里达的思想，说："那么，文学研究又会怎样呢？它还会继续存在吗？文学研究的时代已经过去了。再也不会出现这样一个时代——为了文学自身的目的，撇开理论的或者政治方面的思考而单纯去研究文学。那样做不合时宜。"① 对于德里达、米勒公开宣扬的"文学终结论""文学研究过时论"，中国文艺理论界对此大不以为然，公开发文从理论上予以批评。本人与钱中文、童庆炳先生都先后发文联系中外文艺发展的实际，批评这种广为流行的"文学终结论""文学研究过时论"出现的必然性及其悲观论的实质。文学艺术作为人类诗

---

① J. 希利斯·米勒：《全球化时代文学研究还会继续存在吗？》，《文学评论》2001 年第 1 期。

意的存在的载体，永远是时代的花朵，它总会不断地给人以美的享受。

建设中国特色的文艺学是一个需要一代又一代的学者不懈地进行研究的系统工程。伴随着中华民族伟大复兴，中国和世界文艺实践的丰富和发展，在未来的岁月，文艺学研究也必然会不断提出一些新的问题，出现一些新的形态和新的特点，并在不同的领域和方面，有所突破，有所创新。钱中文、童庆炳二位先生，在《新时期文艺建设丛书·总序》中说：一个理论创新的新世纪已经来临。不过任何一种新型的理论形态的建立与发展，都要以前人提供的"思想资料"为基础的。新时期的文论，作为一个良好的开端，它们无疑可以成为有中国特色的文学理论的前期成果；而作为丰富的思想资料，它们无疑将汇入新世纪的新的理论创造之中。山东文艺出版社推出的"中国现代文艺学大家文库"中的第一批学者的自选集，无疑是这些学者在建设中国特色文艺学的大道上留下的足迹；这些学者研究的成果，也必然会在今后的文艺创作实践和鉴赏批评实践中受到检验或弃取；他们提出的问题和对未来的期待，深信后继者在中华民族伟大复兴的历史征程中，一定会继续深入系统全方位地研究下去，并在实践中不断推进文艺理论的创新，进而融入新世纪世界文艺学研究的洪流，努力攀登学术的高峰。

李衍柱

2019 年 8 月 12 日于山东师范大学寓所

目录

实践真理论与中国文论的话语建构

当前中国文论呈现着一种非常奇特的现象，一方面文学评论可谓极其繁荣，话语日新月异，云蒸霞蔚。另一方面，这些话语无不来自西方前卫文论。然而，自上世纪五十年代以来，西方文论权威理论家却并不讳言其困惑。韦勒克、沃伦声言理论在解读文学文本时"一筹莫展"①。伊格尔顿则干脆宣布文学由于不能定义，其存在只是不同历史时期所建构的不同想象而已。而美国文学理论学会主席希利斯·米勒最近更坦言，西方有许多套文学理论，但是，没有一套是能够解读文学的。② 在美国，最悲观的说法就是（文学）理论已经死了，已经转而到流行歌曲、装饰、电视等方面去了。很显然，西方前卫文学理论危机严重到放弃文学。然而，在

① 韦勒克、沃伦：《文学理论》，刘象愚等译，江苏教育出版社，2005 年版，第 155—156 页。

② J. 希利斯·米勒：《致张江的第二封信》，《文学评论》2015 年第 4 期。

我国并非少数的学人仍然对西方文论作疲惫的追踪，以抢占西方话语先机为荣。

为什么高踞强势文化制高点的西方前卫文学理论家，不能不一再承认在文学文本面前"一筹莫展"？只要有起码的文化自信，就不难看出其根源在于西方文论的传统以演绎法为主，用苏珊·朗格的话来说，就是以概念的严密和自洽为务，作从概念到概念的演绎。这种方法当然，比之直觉、印象式的评论要"科学"得多。但是，这种"科学"性并不是绝对的。概念的优长和局限是对立的统一。抽象化的概念乃是对感性文本的概括，虽然比之印象、直觉有其深刻性，但永远不能穷尽其丰富性。概念的普遍性抽象乃是对特殊的感性的超越。当我们讲桌子的时候，其内涵乃是一切此类对象的共同性，正如讲杯子、狗、星星、水果、学生，其具体对象的特殊性是必须"抽象"掉的。对于丰富的感性、特殊性的牺牲是建构概念的必要代价。从概念到概念的演绎的层次越多，失落的信息越多。这就注定了不管主观上多么追求其严密自洽，实际上很难避免脱离文本越远。西方前卫文论对其方法局限性的不清醒，最后导致了一种完全不顾文本的理论中心论。大块文章变成理论的摩天轮的空转，其极端者沦为文字游戏。这一点连美国文学理论协会的主席希利斯·米勒都不能不承认，其文学评论软弱到"好像一个小孩将其父亲的手表拆成一堆无法照原样再装配起来的零件"[1]。然而，就是这样的完全失去合法性的文学理论，却在我国拥

---

[1] J. 希利斯·米勒：《小说与重复——七部英国小说》，天津人民出版社，2008年版，第6页。

有霸权，甚至占据主流。原因之一，乃在吾人对其文化优势的迷信；其二，乃是文化霸权面前的自卑。

但是，霸权不管多么神圣，却不能回避一个根本的问题，理论的合法性从哪里来？西方前卫文论习惯于其理论合法性从理论来，理论从理论中得到证明。

这里就产生了一个哲学常识问题。理论，真理是从哪里来的？马克思在《关于费尔巴哈的提纲》中指出理论从实践中来，而不是从理论中来，"人的思维是否具有客观的（gegenständliche）真理性，这不是一个理论的问题，而是一个实践的问题。人应该在实践中证明自己思维的真理性，即自己思维的现实性和力量，自己思维的此岸性。关于思维——离开实践的思维——的现实性或非现实性的争论，是一个纯粹经院哲学的问题"①。西方前卫文论的危机由于脱离实践，陷于经院哲学概念的高蹈，这当然不是偶然的。西方的经院哲学，对概念的烦琐辨析和纠缠，与宗教权威联系在一起，有千年以上的传统，烦琐而脱离实践的文风至今还在影响着西方学院派的前卫文论。

实践是检验真理的唯一标准，乃是我国立国的基础。而脱离实践的宏大理论就是毛泽东所说的本本主义，其极端者，乃是罗格的真理不是发现的，而是"制造"的。这是经不起反思的。真理制造，是不是也包括罗格的，如果包括，则罗格制造的"真理"也是虚幻的。在西方这种霸权面前驯服，造成了中国文论的很长时期的失语。但是，文学

① 《马克思恩格斯选集》第 1 卷，人民出版社，1995 年 6 月第 2 版，第 54—57 页。

理论不但来源于文学创作实践和阅读实践，而且要受到实践的证明和证伪。

在西方前卫理论的武断面前，国人逐渐有所警醒，有识之士乃有从中国当代文学批评实践建构中国话语的探索。近年有当代文学批评刊物之创建。福建师大文学院理论新秀也投入了中国文论建构的新潮。余岱宗本着实践真理论，直截了当地提出"中国文论的原创动力来自当代文学实践"，"理论原创需要文学批评叩问当代文本"。这也许不一定是另一种意义上的先锋，但可以肯定的是，从中国批评实践中建构文论话语的自觉已成气候。

但是，一切理论体系都是历史的变革中的积淀。建构中国式的文学理论体系的历史使命是历史性的。就是西方前卫文论并不仅仅是当代的产物，其建构也经历了对其古典文论的批判和继承，是其文化哲学、美学、文学理论传统的历史性的衍生。同样，建构中国式的文学理论光凭当代文学批评实践是不够的。第一，批评并不是直观的概括，须有理论作为准则。这就产生了一个类似悖论的问题：一方面，要通过文学批评建构中国式的文学理论；另一方面，文学批评又不可能没有任何理论准则。无视理论空白的危险性在于，西方前卫理论在潜意识里可能以其强势遮蔽。这里，就不能没有理论清场的自觉，对西方前卫文论的局限性、遮蔽性，加以彻底澄清。必须明确，像一切理论一样，西方前卫理论亦有其封闭性，在其狭隘的体系内，对文本强制同化，在其狭隘体系外，则盲视弃释。第二，对当代文学的直接感知是有限的，经验是狭隘的，理论的普遍性必须是历史的概括和积淀。批评实践是一个否定之否定的历史进化过程，须要有历史性的概括力，直接从当代经验概括固然有原创性的可能，但是，从直接经验升华为系统理论，是很艰巨的。因为一般说来，人的心理有封闭性，《易经》有所谓"仁者见仁，智者见智"，李光地认为其原因是人的"所禀之偏也"。（《榕村四书说·中庸章段》）这是人的局限性。这和现代心理学家皮亚杰的"外部信息只有与人的内在心理格局/图式相通才能有所感知"是息息相通的。正是因为这样，恩格斯才说，人们不能不从前人的思想资料出发进行思考。就如博大精深的马克思主义而言，其哲学、经济学、社会主义三个组成部分的宏大的有机体系，也是在对欧洲经典学术的批判中建构起来的。对费尔巴哈的机械唯物论和黑格尔的辩证法的批判，构成了辩证唯物主义；对英国古典经济学家亚当·斯密和李嘉图的扬弃确立了《资本论》的基础，对法国的圣西门和傅利叶的批判构成了社会主义。正是领悟了这一点，余岱宗又提出对中国古典文论的继承："文论原创要重视中国式的文本细读审美。"这在青年一代的学者中是很警辟的，是难能可贵的。但是，如果允许我补充的话，中国古典文论的阅读实践和创作实践是结合在一起的。因而光是阅读批评是不够的，同时要吸收古典文论的创作论精华。

由于人的心理的封闭性，仅仅是细读可能是主观的，所以美国新批评才有"意图谬误"（affective fallacy）之说。故不能没有一定的理论向导。但是，西方文论的优长是宏观的哲学化、美学化，越是形而上化离开作品越远。而中国古典文论则侧重于创作实践和阅读实践，《文心雕龙》就是以创作论和阅读论为核心的。中国古典诗话词话作者大都是诗人。千年以来，阅读评论的焦点是诗的意境构成的成败，为一字之高下之争议可以争论不休，如："见"南山还是"望"南山更好，可以争论千年；"推"字佳还是"敲"字佳的争论从唐朝争论至今尚未结束。诗家推敲的创作故事成为典故，甚至成为日常用语。小说评点家如金圣叹、毛宗岗在细读的基础上，对文本进行删节和补充，脂砚斋则参与了红楼梦的构思和修改。对创作的参与和对艺术妙谛跨越世纪的争议成为中国古典文学理论举世无双的特色。其实，在这一点上，西方大师海德格尔有时倒是与我们有息息相通之处，他说："作品的被创作存在只有在创作过程中才能为我们所把握。在这一事实的强迫下，我们不得不深入领会艺术家的活动，以便达到艺术作品的本源。完全根据作品自身来描述作品的作品存在，这种做法业已证明是行不通的。"[1]令人惊异的是，这样深邃的创作论理念，在西方并未引起充分的注意。这是为什么呢？因为整个西方前卫文论，不理解文本的艺术奥秘是有封闭性的。诚如张竹坡在评点《金瓶梅》时所说，作者的匠心是要"瞒过"读者的。沉溺在读者中心论，就是甘心被瞒过，脱离文本，天马行空，一千个读者有一千个哈姆雷特，殊不知一千个哈姆雷特，还是哈姆雷特，不是罗密欧，理论批评的任务，如赖瑞云教授所说，乃是从一千个哈姆雷特中确定最哈姆雷特的，解构其中的假哈姆雷特。赖氏的慧语，给我们带来一种启发，那就是，要

---

① 马丁·海德格尔：《艺术作品的本源》，《海德格尔选集》（上），孙周兴选编，上海三联书店，1996年版，第279页。

建构中国文论话语体系就不但把中国文论，而且把世界文论的全部精华作为资源，把我们的视野提高至历史的水平线以上，这样才更有利于在他们徒叹奈何的地方，创造我们的话语与他们平等对话，甚至争辩。

西方前卫文论，未把无能解读文学看作是一种危机，但是，对我们来说，他们的徒叹奈何，却是我们千载难逢的良机。对西方文论我们已经洗耳恭听了一百年，是不是该让他们听听我们的话语了。第二个一百年就在我们脚下，时代在召唤着学贯中西、博古通今的大学者，二十一世纪的有出息的学子，任重道远。

2018 年 11 月 1 日

我的桥和我的墙

我的文艺学论文选集即将出版，出版社要我写个序言，如果要从 1959 年和谢冕、孙玉石、刘登翰、洪子诚等写作《新诗发展讲话》时说起，跨度长达五十余年，真有说来话长之感。正为难之际，发现 2000 年，有过一个总结，从 1980 年写作《新的美学原则在崛起》（下文简称《崛起》）到 20 世纪末的学术源流，可以作为学术历程的前半部分：

将这二十年的学术论文浏览一通以后，我第一次看清楚了自己全部理论其实只有五种成分。第一，作为美学观念基础的是康德的审美价值论；第二是作为具体方法的结构主义；第三是作为内容的弗洛伊德的心理层次分析。而将这三者统一起来，使之成为系统的则是黑格尔的正反合螺旋式上升的辩证法模式。第四，我对中国古典诗歌、小说评点的理解是独特的东方文学理论。西方文论往往把最高目标定位于形而上学的美学化哲学化，而中国传统文论的核心乃是以创作论为中心的，从学术理想来说，我致力于将这二者结合起来。但是百年来，西方文论占有强势文化的霸权，中国文论则处于窒息状态，故首先要明确东方和西方文论的关系应该是平等对话，而不是一味洗耳恭听。要发展中国学派的文学理论，就要对西方文论，特别是前卫西方文论进行必要的清场。第六，是我作为作家的对于小说诗歌和散文的创作直接经验，这是西方文论所缺乏的，恰恰是我应用中国传统文论最容易得手之处。

其实，我起初是以创作的目的，去学习西方文论的。但是，许多西方文论的形而上学倾向，往往超越创作实践，故用功甚勤，收获却不成比例。对于西方古典文论，我只是从学习其思维的方法的虔诚心情去钻研的。除了黑格尔的哲学，我是有意识地花了两年的工夫对原著进行过钻研以外，其他两方面，却是无心插柳柳成荫。

第一次得知自己和康德的思想有联系，是在 1985 年的某一天，我在中国社会科学院文学研究所的一个讲习班，作了一次讲座，人民文学出版社理论编辑室的李昕先生听后对我说："你的文艺思想，属于康德的体系。"

我不禁大吃了一惊。把我的名字和这样的大师联系在一起，实在不但有点愧不敢当，而且惶惑莫名。

那时我还没有认真地念过康德的原著。康德那从概念到概念的玄虚演绎，和我的天性不太相容。康德的三个"批判"一直放在我的书架上，连封面的灰尘都轻易不敢造次去拂拭。读康德的书所要下的决心，可能不亚于参加喜马拉雅山登山队。多少比我刻苦的朋友，都感叹康德的原著有如"天书"。康德对于概念细部微妙关系像科学家对于原子核中的微粒子那样着迷。大师在概念的演绎的迷宫中流连忘返，享受创造的满足，完全不管演绎法的局限，丝毫没有露出以实证、归纳来弥补演绎法不足的苗头，连稍带感性的例子都懒得举一举，除了一个名不见经传的小鱼小虾一样的诗人以外，甚至对同时代的歌德、席勒都不屑一顾。他的神秘和抽象，他的经院哲学的烦琐，把作为大学生的我吓住了。读这样的天书，不拿出生命的几分之一，不可能有任何成效，作这样生命的赌注，真是太奢侈了。

我告诉李昕先生，我对于康德一向有一种敬而远之的谦卑，生命于我只有一次，与其奉献给康德去折磨，不如痛饮一些令人心旷神怡的学术的甘露。但是李昕的微笑中含意十分明显，过分谦虚恰恰是美德的反面。他以不容分说的坚定，约我为他们这样的权威出版社写一本书，就以我演讲中康德的价值观念为中心。如果没有足够的新著，也可以将已经发表的论文，按一个主题系统地编纂起来也行。

临行他补充说：这不是他个人的意见而是编辑部的计划。虽然明知可能要亏本，但编辑部一致的意见是：要亏就亏个值。

反正和康德这样的大师联系在一起除了增加我名字的含金量以外，没有什么坏处，我也就横下一条心答应了下来。（值得庆幸的是，这本《美的结构》后来发行一万多册，并没有让人民文学出版社亏本。）

接着，我比较系统地阅读了我的绝大部分的论文，我不得不承认，我对自己的了解不如李昕准确。我的论文里的确充满了康德的审美价值观念。白纸黑字，无可否认。

从写那篇《崛起》的时候开始，我就非常坚定地相信文学的特殊价值和政治的、实用理性价值的区别，在稍后的《论诗的想象》中，就发展到集中揭示文学（诗歌）在想象和逻辑上与科学和实用功利价值之间的不同。尽管当时，我刚刚从文学创作的直觉中解脱出来，还不善于用康德的"鉴赏判断"这样的术语讲话。我甚至还没有注意到表示"审美"的话语，在宗白华的译本中叫作"鉴赏判断"，而朱光潜先生却坚持把它翻译成"情趣判断"。

我不得不硬着头皮读了一点康德的原著。

这个过程，在现在的回忆中是"亲切的怀恋"，但是在当时，为那艰涩的话语而弄得痛不欲生的体验却至今历历如在目前。康德的确是博大精深，走进他的庄严的哲学大厦，我只有眼花缭乱的感觉，哪里来得及分析。但是我却是一个不可救药的无神论者，对他头上的星空，胸中的道德律，尤其是他的宗教观念，却不甚了了。

但是这绝不妨碍我沉醉在他的文艺美学中，享受着醍醐灌顶之感。

我读任何学术著作，都没有像读康德这样，感到的智商不足，就是我反复钻研过的《判断力批判》，至今也只能算是一知半解，读到艰难处，我不能不几度颓然长叹，几度自怨自艾。但是，这并不妨碍我把康德当作经典，根据我自己文学创作和欣赏的经验，对他采取为我所用的立场，凡他的神秘体系中，与我不合的地方，我决不歪曲自己，而是公然地采取"六经注我"的方法，用我的文学经验和理解去填充乃至修改他。

康德在审美价值论中对于非功利性、非认识性、非逻辑性的论述，为我的思想提供了强有力经典根据。我终于有信心把我长期酝酿的《审美价值结构及其升值和贬值运动》写了出来，对传统的真善美统一的说法发出挑战，我没有像康德那样让真善美三者在一般层次上处于对立的地位，而是让它们处在互相交叉的关系中，提出了真善美三维"错位"的观念。从此"错位"形成了我日后整个学术思想的核心范畴。由此延伸出去，不论是我的小说，还是幽默理论，都是以"错位"范畴为基础。小说（与散文和诗歌的区别）拉开人物与人物心理的感知的错位，而人物对话的深层规律是人物与人物之间以及人物心理的表层和深层的感知"错位"。

九十年代初，鉴于西方现代和当代的幽默学研究大都集中在心理学方面，我力图从幽默逻辑学方面获得突破。幽默在心理学上的特点，康德、叔本华、柏格森等已经说了不少，而在逻辑学方面的特殊性西方理论家的成果却并不太丰富。我得出的结论是：西方大师，往往囿于西方强大的一元理性逻辑，连康德也不例外。其实，幽默在逻辑上的特点，就是超越了一元理性逻辑，但是它并没有陷入一元逻辑，而是在中途滑入另一重逻辑。我把它叫作"二重错位逻辑"。我指出康德的"背理—预期—失落"说和叔本华的"对象与概念不一致"说、柏格森的"机械镶嵌"说之所以不完善，其原因都在于陷入一元理性逻辑而不能自拔。其实，康德在《判断力批判》中"美的分析"的第一节就有一句很重要的话："鉴赏判断是审美的……从而不是逻辑的。"可惜他没有往非一元逻辑上发挥。

正是在这样的文献系统研究的基础上，我完成了从《崛起》以来整个学术思想系统化。

有很长一段时间，我不太明白，为什么康德的价值观念和我的一拍即合。

细想起来，这可能是因为当时我在北京大学读书的时候，受到了朱光潜先生的重大影响。虽然在五十年代中期，朱先生由于众所周知的原因，失去了讲授理论的权利，只能在西语系教英语作文。有好几次，由于不满足于蔡仪先生的课堂上反复强调的"美是典型"，我很想跟随我的朋友，英语专业的一个班长，一起去到朱先生家里，借交英语作文之机向他请教。后来，我的一个好朋友阎国忠还成了朱先生的助教，走访的条件更加成熟，但苦于对权威的矜持，历史的机遇随着念头的一闪而一去不返。

朱先生在五十年代中期，尤其是反右时期的沉默过去以后，已经活跃起来了。对于当时朱先生和蔡仪、李泽厚的美学大辩论的每一进展，我都是紧紧追随的。尤其是朱先生的文章，包括那些"批判"康德的和批判从康德系统出来的克罗齐学说的文章。还有那具体分析中国经典作品的小品（如《谈美：给青年的十二封信》），我广为涉猎。现在想来，朱先生的观念就是这样深深地塑造了我最初的美学观念。

最近，我在《崛起》中发现一段话，谈到同样的一棵树在诗人、科学家和木材商人的眼光中是不一样的。这就是康德的科学的真与实用的善与艺术的审美之间的区别的观念，恰恰是朱先生的《我们对于一棵古松的三种态度：实用的、科学的、美感的》意思的翻版。严格地把政治的实用和认识的真区别开来，是朱先生对我最大的影响，也因此使得我与蔡仪先生的"美是典型"、周扬所本的车尔尼雪夫斯基的"美是生活"（的真），长期格格不入。

朱光潜的文章，对我从上个世纪五十年代就开始了潜移默化的影响，到了八十年代初，审美价值观念可能已经根深蒂固，正因为这样，我才敏感到朦胧诗的艺术价值，不能用传统的时代精神等社会功利的价值去解释，相对于传统的美学原则来说，它是一种"新的美学原则"。

当时我还不能从艺术上正面去回答它究竟是什么样的价值，直到我写出了《文学的三维结构和作家的内在自由》和《审美价值结构及其升值和贬值运动》，对于康德学说的零碎的知识，才系统化起来，并且加以发展。在康德那里，真善美三者是并列的，而我则认为三者不是分离的而是交错的，我给了它们一个范畴：错位，以此为核心范畴构成了真善美三维错位的系统自洽。

我的说法是，在文艺美学中，真善美不是统一的，而是三维错位的。在不完全脱离的前提下，三者的错位幅度越大，则审美价值递增，反之则递减。朱光潜先生所谓主观与客观的统一，既不能统一认识的真，又不能统一道德的善，只能统一于美，由于认识价值和道德的实用价值均是理性的，在人类社会生活中（通过学校教育和社会教育）占有优势，所以只有通过艺术形式的审美规范，才能保证超越理性，统一于情感的审美，在这种统一中，审美价值与认识价值、道德的实用理性的错位是和艺术的审美形式规范的定位结合在一种张力结构中的。

而在审美的形式规范中，人物与人物的心理关系如果是统一的，也就是说心心相印的，则形成诗性；如果人物与人物之间的心理是相错位的，则形成叙事文学的，尤其是小说的特性。而幽默逻辑结构的特点则是，它不是认识论的一元逻辑的贯通，也不是二元逻辑的分裂，而是二重错位逻辑。亦即，在一元逻辑行不通而导致失落的时候，另一重逻辑突然贯通了，达到了顿悟。

现在看来，在系统化的过程中，所依仗的不仅仅是康德的审美价值论，还有另一个要素，那就是结构主义。

这一点，也不是我自己首先感觉到的。

上个世纪九十年代初，我的研究生陈加伟不止一次对我说，我的文艺思想核心是结构主义。

这种说法给我的震动，不亚于李昕所说的我属于康德体系。

我虽然零零碎碎地读过一点结构主义的著作，可是从来没有认真读完过任何一本。我所关注的结构范畴，大都是属于自然科学和心理学的。至于文学流行一时的符号学、语言学和结构主义，我并没有十分用功地钻研过原著。

为了编辑论文选集，我又一次浏览了我的学术论文。我不能不承认，我的学生说的比我想的要更正确些。在我最重要的学术论文中，有那么多文章是分析艺术文本的内部的、深层的结构和层次的。不论是对中国古典诗歌节奏，还是对于绝句结构的分析；不论是对小说的艺术形式规范、人物心理的错位结构，还是对于幽默的逻辑结构的二重错位结构的分析，都明显带着早期结构主义的特点。

对结构分析的爱好，似乎是自发的，但是并不是从娘胎里带来的，而是在五十年代语言学老师对我耳濡目染的结果。我指的主要是王力老师、高名凯老师和朱德熙老师。王力、高名凯都是从法国语言学院留学归来的，在他们的讲授和课本中，德·索绪尔是经常提到的名字。显然，当时，他们不能不把德·索绪尔符号学说披上一层社会交际工具的主流话语的外衣。但是他们研究语言的方法，却充分强调了语言超越逻辑，约定俗成的性质。在这方面，朱德熙先生尤其令人难忘，他的理论基础是结构主义的，从他那里我知道了美国结构主义者布龙菲尔德。他在课堂上分析现代汉语的语法结构，完全抛开了内容，醉心于语法内在结构的剖析。他好像不是一个教师，而是一个古希腊罗马的雄辩家。他的课程是北大中文系最为叫座的，去得稍晚就难找到座位。往往是连走廊上、暖气管上都坐满了人。现在看来，我在"文化大革命"期间为了自娱而写作的《论绝句的结构》和《我国古典诗歌节奏的结构》（原名）在方法上几乎是对他的亦步亦趋的模仿。

虽然我对于现代汉语语法毫无兴趣，但是朱先生那种把自我肯定与自我非难结合起来，推进论点深化的思考方式，魅力四射的雄辩，却深深地迷住了我，只能用如痴如醉来形容。和许多教授着重于结论的宣布加例子的"证明"不同，朱先生并不着重结论，他把主要精力放在得出结论的曲折过程中。从他那里我第一次体会到学术研究要有如打乒乓球一样，要左推右挡地防守，作理论上的免疫的功夫，才能自由地拓开思维的空间，获得自由创造的前提，得出可靠的结论。从他那里，我明白了，为什么大多数同学厌恶流行的文风：引用某种权威话语作为大前提，举几个相应的例子，就算完成了论证。朱先生习惯于在材料的基础上，得出初步的结论，以正例说明，接着又以反例限制，甚至动摇这个论点，把论点也就是语言深层结构的研究，推向新的层次。如此反复再三，最后得出自己的结论。但是他并不以为这就是真理的终结，常常又举出新的材料，说明自己的学说的局限，目前对于这些材料，还不能作恰当的阐释。他跟着又指出，如果不用这种阐释，而改用其他学者（包括当时很权威的苏联汉学家——如龙果夫、鄂山荫教授）的说法，虽然能够解释这些例子了，但是却有更大的漏洞。他举些例子，引起了我们的微笑。这种微笑不但是对他的赞赏，而且是体验到自己心智成长的喜悦。

许多权威的教授，虽然令我肃然起敬，但是，他们只有证明，却没有证伪，只有正例，而没有反例，连黑格尔的正反合的模式都很少能遵循。他们传授的知识启迪了我的心灵，奠定了我最初的学术信息的基础，但是，他们却不能给我以思考问题的方法。虽然，他们习惯于把结论当作终极真理，却不能让我无条件信仰，而朱德熙先生却并不是要求我信仰，他的全部魄力就在于逼迫我们在已经有的结构层次上进行探求，他并不把讲授当作一种真理的传授，而是当作结构层次的深化。他特别强调的是：如何攀越重重障碍，而不是回避无处不在的绊脚石。

我的心智得到了最大的满足，如今想来，正是这样的满足，养育了我最初的追求形象内在结构奥秘的学术信仰。

五十多年过去了，当我重读关于绝句的结构，古典诗歌节奏的动态和稳态结构的文章，深深感到朱先生的精神烙印和他的学术遗传基因。

正是这样的结构主义的语言学基础的深刻影响，使我对于俄国形式主义、布拉格学派、法国结构主义者，叙述学的许多文本分析，一见钟情。

这种一见钟情，有一点奇特的地方，那就是：很少是先从他们那里得到理论，然后作文本的验证，更多的是，我自己先对文学形式有了一定的体悟，形成了观念，甚至已经在写作论文了，才发现了他们的一些说法，完全可以成为我的佐证。这在我写《论小说的审美规范》（后改为《论小说的横向结构和纵向结构》）时，最为明显。我在论文的写作过程中，得出小说与散文和诗歌的区别在于即使相爱的人物之间的心理错位的结论时，中途去天津参加文学观念的学术讨论会，从一个精通法语的青年学者那里，得知托多罗夫研究法国爱情小说得出一个模式：当 A 爱上 B，B 并不爱 A，A 设法让 B 爱 A 时，A 却发现他已经不爱 B 了。我不禁兴奋莫名，立刻请他从法文翻译出来。并且把它写在了我的论文里，作为一个学术佐证。等到文章登出来，书也印出来了，我才知道，这并不是托多罗夫的发明，而是俄国形式主义者维·什克诺夫斯基的首创①。

① 乔·艾略特：《小说的艺术》，张玲等译，社会科学文献出版社，1999 年版，第 86 页。

现在看来，对于结构主义和俄国形式主义和布拉格学派文献的涉猎不足，是一种不幸，但是，从另一方面来说，也是一种幸运。因为，结构主义者力图从文学的文本概括出某种公约的通式，这与文学的不可重复的创造性是不相容的。

使得我逃避了这种致命的弱点的，还有两个原因。

第一就是上面已经提到过的我对于西方许多文论，采取的并不是系统接受的方式，而是根据我对于文学特殊性的理解，能为我所用则留之，不能为我所用则弃之。在我看来，最重要的不是结构主义文论中许多深层的模式的揭示，而在于对于艺术特殊性阐释的深度。我有过从事创作的体验，文学特殊性，是生命的生命。结构主义乃至叙事学对于叙事模式的揭示，不可能满足我对于文学特殊奥秘的追求。如果屈服于结构主义的权威，就不能忠于我自己对艺术形象的体验。在克服结构主义抽象通式的不足这一点上，弗洛伊德、荣格的心理学说帮了我很大的忙。结构主义的探索的叙事模式，是空洞、抽象的，但是，弗洛伊德和荣格的无意识和人格面具的心理学说却帮我把这个空白填充了。

当然，我认真地钻研现代心理学的著作的时候，也并没有忘记心理学作为一种学科，它探求的是人类心理的共同性，而文学则相反，它的目的是揭示每一个人物内心的独特的、不可重复的密码。我却并不想委屈文学，把它当作心理学原理的例证。我不过是把弗洛伊德和荣格的学说，作为一种方法来加以吸收，把多层次意识和结构主义结合起来，如果结构是形式，而心理的复合层次则赋予之以纵深的内涵。

我的文论里充满了那么多的心理学的内容，这使得我和当代西方的语言转向，尤其是权力话语学说和某种意义上的现象学发生了矛盾。因而，在这方面，我时常怀疑自己，是不是显得保守了一些？我的朋友南帆先生也不倦地向我灌输福柯的学说，我当然也时时为之怦然动心。在南帆先生的大量学术文章的软性的包围中，我不能不认真对待当代文论的语言转向问题。我被迫去读读现象学文论，读福柯的著作，但是，不知道为什么，收效不是很大。这也许是因为，现代心理学对于人的心理深层的分析，早在五十年代读鲁迅翻译的《苦闷的象征》时，就深深渗透进了我的灵魂，它帮助我理解文学的许多奥秘，然而，语言学却是排斥心理分析的。我非常困惑，既然，把文学当作召唤结构，但是，如果读者没有任何艺术的心理储存，你能召唤出多少深厚的东西来呢？至于权力话语学说，太过于把意识形态当作研究的中心，把文学形象的特殊性看得太不重要，对我说来就不能不显得不可亲近了。

最能调和我的心理学倾向和西方文论语言学转向的矛盾，莫过于拉康了。他把精神分析学与结构主义语言学结合起来的考察，用语言符号学来解释精神分析学的经典命题，用能指与所指的关系重新阐释了弗洛伊德的无意识。这使我倍受鼓舞。他认为无意识不像弗洛伊德所说的那样是混乱的，而是和语言一样是有组织、有结构的，语言的作用正是对欲望加以组织。他把无意识的研究从弗洛伊德的心灵内部解放出来，而放到了人们外部网络关系中去。他认为，能把这种复杂网络关系说清楚的只有语言。这就是拉康所谓的"语言革命"。但是他的一个相当武断的命题又阻挡了我和他的沟通。他宣称，不是无意识先于语言，而是语言先于无意识，至少是二者几乎同时出现，无意识事实上是语言的产物。这种学说，在我看来，类似于先有鸡还是先有蛋的伪问题，与我长期以来对文学的欣赏和创造的体验相冲突。创作的痛苦常常是明明是有一种微妙、精彩的感觉，然而，可意会而不可言传。歌德就曾说过，艺术家就是能够把别人说不出来的潜在的感觉用恰当的语言说出来的人。我国古典文论关于言与意之间的论述向来就是以二者的矛盾为基础的。古典诗话和文论中留下了那么多"苦吟"和"推敲"的经典范例，都是为了一种可意会不可言传潜在的感觉寻找恰当语言的。按拉康的理论这一切都无法解释。

这也许是我的传统语言观念的顽固性作怪罢。在我年轻的时候，就形成了语言是"思想的物质外壳"的观念，当无意识还没有孕育成意念的时候，从哪里来的语言呢，如果有了明确的语言，无意识就成了意识了。

拉康的"语言革命"对我是有冲击的，然而，似乎却没有强烈到促使我在理论上作根本调整的程度。正是由于这样，其他的一些西方文论家，包括福柯和罗兰·巴尔特，虽然在意识形态的深刻上，我对他们十分敬佩，他们的文学思想也有令我惊叹不已之处，但是却没有把我打动到调整自己去适应他们的体系的程度。

使我逃脱了结构主义抽象模式的第二个原因是，我的许多文学观念并不是首先从某种文论中得到的，而是从作品的欣赏、解读中慢慢体悟到的，在形成观念以后，才用黑格尔的正反合模式和螺旋式层次上升的方式转化为逻辑系统的。

在西方文论中，我很少享受到为某一种观念所迷，对百思不解的文学现象突然有了恍然大悟的幸福。我的许多比较深刻的思想，大都是自己通过读经典文本体悟到的。西方文论中许多精彩的东西，如果没有这样的文本体悟作现象学者所说的"预结构"，肯定是不能达到皮亚杰所说的那样"同化"的，很有可能如水浇鸭背，在思想中留不下任何痕迹。

我想，任何一个文学理论家，必须有两种功夫。第一当然是对理论文本的理解力，第二就是对文学文本的悟性。我觉得，前者虽然经常在发挥作用，可是后者却更加重要。直接从文本中洞察文学的奥秘，抽象出观念来，形成自己的话语。这种直接抽象的功夫，正是一切理论原创性的基础。这种功夫太难了，并不是每一个人都能直接构成自己的话语的，大多数人才不得不采取间接的办法，借助西方的和中国古典文论和现成话语，不是从文本出发，而是从权威的话语出发。当我读到中国和西方的理论大师的经典之作中的精辟的语言的时候，兴奋是自然的。从这里我们看到了人的才气、人的原创力。不接受大师的熏陶是不行的。即使是充满原创性的天才人物那里，生命也是有限的，人不能指望自己像祖先那样在理论上作从猿到人的进化，一切从零开始，人类文明的积累性，迫使我们不能不把生命中最大部分时间投入在接受经典理论成果的钻研上。

显然，这里包含着风险。

用伽达默尔的说法，权威的话语既是思想的桥梁，又是阻隔心灵视觉的墙。任何权威的话语的澄明作用和障蔽作用是互相渗透的。所以，在接受任何权威、大师的话语的时候，不能忘记：接受不是为了重复，而是为了把他们当作自己思考的桥梁。忘记了这一点，大师和权威就可能变成横在自己心灵视觉前面的黑色的墙。不管经典理论是多么优秀，总是有其障蔽的成分。因而，发现其障蔽，就和接受其澄明成了同样重要的任务。否则，就不能完成自己的创造的天职。从这个意义上来说，我深深赞赏福柯的权力话语学说，正是他从理论上揭示了人们在无意识取消自己思考权力的秘密。但是目前，我觉得最值得忧虑的是一种倾向，接受了大师的观念，往往却忘记了大师精神的根本：即使是桥，也不能停留在桥上，花上一辈子时间，看人家的学术风景。造物主赋予我们只有一次的生命的意义如果仅仅消耗于此，那就是太大的奢侈。

正是在这种意义上，自然科学理论家波普尔的只有证伪才能发现新的真理的学说对我具有特别的鼓舞力量。我佩服西方文论学者，他们一般并不以师从某一大师为荣，相反以向大师提出挑战和怀疑为荣。正是因为这样，我才在《西方文论的引进和中国经典文本的解读》中提出，以中国经典文本检验西方文论，在检验的过程中，光是满足于证明他们的有效适应范围，是没有出息的。从这个意义上来说，证伪高于证明，以证伪来推动学术的发展，是一种规律。

当然，这种"六经注我"的方法，有利于我充分发挥想象，开拓了思维的空间，赋予我在话语和范畴上创造和放达地将自己的观念体系化的自由，甚至让我有勇气在字里行间保留某种情感的冲动。但是它也使我在文献的系统化上，在对基本范畴、概念的内涵的界定上比较薄弱。因而，我的文论虽然有比较强的可读性，但却缺乏严格的、积极意义上的学院气息。

当然，我可以安慰自己，一切学术不可能完美。但是，我要弄明白的是，目前根据自己的气质和学养作出的选择，是不是宿命的？是不是还有一些自由的空间被我自己习惯的话语障蔽了？我想，回答是肯定的。在今后的岁月里，我所能够做的只是，在历史和遗传气质给我划定的圈子里，发现并解脱任何自我遮蔽。

原载《山花》2000 年第 3 期

以上文章写于 2000 年，从那以来十多年，我以手工业式的方式，对四百余篇文学文本作出个案审美分析，分别出版几本书，出乎意料受到读者的热烈欢迎，其中《名作细读》已经重印到十次。这使我更自信，不再对西方文论，尤其是当代西方文论一味洗耳恭听，我的取向不再是在人家取得胜利的地方学步，而是在他们失足的空白中，在他们宣告无能为力、徒叹奈何的审美阅读方面作出自己系统的建构。其总结性成果就是北京大学出版社出版的《文学文本解读学》。这本书的序言在《中国社会科学》一发表，《文艺报》的熊元义先生就以令人感佩的敏感，在该报发表了一整版对我的访谈。这个访谈又引起了解放军艺术学院的朱向前教授的注意，他在《解放军艺术学院学报》2013 年第 4 期上发表了《超越"更有难度的写作"》谈到了学院派理论与文学本体的问题，西方文论和中国文学批评、文学理论的生命问题时，谈到了我：

今天人们把 **80** 后批评家称为"学院派",当然是褒义,是肯定,如前所引的"博""专""后"的概括等等,放眼当下的理论批评阵地和队伍,也几乎都成了清一色的"学院派"(曾经所谓的"作协派"批评家大概也只剩下雷达、白烨、贺绍俊等三五人了),总体反映了当代文学理论批评队伍素质的专业化提升过程。但我的意见却是要反其道而行之,越是在学院派一统天下的情况下,越要对学院派的弊端保持警惕。

记得近 **30** 年前——**1984** 年秋,由于我的引荐,徐怀中先生特邀福建师大的孙绍振教授北上首届军艺文学系,讲述他那本即将问世的洋洋 **60** 万言的填补当代文学理论批评空白的开山巨作《文学创作论》。在我看来,孙著是一本"在森严壁垒的理论之间戳了一个窟窿的于创作切实有用的好书",为此还应《文学评论》之邀撰写了万字书评《"灰"与"绿"——关于〈文学创作论〉的自我对话》(载《文学评论》**1986** 年第 **1**期)。孙绍振亦借此创造了一个在军艺文学系讲课最系统持久(一连 **5** 个半天)的纪录,至今无人企及(一般情况下,任何专家、教授、作家都只给每届讲一堂课),而且深受学员好评。此后多年,莫言等人都曾著文忆及当年听孙先生讲课时所受到的震动和启发。而孙先生,就是一位当代文学理论前辈中为数不多的才子型且西学修养极为深厚的资深学院派,他与谢冕、张炯等同为北大同班同学,但又操得一口流利的英语。**1982**年冬,我有幸与孙先生同为福建省文学奖评委,入住鼓浪屿某宾馆比邻而居一礼拜，每天清晨听他在阳台上面对大海用英语朗读西方经典原著一小时，那份优雅的做派真真把我佩服死了。结果他却摇摇头，淡然道，当年我是我们班英语最好的，再不捡捡就真要忘光喽。

然而，就是这位孙先生，数十年来，立足本土，鹰视前沿，及时追踪西方文论英美诸学派，"入乎其里，出乎其外"，始终对学院派坚持一种扬弃的姿态。恰巧，半个月前——2013 年 6 月 17 日的《文艺报》"理论与争鸣"整版发表了《建立中国特色的文学批评学——文艺理论家孙绍振访谈》，文中观点一以贯之，他认为，带着西方经院哲学传统胎记的"西方文论一味从概念（定义）出发，从概念到概念进行演绎，越是向抽象的高度、广度升华，越是形而上和超验，就越被认为有学术价值，然而，却与文学本体的距离越来越远。文学理论由此陷入自我循环、自我消费的封闭式怪圈"。"归根到底，这使文学理论不但脱离了文学创作，而且脱离了文本解读"。他具体指出其根本软肋——

"第一，号称'文学理论'却宣称文学实体并不存在，伊格尔顿在《二十世纪文学》、乔纳森·卡勒在《文学理论导论》中坦然如此宣称。这样的危机对 2000 多年来西方文学理论来说如果不敢说是绝后的，至少可以说是空前的。第二，他们几乎不约而同地宣称，对于具体文学作品的解读的'束手无策'是宿命的，因为文学理论只在乎概念的严密和自洽，并不提供审美趣味的评判。第三，他们绝对执着于从定义出发的学术方法，当文学不断变动的内涵一时难以全面概括出定义，便宣称作为外延的文学不存在。第四，他们的理论预设涵盖世界文学，可是他们对东方，尤其是中国古典文学和理论却一无所知，他们的知识结构和他们的理论雄心是不相称的。"

孙绍振的结论是："西方文论失足的地方，正是我们的出发点，从这里对他们的理论（从俄国形式主义到美国新批评，从结构主义到文学虚无主义的解构主义，从读者中心论到叙述学）进行系统的梳理和批判，在他们徒叹奈何的空白中，建构起文学文本解读学，驾驭着他们所没有的理论和资源，和他们对话，迫使他们与我们接轨，在文学文本的解读方面和他们一较高下。也许这正是历史摆在我们面前的大好机遇。

我觉得，如果由我来总结从上个世纪八十年代的《文学创作论》到如今的《文学文本解读学》的学术探索，头绪如此纷繁，虽苦心孤诣，不是难以提纲挈领，就陷于烦琐，不如引用他的论述，可能比较客观、中肯，这样讨巧的事，何乐而不为？

是为序。

2015 年 1 月初稿，2019 年 1 月改定

从西方文论的独白到中西文论对话①

　　东方和西方的文学理论无疑有巨大差异，不管解构主义者和后现代主义如何把差异加以绝对化，也不管伽达默尔和德里达在语言是交往的桥梁还是障碍的问题上，人与人之间的理解是否可能的问题上，各执一词。但是事情从纯理论上说起来可能比较复杂，但是在实践上，恐怕谁也很难否认我们之间毕竟存在着即使是错位的，也仍然是部分重叠的、共同的视域。从这个意义上来说，提出中西文论对话本身就是一种充满自信的挑战。实际上，几天的全体大会和小组会已经证明，我们和来自欧洲、南北美洲、大洋洲的同仁们的交流，没有成为聋子的对话。

　　但是，这不等于中国和西方文论之间的对话就没有困难。

一

　　对话是相对于独白而言的，应该是双向的、互补的、互动的，

　　① 本文原为2000年8月在北京召开的"中国与世界国际学术研讨会"的英文发言稿，后吸收有关意见修改后译成中文。载于《文学评论》2001年第1期。

对双方都意味着一种发展的动力。这不仅仅是指，从对方吸收富有生命力的思想资源，而且是指，更加深刻地认识、理解自身的文化/文学传统。早在本世纪初，我国杰出的学者王国维对此就十分明确了，他说："欲完全知此土之哲学，势不可不研究彼土之哲学。"①他说的是，东方人应该如此；不言而喻，对于西方人来说，也是一样：不管是堕入爱河的恋人，还是指挥战争的将领，都只能在对话（包括躯体的和武器的对话）中认识对方，认识自我，包括潜在的自我。从这个意义上说，不懂得东方文化哲学，也就不可能理解西方的哲学和文学理论。反之亦然。

但是，中国百年来的文论史在很大程度上，可以说是西方文论在中国文坛上的独白（我们当然不会用"文化殖民"这样的话语）的历史，而不是东西方文论的对话的历史。一个最为明显的现象就是，百年来，中国文论即使对西方文论有所影响，也仅仅限于局部，在个别人物身上，并没有达到对西方文论的发展进程起重大作用的程度，而西方文论（包括俄苏文论）不管历史条件发生什么变化，都保持着长驱直入的态势，决定着中国文论的体系和发展动向。

当然，这里有历史的原因。本世纪初，我国古典文论面临着重大的民族的文化的危机。

中国古典文论在新的历史时代，不能回应新兴文化的挑战，一些根本的原则已经失去了生命（如宗经、征圣），有的虽然有还保存着潜在的生命，但是在思维形式上，存在着重大的缺陷。

中国传统文论长于对经验的直接概括，善于直接归纳和直观地综合。在自然科学中没有达到系统的、数学的高度；在文学理论中，

---

① 《奏定经学科大学文学科大学章程书后》，转引自殷国明：《20 世纪中西文艺理论交流史论》，华东师范大学出版社，1999 年版，第 16—17 页。

缺乏对于概念的微妙差异作过细思辨的系统方法。传统文论的基本观念、范畴多少带着经验的直观的性质，其内涵具有浮动的特点。不论是"道"还是"气"，不论是"风骨"还是"气象"，乃至"意境"，沿用千百年，都缺乏以定义来保持其概念的一贯和论证的自洽的传统。没有概念的一贯和逻辑的自洽，就很难进行大规模的、系统的演绎。中国文论悠久的学术成果很难在不确定的范畴中有效地积累。

我们的小说评点、诗话和词话，虽然充满了天才和灵感，甚至提出了意境和性格这样核心的范畴，但是，概念的内涵不够稳定，常常限于经验层次上的滑行，而缺乏逻辑的自洽，又很难在演绎中深化，难以形成科学体系。正是因为这样，中国传统文论，除了早期个别的例外，都不以庞大的思辨的体系见长。

在这种文化危机的压迫下，我们不但全盘接受了西方文论的观念（范畴、话语），而且接受了他们的抽象思辨的方法。在这以前，我们没有美学、现实主义、自然主义、象征主义、世界观、方法论、典型、个性、风格、审美、审丑、幽默、喜剧、悲剧等等这样的范畴和话语。我们的"失语"感和文化自卑感是共生的。早期王国维式的《人间词话》式的传统话语范式并不能满足我们；乃至今天，我们之中也很少有人认同维特根斯坦式那种片断的语录式的、《论语》式的写作方式，压倒一切的感觉是，不接受来自西方的话语、范畴，不用西方的演绎法来写作论文，就不能对我们的新文学进行宏观和微观的（而不是像诗话、词话那样吉光片羽式的）阐释和理论体系的表述，就不能和世界文论接轨。

应该承认，全盘接受西方文论是历史的逼迫，目标是思想的启蒙、个性的自由、民族独创。其结果却导致了我们对民族独创性这一宏大目标的遗忘。虽然有过朱光潜先生以西方文论为纲，溶入中国传统文论话语的努力，宗白华先生以中国文论为纲，溶入西方文论话语的尝试，但是，中国文论的建设，甚至其局部的话语更迭都离不开西方文论的输入。每当社会大变动的关头，中国面临创造话语的机遇的时候，总是一茬又一茬的西方文论话语，成为最新的、最前沿的文化的旗帜。

文论的被动还表现为连话题都是被预设了的，造成了长期以来不但在意识层面，而且在潜意识层面对于西方权威的疲惫追随。这就难怪有些愤激的当代文论家，要用"失语"来形容中国文论的处境了。

民族的自我剥夺成了对话的前提，这就造成了不管多么真诚的民族文论的更新的努力都难免不会变成西方论的追踪。

对于现成话语的简单认同本身与把独立性当作前提的西方文论本身就是背离的①。

这就不能不令我们反思，引进的最高目的究竟是什么？难道不是为了独立创造吗？但是，长达百年的精神进口，在多大程度上刺激了我们的文论的创造力，又在多大程度上窒息了我们的创新能力？启蒙的结果却导致了民族个性和创造性的窒息，难道不应该引起我们的深刻反思吗？从文化交流的角度来说，这种单向的输入，对于西方文论的发展，又能得到多少回报呢？难道西方人对这种无休无止"出超"，就肤浅到没有任何战略的眼光，就不感到理论资源的匮乏吗？

---

① 以欧洲大陆的语言哲学为例，在胡塞尔、海德格尔、伽达默尔和德里达之间显然有学术上的传承关系，但是，他们的传承和挑战、革新是相辅相成的。他们在学理上并不是以认同大师为荣的，相反，他们是以在学术上独立为最大光荣的。如果海德格尔满足于胡塞尔意向性现象的分析，而不提出对于此在的追求，如果德里达对胡塞尔的语言观，没有进行任何批判，如果伽达默尔不在形而上学的问题上和德里达针锋相对地争论，就不可能有伽达默尔和德里达的学术存在了。

一百年来，文论交流变成了西方文论的独白，中国文论仅仅是洗耳恭听，充其量，不过是西方文论微弱的回声，对于历史，我们无可奈何，当然不应该狭隘地把这样的现象当作"文化侵略"。然而，对于未来，难道是最佳选择吗？经济全球化不等于文化一体化的霸权，文化多元化交流的正常形态应该是多声部的，至少是东西方文论的双向的对话。

二

当然，不可否认，对话毕竟局部发生过。文论的交流的确有过令人鼓舞的一面。

我们从深深影响了王国维的西方学者叔本华那里就看到了非常精彩的历史记录。他在对欧洲文化哲学进行反思的时候，从东方包括印度哲学，中国的《易经》乃至佛学中汲取了思想资源，这一切帮助他表达了光用西方纯粹理性和逻辑很难解说人的生存的困惑。

远距离的文化交流比之近距离的，更能认识自身的深层文化意蕴，更能深刻地发现自身文化局限和优长，激发出创造力。

中国的带着象形色彩的汉字，在五四运动期间，在本国的文化精英那里，已经到了快要被废除的程度。中国的古典诗歌居然在遥远的美国引发了一场意象派（Imagism）诗歌革新运动，产生了庞德（EzraPound）那样的大诗人。但是这并不妨碍五四新文化的先驱把我国古典诗歌当作枷锁和镣铐，彻底地加以粉碎。

这使我们联想到，在本世纪初中国一切传统的文论话语并非一概都没有生命力，也没有完全丧失有效的阐释功能。面对历史性的挑战，对现成的文学话语进行阐释、解析和重构，揭示它们与文化环境以及意识形态的互动，保持自己的美学立场，将某些传统的话语转化为现代话语，在吸收西方话语的同时，向西方文学理论发出挑战，促使西方文论在某些根本价值取向上发生变异，与中国传统发生交融，产生出新的话语或者派生的范畴来，这本是文论历史发展的挑战和机遇。但是很可惜的是，中国文论没有选择这条路。倒是在海德格尔的体系里，我们看到中国传统文论中道家和佛学虚静的精神的影响。在这方面，在中西文论的融通中，恰恰是薄弱环节。

应该承认，大规模接受西方文论帮助了我们，提高了我们的抽象、概括能力，帮助我们超越了传统的综合性思维惯性。用诺贝尔奖获得者杨振宁的话来说，超越了经验（惟象的）归纳的局限，使得我们逐渐习惯了逻辑的自洽和一贯的规范。

但是我们把西方文论的自洽性看得太完美了。事实上，西方文论的逻辑的体系性和范畴的系统自洽是表面的，远远谈不上完备。

从诗学历史上来看，西方有想象（imagination）、变形（deformation）、激情（passion）、沉思（reflection）、陌生化（alienation）等等一系列看似自洽的系统范畴，但是与西方诗歌文本一对照，就不难发现，它的概括并不全面：其阐释的有效性是有限的。例如，它并不能概括布莱克、湖畔派诗人和歌德的一些描写大自然的诗的艺术特性，更不能阐释我国某些表现诗人的心灵与大自然相契合的山水田园诗篇。

值得注意的是，中国独特的"山水田园诗"并不像五四时期风靡一时的西方浪漫主义诗风那样强调人与大自然和社会的冲突，而是突出人与大自然、人生的统一与和谐的。主要不是西方式的强烈的激情，而是东方式的温和的感情；不是借助于语义的变异，而是潜藏在通常的语义之中，更不是像俄国形式主义者所说的那样表现为语言的陌生化的。中国诗学中的核心范畴——意境，强调的是由心灵的"意"造成了和谐、融通的境界，而不是由于感情冲击了感觉造成了语义的变异的效果。"江流天地外，山色有无中"，"采菊东篱下，悠然见南山"，"寒波淡淡起，白鸟悠悠下"，究其话语的功能来说，并没有陌生化的效果。其诗意不是在可以直接感觉到的语言中，而是在语言之外的。中国诗歌强调"无言之美"，所谓"不着一字，尽得风流"，与西方的语言文化理论是矛盾的，意境的奥秘不在语言而在意象的张力场中①。

而这种大都不激烈的、温和的情感，与西方强调激情和想象的诗学传统是冲突的。

正像中国人也时有西方式的激情一样，温和的感情不仅仅是中国人特有的，西方人也有温情的时候，布莱克、华兹华斯、歌德和海涅有许多诗歌，就不是激情的，而是温情的，突出的是和大自然和人的无声的交融。意象的有机和谐，好处不在字面上，而在文字之间的空白处的张力场之中。因为并不是激情的，因而虽有想象，而其感觉和话语却没有变形，就单独的词语来说，陌生化的程度并不突出。这一切如果用我国传统诗学的"意境"去阐释就可能有效得多。

中国的意境学说，所强调的恰恰与西方浪漫主义诗论相反。它的好处在语言之外，从这里也可以看到中国的天人合一与西欧民族对于上帝创造的自然的赞美之间的部分重合。

本世纪初王国维借助于叔本华的学说，又部分借助于西方的逻辑方法，将意境说发展为境界说。从某种意义上说，这也应该属于两种文论的对话，但是却不是完整意义上的对话，而是一种无声的、单向的对话，只有一方出场，而另一方是缺席的，真正的对话应该

---

① 当然，在海德格尔那里也常常出现类似的观念，但是，那是出于不同的哲学基础。中国传统的文论出于言与意之间的对立，而海德格尔却是从语言是"存在的家园"出发的。

是像我们今天这样双方都在场的、公开的争鸣。单向的对话的缺陷就在于，许多潜在的文化意味和价值的错位，常常为缺乏相关性的话题和对应的逻辑所掩盖，层次性深化和体系化难以实现。

正是因为这样，中国的境界说，在这么长的历史时期中，竟没有和西方文论发生双向的交流。意境范畴并没有与西方的"激情""想象""变形"学说和"陌生化"学说构成并列，或者对立的范畴，成为世界诗学体系的一个成分。

这是一种遗憾，也许，这种遗憾在一个并不太悠久的历史时期里是不可避免的。

中国传统文论是用古代汉语写成的，它很难与西方文论直接交流。交流的前提是，将中国的古典诗学范畴转化为现代话语形式。相当长的一个时期里，我们把这个任务看得太简单了，以为这仅仅是本民族古今的话语的简单转换，在经历了长时期的失败以后，我们才认识到，这不仅仅是古今话语转换，而且还包含了以下几个方面的复杂机制。

第一，古代汉语单音词是多义的、直觉性的，一个单音词包含着一系列的双音词，而现代汉语则演化为双音词，双音词有一种意义单纯化的倾向。例如，古代汉语中单音的"意"，是多义的（在与之相应的现代汉语词语中这种多义就明显地分化了：意义、意念、意想、意思、意气、意向、意会、意味、情意……），将古代汉语的多义的单音词转化为现代汉语的趋向单义的双音词就意味着选择其中之一。这就造成丰富语义的失落，甚至歪曲。

这是因为从逻辑上来说，古代文论的直觉性概括和为西方文论所同化了的、遵循同一律的现当代文论是有逻辑上的矛盾的。纯粹依赖传统文论的话语，不要说和西方人交流，就是和中国现代人交流都难免误解，其原因就在于，其间存在着两种逻辑，一个把同一律看成交流的前提，一个却把丰富的语义当作交流不可缺少的条件。

第二，古代诗学的话语往往和中国传统的文化宗教的观念结合在一起。意境的观念本来与佛学、禅宗和道教的观念有着千丝万缕的联系，要将意境说作现代转化，就不但是语义的转化，而且有一种深层的文化和宗教价值的转化①。而这种转化不但对于基督教文化背景的西方人来说，其想象和体验受到限制，而且对于缺乏道家和佛学修养的中国当代文论家来说也具有相当的难度。

第三，最根本的是，中国传统的意境，其中的意，和西方语言文化哲学之间有着相当尖锐的冲突。意并不等于西方的言，它既是言的深化，又是言的内化，它不在言之中，而在言与言的联想的氛围之间；意还表现为情的空灵，人的虚化，情感的淡化。不到达这种程度，就进入不了诗的境界。而在这种境界中，美学性质是以无言、无声、无欲为特点的。这是中国道家和佛学的根本观念的体现，与西方文学理论的语言中心论有着相当遥远的距离。

缺乏直接沟通的范畴，在逻辑上常见的错位，再加上文化宗教心理（想象和体验）距离，（有时竟是风马牛）使得对话难以深入。

从古代汉语的多义转化为现代汉语的单义，虽然困难，但毕竟是表面的，可以用语言加以弥补。而文化价值和宗教观念的，想象和体验的差距，则是深层的，语义的和心理上的失落和误解是不可弥补的。从这个意义上来说，对话总是和误读联系在一起的。可以说，没有误读就不可能有对话②。

---

① 参见叶嘉莹：《王国维及其文学批评》，广东人民出版社，1982年版，第220页；陈良运：《中国诗学体系论》，中国社会科学出版社，1998年版，第230—240页。

② 在这方面西方学者比之中国学者更容易犯幼稚的错误，在中国学者中类似的笑话屡见不鲜，就是渊博如朱光潜，在他亲临欧洲研读克罗齐的时候，还发生了许多误读。参阅王攸欣：《选择·接受与疏离》，北京三联书店，1999年版，第133—144页。

但是，我们并不悲观，诚如伽达默尔所言，理解是一个过程，不是一次完成的，在历史性的误读过程中互相之间自然会深化理解①。

正是因为这样，意境的观念虽然由王国维在某种意义上加以现代语义化了，甚至还将它以西方逻辑化的方式，转化为二元对立的范畴：境界/无境界，有我之境/无我之境，隔/不隔。但是，仍然不但没有得到西方的认同，就连中国现代新诗的评论，也很少将之作为基本范畴，作为阐释和评论的准则。这一点并不能成为拒绝对话的借口，在误读中对话，在对话中减少误读，需要一个历史过程。

对话比之独白，要艰难曲折得多了。由于母语文化的历史和传统不同，中西文论价值是错位的，双方的话语是不对称的。在这方面，我以为中国人对于西方固然有误读，但是相对来说，比较少一点，而西方人对于中国的传统文论则误读相当多。

一个很明显的现象是，在读西方文论的时候，我们要懂得西方的基督教传统，至少熟悉圣经故事，但是西方文论家有几个是把掌握中国的道家和佛学经典当作对话的前提呢？缺乏价值的和逻辑的通约性，深度的对话是困难的。

在未来的岁月里，要改变西方文论独白的现象，形成真正的对话，就不能不考虑文化的潜在价值的错位，造成的转化的困难。而这正是我们的历史任务。

三

回顾百年来的中国文论史，另一个令人困惑的问题是，当代西

---

① 参阅徐友渔、周国平等：《语言与哲学》，北京三联书店，1996 年版，第 320 页。

方文论，尤其是阐释学、现象学、解构主义，都强调一切话语澄明性和遮蔽性的共生，对一切大前提，包括潜在的、预设的、暗示的大前提的批判、解构、悬搁是思想解放的开始。但是这对于他们自身却是例外的，一旦按辩论术，让他们"自我涉及"，就不能不产生悖论。悬搁、解构和批判，如果包括他们自己的前提，只能导致他们的自我取消。如他们所说，没有超民族、超历史的文学性，不管是多么澄明的西方文论，也与中国传统的、现代的文学文本有着不可避免的错位甚至冲突。

一切理论不管其澄明性如何，都不可避免地具有与阅读经验为敌的倾向，在跨国文化的阅读中尤其是如此。当然一切阅读经验都不可能是与理论绝缘的，经验无不打上阅读者的传统文化观念和价值观念的烙印，受到某种理念的诱导，但是，一切理论也同样受到理论家自身文化观念、价值观念的制约。不管何种阅读都毫无例外地包含着作者和读者深层的观念的冲突和交融，交融表现为经验对于对方文论的认同和归顺，而冲突则表现为经验对于文论观念的挑战和质疑。除非两种文化价值之间没有任何区别，才能出现单纯的认同和归顺的倾向。这不但在民族与民族之间是不可能的，就是在个人与个人之间，也是罕见的。因而凡单纯表现出认同倾向的，则表明只涉及两种文论之间互相重合的部分，而互相重合的部分往往是缺乏特点的，甚至是肤浅的。要深化对话的层次，就不能不从阅读经验和外来文论的冲突开始。

在冲突过程中，任何一方，很少是从理论到理论决定自己的取舍的，相反，理论往往不能单独决定自己的方向，相反，最后起作用的恰恰是经验。相对而言，理论有两个缺点，而经验却正好与其形成互补。其一，理论比较狭隘，经验以其丰富性见长。它不但包含着已经明确的观念，而且蕴含着潜在的意念。而这种潜在的意念往往比之显性的观念更为深刻，更为强有力，更多元，包含着更多的可能性，因而也就更能补充、提示理论本身的遮蔽性，从而产生出某种创造性。其二，理论是间接的，而经验则以其直接性见长。正因为此，从理论到理论，从演绎到演绎，由于演绎法本身已经把结论放在大前提中了，因而很难产生出新知识，从而也就很难有直接的原创性，而从经验中往往能产生某种原创性。理论的演绎，要产生创造性或者次原创性，不是通常流行的证明，而是证伪。据波普尔的说法，证明只能做难题，只有证伪才能发展真理。

从这个意义上来说，要防止理论崇拜和权威理论家的任何崇拜，包括福柯、德里达的崇拜。如果真正忠实地把福柯和德里达自己的观念和方法贯彻到底，他们就不应该成为崇拜的对象，而应该成为解构的对象，正像英国社会学的鼻祖亚当·福格森在《文明社会史论》中所说的那样，一切权威都不能是膜拜的偶像，而只能是争辩的对手。

对话不仅仅依靠理论本身的自洽性，而且还要参照中国经典文学作品。从中揭示文化价值和语言传统的矛盾，这必然产生出一个证明和证伪的痛苦过程，不将其中的矛盾和冲突揭示出来，从而对西方文论范畴进行补充、衍生，全部或者部分地颠覆，未来中国文学理论的建构是不可想象的。

对于建设中国现代文艺学来说，光有中国传统的和西方引进的文学理论资源，是不够的，二者同样都需要一种复杂的重构过程。重构有两种，一是，从理论到理论的转化，也就是光在逻辑上讲通，是初级的，因为在实践中可能行不通。二是，把理论的转化和经典文学文本的解读结合起来，用阅读经验来证实和修正逻辑的演绎，以经过修正的理论来引导、梳理阅读经验才能作螺旋式的上升。如果逻辑的演绎和经验的实证不取得动态平衡，就可能变为经院哲学和教条主义。

从根本上来说，理论话语和范畴首先就是直接从文本中进行第一手的概括，然后再在逻辑上加以演绎，使之体系化、自洽化的结果，理论大师们就是这样做的，但是概括和演绎就意味着遗漏和价值观念的渗入。当然，不管是阅读经验，还是权威的理论话语都有历史的、民族的、文化的、个人的狭隘性。但是，从当前的现实而言，受到严重忽视的是阅读经验。

我们当前的任务是把阅读经典的重要性提高到应有的程度：在引进西方文论以后，以阅读经验为基础，对其加以修正、衍生、改造，甚至颠覆，没有这样一种气魄和精神，我们就无法取得对话的权利。

这里，我举一个小小的例子。

西方文论提出的审美范畴，现在已经取得了世界性的认同。它原本是希腊人用来和理性的抽象对立的，不言而喻的前提就是情感价值。但是当代世界文学早已越过了传统的审美阶段，而进入了一个反抒情、反滥情、反煽情的阶段。对于这一切，西方文论并没有从审美范畴衍生出相对的范畴来概括这种潮流。审美的体系性显然存在着一个历史的和时代的空白。

这种空白妨碍着美学作为一种逻辑的和历史的统一体系的自洽。

对话要超越独白，最根本的标志是，话题的交递；如果话题是单方的，则一方不可能不陷于被动。话题的交递可以保证双方的主动。

我们应该有自己的话题，这应该在西方话题的空白失误之中。比如应该有一个"审智"的范畴与西方审美范畴相对立，或者相并列①。

---

①　审智作为一个学术范畴，目前在英语中很难找到对应的词语。本来美学ae-thetics，就只是感觉学的意思，是日本人在翻译的时候把它和"美"联系了起来。这个译法很有灵气，但是要把审智转化为英语，而且要让它和在汉语中一样具有与审美平等的意味，却很难从aesthetics派生出一个相应词语来。不得已而求其次，我们暂时把它译为intellct-aesthetics，或者examing-entellctural。

一方面描述当代历史语境中的文学性的新发展，另一方面作为对于中国古典文论"诗缘情"和西方文论审美说的逻辑延伸。美学（aesthetics）本是一种感觉的学问，（是日本人把它翻译成"美学"和"审美"），相对于理性的学问。由于情感直接与感觉相联系，情感不可能直接感知和表述，它只能冲击感觉使之发生变异，所以文学繁荣的最初标志是审美价值的张扬——最高成就是通过感觉变异，进行抒情的古典派和浪漫派。这就给康德一种印象，好像审美价值就在于情趣判断。然而现代和当代文学艺术的发展表明：情感的审美并不是文学性唯一的法门——现代派艺术显示的是超越情感，反抒情，把抒情当作滥情、煽情来嘲笑；代之以超越情感直接通向智性的艺术。冷峻和智性的结合成了世界现代文学的特点。从感觉超越情感直接到达智性是世界当代文学的潮流。

西方文论对此已经作出了反应，许多理论家明显地离开或多或少是以忽视文学与哲学之间的区别，有的理论家（如乔纳森·卡勒）认为，文学与非文学的界限非常模糊，可以用文学理论解读非文学文本。文学理论与文学性没有多大关系。有些西方理论家（如加缪）公然宣称，文学不过是自己哲学观念的图解而已，当然，也有一些理论家表示反对（如布鲁姆）。

对于 20 世纪中后期世界文学声势浩大的智性潮流来说，西方美学在范畴上并没有在历史逻辑的统一上作出体系性的衍生①。

要真正平等地对话，不能从西方文论成功的地方开始接过话题，应该从西方文论跌倒的、失落的、遗漏的、混乱的地方开始。

---

① 从美学范畴来说，现代文论还提供了一个审丑的范畴，但是审丑，仍然是与情感相联系的，严格来说仍然是属于审美范畴，审丑仍然出于情感价值，而不像审智乃是出于对于情感的超越。

平等不仅仅是政治上的平等，而且是智力上共同达到相应的水平。完全的平等是不存在的，平等是动态的，它意味着在一些方面的滞后，另一些方面的超越。没有部分超越，平等只是一种文明的礼貌，而礼貌总是免不了虚假的，礼貌是掩盖不平等的最好手段。

俄国形式主义者分析所谓"不成功的爱情小说"得出一个公式：A 爱上了 B，但是 B 不爱 A，A 设法让 B 爱上了 A，而 A 却不爱 B 了①。这其实不仅仅是爱情小说的模式，而且是一切小说的心理结构模式。人物不管是处于爱情还是处于友谊之中，不论是战火中的盟友，还是相依为命的亲人，只要是叙事的文本，都只能是"心理错位结构"②。就是三国演义中的诸葛亮、周瑜和曹操的心理关系，也只能归入这种错位范畴。这样，我们才能以概括性更为深刻而广泛的范畴和涵力不足的什克诺夫斯基与烦琐的普罗普和格雷马斯对话。

从这个意义上说，高水平的对话的标志是转换话题，以转换话题进行挑战。

没有挑战，对话不可能成为多声部的交响，只能沦为单方面的寂寞的回声。如果所有的命题和包含在话题中的方法和价值观念都是西方提供的，我们就只能像中学生那样解难题，永远不会像《东方主义》的作者那样提出问题来刁难一下西方学者。

挑战不仅仅是为了洞察对手，而且是为了：在与"他者"的对话之中更为深刻地了解我们的本质。西方文论也一直强调，弱势文化中包含着强者所没有的东西。但是并不存在着一种固定的、现成的我们的本质，我们的文化特点只有在与"他者"的对话中才能发

---

① 维·什克诺夫斯基：《故事和小说的构成》，乔治·艾略特等著：《小说的艺术——小说创作论述》，社会科学文献出版社，1995 年版，第 69 页。

② 参阅孙绍振：《审美价值结构和情感逻辑》，华中师范大学出版社，2000 年版，第 324—333 页。

现。本质不是静态的，而是在与"他者"的对话中，在本来朦胧的深层中建构的，有如战争和恋爱建构着人的深层本质一样，对话也使得我们的本质更加动态化。

这一点对于强势文化，也是一样，没有挑战的独白，只能导致单调的重复和停滞。

面对未来的世纪，不管是为了认识自己，还是为了发展、更新自己的文论，我都只能把希望寄托在真正的，而不是虚假的对话上。光是悲叹我们这一代人的缺乏原创的自觉，甚至连次原创性也很少很少，不过是滥情而已。

西方文论危机和中国文论的历史性建构

　　20 世纪 80 年代以来，西方文论尤其是其研究方法被全面、系统和细致地介绍到中国，从而改变了中国文学的研究格局与思维模式，这是中国当代文学与研究得以快速、健康发展的关键。然而，在世纪之交，特别是进入 21 世纪，西方文论之于中国文学研究的局限性、低效或无效逐渐暴露出来，且有愈演愈烈之势，这在文学文本解读上表现得尤为突出。究其因，一方面与中国学者惟西方文论是从有关，另一方面也与西方文论自身的局限有关。显然，欲更好地研究中国文学必须考虑中国语境、中国特色、中国立场、中国方法，建构文学文本解读的理念，将会是提高解读有效性的途径。关于这一点，以往学术界较少给予关注，更缺乏深入的研究和探讨。

一、提高文学解读有效性的呼唤

　　对文学文本解读的低效或无效，正威胁着文学理论的合法性，这是世界性的现象。早在 20 世纪中期，韦勒克和沃伦就曾宣告："多数学者在遇到要对文学作品做实际分析和评价时，便会陷入一种令人吃惊的、一筹莫展的境地。"① 此后 50 年，西方文论走马灯似的更新，但情况并未改观，以至有学者指出：西方文论流派纷纭，本为攻打文本城堡而来，旗号纷飞，各擅其胜。结构主义、解构主义、现象学、读者反应派，更有"新马"、新批评、新历史主义、女性主义等，"在城堡前混战起来，各露其招，互相残杀，人仰马翻……待尘埃落定后，众英雄（雌）不禁大惊，文本城堡竟然屹立无恙，理论破而城堡在"②。在此，李欧梵后来还在《读书》杂志上为文《理论于我有何"用"》，提出西方前卫文论当然要学，但是，只能作为思考的背景，不能让它"挂帅"③。只指出了严峻的问题，但未分析其原因。

探究其深层原因，对于提高文本解读的有效性十分必要。应清醒地看到，西方文论在获得高度成就的同时也深藏着一些隐患。首先，是观念的超验倾向与文学的经验性发生矛盾；其次，因其逻辑上偏重演绎，忽视经验归纳，这种观念的消极性未能像自然科学理论那样保持"必要的张力"而加剧；最后，由于对这些局限缺乏自觉认识，导致 20 世纪后期出现西方文论否定文学存在的危机。

这一切的历史根源是西方文论长期美学化、哲学化的倾向。西

---

① 韦勒克、沃伦：《文学理论》，刘象愚等译，江苏教育出版社，2005 年版，第 155—156 页。

② 李欧梵：《世纪末的反思》，浙江人民出版社，2000 年版，第 275 页。其实，李欧梵此言似有偏激之处，西方学者也有致力于经典文本分析者。如德里达论乔伊斯的《尤利西斯》、卡夫卡的《在法的门前》，罗兰·巴特论《追忆似水年华》《萨拉辛》，德·曼论卢梭的《忏悔录》，米勒评《德伯家的苔丝》，布鲁姆评博尔赫斯等，但他们微观的细读往往旨在演绎出宏观的文化理论，不在解读文本，有时，甚至公然作文字游戏，德里达用 2 万多字的篇幅论卡夫卡仅 800 字左右的《在法的门前》，解读象征寓言的同时从文类、文学与法律等宏观方面进行后结构主义的延异书写。其主旨在超验的文化学，并不在审美价值的唯一性。

③ 李欧梵：《理论于我有何"用"》，《读书》2017 年第 6 期。

方美学作为哲学的一个分支，其源头就有柏拉图超验的最高"理念"，后来的亚里士多德虽倾向于经验之美，但西方文化源远流长的宗教超验（超越世俗、经验、自然）传统使得美学超验性跨越启蒙主义美学而贯穿至 20 世纪。从早期的奥古斯丁到中世纪的托马斯·阿奎那，他们都将柏拉图超验的理念打上了神学的烙印，认为最高的美就是上帝，一切经验之美的最大价值就是作为超验之美——上帝的象征。从内容上看，中世纪的神学美学不完全是消极的，也有一定的积极意义，它至少是脱离了自然哲学的束缚，以神学方式完善和展现自己。神学不过是被扭曲和夸大的人学，或是以异化形式呈现的人学，体现在美学上，就是把超越了自然的上帝，或叫人类总体当作思维总体，由此主体出发去探求美的起源和归宿。这种美学的许多范畴，如本体意识、创造意识、静观意识、回归意识等大都为近现代美学所继承。① 也许正因如此，虽然在文艺复兴强调经验之美的启蒙主义思潮中，神学美学被冷落，但在康德的学说中，经验性质的情感审美与宗教式的超验之善仍在更高层次结合。德国古典哲学浓郁的超验的神学话语和以审美或艺术代替宗教的倾向，也曾遭到费尔巴哈和施莱尔马赫感性实践理念的批判，此外，它还受到克尔凯郭尔的论证说以及车尔尼雪夫斯基的"美是生活"的反拨，但康德式的超验的哲学美学思辨仍是西方文论的主流形态。虽然超验美学在灵魂的救赎上至今仍有其不可忽视的价值，但超验的思辨形而上学的普遍追求，却给文学理论带来致命的后果。卡西尔曾对此反讽道："思辨的观点是一种非常迷人的解决问题的方法，因为好

---

①   参见阎国忠：《超验之美与人的救赎》，《学术月刊》2008 年第 5 期。又见阎国忠：《美是上帝的名字：中世纪神学美学》，上海社会科学院出版社，2003 年版，第79—83 页。

像通过这种方法，我们不但有了艺术的形而上的合法根据，而且似乎还有神化的艺术，艺术成了'绝对'或者神的最高显现之一"①。

西方文论这种美学、形而上学、超验的追求，实际上使得文学文本解读与哲学的矛盾有所激化。第一，哲学以高度概括为要务，追求涵盖面的最大化，在殊相中求共相，而文学文本却以个案的特殊性、唯一性为生命，解读文本旨在于普遍的共同中求不同。文学理论的概括和抽象以牺牲特殊性为必要代价，其普遍性原理中并不包含文本的特殊性。由于演绎法的局限（特殊的结论已包含在周延的大前提中），不可能演绎出文本的特殊性、唯一性。第二，这种矛盾在当代变得更加尖锐，是由于当代西方前卫文论执着于意识形态，追求文学、文化和历史等的共同性，而不是把文学的审美（包括审丑、审智）特性作为探索的目标。即使是较为强调文学"内部"特殊性的韦勒克、沃伦和苏珊·朗格，他们的《文学理论》和《情感与形式》，也是囿于西方学术传统而热衷于往哲学方面发展。苏珊·朗格指出：她的著作"不建立趣味的标准"，也"无助于任何人建立艺术观念"，"不去教会他如何运用艺术中介去实现它"。所有这些准则和规律，在她看来，"均非哲学家分内之事"。"哲学家的职责在于澄清和形成概念……给出明确、完整的含义。"② 而文学文本的有效解读恰与此相反，要向形而下方面还原。第三，长期以来，西方文论家似未意识到文学理论的哲学化与文学形象的矛盾，因为哲学在思维结构和范畴上与文学有异。不管是何种流派，传统哲学都不外乎是二元对立统一的两极线性思维模式（主观与客观、自由与必然、

① 卡西尔：《语言与艺术》，张法译，刘小枫选编：《德语美学文选》上卷，华东师范大学出版社，2006年版，第400页。

② 苏珊·朗格：《情感与形式》，刘大基等译，中国社会科学出版社，1986年版，第1—2页。

形式与内容、道与器等），前卫哲学如解构主义则是一种反向的二元思维；文学文本则是主观、客观和形式的三维结构。哲学思维中的主客观只能统一于理性的真或实用的善，而非审美。而文学文本的主观、客观统一于形式的三维结构，其功能大于三者之和，则能保证其统一于审美。二维的两极思维与三维的艺术思维格格不入，文学理论与审美阅读经验为敌，遂为顽症。

　　20世纪80年代以来规模空前的当代西方前卫文论，堂而皇之地否认文学的存在。以致号称"文学理论"的理论公然宣言，它并不准备解释文学本身。乔纳森·卡勒宣称，文学理论的功能就是"向文学……的范畴提出质疑"①。伊格尔顿直截了当地宣告，文学这个范畴只是特定历史时代和人群的建构，并不存在文学经典本身②。号称文学理论，却否认文学本身的存在，还被当成文学解读的权威经典，从而造成文学解读和教学空前的大混乱，无效和低效遂成为顽症。问题出在哪里？很大程度上是文学理论的学术规范使然。西方文论一味从概念（定义）出发，从概念到概念进行演绎，越是向抽象的高度、广度升华，越是形而上和超验，就越被认为有学术价值，然而，却与文学文本的距离越来越远。文学理论由此陷入自我循环、自我消费的封闭式怪圈。文学理论越发达，文本解读越无效，滔滔者天下皆是，由此造成一种印象：文学理论在解读文本方面的无效，甚至与审美阅读经验为敌是理所当然的。文学解读的目标恰恰相反，越是注重审美的感染力，越是揭示出特殊、唯一，越是往形而下的感性方面还原，就越具有阐释的有效性。

---

　　①　乔纳森·卡勒：《文学理论入门》，李平译，译林出版社，2008年版，第16页。

　　②　参见伊格尔顿：《二十世纪西方文学理论》，伍晓明译，北京大学出版社，2007年版，第11页。

　　归根到底，文学理论不但脱离了文学创作，而且脱离了文本解读。苏联的季莫菲耶夫和美国的韦勒克、沃伦都主张文学研究分为三部分：一是文学理论，二是文学批评，三是文学史。这是有一定道理的，但这三部分的基础首先应是文学创作。

　　理论只能来自实践，文学理论的基础只能建立在文学创作实践上。创作实践不但是文学理论的来源，而且应是检验文学理论的标准。创作实践尤其是经典文本的创作实践是一个过程，艺术的深邃奥秘并不存在于经典显性的表层，而是在反复提炼的过程中。过程决定结果，高于结果，从隐秘的提炼过程中去探寻艺术奥秘，是进入解读之门的有效途径。正如海德格尔所言："作品的被创作存在只有在创作过程中才能为我们所把握。在这一事实的强迫下，我们不得不深入领会艺术家的活动，以便达到艺术作品的本源。完全根据作品自身来描述作品的作品存在，这种做法业已证明是行不通的。"

　　如《三国演义》中的"草船借箭"，其原生素材在《三国志》里是孙权的船中箭，到《三国志平话》里是周瑜的船中箭，二者都是孤立表现孙权和周瑜的机智。到了《三国演义》中则变成"孔明借箭"，并增加了三个要素：盟友周瑜多妒；孔明算准三天以后有大雾；孔明算准曹操多疑，不敢出战，必以箭射住阵脚。这就构成了诸葛亮的多智是被周瑜的多妒逼出来的，而诸葛亮本来有点冒险主义的多智，因曹操多疑而取得了伟大胜利，三者心理的循环错位，把本来是理性的斗智变成了情感争胜的斗气，于是多妒者更妒，多智者更智，多疑者更疑，最后多妒者认识到自己智不如人，发出"既生瑜，何生亮"的悲鸣。情感三角的较量被置于军事三角上。实用价值由此升华为审美经典。这样的伟大经典历经一代代作者的不断汰洗、提炼，耗费时间不下千年。这一切奥秘全在于文本潜在的特殊性，无论用何种文艺理论的普遍性对之直接演绎，只能是缘木求鱼。

此外，文学作品的价值和功能最终只有在读者阅读过程中实现。文学解读以个案为前提，它关注个体而非类型。由于文学作品的感性特征往往给读者一望而知的感觉，但这仅是其表层结构，深层密码却是一望无知甚至是再望仍无知的。因此，文学需要解读，深刻的解读就是深层解密。让潜在的密码由隐性变为显性，并化为有序的话语，这无疑是提高文学文本解读的有效的艰巨任务。

理论的基础和检验的准则来自实践，理想的文学理论应是在创作和阅读实践的基础上作逻辑和历史统一的提升。然而，西方文论家大都是学院派，相对缺乏创作才能和体验（这和我国古典诗话词话作者几乎都是文学创作者恰成对照）。本来，这种缺失当以文学文本个案的大量、系统解读来弥补，但学院派却将更多精力耗于五花八门的文学理论（如"知识谱系"）的梳理①。这些文论家的本钱，恰如苏珊·朗格所说，只有哲学化的"明晰"和"完整"的概念。他们擅长的方法也就是逻辑的演绎和形而上学的推理。这种以超验为特点的文学理论可批量生产出所谓的"文学理论家"（学者、教授、博士），但这些理论家往往与文学审美较为隔膜。这就造成一种偏颇：文学理论往往是脱离文学创作经验，无力解读文本的。

在创作和阅读两个方面脱离了实践经验，就不能不在创作和解读的迫切教学需求面前闭目塞听，只能是从形而上学的概念到概

---

① 知识谱系的学术方法以罗蒂为代表，参见罗蒂：《哲学、文学和政治》，黄宗英等译，上海译文出版社，2009 年版，第 29 页。这种知识谱系方法常常表现为对"关键词"在不同历史语境中的内涵的梳理，在西方有雷蒙·威廉斯的《关键词》，在中国有南帆主编的《二十世纪中国文学批评 99 个词》（浙江文艺出版社，2003 年版），洪子诚、孟繁华主编的《当代文学关键词》（广西师范大学出版社，2002 年版）。

念的空中盘旋，文学理论因而成为某种所谓的"神圣"的封闭体系。在不得不解读文本时，便以文学理论代替文学解读学，以哲学化的普遍性直接代替文学文本的特殊性。这就导致两种倾向：一是只看到客观现实、意识形态和文学作品间的直线联系，抹杀文学的审美价值和作家的特殊个性；二是以文学批评中的作家论，以作家个性与作品的线性因果代替文本个案分析，无视任一作品只能是作家精神和艺术追求的一个侧面和层次，甚至是一次电光火石般的心灵的升华，一度对形式、艺术语言的探险。即使信奉布封"风格就是人"的著名命题，以文学批评中的作家论代替文本分析，也不可避免会带来误导。用鲁迅的国民性批判思想去解读《社戏》中对乡民善良、诗意的赞美，就文不对题；用"哀其不幸，怒其不争"解读《阿长与〈山海经〉》也不完全贴切，因为文中另有"欣其善良"的抒情。

在某种意义上，即使是黑格尔所说的"这一个"，也是一种普遍性追求的表现，而文本个案只是作家这一次、一刻、一刹那（如我国的绝句和日本的俳句）的体验与表达。在文学作品中，作家的自我并不是封闭、静态的，而是以变奏的形式随时间、地点、文体、流派、风格等处于动态中。作品的自我，并不等于生活中的自我，而是深化了艺术化了的自我。这一点，余光中先生把这叫作"艺术人格"。他在《井然有序》的序言中说，"我不认为文如其人的'人'，仅指作者的体态谈吐予人的印象。若仅指此，则不少作者其实'文非其人'。所谓'人'，更应该是作者内心深处的自我……跟内心深处中的自我不是一样的，有一个'另己'，甚或'真己'，往往和处在'貌己'，大异其趣，甚至相反。其实以作家而言，其人的'真己'倒是他内心渴望扮演的角色：这种渴望在现实生活当中每受压抑，但是在想象中，亦即作品中却得以体现，成为一位作家的

'艺术人格'。"① 正是因为这样，朱自清《荷塘月色》中的"我"，并非"平常的我"，那是"超出了平常的我"，是超越了伦理、责任压力，享受校园中散心的"独处的妙处"的"我"，那是短暂的"自由"的自我。当回到家中，看到熟睡的妻儿，"我"又恢复了"平常的我"。有时，文学作品中的"我"还是复合的，既是回忆中当年的自我，又是写作时的自我。鲁迅《阿长与〈山海经〉》中的"我"，并不完全是童年鲁迅，同时还有以宽容心态看待长妈妈讲太平军荒诞故事的中年鲁迅。说长妈妈有"伟大的神力"，对她有"空前的敬意"，这种幽默的谐趣是中年的，却又以童年的感知来表现。有时，作家自由地进行自我虚拟，在刘亮程《一个人的村庄》中，不但环境是虚拟的，人物和自我也是虚拟的。更不可忽略的是，同一作家在不同文体中也有不同表现。在追求形而上的诗歌中，李白藐视权贵，在表现形而下的散文中，李白则"遍干诸侯"，"历抵卿相"。② 因此，文学文本解读不仅应超越普遍的文学理论，而且应超越文学批评中的作家论。

　　追求普遍性而牺牲特殊性，这是文学理论抽象化的必要代价。从某种意义上说，文学理论越普遍，涵盖面越广，就越有价值。然而，文学理论越普遍，其外延越大，内涵则相应缩小。而文学文本越特殊，其外延递减，内涵则相应递增。不可回避的悖论是，文本个案以独一无二、不可重复为生命，但文学理论是对无数唯一性的概括。在此意义上，二者互不相容。文学理论的独特性只能是抽象的独特性，并非具体的唯一性。文本个案的唯一性，与理论概括的

---

① 余光中：《为人作序——写在〈井然有序〉之前》，《书屋》1997 年第 4 期。

② 《李太白全集》第 3 册，中华书局，1957 年版，第 1251 页。原文为："十五好剑术，遍干诸侯。三十成文章，历抵卿相。"

独特性构成永恒的矛盾。

当然，这并不仅是文学理论，也是文学解读理念的悖论，甚至是一切理论都可能存在的矛盾。但是，一切理论并不要求还原到唯一的对象上去。对于万有引力，并不要求回到传说中牛顿所看到的苹果上去；对氧气的助燃性质，也不用还原到拉瓦锡的实验中去。就是马克思在经济学中对商品的基本范畴的还原，也不用追溯到某件具体的货物中去。所以，马克思在《资本论》中，主要取英国的数据，所得出的结论也同样符合德国，因为理论价值不在特殊性，而在普遍的共性。文学文本解读则相反，个案文本的价值在于其特殊性、唯一性。由此可知，文学解读学与文学理论虽不无息息相通，但又是遥遥相对的。

追求个案的特殊性正是文学文本解读的难点，也是它生命的起点；但是，对于文学理论来说，局限于文本的特殊性却可能是它生命的终点。理论的价值在于作"文本分析"的向导，但是，它对所导对象的内在丰富性却有所忽略。水果的理念包罗万象，其内涵并不包含香蕉的特殊性，而香蕉的特殊性却隐含着水果的普遍性。文本个案的特殊内涵永远大于理论的普遍性。因而，以普遍理论（水果）为大前提，不可能演绎出任何文本个案（香蕉）的唯一性。因此，文学理论不可能直接解决文本的唯一性问题，理论的"唯一性""独特性"只能是一种预期（预设）。说得更明确些，它只是一种没有特殊内涵的框架。文本的特殊性、唯一性只有通过具体分析将概括过程中牺牲的内容还原出来。这是一个包括艺术感知、情感逻辑、文学形式、文学流派、文学风格等的系统工程。

二、定义与实践的矛盾

　　文本解读力欠缺的文学理论之所以如此盛行，不能不说与人们对西方文论的局限缺乏清醒的反思和认识有关。固然，西方学术有不可低估的优长，也是在此意义上，五四时期我国学术界才放弃了诗话词话和小说评点的模式，采用西方以定义严密、逻辑统一和论证自洽为特征的范式。应该说，这是文学研究的一种进步。定义的功能是：第一，保持基本观念的统一性，防止其在内涵演绎过程中转移，确保范畴在统一内涵中对话的有效性；第二，稳定的定义是长期研究积淀的结果，学术成果因之得以继承和发展。中国古典文学理论就是因其基本观念（如道、气）缺乏严密的定义，长期在歧义中徘徊。但西方文论又过于执着定义，所以难免西方经院哲学超验烦琐造成的许多荒谬（如中世纪的神学辩论竟然在探讨，一个针尖上能站几个天使）。一味地对概念作抽象辨析，既容易把本来简明的事物和观念说得玄而又玄，又容易脱离实践而陷入空谈。一些被奉为大师的西方人物，其权威性中到底隐含了多少皇帝的新衣，是值得审视的。以米克·巴尔为例，她曾为其核心范畴"本文"下了这样一个定义：

　　　　本文（text）指的是由语言符号组成的、有限的、有结构的整体……叙述本文（narrativetext）是叙述代言人用一种特定的媒介，诸如语言、形象、声音、建筑艺术，或其混合的媒介叙述（讲故事）的文本。[1]

---

[1]　米克·巴尔：《叙述学：叙事理论导论》，谭君强译，中国社会科学出版社，1995年版，第3页。

在此，定义的对象是文学艺术，但其内涵中并无文学艺术的影子，可谓空话连篇。以这样的定义作大前提，根本就不可能演绎出任何文学艺术的特殊内涵。然而，许多理论大家对定义的局限和功能缺乏审思，在概念的迷宫中空转者更是代不乏人。

在定义的文字游戏中，最极端者是解构主义者，他们的所谓文学理论权威著作堂而皇之地宣布文学的不存在，把文学理论引向灾难性危机。其根源在于，他们把追随定义的演变视为一切，而不是从定义（内涵）和事实（外延）的矛盾提出问题。

其实，严格意义上说，一切事物和观念都具有不可定义的丰富性：第一，由于语言作为声音象征符号系统的局限，事物和思维的属性既不可穷尽，又不能直接对应，它只能是唤醒主体经验的"召唤结构"。第二，一般定义都是抽象的内涵定义，将无限的感性转化为有限、抽象的规定，即使耗费千年才智，也难达到普遍认同的程度。第三，一切事物和观念都在发展中，不管多么严密的定义都要在历史发展中不断被充实、突破和颠覆，以便更趋严密。一切定义都是历史过程的阶梯，而非终结。在学术史上，并不存在超越时间的绝对的定义。即使是西方前卫文论用来替代"文学"的"文化"，其定义也多至百种。由此观之，定义不应是研究的起点，而是研究的过程和结果。若一切都要从精确的定义出发，世上能研究的东西就相当有限。如萨义德的"东方学"这个论题本身就无法定义，从外延上说，东方不是一个统一的实体；从内涵上说，它也不能共享统一的理念。

自然，离开严密的定义，文学研究也难顺利、有效地展开。在此关键问题上，马克思主义文论的经典作家具有相当深刻的认识。普列汉诺夫在《论艺术》中说过，研究不能没有"严格地下了定义的术语"，但是，一个"稍微令人满意的定义，只有在它的研究的结果中才能出现"，所以，研究就面临着为"还不能够下定义的东西下个定义"的难题。对此，他提出"暂且使用一种临时的定义，随着问题由于研究而得到阐明，再把它加以补充和改正"①。

　　严密的定义实际上是内涵定义。不完善的内涵定义与外延（事实）的广泛存在发生矛盾。轻率地否认对象的存在就放弃了文学理论生命的底线。西方文论家也强调问题史的梳理，但他们的问题史只是观念、定义的变幻史，亦即为定义和概念（知识）的历史。这就必然造成把概念当成一切，在概念中兜圈子的学术。成功的研究都只能是先预设一个临时定义，然后在与外延的矛盾和历史发展中继续深化、不断丰富它，最后得出的也只能是一个开放的定义，或曰"召唤结构"而已。观念和定义的变幻是一种显性结果，它的狭隘性与对象的丰富性及历史发展变幻的矛盾，正是观念谱系发展的动力。谱系不仅是观念和定义的变幻系统，更是观念与对象的矛盾不断被丰富、颠覆和更新的历史。

　　片面执着于观念演变梳理的失误还在于，对"理论总是落伍于创作和阅读实践"这一事实的忽视。与无限丰富的创作和阅读实践相比，文学理论谱系所提示的内容极其有限。同样是小说，中国的评点和西方文论都总结出了"性格"范畴，但我们却没有西方文论的"典型环境"范畴。这并不意味着中国小说创作没有"环境"因素，《水浒传》的"逼上梁山"为其一，只是尚未将之提升到观念范畴。同为诗歌，中国强调"意境"，"乐而不淫，哀而不伤，怨而不怒"，西方文论却强调"愤怒出诗人"，"强烈感情的自然流泻"。其实，许多中国古典诗歌也注重强烈感情的表现，如屈原的"发愤

————————

① 普列汉诺夫：《论艺术》，曹葆华译，北京三联书店，1964 年版，第 1 页。

以抒情"（《九章·惜诵》），只是未形成普遍的概括，但是有实践：
"长太息以掩涕兮，哀民生之多艰"；西方的文学中也有非常节制情
感的诗歌，如歌德、海涅、华兹华斯的一些诗作。因而，仅梳理理
念只能达致概念的完整性和系统性，实际上与复杂对象及其历史性
相比则不成谱系。

　　中国现代散文史正是历史实践突破观念定义的历史。最初，周
作人在《美文》中为散文定性时只称"叙事与抒情"，"真实简
明"①，这实际上是指审美抒情。此定义很有权威性，但与实际不符，
鲁迅、林语堂、梁实秋、钱锺书的幽默或审丑散文就不在其列。定
义的狭隘性导致了现代散文的解读长期在抒情和叙事间徘徊。在二
十世纪三十年代，叙事被孤立强调，散文成为政治性的"文学的轻
骑队"。到了四十年代的解放区，主流意识形态提倡"人人要学会写
新闻"②。五十年代最好的散文就成了魏巍的朝鲜通讯《谁是最可爱
的人》。文学散文成为实用性的通讯报告，由此造成散文文体的第一
次危机。后来，杨朔强调把每篇散文都当作诗来写③，把散文从实用
价值中解脱出来，却又认为散文的唯一出路在于诗化。此论风靡一
时，无疑又把散文纳入诗的囚笼，由此造成散文文体的第二次危机。
以后，散文的主流观念为"形散而神不散"之类④。如果一味作谱
系式研究，则此谱系将十分贫乏；但如果不把这种贫乏的谱系，而

---

① 周作人：《美文》，《晨报》副刊 1921 年 6 月 8 日。
② 胡乔木：《人人要学会写新闻》，《解放日报》1946 年 9 月 1 日。
③ 原文是"我在写每篇散文时，总是拿着当诗一样写"。（杨朔：《〈东风第一
枝〉小跋》，《杨朔散文选》，人民出版社，1978 年版，第 220 页。）
④ 语出肖云儒《形散神不散》，载《人民日报》1961 年 5 月 12 日，但这是秦牧
在《海阔天空的散文领域》和《思想和感情的火花》中提出的"一个中心"说和
"一线串珠"的翻版。参见秦牧：《秦牧论散文创作》，张振金编，暨南大学出版社，
1990 年版。

是将之与创作和阅读实践的矛盾作为出发点，对二者的矛盾进行直接概括，就不难发现，创作和阅读实践不断在突破狭隘的抒情叙事（审美）理论。严格地说，幽默散文属于亚审丑范畴，如王小波、贾平凹、舒婷的谐趣散文，审美的狭隘定义被突破，有着审丑的倾向。余秋雨的功绩为，在抒情审美的小品中带有智趣，把诗的激情和历史文化人格的批判融为一体，使散文恢复了传统的大品境界，但他只是通向审智的断桥。南帆的散文，既不审美抒情，也不审丑幽默，而是以冷峻的智慧横空出世，开拓了审智散文的广阔天地。从审美抒情的反面衍生出幽默审丑，继而又从二者的反面衍生出既不抒情又不幽默的审智。

可见，推动知识观念发展的动力是创作实践，而非知识观念本身。文学理论的生命来自创作和阅读实践，文学理论谱系不过是把这种运动升华为理性话语的阶梯，此阶梯永无终点。脱离了创作和阅读实践，文学理论谱系必定是残缺和封闭的。问题的关键在于，文学理论对事实（实践过程）的普遍概括，其内涵不能穷尽实践的全部属性。与实践过程相比，文学理论是贫乏、不完全的，因而理论并不能自我证明，实践才是检验真理的准则。对此，马克思早在《关于费尔巴哈的提纲》中说过："人的思想是否具有客观的真理性，这并不是一个理论问题，而是一个实践问题。人应该在实践中证明自己思维的真理性，即自己思维的现实性和力量，亦即思维的此岸性。关于离开实践的思维是否现实的争论，是一个纯粹的经院哲学的问题。"①

在此意义上，一味梳理观念谱系的方法即便再系统也带有根本缺陷，这表现在：从概念到概念，从思想到思想，脱离了实践的推

---

① 《马克思恩格斯全集》第 3 卷，人民出版社，1956 年版，第 3—4 页。

动和纠正机制，带着西方经院哲学传统的"胎记"。当然，观念史梳理的方法也许并非一无是处，它所着眼的并不是文学，而是观念变异背后社会历史潜在的陈规。但无论是在性质还是功能上，它与文学解读最多也只能是双水分流。

西方阅读学最前卫的"读者中心论"，是经不起阅读实践的历史检验的。作家在完成作品后会死亡，读者也不免代代逝去，然而文本却是永恒的。文本中心应顺理成章。读者中心论带着相当的自发性，其症结在于将读者心理预设为绝对开放的机制。

其实，读者心理并不是完全开放的，也不像美国行为主义所设想的那样，外部有了信息刺激，内心就会有反应。相反，按皮亚杰的发生认识论，外来信息刺激，只有与内在准备状态——也就是他所说的"图式"（scheme）相一致，被"同化"（assimilation）后才会有反应①。读者心理具有一定的封闭性，这是人性的某种局限。中国古典文献早有"智者见智，仁者见仁"之说。黄宗羲在《明儒学案》中说："仁者见仁，知者见知，释者所以为释，老者所以为老。"② 张翼献在《读易纪闻》中说："唯其所禀之各异，是以所见之各偏。仁者见仁而不见知，知者见知而不见仁。"③ 李光地在《榕村四书说》中说："智者见智，仁者见仁，所秉之偏也。"④ 仁者的

---

① 皮亚杰：《发生认识论原理》，王宪钿等译，商务印书馆，1985年版，第60页。他完整的意思是："一个刺激要引起某一特定反应，主体及其机体就必须有反应刺激的能力。"每一个人的大脑中都有某种认识客体的"格局"，当外界刺激能够纳入人的已有的格局中时，用皮亚杰的术语来说，就是刺激能被固有的"格局""同化"时，它才能作出反应，否则，就不能作出反应。

② 黄宗羲：《明儒学案》，《四库全书》第457页，上海古籍出版社，1987年版，第141页。

③ 张翼献：《读易纪闻》，《四库全书》第32册，第548页。

④ 李光地：《榕村四书说》，《四库全书》第210册，第14页。

预期是仁，就不能看到智；智者的预期是智，就不能看到仁；智者仁者，则不能见到勇。预期是心理的预结构，也是感官的选择性，感知只对预期开放。马克思说："对于不辨音律感的耳朵说来，最美的音乐也毫无意义。"① 由于读者主体的心理图式本身有强点和弱点，有敏感点和盲点，因而其反应是不完全的。罗曼·英加登也承认："读者的想象类型的片面性会造成外观层次的某些歪曲；对审美相关性质迟钝的感受力会剥夺了这些性质的具体化"②。文学作品各层次和形式的奥秘极为复杂丰富，读者要同时进行毫无遗漏的注意、理解和体验，几乎是不可能的。"一千个读者就有一千个哈姆雷特"，这种"读者中心论"的名言，不断遭到有识者的强烈质疑，赖瑞云曾提出"多元有界"与之抗衡③。读者以具有封闭性的主体图式解读经典文本，常产生一种与文本内涵相悖的情况。提到《红楼梦》，鲁迅说过，从中"经学家看见《易》，道学家看见淫，才子看见缠绵，革命家看见排满，流言家看见宫闱秘事……"④。显然，这种看法是针对主观歪曲的混乱和荒诞而言的，可谓语带讥讽。阅读心理存在主体同化（在此是歪曲）规律。读者一望而知的往往不是文本深层的奥秘，而是主体已知的先见。如囿于英雄的"雄"为男性的偏见，许多学者解读《木兰诗》时，几乎众口一词地把花木兰看成和男英雄一样的英勇善战，鲜有明确指出其文本的独特性在于：勉强可称为正面书写战争之诗的只有"将军百战死，壮士十年归"，全

---

① 马克思：《1844 年经济学—哲学手稿》，刘丕坤译，人民出版社，1979 年版，第 82 页。

② 罗曼·英加登：《对文学的艺术作品的认识》，陈燕谷等译，中国文联出版公司，1988 年版，第 93 页。

③ 赖瑞云：《混沌阅读》，福建教育出版社，2010 年版，第 286 页。

④ 鲁迅：《<绛洞花主>小引》，《鲁迅全集》第 8 卷，人民文学出版社，2005 年版，第 179 页。

诗的主旨为，作为女性的木兰，她主动担起男性职责，立功不受赏，并以恢复女儿身为荣。

三、文本的立体结构和具体分析的层层逼近

文学文本解读无效或者低效，是由于读者的心理预期状态（图式）的平面化，以表层的一望而知为满足。其实形象是一种立体结构，它至少由三个层次组成。一是表层的意象群落，包括五官可感的过程、景观、行为和感性的语言等，它是显性的。在表层的意象中渗透着情感价值，这就构成了审美意象。正如克罗齐所说："艺术把一种情趣寄托在一个意象里，情趣离意象，或是意象离情趣，都不能独立。"① 需要说明的是，意象中的情趣并不限于情感，更完整地说应是情志，趣味中包含智趣。意象派代表人物庞德给意象下的定义是："在一刹那的时间里表现出一个理智和情绪复合物的东西。"② 表层的意象是一望而知的，但其潜在的情志往往被忽略。如柳宗元的《江雪》："千山鸟飞绝，万径人踪灭。孤舟蓑笠翁，独钓寒江雪。"对此，有的学者如是解读：不管天气多么寒冷，老翁仍在钓他的"鱼"③。把"钓雪"解读为"钓鱼"，就是被显性的感知遮

---

① 参见朱光潜：《朱光潜美学文集》第 2 卷，上海文艺出版社，1982 年版，第54—55 页。

② 参见彼德·琼斯：《意象派诗选》，裘小龙译，漓江出版社，1986 年版，第5页。庞德并不绝对地反对情感，只是坚持情感不能直接抒情，情感和智性浑然一体。故他在《严肃的艺术家》中对于诗与散文的区别这样说，"在诗里，是理智受到了某种东西的感动。在散文里，是理智找到了它要观察的对象"。（参见杨匡汉、刘福春编：《现代西方诗论》，花城出版社，1988 年版，第 54—55 页。）

③ 袁行霈：《中国诗歌艺术研究》，北京大学出版社，2009 年版，第 17 页；《燕园论诗》，北京大学出版社，2010 年版，第 14 页；《清思录》，首都师范大学出版社，2008 年版，第 474 页。

蔽，把意象当成细节，消解了隐性的审美情志。其实，表层意象不仅是对客体的描绘，而且也是主体的表现，是主体的情志为之定性，甚至使之发生变异的，如清代诗评家吴乔所说，如米之酿为酒，"形质尽变"①。此诗表层的形而下的钓鱼，为深层的形而上的精神境界所改变。前两句是对生命绝灭和外界严寒的超越，后两句是对内心欲望的消解。诗人营造的氛围是，不但对寒冷没有感觉和压力，而且并不在意是否能钓到鱼。这是一种内心凝定到超脱自然、社会功利，自我与大自然浑然一体的境界。韩愈诗句"草色遥看近却无"的妙处，不仅是对北方早春草色远观则有、近察却无的发现，而且是对自我心灵有所发现的喜悦。

　　意象不是孤立的而是群落式的有机组合，其间有隐约相连的情志脉络，这是文本的第二个层次，可称之为意脉（或为情志脉）。其特点为：第一，意脉以情志深化表层的意象；第二，对表层的整体意象在形态和性质上加以同化；第三，意脉所遵循的不是实用理性逻辑，而是超越实用理性的情感逻辑。这在中国古典诗话叫作"无理而妙"②，其具体表现为情感的朦胧性，不遵循形式逻辑的同一律、排中律，情感的主观独特性更使它超越充足理由律：情感强烈时，往往是无缘故的。情感逻辑有时还以片面性与辩证法的全面性相对立：不管是爱是恨，都是非理性和片面的。遵循逻辑规律是人同此心，心同此理，实用理性准则是唯一的；而超越逻辑规律则是人心不同，各如其面。情感的可能性是无限的。第四，在具体作品中，不管是小型的绝句，还是大型的长篇小说，意脉都以"变"和

―――――――――

① 吴乔：《答万季野诗问》，丁福保编：《清诗话》上册，上海古籍出版社，1978 年版，第 27 页。

② 贺贻孙在《诗筏》中提出"妙在荒唐无理"，贺裳和吴乔提出"无理而妙""入痴而妙"。沈雄在《柳塘词话》中说："词家所谓无理而入妙，非深情者不办。"

"动"为特点。故汉语有"动情""动心""感动""激动""触动"之说。（在英语中，感动"move"也是从空间的移动中转化而来。）在长篇小说中，事变前后大起大落的精神曲折和变异，乃是意脉的精彩所在。在绝句中，最动人处往往就是意脉的瞬间转换。[①] 意脉是潜在的，可意会而难言传。要把这种意味传达出来，需要在具体分析中运用原创性的话语。缺乏话语原创性的自觉和能力，往往会不由自主地被文本外占优势的实用价值窒息。

在中层的意脉中，最重要的是真、善、美价值的分化。与世俗生活中真、善、美的统一不同，文学文本是真、善、美的"错位"。它们既不完全统一，也非完全分裂，而是部分重合又有距离。在尚未完全脱离的前提下，三者的错位幅度越大，审美价值就越高。三者完全重合或脱离，审美价值就趋近于无[②]。

保证审美价值最大限度升值的是文学的规范形式[③]，这是文本结构的第三层次。形式对于文学解读学极其关键，但学术界大都囿于黑格尔的"内容决定形式"说，把形式的审美功能排除在学术视野外。历代美学家出于哲学思维的惯性，总在主观和客观里兜圈子。睿智者如朱光潜、李泽厚、高尔泰等，都未能超越二元对立的思维

---

① 参见孙绍振：《绝句：瞬间情绪的转换结构》，《文艺理论研究》2010 年第 5 期。

② 参见孙绍振：《美的结构》，人民文学出版社，1987 年版，第 48 页。又见孙绍振：《文学性讲演录》，广西师范大学出版社，2006 年版，第 55—65 页。

③ "规范形式"的范畴，最先是笔者在《文学创作论》（沈阳：春风文艺出版社，1987 年版，第 337 页）第 6 章第 2 节"文学形式的审美规范作用"中提出的。后在论文《审美价值结构及其升值贬值运动》（连载于《文艺理论研究》1988 年第 2、3 期）中有所发挥。本文在前二文的基础上对审美规范形式作了更系统深入的阐释，如，其有限性，其与内容的可分离性，其有可重复性地积累审美历史经验的功能，以及主体特征和客体特征并非直接发生关系，而是分别与规范形式发生关系等观念则是本文第一次提出的。

模式，未能意识到主观情感特征和客观对象特征的猝然遇合只是胚胎，没有形式就不能化胎成形，更不能达到审美的艺术层次①。未经形式规范的情感，哪怕是真情实感，也可能是"死胎"。作家的观察、想象、感受及语言表达，都要受到特殊形式感的制约和分化，主观和客观并非直接发生关系，而是同时与形式发生关系。只有当形式、情感和对象统一为有机结构后才具备形象的功能。只有充分揭示主观、客观受到形式的规范制约，文学理论才能从哲学美学中独立出来，通向独立的文学文本解读学。

克罗齐曾提出，一切直觉都是抒情的，"只要经过形式的打扮和征服就能产生具体形象"。他又说，"形式是常驻不变的，也就是心灵的活动"②。此说的缺陷在于，一是自相矛盾：形式是"常驻不变的"，而心灵却瞬息万变；二是形式并非常驻不变，而是随着历史从草创走向成熟。因而，他所指的形式，与黑格尔所说的均是自发的原生形式。只是黑格尔说的是生活的原生形式，克罗齐说的是心灵的原生形式，与此相似的还有中国《诗大序》所谓的"在心为志，发言为诗"。三者均混淆了原生形式与文学的规范形式之间的差异。

原生形式与文学的规范形式有根本的不同。第一，原生形式是天然的，随生随灭，无限多样，与内容不可分离；文学的规范形式是人造的、有限的（就文学而言不超过十种）、不断重复的，与内容是可分离的。第二，原生形式并不能保证审美价值超越实用理性的自发优势，规范形式则通过对漫长历史过程中审美经验的积淀，化为某种历史水准的相对稳定的形态（如小说从片断情节的志怪到情

① 参见蔡福军：《马克思主义美学家孙绍振》，《东吴学术》2011年第3期。
② 克罗齐：《美学原理·美学纲要》，朱光潜译，人民文学出版社，1983年版，第11—12页。

节完整、环环紧扣的传奇，到以情节表现性格的话本，到性格为环境所逼出常规的变化，到生活的横断面，再到非情节的场景组合），从而对形象的主客体特征进行规范。规范形式是人类文学活动进步的阶梯，没有规范形式，文学活动只能进行原始的重复，有了规范形式，文学活动才能从历史的水平线上起飞。第三，规范形式不但不是由内容决定，而是可征服内容、消灭内容，强迫内容就范，并且衍生出新的内容。如同席勒所谓的"通过形式消灭素材"①。没有规范形式的视角，哲学化的文学理论就往往处在文本静态的表层，而形式从草创到成熟的曲折历程，风格、流派对形式的冲击，流派对规范形式的丰富、发展和突破，乃至颠覆和淘汰（如大赋、变文、六言绝句、弹词、宝卷）等动态结构则一概成为空白。值得注意的是，形式的稳定性与内容的丰富发展是一对永恒的矛盾。内容是最活跃的因素，它不断冲击着规范形式，规范与冲击共生，相对稳定的规范形式在积淀历史经验时也不能不开放，不能不随着历史的发展而突破和更新。

不可讳言的是，不管什么样的形式规范，都是共同性的概括，都不能不以个案文本特殊性的牺牲为代价。从一滴水看大海，这滴水必须是纯粹的水，是把林黛玉的眼泪和武松喝的酒的特殊性抽象掉了的。而文本个案解读的任务却是把独一无二的酒的特殊性还原出来。这正是文学解读的有效性不可回避的矛盾。本来，最干脆的方法似乎就是直接对个案感性文本作直接的具体分析。当然，这不是绝对不可能，但是，却有难以想象的难度。直接分析的对象是矛

① 席勒的原话是："艺术大师的独特的艺术秘密就是在于，他要通过形式来消灭素材"。参见席勒：《美育书简》，徐恒醇译，中国文联出版公司，1984年版，第114—115页。

盾，然而文学文本却是天衣无缝，水乳交融的，个案的特殊矛盾是潜在的。要把这种矛盾揭示出来，才有分析的对象。鲁迅在《不应该那么写》中提出了一个很有价值的思路："凡是已有定评的大作家，他的作品，全部就说明着'应该怎样写'……在学习者一方面，是必须知道了'不应该那么写'，这才会明白原来'应该这么写'的……'应该这么写，必须从大作家们的完成了的作品去领会。那么，不应该那么写这一面，恐怕最好是从那同一作品的未定稿本去学习了。'"① 有了正反两面，就有了差异或者矛盾，具体分析就有了提高的台阶。传统的文学理论大都并不正面提供这样的差异和矛盾，没有可比性，因而分析难以着手。正是因为如此，涉及这正反两面的文献就显得分外珍贵。贾岛《题李凝幽居》中，"推"字好还是"敲"字好的佳话；王安石《泊船瓜洲》"春风又绿江南岸"在"绿""到""过""入"之间的选择；孟浩然《过故人庄》最后一联"待到重阳日，还来就菊花"，一度"就"字脱落，后人"对"字，还是"赏"字的猜测，等等，对文本的个案分析，就显得特别珍贵。这样的情况，就是在西方也不乏其例。莎士比亚据来自意大利的故事，创作了诗剧《罗密欧与朱丽叶》。果戈里听到一个故事：小公务员省吃俭用购置了猎枪划船去打猎，在芬兰湾猎枪丢失，以后一提就脸色发白。果戈里将猎枪丢失改为上班必须穿的大衣丢失，导致悲剧性死亡，又加上荒诞的喜剧结尾，写成经典小说《外套》。这些素材的好处，都在于为具体分析提供了现成的可比性。鲁迅所说着重在"写"，也就是创作的实践性，其主旨乃是把读者带入创作过程，这应该属于另一学科，其性质乃是"创作论"。这一切启示我

① 鲁迅：《且介亭杂文二集》，《鲁迅全集》第6卷，人民出版社，2005年版，第321页。

们以创作论突破文学理论的局限。

同样是解读，文学理论以读者的身份和作品对话，作品是静态的、不可更改的成品，读者只能被动接受。而创作论，则是以文本的创作过程为基础，不是作为成品，而是作为生成的过程。读者不是被动接受其成果，而是洞察其萌芽、生成、扬弃、排除、凝聚、衍生、建构的动态进程。在这方面世界文学史上有着许多经典的素材等待着我们去开发。托尔斯泰写《复活》前后十年，草稿、修改稿为具体分析达到唯一性提供条件。《复活》中写到聂赫留朵夫公爵到监牢去探看被他糟害沦为妓女，又横遭冤案的玛丝洛娃，身为陪审员的他，表示忏悔，要求和她结婚。最初手稿上写的是："玛丝洛娃认出了他，说：'您滚出去。'"对和她结婚的要求，也加以严词拒绝①。在《复活》的第五份手稿中，改成玛丝洛娃一下没有认出他来，可是高兴有衣着体面的人来看她。对聂赫留朵夫的求婚、忏悔，她答道："您说的全是蠢话，……您找不到比我更好的女人吗？您最好别露出声色，给我一点钱。这儿既没有茶喝，也没有香烟，而我是不能没有烟吸的……这儿的看守长是个骗子，别白花钱，——她哈哈大笑。"两者相比，显然后者把人物从外部感觉到内心近期经验和远期深层记忆的层次立体化了。但是，这样的直接归纳是粗浅的，因为它没有涉及小说审美规范的深度。归纳法在这里显示了它的优越性，同时也和演绎法一样不可避免地具有其局限性，那就是归纳要求周延，而将文本感性的内涵归纳为抽象的话语符号，是不可能绝对周延的。这是人类思维和话语的局限，但是并不是人类的思维和语言的宿命。自然科学理论在这方面提出把归纳法和演绎法结合

---

① 符·日丹诺夫：《〈复活〉的创作过程》，雷成德译，内蒙古人民出版社，1982年版，第22页。

起来，保持"必要的张力"①。正是因为这样，从个案直接归纳出来的观念，要在理论的演绎中加以检验和证明。直接归纳的唯一性不能不从普遍性的理论演绎中得到学术的支持。就上述托尔斯泰的修改而言，对形式规范作作理论的考察是不可或缺的。

　　人的心灵是很丰富的，哲学（逻辑学等等）只要表现其理性，其情感审美方面则更为丰富复杂，没有一种文学形式，能够将之全面地表现，因而，在数千年的审美积累中，文学分化为多种结构形态，以不同的功能表现心灵的各个层次和方面。诗歌的意象乃在普遍性的概括，不管是林和靖笔下的梅花，还是辛弃疾笔下的荠菜花；不论是华兹华斯笔下的水仙，还是普希金笔下的大海；不论是艾青笔下的乞丐，还是舒婷笔下的橡树，都是没有时间、地点、条件的具体限定的普遍的存在，在诗里，得到充分表现的往往是心灵的概括性，甚至是形而上方面，在爱情、友情、亲情中，人物都心心相印的，具有某种永恒性的，故从亚里士多德《诗学》到华兹华斯都以为诗与哲学是最接近的。而在叙事文学和戏剧文学中，则是个体心灵在不同的时间、地点、条件下表现差异性是绝对的，而且处于动态之中，情节的功能在于：第一，把人物打出常规，显示其纵向潜在的深层心态，列夫·托尔斯泰在《复活》中说"他常常变得不像他自己了，同时却又始终是他自己"②。第二，不管是爱情还是友情、亲情，心心相错才有个性，才有戏可看。俄国形式主义者维·什克诺夫斯基说："美满的互相倾慕的爱情的描写，并不形成故事……故事需要的是不顺利的爱情。例如 A 爱 B，B 不爱 A；而当 B

---

　　① 参见托马斯·S. 库恩：《必要的张力——科学的传统和变革论文选》，纪树立等译，福建人民出版社，1981 年版。

　　② 列夫·托尔斯泰：《复活》，汝龙译，人民文学出版社，1984 年版，第 263 页。

爱上 A 时，A 已不爱 B 了……可见，形成故事不仅需要有作用，而且需要有反作用，有某种不相一致。"故李隆基与杨玉环在白居易的《长恨歌》中，爱情不但超越空间（在天愿为比翼鸟，在地愿为连理枝），而且超越时间和生死（天长地久有时尽，此恨绵绵无绝期）；而在洪升的戏剧《长生殿》中，则是要偷情吃醋，发生情感错位的。故杨玉环两次吃醋，李隆基两次后悔迎回最为精彩。托尔斯泰的修改稿也表现了两个人的特殊的错位。初稿的局限在于，玛丝洛娃对聂赫留朵夫从心灵的表层到深层，只有仇恨，只有斩钉截铁的对立。定稿的优越在于，纯情少女变成了妓女。以妓女的眼光看待来人，在感知上又不完全是对立，而是错位；公爵真诚的求婚，她却认为是蠢话，但同时又有互相重合之处，她向他要钱来买烟，并且不让他把钱花在看守长身上。同样是对待钱，一个是要用来挽救她，同时拯救自己的灵魂，一个却用它来买香烟。这也正显示了玛丝洛娃虽然认出聂赫留朵夫，但是她的深层记忆并未完全被唤醒，纯情少女的记忆还被表层的妓女职业心态所封冻。这正也说明她的痛苦有多深。

这样的分析当然可以说比较有效，但是，潜在的矛盾并未完全消除，个案的唯一性仍然不能不与规律的普遍性相联系。但是，这里的规律的普遍性（深化心灵层次和心理错位），是用来阐明文本的唯一性的，正如用纯粹的水说明林林黛玉的泪水和武松的酒水，并没有以牺牲其独一无二性为代价，而是对文本的唯一性作出更加深邃的阐释。

然而，问题并不这样简单，因为，把读者带进作家创作过程的资源，虽然并非罕见，然而比之浩如烟海的文学作品来说，毕竟是凤毛麟角。这样的模式缺乏普遍的可行性。要把潜藏在水乳交融的、天衣无缝的文学形象之下的矛盾揭示出来，还要借鉴现象学的"还原"的方法。也就是把形象"悬搁"起来，当然，和现象学不同的是，不是为了"去蔽"，而是把形象未经艺术化的原生状态（认识理性、实用理性的）想象出来，与审美形象比较，分析其差异或者矛盾。

就规范形式本身而言，首先，它并不是一个抽象的层次的框架，而是多层次的立体结构。其次，它也不是某种纯粹形式，而是与内容息息相关的。因而具体分析，不但有形式的方面，而且还有内容的方面；不但有逻辑的方面，而且有历史的方面。

就形式方面而言，第一层次是意象分析，这就要进行艺术感知的还原，揭示出感知变异的根源是情感，如吴乔所说，好像把米酿成酒，"形质俱变"，乃是结果，情感审美乃是原因。第二层次是情感逻辑的还原，揭示出情感逻辑与理性逻辑的差异。李商隐《锦瑟》中的名句"此情可待成追忆，只是当时已惘然"，好就好在自相矛盾。"此情可待"，说的是，眼下不行，但是，可以等待，未来有希望。可是，等待的结果，不但是落空，而且早在"当时"，也就是等待的当初就明知是空的（惘然）。明知没有希望还要把没有结果的等待当作希望，深刻地表现了李商隐式的绝望的缠绵，缠绵的绝望。清代诗话家贺裳、吴乔把这叫作"无理而妙"。现代派诗人甚至喊出"扭曲逻辑的脖子"的口号，从某种意义上正是这种规律的表现。这种逻辑就是审美逻辑，在叙事和戏剧文学中，则更为复杂一些，人物的自相矛盾越是多元，越有个性（如在《家》中觉新比觉民生动）。第三层次的具体分析，借助流派的还原和比较。形式规范是相当稳定的，与最活泼的内容发生冲突是不可避免的，因而，发生种种变异是正常的。当某种变异成为潮流，成为共同的追求，包括自觉的和不自觉的，就成为流派。不同流派在美学原则上有不可忽略差异甚至反拨。浪漫派美化环境和情感，象征派以丑为美，把徐志摩的《再别康桥》的潇洒审美和闻一多的《死水》的以丑为美混为一谈，无异于瞎子摸象。但是，流派仍然是众多作品的共性，要达到作品的唯一性，就还要具体分析第四个层次：从风格的还原和比较中入手。也就是在同一流派中不同的个人风格，更重要的是在同一作家笔下不同作品的不可重复的风格。如《再别康桥》中的潇洒温情不同于《这是一个怯懦的世界》的激情。最可贵的风格并不是个人的，而是篇章的，越是独一无二的、出格的，越是要成为阐释的重点。有时连统计数字，都可能成为必要的手段。如：在写战争的《木兰诗》中，通篇真正涉及木兰参战的只有"将军百战死，壮士十年归"；在被认为是叙事诗的《孔雀东南飞》中，对话却占了压倒优势；《醉翁亭记》中，一连串用了 21 个"也"字；等等。这类出格的表现，很难不对普遍的形式规范有所冲击，有所突破，有所背离。这种背离是一种冒险，同时又可能推动规范的发展。这才是艺术的生命线所在。

就内容而言，通过还原进入具体分析，主要是母题的梳理。任何天才杰作，其主题都是历史传统的继承和发展，李白的《将进酒》使得传统的生命苦短的悲情母题变成了豪迈的"享忧"。武松打虎使得"近神"的英雄变成"近人"，比之《三国演义》对英雄的理解，大大进了一步。《简·爱》把英国小说传统中美人与高贵男性的爱情变成了相貌平平和一个瞎了眼睛的男人终成眷属。所有这一切对母题的突破，都是文本唯一性的索引。

文本的特殊性、唯一性，不是一步到位的，而是在层层具体分析中，步步紧逼的。第一层次的具体分析，得出的结论，有如普列汉诺夫所说的暂时定义，后续的每层次的分析，都使其特殊内涵递增，也就是定义的严密度递增，层次越多，内涵愈多，则外延愈少，直至最大限度地逼近唯一文本。

　　文本特殊的唯一性只有凭借这样系统的层次推进，才有可能逼近，解读的有效性才有可能提高。不论是反映论还是表现论，不论是话语论还是文化论，不论是俄国形式主义的陌生化还是美国新批评的悖论、反讽，都囿于单因单果的二元对立的线性哲学式的思维模式。文学解读上的无效、低效似有难以挽回之势。西方对之无可奈何的时间已长达百年，如今我们应抓住机遇发出自己的声音，以寻求新的解决方案和道路。

《中国社会科学》2012 年第 5 期

在建设中国文学理论话语的历史使命面前

上个世纪八十年代以来，大规模引进西方文论，冲击了我国现代文学理论机械唯物论和狭隘功利论的封闭性，僵化的文学理论获得新的生机，呈现出兴旺的局面。其话语之纷纭，流派之多元，价值之新异，思维之深邃，使中国文论在短短的三十多年间，从补课到追踪，跨过了欧美文论一两百年的历程，中国文论弯道超车不觉进入世界文论的前沿，其水平的提升，堪称五四以来之最。其业绩无疑将在中国当代文学理论史上留下光辉的一页。对于这一点，业内人士可能并无太大的分歧。

但是，像一切外来文化的引进必然带来副作用一样，此番引进，不能例外，由于引进的规模空前宏大，所发生的问题也特别触目。最明显的是，处于弱势的本土话语几乎为西方强势话语淹没，中国文学理论完全失去了主体性。季羡林先生指出："我们东方国家，在文艺理论方面噤若寒蝉，在近现代没有一个人创立出什么比较有影响的文艺理论体系。"① 这就是说，中国文学理论民族独创性基本丧失了。

---

① 季羡林：《东方文论选·序》，《中外文化与文论》1996 年第 1 期。

　　二十多年前，有识者就有了中国文学理论完全"失语"的反思：由于根本没有自己的文论话语，"一旦离开了西方文论话语，就几乎没办法说话，活生生一个学术'哑巴'"①。

　　引进西文论本的目的，本该是以自身文化传统将之消化，以强化自身的文化机体与西方文论平等对话，以求互补共创。五四时期，胡适在《"新思潮"的意义》一文中就提出"输入学理""整理国故"的目的是"再造文明"（1919 年 12 月《新青年》第七卷第一号）。要改变这种现状，就得重建中国文论话语，曹顺庆认为，目前"关键的一步在于如何接上传统文化的血脉"，与钱中文先生提出的"中国古典文论的当代转化"异曲同工。

　　但是，二十多年过去了，口头响应者实属寥寥，实际践行者则更是不多。一味"以西律中"，对西方文论的迷信，有越来越猖獗之势。这种迷信有时显得很是幼稚可笑。例如，对于俄国形式主义的盲目推崇，此论出于上世纪初，其核心范畴"陌生化"，主要是词语的陌生化，与情感无涉。其实"陌生化"作为一个学术范畴的内涵是贫困的、片面的，远不及早于他们半个多世纪的别林斯基的"熟悉的陌生人"来得全面而深邃，也根本经不起俄国文学经典诗作的检验。如普希金的《假如生活欺骗了你》，最精绝的结尾："一切都是暂时的，一切都会消逝；而逝去的又使人感到可爱。"（Всемгновенно，всепройдёт；Чтопройдёт，тобудетмило. 戈宝权译为"那过去了的一切/便会成为亲切的怀恋"。）词语都在通常意义上，根本就没有陌生化的影子。至于拿中国诗歌经典来检验更是风马牛不相及："犬吠深巷中，鸡鸣桑树巅"（陶渊明），"田家秋作苦，邻女夜舂寒"（李白），"大漠孤烟直，长河落日圆"（王维），

---

　　①　曹顺庆：《文论失语症与文化病态》，《文艺争鸣》1996 年第 2 期。

艺术性全在以熟悉化的词语，表现了情感的独特性。至于和中国古典小说（史家春秋笔法，寓褒贬的叙述为传统）比照，就更不成话。如林黛玉临终对贾母说"老太太，你白疼我了"。贾母也说"真是白疼她了"。两处"白疼"是《红楼梦》悲剧艺术的高潮，根本与语词的陌生化无涉。同样鲁迅《祝福》中的祥林嫂捐了门槛，鲁四奶奶还是不让她端福礼，说了一句很有礼貌的话："你放着吧，祥林嫂。"她就从精神到肉体崩溃了。不用什么理论的自觉，只要有起码的常识就足够对之加以颠覆。如果一定要上升到理论，则苏轼的"反常合道"（释惠洪《冷斋夜话》卷五）要全面、深邃得多。到了晚年（上个世纪七八十年代）什克洛夫斯基看到绝对强调陌生化，导致流派更迭过速，产生了先锋派的各种文字游戏，乃多所反思。他反复申说："放弃艺术中的情结，或是艺术中的思想意识，我们也就放弃了对形式的认识，放弃了认识的目的，放弃了通过感受去触摸世界的途径。""艺术的静止性，它的独立自主性，是我，维克多·什克洛夫斯基的错误。""我曾说过，艺术是超于情绪之外的，艺术中没有爱，艺术是纯形式，这是错误的。"① 虽然如此，令人大惑不解的是，仅据超星阅读器搜索，国内期刊以陌生化原则为前提的论文竟多至 3487 篇。没有一篇是对陌生化作系统批判的。

要建构中国文论独创话语，其前提就是对西方文论作系统批判和分析。批判之所以未能进行，除了文化主体自信的阙如以外，根本缘由在于对理论的局限性缺乏清醒的认识。理论要成立，其大前提应该是普遍的、周延的，涵盖面无所不包的。从严格意义上说，人类认知和经验的有限性和理论所需要的无限性是一对永恒的矛盾，

---

① 维·什克洛夫斯基：《散文理论》，刘宗次译，百花洲文艺出版社，1997 年版，前言，第 6 页。

何况西方权威理论家缺乏对中国文化历史的必要的知识，加之理论在进行抽象、形成观念系统的过程中，必然要超越感性经验，但是越是超越感性经验，越是难以避免脱离实际，因而其理论不可能是放之中国而皆准的。

中国现代文论话语要建构，固然要对西方文论持开放态度，不可抱残守缺，但是，从不同文化传统产生的理论，不可避免地存在着经验基础和基本概括的错位，因而引进异国文论，不能不对其空白和错位，进行校正、填充和改造。引进强势文论，是需要某种勇气的，这意味着某种艰巨的、痛苦的搏斗。这既是针对自身的封闭性，又是针对异文化的霸权，在这个双重批判的过程中，理直气壮地和它们对话，在互补和互斥中获得新的生命。这是需要一个漫长曲折的过程的。对于西方文论却是轻浮地拿到鸡毛当令箭，幼稚地否定自己的传统，实际上是文化自虐，这是当前最大的障碍。

批判的第一步就是要提出问题，起点就是和本民族的文化传承相比照。

作为西方语言诗论基础，诗到语言为止，诗的任务就是探索语言的可能性，绝对排斥人的心理，如此单因单果的线性思维被视为天经地义，乃是造成我们失语的原因之一。相比起来，中国传统诗论要丰富得多。《文心雕龙·附会》有"情志为神明，事义为骨髓，词彩为肌肤"。白居易《与元九书》有"根情，苗言，华声，实义"。叶燮《原诗》有"幽渺以为理，想象以为事，惝恍以为情"。稍稍比对一下，比之西方的线性的语言论，我们自己的话语是多维的。我们陷于失语，不是因为我们没有话语，而是因为我们屈从西方文论，舒舒服服地进行自我剥夺。在创作上，把诗歌弄成文字能指和所指的游戏，在文本阐释上，长期依照西方文论进行张江先生所说的"强制性阐释"。

在中国文化土壤中生长起来的经典文本，用西方文化土壤中生长起来的理论来阐释，必然显得贫乏，此时本该突破、颠覆以建构新的理论。但是，由于西方强势文论具有不言自明的神圣的权威性，造成迷信，心甘情愿地顺从霸权成为思维定势，必然产生以权威理论硬套其所不能涵盖的文本。这种现象在人类历史上，并不仅仅发生在人文学科，而且发生在自然科学。先入为主的惯性思维，往往使发现真理者陷于孤立，面临的选择很有限，要么勇敢地颠覆，面临围剿，要么扭曲自己，成全权威。当托勒密的地心说雄踞霸主，坚持日心说的布鲁诺选择了在火刑柱上献出生命。当燃素论面临铁燃烧后而变重的现象，为了成全燃素说，强制性阐释为某种"负燃素"。十八世纪英国普利斯特里和瑞典化学家舍勒实际上已经发现氧气。本该颠覆燃素说，却为燃素说所拘，把氧气称为"失燃素""火空气"。真理已经碰到鼻尖，却与之失之交臂，这是迷信权威的必然结果。而法国的拉瓦锡却在鼻尖有感觉之时，做了科学史上著名的"二十天实验"得出了燃烧是氧气消耗的结果。由于这个发现，他把炼金术变成了化学，成为现代化学的奠基者。

从这个意义说，理论的创新，不可回避的前提，乃是用新的经验批判旧的权威理论。对于中国文论建构者来说，首要的任务就是对西方文论，特别是前卫文论作历史的批判，进行话语的清场。

伊格尔顿的《二十世纪西方文学理论》号称文学理论，却极力否定文学的存在。乔纳森·卡勒的《文学理论导论》公然宣称文学理论不能解决文学本身的问题。最近希利斯·米勒则大言不惭地宣称西方有很多套批评方法，包括解构主义，但是，没有一套方法能够提供"普遍意义的指导"。他的结论是："理论与阅读之间是不相容的。"① 他也作文本解读，将有机统一的文学文本"拆成分散的碎片或部分，就好像一个小孩将父亲的手表拆成无法照原样再装配起来的零件"。（参阅 J. 希利斯·米勒：《小说与重复——七部英国小说》，朱立元主编，天津人民出版社，2008 年版，前言。）他在解读哈代的《德伯家的苔丝》中将其重复到红色的地方（女主人公的红头巾/炉火/雪茄烟头上的火）联结起来，作任意性的穿凿性解释，还作为样板来推荐。毛宗岗在读《三国演义》时针对重复情景，提出"犯"与"避"的范畴以及妙在"善犯"与"善避"，也就是艺术的生命在于同中有异。他形象化表述为同树异枝，同枝异花。火烧新野，火烧赤壁，火烧藤甲，火烧连营，绝无雷同。周瑜死于多妒，关公死于多傲，曹操死于多疑，刘备则在关羽死亡后意气用事，不听劝谏，倾巢出征，兵败郁闷而死。葛诸死于多智而不能自救，各不相类。《红楼梦》中，八个美女之死，悲剧性相同，但是其逻辑和人物反应不同。鲁迅笔下八种死亡，悲剧性、喜剧性、无悲无喜性、荒诞性天差地别。这样的解释，要比米勒的重复论要系统、严密得多，揭示艺术奥秘也有效得多。西方当代文论的烦琐而武断，其弱势暴露无遗，并不妨碍一些前卫学人将米勒奉为圭臬。

批判西方文论之所以刻不容缓，原因不仅在其强势话语的武断，而且在于其强势话语中隐含着思维方法。正等于我们说"饭我吃了"，隐含着汉语不同于英语，主语"饭"并不是施事，而受事，是天经地义的。当我们接受西方前卫文论文学存在虚无的观念，实际也接受了思想方法上的绝对的相对主义模式。伊格尔顿说，文学（literature）本来并不是文学而是出版物，成为文学是近三百年浪漫主义思潮以后的事，未来几百年后，也许文学可能又变成非文学。

---

① 　J. 希利斯·米勒：《致张江的第二封信》，《文学评论》2015 年第 4 期。

是的，一切都是在变化着的，但是在一定条件下具有相对的稳定性，而这种稳定性决定事物的性质。我们不能因为喜马拉雅山脉原本是海洋，未来也许再度变为海洋，而否认喜马拉雅山脉的存在。其实他们闹得风风火火的文化批评，也和文学一样，也是近代的观念。在古希腊有政治、修辞、诗学等，并无文化这个综合性的学术概念。文化（civilization）最初是英国人提出的，所指乃是物质，如火车、电灯等等，后来德国人觉得，物质乃是人的精神所开发的，乃提出culture，就是今天通用的文化。由于西方的强势，他们的观念包含的漏洞，国人是没有质疑的自觉和自信的。

这就造成了他们的武断风行天下，其实他们的思想方法，就是相对主义，而且是绝对的相对主义，把相对主义绝对化，隐含着更深刻的悖论。只要用西方辩论术中的"自我关涉"，或者用中国传统的以子之矛攻子之盾，就不难看穿他们非常致命的穴位：既然一切都是相对的，世界上没有过绝对的东西，相对性是无所不包的，没有例外的，但是，当他们说，相对性是无所不包的，没有例外的，不言而喻，这样的相对主义就成了绝对的。解构主义不但可以解构文学，而且可以解构一切，但是解构主义要彻底，则应该也是可以解构的。解构的结果则是走向反面，转化为建构。德里达为文说"作者死了"，但是，作为作者的德里达却是例外。罗格说真理不是发现的，而是制造的，因而真理是没有的，但是，"真理是制造的，真理是不存在的"这一命题本身却在暗中成了颠扑不破的真理。西方前卫文论的锋芒是向外的，隐含着自我排除，其法门是解构你的大前提，也就是剥夺你的话语权。你要跟我讲文学吗？对不起，文学不存在。你要跟我讲真理吗？对不起，真理是制造的，不算数的。但是，他们的真理是制造的，却是真理，算数的。他们可以完全不顾"真理不是随意建构的，而是经历史实践检验的"。真理不是一个僵化的结论，而是一个历史的过程，因为实践是一个永不终止的过程，人类从野蛮、蒙昧到文明，随着历史的实践，真理是随着文明进步而不断提升的。

要获得中国文论自己的话语权，批判局限于西方前卫文论是不够的，同时也包括传统的西方经典理论。就以接受面最为广泛的现实主义而言，其标准定义是典型环境的典型性格。但是，随机取西方的经典文本来核对，往往是讲不通的。如托尔斯泰的《复活》，贵族公爵要主动把田地分给农奴，是普遍的还是例外的？贵族公爵作为陪审员，发现妓女嫌犯正是当年的女仆，是自己使其怀孕，女仆从而遭到驱逐，沦落为妓，被诬为杀人犯。这位陪审员，就主动忏悔，到监狱里去向她求婚，遭到拒绝。这是典型的、普遍的，还是极其罕见的呢？再如《红楼梦》，在中国古代等级森严的男权社会中，一个公子哥儿，把女性（包括丫环）看得比男性更纯洁，更高贵，这是普遍的，还是绝无仅有的？经典著作显示的与其说是典型环境的典型性格，还不如说是例外环境的例外性格。

早在三十年代周扬和胡风就为人物的共性和个性争论不休，这是注定没有结果的，这不是文学的特点，一切事物都有共相和殊相，特殊和一般。二者的范畴同样是静态的。如果我们摆脱这种黑格尔式的思路，从文本中直接概括，小说中人物是动态的。一切情节皆源于人物被打出常轨，进入例外环境，例如从顺境进入逆境，从逆境进入特别的顺境，在此过程中，常态的人格面具的脱落，内心深层奥秘的突现。故托尔斯泰在《复活》中说，人变得不像自己了，可他更是他自己了。中国水浒传中的"逼上梁山"，就是这样把手拿折扇的、逆来顺受的林冲逼成义无反顾的、提着血淋淋的仇家的人头的林冲。打出常规的人物与人物之间的关系发生变化，本来志同道合的发生感知、情感和行为的错位。唐僧师徒四人西天取经九九八十一难，最令人难忘的不是他们在妖魔面前同心同德，而是在白骨精面前，感知和行为逻辑发生错位，因而猪八戒、唐僧、孙悟空都有了个性。

我们往往把最大的精力放在对西方文论知识谱系的梳理上，严格地说，这种从理论到理论的演绎，是有局限性的。因为一切文论，很难直接从经验归纳，往往要从前代继承思想资料。前代的资源难免不存在历史的民族文化的空档。要建构民族的文学理论就是要对这种空档加以填充。欧美浪漫主义是强调激情的。郭沫若在五四时期感情的"自然流露"（郭沫若、田汉、宗白华：《三叶集》，亚东图书馆，1921 年版，第 45 页），是从英国浪漫主义诗人华兹华斯1800 年《抒情歌谣序》中"强烈感情的自然流露"那里来的。① 如果仅仅和中国古典文论比照，则可以搬出"情动于衷而形于言，言之不足故长言之，长言之不足，故嗟叹之，嗟叹之不足，不知手之舞之足之蹈之也"，二者在表现激情/强烈的感情上是息息相通的。但是，光是停留在这一点上，中国文学理论可真是要失语了。可贵的是中国诗论并不只有激情的抒发，在司空图《诗品》还有与"雄浑"相对的"冲淡"。所谓"落花无言，人淡如菊"，即使是"形容"也是"绝伫灵素，少回清真。如觅水影，如写阳春。风云变幻，花草精神。海之波澜，山之嶙峋，俱似大道，妙契同尘"。中国古典诗歌很大部分，致力于把情感渗透在事物景观之中。情景交融，"一切景语皆情语"之所以成为经典命题，就是因为其中有中国诗歌抑制激情，尽可能避免直接抒发。这就产生了中国的诗学范畴"意

---

① "自然流露"中的"自然"，原文有点自发（spontaneous）的意味。郭沫若忽略了华兹华斯的强烈的情感是从回忆中聚集起来的（it takes its origin from emotion recollected in tranquility），而且是在沉静（disappears）中"审思"（contemplation）的。

境"。意境说的要害不是激情，也不是俄国形式主义的陌生化，更不是美国新批评的反讽、悖论，与他们把焦点聚焦在局部的语词上，在修辞上相反，中国传统的诗论着眼于整体，故有"不着一字，尽得风流"（司空图《诗品·含蓄》）之说。更有甚者，陶渊明的最高境界是"此中有真意，欲辨已忘言。"

理论不是凭空产生的，而是从创作实践和阅读实践中产生的，而且要受到创作实践和阅读实践的检验。理解中国的特殊话语，不能光从理论上去反思，还要对文本进行核对。冲淡的意境之杰作，比比皆是。如王维《鸟鸣涧》"人闲桂花落，夜静春山空。月出惊山鸟，时鸣春涧中"，李白"众鸟高飞尽，孤云独去闲。相看两不厌，只有敬亭山"。其实，欧美诗歌也并非仅仅是强烈感情的抒发，相反的不强烈的情感的表现，也有极其经典的杰作。例如歌德的《浪游者之夜歌（一）》：一切的峰顶/沈静，/一切的树尖/全不见/丝儿风影。/小鸟们在林间无声/等着罢：俄顷/你也要安静。但是，欧美诗论并未概括出意境的范畴来。把强烈感情的自然流泻引到中国来，自然产生了郭沫若、闻一多那样的激情之经典，但是，像徐志摩《再别康桥》那样的并不强烈，而是潇洒，戴望舒的《雨巷》的缠绵的意境之作。由于西方诗论对之在理论上的阙如，我们就长期为激情自然流露理论所拘，失去了话语的创造力。所谓失语，不仅仅是失去传统的话语，而且是失去创造新语的能力。

直接从文本进行原创性概括当然是最理想的。但是，这需要不世出的非天才。我们最实际的办法是把直接概括和中国古典诗话词话中的精华结合起来，则不难看出西方文论的缺陷在于孤立地讲情感/审美价值，而我国的诗话则把情放在种种关系中进行研究。如情与感的关系，诗与散文的关系，我们十七世纪有吴乔的文饭诗酒之说，也就是实用散文，好比把米做成饭，米的形状和质地基本不变，而诗则是把米酿成酒，形、质和功能（饱和醉）都变化了。在西方差不多一百年后，浪漫主义者雪莱才意识到"诗使它触及的一切变形"。仅仅是变形，而不涉及变质和功能。我国诗话在论及诗情的时候，总是把它和散文和历史比较，在诗与画的比较中，不惜以长达千年的工夫进行辨析。值得珍惜的是，我国传统诗论还将情感与理性的关系加以研究，十七世纪的贺裳就作出"无理而妙"的学说。事实上，揭示了情感在逻辑上和价值上与理性的不同。当然最重要的是"意境"所强调的情的宁静与情感的承转起伏，也就是静与动的关系。最为神异的是，不是情动于衷，而是无动于衷，也成为杰作。如"结庐在人境，而无车马喧。问题君何能尔，心远地自偏"。不管外部环境多么喧哗，就是充耳不闻。至于柳宗元的《江雪》"千山鸟飞绝，万径人踪灭，孤舟簑笠翁，独钓寒江雪"，对于严酷的外在环境，就更加无动于衷了。这里表现的是天人合一，禅宗的理念。隐含着非抒情的智性。

古人没有将之作为对立统一的关系联系起来，创造新的范畴，当真理碰到鼻尖的时候，摆在我们面前的历史任务就是不为康德的审美价值所拘，而是从审美衍生出一个新的范畴：审智。这是我在2000年和米勒等三十位理论家的学术讨论会上提出的，中文稿《从西方文论的独白到中西文论的对话》①刊载在《文学评论》2001年第1期。建构了这样的系统范畴，我们就不但可以像他们那样解读古典文本，而且可以解读"放逐抒情"以后的，反浪漫的现代派，乃至后现代从感知超越情感直达智性的文本。有了这样的本钱，我们不但不会失语，而且可以一改对他们洗耳恭听的自卑、自虐的心

---

① 孙绍振：《新的美学原则在东方崛起》，福建人民出版社，2015年版，第25—31页。

态，以足够的文化自信，在历史的制高点上，看到他们的危机，以一种宽容的心态俯视他们在文本阐释方面徒劳的挣扎。

当然，理论的民族创造性、原创性、亚原创性，不能指望成就于一时，是几代人才能完成的课题，例如印度禅宗经过数百年才和中国的儒家和道家结合转化为中国成熟的禅宗。对于建构中国文论话语的历史使命我们应该有更大的耐心，但是，一改当前文论界挟洋自重的风气则是当务之急。

2017 年 6 月 8 日

原载《光明日报》，2017 年 7 月 3 日，编者将标题改为《医治学术哑巴病　创造文论新话语》，后为《新华文摘》转载。

以美育带动人的全面发展

一

　　我国古代传统教育理论强调德育和智育，到了二十世纪，最早把美育从教育理论上提出来的是王国维，1906 年他在《论教育之宗旨》中说："人之能力，分内外二者：一曰身体之能力，一曰精神之能力……精神之能力中，又分为三部，知力、情感及意志是也。对此三者，而有真善美之理想，真者，知力之理想；美者，情感之理想；善者，意志之理想也。完全之人物，不能不具备真美善之三德。欲达此理想，于是教育之事起。教育亦分为三部：知育、德育（即意志）、美育（即情育）是也。"① 这种知、情、意和真、善、美三者统一的观念来自德国的康德。民国时期，从德国回来的蔡元培任教育总长，乃将美育列入教育方针。五四时期，蔡元培掌北大，更

――――――――――

　　①　王国维：《论教育之宗旨》，《教育世界》1906 年第 1 期，第 56 页。

进一步提出"以美育代宗教"①。两位前驱把美育和智育、德育作为人的全面发展纲领，这对于我国教育理念的现代化具有开辟之功。这在当时思想界影响是很大的，但是，由于种种原因，美育于文学教育中在理论上并不十分明确，甚至到上个世纪五十年代，主流文学理论并未深刻领悟情感的美和科学的真、实用的善属于不同价值取向。在教学实践中，美育往往被智育和德育所淹没。其实，把美作为人的全面发展有机组成部分，其权威不但来自康德和席勒，而且也来自马克思。马克思在《〈政治经济学批判〉导言》中指出，人把握世界的理论的整体理论方式"是不同于对世界的艺术的、宗教的、实践—精神的掌握的"，②这就是说，艺术的美、情感价值，和理性价值是不可混同的。用理性（形式逻辑、辩证法）求得主观与客观的统一，这是求真的科学价值；实践—精神是为了生存的功利目的，这是善，也就是实用价值；人和动物的不同，是"按照美的规律来创造的"，也就是艺术的审美（亦有译为情趣判断者）价值。人不仅是理性的动物，而且是情感的动物，二者统一才是完整的人。柏拉图在《理想国》中，独尊数学人，驱逐诗人，这种理想是片面的。

二

人类由于生存的压力，以实用理性为先，不得不暂且将情感压抑，一旦生存有了保障，则不甘等同于动物，遂有美的追求。故管

① 是蔡元培在北京神州学会的演说词（1917年4月8日），这篇演说词先后刊载于《新青年》第3卷第6号（1917年8月1日出版），及《学艺》杂志第1年第2号（1917年9月出版）。辑入《蔡孑民先生言行录》时，曾作修订。
② 《马克思恩格斯选集》第2卷，人民文学出版社，1972年版，第113页。

子言"衣食足然后知荣辱"。(《管子·牧民》)

不理解美的情感对于实用功利的超越就很难从经典文本中获得精神营养。《诗经·卫风·木瓜》:"投我以木瓜,报之以琼琚。匪报也,永以为好也。"木瓜是一次性消费的,而琼琚不但是异常珍贵,而且是不朽的。从实用价值来说,二者是不相等的。故诗反复曰"匪报也",不是报答,不是等价交换;"永以为好也",友情、爱情是永恒的。超越实用功利,或者如康德所说"不带任何利害关系"①,才能进入情感的审美境界。

审美形象往往具有直接的感染性。杜甫"安得广厦千万间,大庇天下寒士俱欢颜",从实用功利言,是空想,但是,其情感撼动千古。陆游"死去原知万事空,但悲不见九州同。王师北定中原日,家祭无忘告乃翁"。明知逝后告亦无知,仍遗嘱家祭无忘报捷。此等家国情怀,一目了然,理解没有难度。稍有难度者,《杜十娘怒沉百宝箱》,以一妓女之身,将情感不但置于实用财富(百宝箱)之上,而且置于生命之上。一旦爱情被出卖了,一切都不要了,此等为情而牺牲生命者中外文学经典中比比皆是,安娜·卡列尼娜、林黛玉等遂成不朽典型。此等经典情感比较单纯,解读难度亦不大。然情感有其复杂性,不同于理性,亦不同于外在的感知,是一种内在的综合的直觉,有可意会不可言传者,有言有尽而意无穷者,有不着一字尽得风流者,故如康德所说,审美情趣有一种"非逻辑"的性质②。通俗地说,就是某种超越现实的想象性、虚假性。亦清代黄生所说,以无为有,以假为真,虚实相生。以此之故,经典形象中不

---

① 参阅康德:《判断力批判》,邓晓芒译,人民出版社,2015年版,第37—43页。

② 康德:《判断力批判》,宗白华译,商务印书馆,1987年版,第39页。

乏扑朔迷离者，成千年解读课题，曲解、穿凿、误解、歪解者，代不乏人。对于此等乱象，解构主义者，反本质，去真理，以一千个读者就有一千个哈姆雷特为之提供合法性。

美育的使命乃是用理性逻辑，将朦胧的、微妙的直觉转化为语言，澄清混乱，提升精神品位。这项任务相当艰巨，若无精致的具体分析，往往一首脍炙人口的绝句，千年来解读不得真谛。如王翰的《凉州词》："葡萄美酒夜光杯，欲饮琵琶马上催。醉卧沙场君莫笑，自古征战几人回。"《唐诗三百首》编者蘅塘退士（孙洙）的批语是："作旷达语，倍觉悲痛。"数百年来，无人质疑，其实，诗中根本没有悲痛，完全是一派乐观的浪漫的情感。即使军令如山，也要喝个痛快。即使出征赴死，也要尽情享受生命的欢乐。烂醉如泥，从长安抬上边疆前线，是不可能的，这是诗的天才的想象。其诗眼在"君莫笑"的"笑"，哪里可能自己横尸疆场还在意战友哂笑的？赴死沙场和尽情饮酒一样，都是生命的享受，把这种浪漫、乐观、豪迈的精神，定性为"悲痛"，暴露了论者犬儒主义的猥琐。这种英雄主义豪迈在中国文学并非个别，早在屈原就有"身既死兮神以灵，子魂魄兮为鬼雄！"（国殇），王维早年有"孰知不向边庭苦，纵死犹闻侠骨香。"文天祥有"人生自古谁无死，留取丹青照汗青"，就是以婉约为特点的李清照也有"生当为人杰，死亦为鬼雄"，林则徐有"苟利国家生死以"，谭嗣同更有"我自横刀向天笑"，这种坚持理念，慷慨赴义的不仅在诗歌中，就是小说中也屡见不鲜，《三国演义》中英雄战败被俘，面临断头，视死如归，只有快感，没有痛感。就是孔融的两个七八岁的儿子，面临死亡，也坦然无惧。这与革命烈士陈然的"对着死亡，我放声大笑"构成我民族舍生取义浩然正气的传统。

三

市场经济的等价交换对于情感具有相当的压抑性。美育教育的重要任务之一，就是让情感从马克思所批判的商品拜物教中解放出来。理性的说教收效甚微，更有效的是文学形象的熏陶，潜移默化地进入高尚的境界。

潜移默化不是静态的，与实用功利的矛盾是长期的，光有情感很难保持定力，此时意志是决定性的。因而深刻的、坚定不移的情感是以意志为基础的，而意志则是属于善的范畴。从这个意义上说，美与善在表层是两种价值取向，在深层则是水乳交融的，故康德又说"美是德性的象征"①。在这一点上不坚定，就会被风行一时的反本质，去真理的解构主义所俘虏。在无真理的"多元解读"的裹挟下，《愚公移山》被否定时髦一时：什么破坏环境啊，没有效率啊，不可持续啊，不一而足。一位中学生为文批判《愚公移山》是主观唯意志论，是不顾客观条件的蛮干。教师们就一窝蜂地称赞其富有批判精神。这不但是反历史主义愚昧，而且是民族虚无主义恶搞，《愚公移山》的根本精神并不是在实践理性，而是歌颂为了理想而世世代代奋斗不息的伟大精神，智叟从实用观念出发认为不可行，愚公说，山体是固定的，但子子孙孙是无限的，无限定胜有限。但是，故事没有回避生产力低下，不可持续性，没有让愚公子孙把山移走，而是以一种超越自然的力量移走了大山。这不是证明愚公失败了吗？不是。移走大山的是"夸娥氏"家族。据李子伟先生《"夸蛾氏"——"蚂蚁神"》考证：通行本都作"夸娥氏"，属于无本改

---

① 康德：《判断力批判》，邓小芒译，人民出版社，2002 年版，第 198 页。

字。其原文是"夸蛾氏"。"夸"者大也,"蛾"者蚁也。"夸蛾"即大蚂蚁。《愚公移山》乃是对大蚂蚁搬山精神的颂歌。[①] 马克思说:"任何神话都是用想象和借助想象以征服自然力,支配自然力。"[②] 虽然科学技术发达了,神话完全成为空想,但是马克思说:"困难不在于理解希腊艺术和史诗同一定社会发展形式结合在一起,困难的是,他们何以仍然能够给我们以艺术享受,而且就某方面说,还是一种规范和高不可及的范本。"[③] 《愚公移山》表现的正是人类童年时代天真的,为了一种信念,便矢志不移的精神,感动了世世代代的读者。

四

美育在文学教育中长期并未得到真正贯彻,根源还在于理论上无视科学理性的真和情感的美在价值上的差异。鲁迅在《新秋杂识》(三)中说,"写得太科学,太真实,就不雅了。""花是植物的生殖机关呀,虫鸣鸟啭,是在求偶呀之类。" "听到蟋蟀在野菊花下鸣叫。"如果写成新诗"野菊的生殖器下面,/蟋蟀在吊膀子"[④],就毫无诗意了。陶渊明的名句"采菊东篱下,悠然见南山"之所以成为千古绝唱,首先是因为超越了花为植物性器官的科学价值,其次就是在菊花中表现自己的超凡脱俗的品格。悠然,就是无意间的一瞥,有版本作"望南山",就有意了,就难以表现其不为五斗米折腰的情

---

① 李子伟:《"夸蛾氏"——"蚂蚁神"》,《天水师范学院学报》,2003 年第 3 期。

② 《马克思恩格斯选集》第 2 卷,人民文学出版社,1972 年版,第 113 页。

③ 同上,第 113 页。

④ 《鲁迅全集》第 5 卷,人民文学出版社,2005 年版,第 319—320 页。

感泰然的美。这就是马克思所说的，"人不仅通过思维，而以全部感觉对象中肯定自己"①。

忘记了这一点，解读往往就用科学的真淹没了情感的美。具体表现为一种机械唯物论的强制性阐释。因而"写实"就成为一些解读文章的关键语，好文就好在写出景观的"实感"。一位很有成就的文化学人，也说范仲淹来到岳阳楼上，把酒临风写出实感，引起了读者的纷纷嘲弄。范仲淹当时不可能到岳阳楼现场。他的朋友腾子京给他的《求记书》一开头就是他的头衔，"邠府四路经略安抚、资政谏议"。邠州在陕西前线，他身负军政要务，与胡人作战，哪里有可能擅离前线到湖南去写文章。第二年贬河南邓州，距离岳阳好几百里，更不敢擅离职守。他就是根据腾子京送给他的"巴陵胜景图"，结合着他少年时期在太湖边的经验，写出了洞庭湖的宏大壮观景象，激发出"先天下之忧而忧，后天下之乐而乐"的千古名言。表面上是"忧"可以转化为"乐"，但是，天下还没有忧，就忧了，天下人都乐了，才乐。天下人都乐，是永远也不可能等到的。孔子曰："用之则行，舍之则藏。"（《论语·述而》）孟子曰："达则兼济天下，穷则独善其身。"（《孟子·尽心上·忘势》）他仕途坎坷，却仍怀兼济之志。这就不但是情感的审美，而且是王国维所说的"知力之理想"属于"真"的范畴。王国维的中心词是"理想"，从理想意义上说，高度的情感的美不但以善而且有真为底蕴。

理性以普遍统一为真，情感却以不可重复为美，若要彻底弄清情感之美，必须分析情感的独特性。范仲淹在新政失败被贬以后，他的朋友欧阳修为他"慨言上书"，一度下狱，后被贬滁州。可欧阳修的《醉翁亭记》的情感与范仲淹的恰恰相反，不是永远不可穷尽

---

① 《马克思恩格斯选集》第 2 卷，人民文学出版社，1972 年版，第 113 页。

的忧，而是永远无条件的乐。他的乐是与民同乐。不管是弯腰曲背的，捉鱼的，酿酒的，都可以到醉翁亭欢聚，太守没有太守的架子，不拘礼法，醉醺醺，营造了一种没有世俗等级的乐园。"人知从太守之乐，而不知太守之乐其乐也。"这当然带着空想的性质，严格说来，不客观，不科学，但是，这是有深厚理念的，《孟子·梁惠王》："'独乐乐，与人乐乐，孰乐？'曰：'不若与人。'曰：'与少乐乐，与众乐乐，孰乐？'曰：'不若与众。'"他的"乐其乐"，和范仲淹的"乐而乐"，在句法模式的相近上也许是巧合，但恰是欧阳修与范仲淹的对话，二人在情感上遥遥相对，在知性上则相得益彰。

二人的情感因不同而美，二人的意志因坚定而善，而智。美育的最高准则乃是人的全面发展，文学的真善美往往从差异升华到统一的理想高度。这就是蔡元培所说的："纯粹之美育，所以陶养吾人之感情，使有高尚纯洁之习惯，而使人我之见、利己损人之思念，以渐消沮者也。"① 蔡氏以美育代替宗教之说，在人的全面发展的前提下，应该有一定的合法性。费尔马哈说神是人的异化，人把自己的丰功伟绩奉献给了神，当人自觉了，全面发展了，就不难让全能全智的神再度异化为全面发展的人。

2018 年 9 月 25 日

原载《人民日报》2018 年 11 月 2 日，编者将标题改为《美与真善在高处汇通》。

---

① 是蔡元培在北京神州学会的演说词。（1917 年 4 月 8 日）这篇演说词先后刊载于《新青年》第 3 卷第 6 号（1917 年 8 月 1 日出版），及《学艺》杂志第 1 年第 2 号（1917 年 9 月出版）；辑入《蔡子民先生言行录》。

改造我们的文学评论

　　文学评论界的庸俗现象，引起有识者强烈不满，造成此等现象的原因除了表面上的精神状态以外，更重要的是文学理论的混乱。即使在西方理论已经陷入空前的危机以后，还在盲目地之对作疲惫的追踪。

　　西方大师对于文学是不是存在发出了否定的声音。伊格尔顿在《二十世纪西方文学理论》中宣言，文学是浪漫主义以后近三百年的事。在这以前，文学（literature）这个观念，本来是广泛意指出版物，也许再过几百年要变成非文学。这种观念在西方得到广泛的认同。文学变得虚幻了，文学批评还有存在的基础吗？正是由于这样，文化批评抢占了学术的制高点，取代文学批评，似乎形成某种不可阻挡的趋势。

　　然而，国人未及反思的是，文学批评不可取的原因是其观念是历史地建构的，不断地变化的。按因果逻辑推理，文化批评的合法性根据，应该是非历史建构的，不是不断变化的，而是固定不变的。这似乎有悖哲学常识。不论是自然、社会和人的观念，毫无例外都是在运动着、变化着的，这是一切的客观存在和主观观念的生命。文化不可能例外。

西方文论重视在内涵和外延上正名，国人的"文化"二字，在英语中是 civilization，虽然源出希腊语，但并不是西方古已有之的，而是西方近代创新的词语。此前西人只知政治、经济、军事、外交、法律、宗教、艺术、文学和哲学等等，并没有文化这个综合性的观念。最初英国人用 civilization 这个词，意旨重在城市间物质（电器、车辆）流通。同为日尔曼语族的德国人不满于此语过分物质化，乃另造新字 culture，词源亦为希腊文，意指文化如植物，生命不是外在的物质，而是内在的精神的生长。外部物质性的科技是果，内在的智力开发才是因。随着时间的推移，culture 在英语中被广泛通用。在我国 civilization 就被翻译作偏重物质的文明。不难看出，文化这个观念从重物质向重精神的变化，带着从客观向其对立面主观转化的性质。文化的精神内涵运动一直没有停止，卡西尔把它归纳为语言、神话、宗教、艺术、科学、历史六种形式，而在大不列颠百科全书中，则大加膨胀为人的符号思维活动成果及其生成的意义的总和，包括艺术、信念、习惯、制度、发明、语言、科学、技术等等。这不仅仅是在量上的扩张，而且是在质上的转化，事实上是把精神和物质、人文和科技两个方面统一起来，但是独缺文学。文化的内涵和外延和文学一样都是在建构中的，其变化大大地超过文学，而且并不包含文学了。

显然，文化批评就建立在其观念的内涵和外延和变化的基础上。文学的生成和变化成为文学评论的研究对象，理所当然地具有合法性。文化批评的崛起并不能成为否定文学评论的理由。文学批评和文化批判，是两个并立的学科。某著名文学教授就中断文学研究，对房地产广告文化作多年悉心研究，不管付出多大代价，都应该值得尊重。当然，在我国，文化批评也在文学领域中盛行，对文学中文化心理的"潜在的成规"（南帆）、"激情的规训"（余岱宗）等的揭示，有所发现，同样值得尊重。但是，一种不可忽视的偏向是，完全无视文化价值与文学价值的差异，以文化价值凌驾于文学价值之上，对文学进行强制性阐释。结果造成了两个方面的偏颇。

第一，对文学文本满足于作文化价值的极度夸张性赞扬，而对其文学价值的缺失则视而不见。例如对《白鹿原》的评论，评论家们如此赞扬《白鹿原》：以从十九世纪末到二十世纪中叶的漫长历史时期的描绘叙述，重现了中华民族的文化秘史，具有"文化史诗"的性质。只要理性地审思一下，中国近代从变法维新到新中国成立的复杂丰富的历史岂是区区一本小说所能承载的，就是有所承载，也不能不有所缺损。至于历史的全部文化价值，也不是以白嘉轩为代表的狭隘的家长制为基础的儒家文化所能概括的。主要人物成为儒家文化概念的符号也曾有评论家发出质疑，但是为一片文化史诗赞歌的合唱所淹没。其实，《白鹿原》的文学缺陷是明显的，求雨一场，三千多字，众多人物都处在同样的情感状态中毫无差异，而《红楼梦》中林黛玉进贾府，贾母、黛玉、宝玉、黛玉都处在不同的感知和话语逻辑中，托尔斯泰的《安娜·卡列尼娜》写伏隆斯基赛马，安娜和她的丈夫的感知是大幅度地错位的，在《子夜》的开头，初次面对上世纪三十年代大上海光怪陆离的街景，吴老太爷和他的孙子、孙女、女儿的感知拉开了巨大的错位幅度。陈忠实在这一方面，即对长篇小说大场面的艺术把握上低于历史水准，批评家毫无感觉。

第二，对于经典的文化批评，往往成为西方文化价值观念的例证，最为触目的是根据史宾格勒的西方文化（特别是德国文化）在世界八种文化中绝对优越为准则。把《水浒传》贬为中国人的心灵的"地狱之门"。《三国演义》是"更深刻、更险恶的地狱之门"，是中国"权术、心术的大全，这些诡术包括儒术、法术、道术、阴阳术、诡变术等等"①，"显露的正是最黑暗的人心，它是中国人心全面变质的信中信号"②。"刘备玩的是儒术，那么曹操用的是法术"，前者归结为"阴谋"，后者归结为"阳谋"，"两者都可以置人于死命"③。从《水浒传》和《三国演义》之后中国人的精神就进入了"最黑暗的地狱"。在这一片黑暗背影上，出现《红楼梦》中亮点人物贾宝玉，但是，其性质则是西方的"基督式的人物"④。在中国儒佛道的文化传统中，凭空冒出一个基督文化代表，这已经匪夷所思，更为怪异的是，一切黑暗的，都是中国文化的，唯一的亮点却是西方的，对这样粗率的怪论，批评家们保持沉默，是礼貌性的，还是完全失去了民族文化自尊，这实在是不能不令人深思的。

更值得深思的是，西方文论精英为什么回避对文学进行文学的批评？因为他们从上个世纪五十年代以来的种种理论和实践都失败了。对于这一点，美国新批评的苏珊·朗格早就承认审美评判不是他们的事，韦勒克、沃伦也直言他们在具体文本面前的"一筹莫展"。李欧梵教授在"全球文艺理论二十一世纪论坛"的演讲中勇敢地指出：西方文论流派纷纭，均未能对文学文本进行有效解读。李先生把文学文本比喻为"城堡"，西方众多文论流派，如结构主义、解构主义、现象派、读者反应派，西方马克思主义、新历史主义、女权主义、新批评及耶鲁四君子打着各式旗号，为攻打城堡之方略争论不休。李先生以金庸武侠小说的风格调侃曰："各路人马早已在城堡前混战起来，各露其招，互相残杀，人仰马翻，如此三天三夜

---

① 刘再复：《双典批判：对〈水浒传〉和〈三国演义〉的文化批判》，北京三联书店，2010年版，第108页。

② 同上，第103页。

③ 同①，第112—115页。

④ 刘梦溪等：《红楼梦十五讲》，北京大学出版社，2007年版，第353页。

而后止，待尘埃落定后，众英雄（雌）不禁大惊，文本城堡竟然屹立无恙，理论破而城堡在，谢天谢地。"这说明近半个世纪以来，西方文学理论已经走投无路。在美国甚至有人声称"理论已经死了"，而不甘承认者只能强词夺理地说"文学理论自身并没有消亡，只是发生了某种形式上的变化，它已经转而研究新的对象，如电影、电视、广告、大众文化、日常生活等"。① 这种辩解无助于西方文学批评从文学逃亡的实质。

西方文学理论和批评的霸权已经崩溃，一味对西方文论是洗耳恭听、惟命是从的时代结束了，国人完全可以站在历史的制高点上，分析其失败的原因。

最根本的问题出在他们摆错了文学理论和文学作品之间的关系。

对于文学理论和批评来说，文学文本是第一性的，理论和批评不是来自概念的演绎，而是来自文学创作和阅读实践，理论是第二性的。在理论抽象的过程中，由于归纳和演绎的局限性，仅仅对文学全部感性系统作逻辑的复制都不可能有所遗漏，脱离实际危险是很难避免的。每当一种新的文学潮流，新的经典文本出现之时，就是全部文学理论的总和，也难以完成准确地阐释的任务。这是理论的，也是人类的局限。人类需要理论来深化对文学奥秘，但是，理论不能完全胜任。人们对理论抱着过高的希望，甚至信仰，却忘却了文学理论的生命植根于文学文本。

西方文学理论不是把精力集中于文本，而是致力于理论知识谱系的梳理，对于其不完全性，脱离创作实际毫无警惕，讽刺意味深长的是系统梳理的结果是号称文学理论的权威著作宣称文学是飘渺的，实际上成为理论的影子，理论成为第一性的，文学文本成了第

---

① 米彻尔：《理论死了之后？》，李平译，《文艺理论》2004 年第 9 期。

二性的。这就造成两种后果：其一就是依据时髦的理论，对文学文本作强制性的、扭曲的、颠倒的阐释；其二乃是在理论视野之外，对文学文本内涵盲视性弃释。事实上，理论要不断获得生命的途径恰恰相反，那就是用文本的分析以补充、纠正、批判乃至颠覆。理论要发展、要创新，除此之外别无他途。最明显的就是散文理论，由于在欧美并没有散文这种文体，只有智性的随笔，散文只是表述方法的总称。五四时期，周作人把它规定为十分狭隘的叙事和抒情。鲁迅的文化批评散文，包括《魏晋风度及文章与药及酒之关系》这样充满了智性的深邃，遭盲视弃释，将之另立为全世界都没有的"杂文"。杨朔把每篇散文当作诗来写的"理论"风行一时，而无人质疑，表明审美抒情的狭隘观念的僵化，就是在新时期"真情实感"亦未脱窠臼。理论束缚创作数十年，直到上世纪末，才提出"审智"范畴，对康德的审美价值论作出突破。此论直到南帆散文获得鲁迅文学奖，写入获奖词中，才开始为主流论坛所接受。

由于摆错了作品和理论的位置，西方文论进而颠倒作者和读者的位置，提出了读者中心论。作品是作者写的，正如戏是演员演的，读者欣赏的当然是作家和演员的才华。而读者中心论，宣称作者死了。读者是第一性的。好像演员死了，观众还可以自我欣赏似的。读者中心论之误在于以为读者心理是完全开放的，实际上读者心理的开放与封闭性是矛盾的统一。人的心理并不如洛克所设想的是一张白板，皮亚杰发生认识论揭示了人的认识只有与其内心图式"同化"才有反应，读者看到的往往是与自己预期一致的信息，对预期之外的往往是视而不见，感而不觉。故周易早有"智者见智，仁者见仁"之说。李光地认为是人的局限（"所秉之偏也"）。读者看到的往往并不是文本，而是自己。鲁迅说一部《红楼梦》："经学家看见《易》，道学家看见淫，才子看见缠绵，革命家看见排满，流言家看见宫闱秘事……"弄珠客的《金瓶梅·序》说："读《金瓶梅》而生怜悯心者，菩萨也；生畏惧心者，君子也；生欢喜心者，小人也；生效法心者，乃禽兽也。"（侯忠义、王汝梅编：《金瓶梅资料汇编》，北京大学出版社，1985年版，第216页。）

西方文论宣称，二十世纪是文学理论语言转化的世纪，这样的线性思维，取消了文学形式的审美历史积淀功能。其实文学形象是多层次结构，不同形式分化着文学形象感染力，由于处于最深层，因而也有一定的封闭性或者隐蔽性。这是一般读者凭原生的直觉所不能洞察的。在曹禺的《雷雨》中，周朴园坦然告诉周萍，梅侍萍就是他的生母，不能因为她没有什么好出身，就丧失人伦道理。这样普通的（非陌生化的）语言，其艺术的震撼力在于，周朴园自以为光明正大的告白，造成了与周萍珠胎暗结的四凤触电死亡，周冲追救，随之死亡。繁漪唤出周朴园，本意阻碍周萍与四凤出走，让他留在自己身边，结果周萍自杀了。梅侍萍本想隐瞒周萍与四凤的兄妹关系，在这样的结果面前，她和繁漪一样疯了，而周朴园本以为自己在儿子面前公开忏悔，表明自己的光明正大，却导致自己虽然活着却是在精神的孤岛上。几句平常的语言，导致几乎全部人物的命运向相反的极端转化。作家匠心独运，把众多人物调集在一起，让他们在这些话面前活不下去。这样强烈的戏剧性，是戏剧形式凝聚起来的，由于在形象的深层，无视文学形式的审美积淀功能是无法通晓的。

读者中心论的极端化，造成了把作品作为静止的成果，完全排斥了作家的创造过程。在理论上还弄出了一个作者死亡论，造成读者完全被动接受作品。事实上马丁·海德格尔早就指出："作品的被创作存在只有在创作过程中才能为我们所把握。在这一事实的强迫下，我们不得不深入领会艺术家的活动，以便达到艺术作品的本源。

完全根据作品自身来描述作品的作品存在，这种做法业已证明是行不通的。"

这就是说，对作品静态的评述不可能揭示文学作品艺术奥秘，要在其生成的过程中才能获得。其实，一切事物的奥秘只有在其生成的过程中才能揭示，尤其是在文学创作中。文学理论与批评，应该建立创作论的基础上。

在这方面，鲁迅提供了操作方法："凡是已有定评的大作家，他的作品，全部就说明着'应该怎样写'。只是读者很不容易看出，也就不能领悟。因为在学习者一方面，是必须知道了'不应该那么写'，这才会明白原来'应该这么写'的。"建立在创作论的基础上的批评家不只是被动的读者，同时也是主动的参与者，应该而且能够设想自己进入作者创作过程中与之对话。许多学者就与这一原则背道而驰，如对于《祝福》的思想艺术奥秘的解读，有学者根据法国格列玛斯的"矩阵模式"，把人物分为固定的 X，反 X，非 X，非反 X，得出结论是柳妈作为封建礼教文化的代表直接导致了祥林嫂的死亡。其实，只要无畏地想象鲁迅创作过程，就不难分析出其创作的苦心。鲁迅在五四时期为什么不写封建礼教压制寡妇，不让改嫁？相反是：寡妇拒绝改嫁，却被强迫以野蛮的抢亲形式改嫁。因为前者只能暴露封建礼教的夫权不人道，而后者则能揭示封建礼教夫权与族权的矛盾。在祥林嫂平静地和丈夫、儿子生活了以后，鲁迅为什么又要让她的丈夫、儿子死去？目的就是让她回到鲁镇，遇见好心的柳妈，劝她去捐门槛赎罪。目的在于表现比夫权族权更荒谬的神权。柳妈并非仅仅是反 X，而且同时也是好心的 X，祥林嫂身为 X，其迷信同时也反 X，人物自身的内部矛盾和礼教的夫权、族权和神权的三重矛盾浑然一体。《祝福》最深邃之处乃在祥林嫂的死亡是没有凶手的，真正的凶手乃是一种对于寡妇的荒谬的、野蛮的成见，这种成见之所以能杀人，就是因为它在鲁镇每一个人头脑中被当成神圣的最高准则。

揭示了作品的思想艺术奥秘，对封建礼教进行文化批评才有更好的基础。

在西方理论宣称他们已经失败之时，建构文学理论和批评的中国学派的历史机遇摆在我们面前。国人当以充分的文化自信，向欧美文坛亮出文化醒狮的理论原创性。机不可失，任何文化自卑，都当在扫荡之列。

2017 年 8 月 6 日

原载《人民日报》，2018 年 3 月 20 日，编者将题目改为《文学批评"西方霸权"的终结》。

经典阅读是一场历史的持久的搏斗①

　　一般读者，对于文学经典，光凭直觉也能欣赏玩味，但是直觉并不一定可靠，修养不足，造成误读，不仅在一般读者，就是专家，也在所难免。对于杜牧的《山行》："远上寒山石径斜，白云生处有人家。停车坐爱枫林晚，霜叶红于二月花"，就有专家解曰：中国诗人对时令的转换很是敏感，秋气萧森，引发诗人"悲秋"之感。其实，细读"停车坐爱枫林晚，霜叶红于二月花"，秋天的枫叶比春天的花还鲜艳，哪里还有什么悲凉之感？明明不是悲秋而是颂秋。为什么明摆在眼前的颂秋却视而不见？因为人的心理不是一张白纸，并不像美国行为主义者所设想的那样，对外界一切信息刺激皆有反应。皮亚杰发生认识论指出，只有与主体心理图式相应者才能同化而有所反应。我国悲秋诗歌母题源远流长，学养不足者，以为这就是一切。其实古典诗歌中颂秋亦有经典之作，如刘禹锡的《秋词》："自古逢秋悲寂寥，我言秋日胜春朝。晴空一鹤排云上，便引诗情到

---

　　① 在另一篇文章中，我把这种"搏斗"用学术语言表述为"读者主体与作者主体的深度同化和调节"。

碧霄。"这种误读非常普遍，有老师讲马致远《天净沙·秋思》，一开头，便在"秋"下加一心，是为"愁"，乃曰逢秋即愁，其实，这只是汉字构成最初的历史痕迹。至于论断此乃中国古典诗歌写秋最佳者，则无视古代诗话家几乎一致认同杜甫《秋兴》八首乃唐诗七律"压卷"之作。王维《山居秋暝》："空山新雨后，天气晚来秋。明月松间照，清泉石上流。"王维心态是既不悲亦不喜，而是以宁静自适取胜。读者并不全面、粗浅的积累，会形成某种强制同化模式，导致自我蒙蔽，莫过于对木兰诗的解读。论者出于英雄的现成观念，乃论断木兰英勇善战。有专家还考证，北方兄弟民族，耕战合一，英勇强悍，置生死于度外。然细读文本，几无诗句正面描写木兰征战：与战事有关者只有"万里赴戎机，关山度若飞。朔气传金柝，寒光照铁衣"，然而严格说来，这是行军宿营。正面写到战事的是"将军百战死，壮士十年归"，乃是他人战死，木兰凯旋。英勇善战，并不出于文本，而是出于读者（专家）内心固有的男性英雄文化观念。其实，木兰形象之价值，乃在其为女性，故其神韵不在战事，而在其女性取代男性保家卫国之天职。故写沉吟代父从军时叹息八句，买马四句，宿营思念双亲八句，归来受到父母姐弟欢迎六句，恢复女儿妆六句。其策勋十二，功绩辉煌，取侧写，仅一句。与男性建功立业、衣锦还乡不同，只为回归享受亲情之和平生活。其最特出价值，乃在以女性之"英雌"对于男性"英雄"的成见之挑战。这个挑战，其实就在最后的一组脍炙人口的比喻："雄兔脚扑朔，雌兔眼迷离，两兔傍地走，安能辨我是雄雌。"虽然这个比喻已经成为日常成语，但是，一千多年来居然没有启动读者英者为雄的文化反思。

　　可见阅读并不是一望而知的，而是一场旷日持久的文化和艺术的搏斗。这种搏斗的特点是与读者的自我搏斗，读者的自以为是，阻拦着读者真正读懂。这种自发的自信，构成了心理的封闭性。这是因为心理同化机制虽狭隘，却有预期性，预期之外视而不见，感而不觉。西方读者中心论之偏颇，乃是预设读者于文本一目了然。殊不知阅读本欲读出经典新意，而心理预期却只能涉及读者内心的旧意，以主体现成观念强加于文本。读者中心论之武断，还由于其完全无视新批评提出的"感受谬误"（affectivefallacy）。这种自我蒙蔽倾向具有规律性，自古而然。我国诗话中，早就垢病"附会"之论，如韦应物《滁州西涧》"独怜幽草涧边生，上有黄鹂深树鸣。春潮带雨晚来急，野渡无人舟自横"。有论者解读："草生涧边，喻君子不遇时。鹂鸣深树，讥小人谗佞而在位。春水本急，遇雨而涨，又当晚潮之时，其急更甚，喻时之将乱也。野渡有舟而无人运济，喻君子隐居山林，无人举而用之也。"（明）唐汝询就批评其"穿凿太甚"（《唐诗解》卷二十八）。穿凿附会之风，于今遗风不息。故有从贺知章《咏柳》读出其中有歌颂"创造性劳动"者。

故阅读的第一障碍，乃是经验的狭隘预期。预期的狭隘性与经典文本的无限性是永恒的矛盾。周易有智者见智，仁者见仁。后人发挥曰，仁者不能见智，智者不能见仁。此乃"所秉之偏也"，人的心理局限性，相当顽固。读者看到的往往并不是文本，而是自己。鲁迅说一部《红楼梦》："经学家看见《易》，道学家看见淫，才子看见缠绵，革命家看见排满，流言家看见宫闱秘事……"故欲参透经典奥秘，避免误读，第一要务，不但要御防心理封闭性对文本创新特征视而不见，而且要御防将预期强加于文本，牵强附会地扭曲文本。

对于此等弊端，不能像西方读者中心论那样，以一千个读者就有一千个哈姆雷特将之合理化，相反，当与之作顽强的搏斗。此等搏斗相当艰巨，往往超越一代读者，故西方有说不尽的莎士比亚，中国有诉不尽的《红楼梦》。每一代精英要把最高的智慧奉献到经典解读的祭坛上去燃烧，前赴后继，百年不息。

正是因为自发、直觉的阅读有如此之难度，五四以降，乃求诸西方理论，意在纠正直觉的片面性和表面性，但是，没有一种理论是绝对完美的，一方面有其澄明性，另一方面又有其封闭性。用西方文论解读中国古典诗歌，肯定有凿枘难通之处，一味拘泥，导致误读的历史教训良多。故李欧梵先生有言，西方文论不能不学，仅以之为"背景"，激发自身之思想，但不能以之"挂帅"。李先生所言十分警策，可惜未能充分论述为何只能当背景，不能挂帅的道理。这里有一个科学思维的普遍规律。人类探索任何对象不能没有任何理论，因为，研究第一手材料，没有任何理论，只能是混沌无序的，这就需要一个坐标，这就是理论，但是，一切理论都不是绝对完美的。但是，我们不能没有这个坐标。波普尔说："没有理论，我们甚至不能开始。因为没有别的东西可以依照——随着时间的推移，我们就能对理论采取一种更为批判的态度。如果借助于理论已经了解它们在何处使我们失望，那么我们就能试图用更好的理论代替它们。因此就可以出现一个科学的或批判的思维阶段。而这个思维阶段必然有一个非批判思维作为先导。"（《猜想与反驳》）从五四到当代，我们没能从中国传统中找到这个非批判性的思维先导，就只能从西方取经，将之作为坐标。但是，我们却忘记了，这个先导，来自外国，并不是绝对完美的，不能以之挂帅，不能以这为周延之大前提，把研究沦为证明它们绝对正确之举例。须知理论是普遍的，涉及的对象是无限的、不可穷尽的，而举例只能是有限的。按胡适先生所说，输入西方学理本身并非目的，目的在于与中国文化结合，创造新说，再造文明。在文学理论方面则是本土文论的创造。西方文论挂帅却扼杀了本土文论创造的初衷。

一切理论的生命的发展，不是证明，而是证伪。要论证著名的命题"一切天鹅都是白的"，不管举多少例子都是不能穷尽的，但是，只要举出一例——一只天鹅是黑的，就足以推翻此命题，而只凭此一例，就足以证明一切天鹅并不是白的，是绝对正确的。

对西方文论先导证伪之道，不外两种可能。一是，就其理论，对其反诘，这样从理论到理论的反诘运用的前提和方法是西方的，故往往不得要领，缺乏独创性。另外一种方法，就是回到中国传统诗话之精华，与之对话。对话意味着争辩，实质乃弱势文化对强势文化的挑战，无疑又是一场艰难的搏斗。试举一例。

对唐人贺知章之《咏柳》，有学者解其妙处曰："碧玉妆成一树高"写出对柳树之总体印象，"万条垂下绿丝绦"则更进一步具体到柳丝茂密。其妙处在于最能反映"柳树的特征"。此论断源于西方机械唯物论的挂帅。其实与中国传统之"诗缘情"的基本原则相悖，与王国维《人间词话》中的"一切景语皆情语"亦不符。是中国古典诗话中，质疑机械唯物论之思想资源相当丰富。杜牧作《江南春》"千里莺啼绿映红，水村山郭酒旗风"几百年后，明人杨慎发出疑问："'千里莺啼'，谁人听得？'千里绿映红'，谁人见得？若作十里，则莺啼绿红之景，村郭楼台，僧寺酒旗，皆在其中矣。"（杨慎《升庵诗话》卷八）。（清）何文焕《历代诗话考索》作出了很机智的回答："余谓即作十里，亦未必尽听得着，看得见。题云'江南春'，江南方广千里，千里之中，莺啼而绿映焉。水村山郭，无处无酒旗，四百八十寺，楼台多在烟雨中也。此诗之意既广，不得专指一处，故总而命曰'江南春'。"诗以情动人，而不当以写物之真动人。物之形由诗人的情感决定。（清）黄生《诗麈》说诗贵在"以无为有，以虚为实，以假为真"①，（清）焦袁熹说："如梦如痴，诗家三昧。"②"以假为真""梦境"用今天的话来说就是想象境界。在古典诗话中，真和假是互补的，虚和实是相生的。故在《咏柳》中，柳树不是玉，柳条亦不是丝，却偏要说是玉，是丝，春风不是剪刀，偏偏要说它是剪刀。柳乃客观之物，情乃主体之情，二者不相干。欲将主体之情渗入客体之物，则需通过虚拟、假定、想象，以贵重之玉和丝承载贵重之情感，赋形于柳。这样柳树的形象带上了玉和丝的性质。最能反映"柳树的特征"之说，乃拘于机械咏物之真，不敢以中国传统诗论之"以虚为实，以假为真"与之对话，必然缘木求鱼。

吾人坚持以诗缘情解读中国古典诗歌，前提乃是拒绝西方文论二十世纪的所谓语言转化，如俄国形式主义者，认为诗是语词的陌生化，与情感无关。日尔蒙斯基说："诗的材料不是形象，不是激情，而是词。"③也拒绝了美国新批评的以"反讽""悖论"等修辞手段来解读诗歌的套路。这就需要搏斗的勇气，需要高度的自信。

但是，非常遗憾的是，具有这种勇气和自信的学人并不很多，即使诗词界学养极高者，也往往出于弱势文化的自卑，而屈从于西方这种机械论，如解读苏轼之《念奴娇·赤壁怀古》曰："上片即景写实，下片因景生情。"④其实，《赤壁怀古》一开头"大江东去，

---

① 诸伟奇主编：《黄生全集》，第四册，李媛校点，安徽大学出版社，2009 年版，第 326 页。

② 《聚讼诗话词话》，陈一琴选辑，孙绍振详说，上海三联书店，2012 年，第 27 页。

③ 日尔蒙斯基：《诗学的任务》，《俄国形式主义文论选》，方珊等译，三联书店 1989 年版，第 83 页。

④ 吴熊和主编：《唐宋词汇评》两宋卷第一册，浙江教育出版社，2004 年版，第 426 页。

浪淘尽，千古风流人物"，与其说是实写，不如说是虚写。登高望远是空间，而望及"千古风流人物"则为时间，时间不可见，想象使无数的英雄尽收眼底，纷纷消逝于脚下，以空间之广向时间之远自然拓展，使之成为精神宏大的载体，这从盛唐以来，就是诗家想象的重要法门。陈子昂登上幽州台，看到的如果只是遥远的空间，就没有"前不见古人，后不见来者"那样视接千载的悲怆了，"念天地之悠悠"，情怀深沉就在视觉不可及的无限的时间之中，悲哀不仅仅是为了看不见燕昭王的黄金台，而且是"后不见来者"，悲怆还来自时间无限与生命渺小的反差。

　　这里隐含着一个非常重要的理论问题，那就是"情"与"感"的关系。从常识言之，则真情必有实感。然而从科学分析观之，真情与实感相矛盾。有真情其感必虚，故"情人眼里出西施"，"月是故乡明"甚为脍炙人口。这个问题在中国古典诗话中早有阐释。（清）吴乔《围炉诗话》，回答诗与文之区别曰："二者意岂有异？唯是体制辞语不同耳。意喻之米，文喻之炊而为饭，诗喻之酿而为酒；饭不变米形，酒形质尽变。"[1] 吴乔当年的散文，基本上都是实用文体，是不抒情的。在诗中一旦抒情，表现对象就像米变成酒一样"形质俱变"了。这个理论比之英国诗人雪莱在《为诗一辩》中所说的"诗使它触及的一切变形"要早一百年。雪莱只注意到形变，吴乔的深刻之处在于质变。这种质变之"感"乃诗人之"情"所决定的。同样是柳树，在李白笔下不再如贺知章那样为一美好对象，而是一个有意志的生命："天下伤心处，劳劳送客亭。春风知别苦，不遣柳条青。"（《劳劳亭》）唐人有折柳相送的风俗，柳树不让柳条发青，则不能送别，友人不离。故同样是枫叶，在杜牧则红于二月

---

[1]　王夫之等：《清诗话》，上海古籍出版社，1978 年版，第 27 页。

鲜花，在《西厢记·草桥送别》崔莺莺眼中则是"晓来谁染霜林醉，都是离人泪"。在鲁迅《送增田涉君归国》中，则为"枫叶如丹照嫩寒"。

故阅读不像读者中心论所想象的那样，任何观感都是合理的。作者创新艺术，固然离不开对象之特征，但需经《诗品》所谓"万取一收"之提纯，将其化作形变质变的意象群落，并以起伏的情志意脉贯穿，在审美、审丑、审智价值中分化，遵循特殊形式规范，自由驾驭其开放性，构成有机统一之形象，以某种生活本来如此的虚拟状态呈现。此等艺术匠心，并不显露于形象表层，而是隐秘于深层，越是隐秘越是精绝，此所谓"不着一字，尽得风流"。在小说中，如草蛇灰线法等，皆如张竹坡评点《金瓶梅》所说，作者旨在"瞒过"读者。作者匠心独运创造时，是主动的，富有多方面的自由，但是，读者阅读文本，却没有同样的自由，基本上是被动的，受到诗人隐秘的艺术匠心的制约。因而阅读，首先不能不与自发的被动性搏斗，如海德格尔所说的"完全根据作品自身来描述作品的作品存在，这种做法业已证明是行不通的"，相反应该"深入领会艺术家的活动"才能"达到艺术作品的本源"。用鲁迅的话来说，就是"不但看到诗人这样写了，而且看出诗人没有那样写"[1]。

因而，有效的阅读不能不与走马灯似的西方权威文论，特别是与无准则的多元解读，绝对的反本质主义划清界限。搏斗所凭借之诗话中之精华，亦系与其广泛存在的糟粕搏斗的结果。往往是，对一经典作品之奥秘，就是把全部理论资源调动起来，也不足以阐释。因而在证明与证伪之间，作长达千年的反复搏斗，是正常现象。每一时代，往往要把最高的智慧放到经典的祭坛上去燃烧，即使这样，

---

① 《鲁迅全集》第8卷，人民文学出版社，2005年版，第179页。

也不能保证取得进展，于是就产生了文学的虚无主义和解读的悲观主义。苏珊·朗格"一筹莫展"论和希利斯·米勒的"理论与阅读不相容"论最后则是在具体文本中进行具体分析，接受文本同化，自我调节，逼近诗人之匠心。故克罗齐有言："要了解但丁，我们必须把自己提升到但丁的水准。"① 诚哉，斯言！阅读是提升精神价值和艺术品位的系统工程，搏斗面临着许多方面：第一，是将自己从普通读者提高到艺术审美、审智的经典境界的过程，而绝对的读者中心论，无准则的多元解读，则相反，实质上是将但丁降低到读者自发的、狭隘的、浅陋的原生状态，也就是放任新批评的"感受谬误"（affectivefallacy）。这就意味着，不仅要和自身自发的盲目性搏斗，而且要和作品的局限性搏斗。弄珠客在《金瓶梅·序》中说："读《金瓶梅》而生怜悯心者，菩萨也；生畏惧心者，君子也。"这个提升的难度就比克罗齐要大得多。这里不仅仅是提高到作者水准，而且要超越作者的局限性。对理论要加以批判，对文本亦如是。弃其糟粕，提升其精华。这是一个更复杂的搏斗，这里会遭遇作家的"意图谬误"（intentionalfallacy）。如鲁迅评论《三国演义》所说："文章和主意不能符合——这就是说作者所表现的和作者所想象的，不能一致。如他要写曹操的奸，而结果倒好像是豪爽多智；要写孔明之智，而结果倒像狡猾。"这个问题的复杂性在于，鲁迅所说于曹操非常深刻，而于孔明则有误。事实上孔明之多智，不能孤立评价，其艺术奥秘在于，其多智是由其盟友周瑜的多妒逼出来的，而多智的草船借箭，则由曹操的多疑而取得了伟大的胜利，于是多妒的更加多妒，多智的更加多智，多疑的更多疑惧，最后多妒的终于感到

---

① 朱光潜：《克罗齐哲学述评　欣慨室逻辑学哲学散论》，中华书局，2012 年版，第 34 页。

智不如人，就活不成了，临终发出了"既生瑜，何生亮"的悲叹。从艺术上来说，多智的超越科学，乃是揭示人物心灵谱系的假定性，其艺术想象的合法性，读者和作者心照不宣。弄珠客接着说读《金瓶梅》"生欢喜心者，小人也；生效法心者，乃禽兽也"。没有搏斗，就可能走向相反的极端：堕落，与作品中之精神糟粕同流合污。由此观之，宣称作者死亡，放任读者精神自流之论，何其殆也！

这种搏斗还有更复杂的方面，就是对行政的强制有时要等待历史的实践来判决。如《水浒传》《查泰莱夫人的情人》等的遭禁，更为艰巨的是权威理论的压力，如诗乃抒情这艺术，前有诗大序，后有陆机《文赋》"诗缘情"，再后有《文心雕龙·知音》"情动而辞发"。权威理论的狭隘性在于皆为激情，对其不合者如闲情，作强制性阐释，对其视野以外者，则盲视性弃释。如对陶渊明、王维、柳宗元的无动于衷之诗，则视而不见。

2018 年 6 月 8 日，7 月 26 日修改

原载《人民日报》，2018 年 6 月 19 日，编者将标题改为《抵近经典作品的精神世界》。

读者主体和作者主体的深度同化和调节①

后现代离开文本主体的绝对的读者主体论，是造成文本阅读无效和低效的原因之一。这种理论把读者主体推向极端，放纵自发性所谓"多元解读"。其实，读者主体的心理图式有一定的封闭性，仁者见仁，智者见智，仁者不能见智，智者不能见仁，乃是人的心理所秉之偏。读者对文本的自发性阅读，乃是主体对文本的"同化"。这种同化，并不是绝对自由的，而是受到文本主体制约的。文本，尤其是经典文本，并不如西方后现代哲学所说无深度、无本质，而是有其稳定的立体层次结构，其艺术奥秘也具有一定的封闭性。如张竹坡评点《金瓶梅》所说，作者的匠心，是要"瞒过读者"的。阐释文本，不能没有一定的理论，西方文论从理论到理论，实际上把读者中心论发展为理论中心论，殊不知理论亦有一定的封闭性，拘泥于理论，产生强制性阐释和盲视性弃释。对文本作深度解读，必须将读者的自发主体上升为自觉主体，这就意味着：第一，对心理图式和理论预期以外的进行原创性的概括；第二，突破读者被动

---

① 在 2009 年 8 月中国语文学会泉州会议上的讲话，福建省语文学会陈勇录音整理，笔者修改补充。

接受的陈规，以作者眼光进入创作过程——与作品对话，对主体心理进行同化和调节。这个过程就是读者主体比照、遵循文本层次结构，旁涉作者的深层心理结构，总结阅读的历史经验，攀登文本阅读的历史高度的过程。解读是在读者、作品和作者之间搏斗。这种搏斗就是同化和调节的过程，这个过程是永不中断的。所谓"说不尽的莎士比亚"乃源于此。

一、看见了文本还是看见了自己

造成文本阅读无效和低效的原因有两个：第一是陈腐的机械唯物主义的反映论和狭隘社会功利论，第二是后现代离开文本主体的绝对的读者主体论。[①] 机械唯物论虽然已经遭到唾弃，但是在教学实践中的影响依然存在。仅举一例，有老师在解读《背影》时得出结论，爬月台部分最为动人，原因是作者善于观察，乃布置学生课后作观察练习，在观察的基础上作文，就是一例。

把观察看成是为文成功之道，却对观察没有起码的研究，目前在语文课堂上可谓比比皆是。观察并不是照相。人的大脑，并非英国古典哲学家洛克所设想的那样，是一块白板；也不像美国现代行为主义者所说的那样，外部信息对感官有了刺激，就会有相应的反应。观察并不是机械的反映，不同于观看，它是有目的的，目的就

---

① 后现代在关于文本和读者问题上表现比较复杂，这里只针对我国教育界的主流话语，简而言之。后现代有时似乎很重视文本。巴特《作者已死》这篇论文的最后部分宣布"作者已死"。并没有宣布文本已死。但是，在后现代的话语中，没有确定的（"本质主义"）的文本，一切文本注定要被不同读者文化价值所"延异"，所以巴特宣布读者时代到来。读者中心说，扩散到教育界，产生了恶性的、无限度的"多元解读"的理论。

是主体的"预期",没有预期,往往就一无所知。

这是人的一种局限性。预期,从某种意义上说,就是感官的选择性,感知只对目的开放,其余则是封闭的。人的心理功能有这样的特点:在心理预期以内的就开放,在心理预期以外的就封闭。和心理预期的封闭性相联系的,还有主观的投射性。明明没有的东西,因为心里有,却看见了。郑人失斧的故事说,斧头丢了,怀疑是邻居偷了,去观察邻居,越看越像小偷,后来斧头找到了,证明不是邻居偷的,再去观察,就越看越不像小偷。这是人类的心理的特殊规律。按皮亚杰的发生认识论,外部信息,只有与固有的心理图式相通,才能被同化,才有反应,否则就视而不见,听而不闻,感而不觉。相反,心理图式已有的,外界没有,却可能活见鬼。《红楼梦》里写贾宝玉第一次见到林黛玉,明明是从来没有见过,却硬说见过。当然,也不能因此而悲观。人就不能突破自己的预期了吗?不,人的心理图式,在其边缘上,也有开放的可能。在新颖刺激反复作用下,就会发生调节(accommodation),[1] 建构主义的教学要求在学生新知识与旧知识的交界处下功夫,就是这个道理。

机械唯物主义的特点是抹杀读者和作者主体性,其消极影响尚未得到彻底的清除。我们又大吹大擂地引进了西方当代读者中心论,走另一个极端,把读者主体,而且是自发的主体绝对化,鼓吹超越文本的读者主体性,把尊重学生主体性无条件地放在首位。这就产生了两个原则问题:第一,完全排除了文本主体对阅读主体的制约;第二,对阅读主体,其心理图式的开放性缺乏分析,对主体的封闭性没有起码的警惕。这就在理论和实践两个方面陷入盲目性。主体性像任何事物一样,是可以分析的,至少可以分为自发和自觉的两

---

[1] 皮亚杰:《发生认识论原理》,商务印书馆,1985 年版,第 21－60 页。

个层次。不加分析的主体，不能不是自发的、庸俗的。放任庸俗主体性自流，在当前阅读教学中，比机械唯物论，具有更大的欺骗性和破坏性。全国各地课堂上违背文本主体的奇谈怪论层出不穷，其理论根源盖出于此。什么《背影》中的父亲，"违反交通规则"啊，向祥林嫂"学习拒绝改嫁的精神"啊，《皇帝的新装》中的骗子是"义骗"啊，《愚公移山》是"破坏生态环境"啊，不一而足。这一切说明，学生主体图式中的当代生活经验和价值的封闭性压倒了开放性，造成了对经典文本的肆意歪曲。文本分析的混乱，甚至荒谬，权威教育理论的教条主义恐怕难辞其咎。

大学的中文系教师也要承担相当的责任。照理说，他们的阅读主体性应该是比较自觉，甚至是成熟的。如果他们对文本提供了深邃的分析，广大中学老师有可能免受教育理论权威的误导。令人遗憾的是，大学文学教授们的主体性封闭性也不见得足够开放。他们从文本中看到的，往往并不是文本内在的、深邃的奥秘，而是他们自己的价值观念的投射。

艺术分析的对象是艺术形象与原生形态的差异，或者矛盾，而艺术形象是天衣无缝的，水乳交融的。要进入分析，就要把未经作家创造的，原生的形态想象出来，或者用我的说法，"还原"① 出来，有了艺术形象和原生形态之间的差异，才有了分析的切入口。

二、阅读过程中三个主体和文本结构的三个层次

阅读的深化并不如权威教育理论家所许诺的那样，只要主体的

---

① 我的"还原"不同于现象学的还原，现象学还原是为了去蔽，而我的还原是为了揭示矛盾和差异。

自信就可以畅通无阻了。

阅读主体并不是想开放就开放的，而是面临着一场主体开放性与封闭性的搏斗。在一般读者那里，封闭占有惯性的优势，对文本中的信息，以迟钝为特点，崭新的形象，在瞬息之间，就被固有的心理预期同化了。聪明的读者，则由于开放性占优势，迅速被文本中的生动信息所震动。但是，敏捷是自发的，电光火石，瞬息即逝的，而心理预期的封闭性则是惯性的自动化的，仍然有可能被遮蔽。即使开放性十分自觉，也还要和文本表层的、显性的感性进行连续性搏斗，才有可能向隐性的深层进军。即使如此，进军并不能保证百战百胜，相反，前赴后继的牺牲，为后来者换取山穷水尽之后柳暗花明的提示，是为无数阅读历史所证明的事实。说不尽的莎士比亚，说不尽的普希金，说不尽的鲁迅，说不尽的《红楼梦》，说不尽的《背影》《再别康桥》。就在这前赴后继的过程中，经典文本才成为每一个时代智慧的祭坛，通过这个祭坛，人类文明以创新的图式向固有的图式挑战。每一个经典文本的阅读史，都是一种在崎岖的险峰上永不停息的智慧的长征，目的就是向文本主体结构无限地挺进。

后现代教条主义主张，无条件地尊重学生主体对文本多元的"独特感悟"，是经不起教学实践检验的。显而易见，读者主体不是绝对自由的。在阅读过程中，至少有三个主体在相互制约，除了读者主体以外，还有作者主体和文本主体。文本，尤其是经典文本，并不如后现代哲学所说那样是无深度的、无本质的，而是有其稳定的立体层次结构的。阅读就是读者主体、文本主体和作者主体从表层到深层的同化和调节。脱离了文本主体和作者主体，放纵读者主体就不能不产生奇谈怪论。

说不尽的经典文本，并不是无聊的游戏，而是向不可穷尽的深度挑战。就以《背影》而言，之所以至今仍然众说纷纭，原因就在于解读尚未达到足够的深度。就是朱自清的好友叶圣陶的解读也不例外。叶先生认为《背影》的好处在于写父爱的"一段深情"把已经是大学生的作者"当小孩子看待"①。这个说法很权威，但是，并没有达到《背影》的最深层次。

如果我们不满足于以追踪西方无深度理论为务，有志于阅读学的原创性建构，那么，经典文本结构并不是单层次的，至少有三层次。

第一层次是显性的，按时间空间顺序的，外在的、表层的连贯感知，包括行为和言谈的过程。这个层次，是最通俗的，学生可以说是一望而知。如果满足于此，在课堂上就可能无所作为了。应该有一种自觉，老师的任务，就要从学生的一望而知指出他的一望无知，甚至再望也还是无知。

这样就可能进入到文本的第二层次。这个层次是隐性的，在显性感知过程以下的，是作者的潜在的"意脉"变化、流动的过程。这不但是普通学生容易忽略的，就是专家也每每视而不见的。《背影》的动人之处，叶圣陶只看到了父亲把大学生当"小孩子看待"，但是，却不是全部。叶圣陶忽略了这种关怀在文章前半部分，遭到儿子厌烦，甚至是公然顶撞。文章的高潮是，看着父亲为自己艰难地爬月台买橘子，感动得流下了眼泪。从公然顶撞到感动，构成完整的意脉，其特点是：第一，文脉的曲折性；第二，情志的深化。显然，有了转折，才深化了。只抓住前面父亲的言行，虽然有连续性，还构不成完整的文脉。转折是精神焦点，也是文章的价值所在。没有这个转折，就没有这个人性的深度。

---

① 叶圣陶：《文章例话》，辽宁教育出版社，2005 年版，第 4 页。

朱自清笔下的亲子之爱和冰心的不同，冰心的亲子之爱是心心相印的，而朱自清的亲子之爱是有隔膜的。儿子对父亲的爱的特点是，爱得很后悔，爱得很惭愧，爱得很沉重。从某种意义上说，朱自清比冰心更为深刻。

这第二层次是情感的特点所在。儿子看父亲并不在意自己的顶撞，仍然勉为其难地攀爬月台，流下了眼泪，因为是受了感动，这正是审美价值所在。同样是观察，就有读者提出，这个父亲不足训，因为违反了交通规则。这是交通警察的实用价值观念，与情感的审美是不一致的。正是因为超越了实用价值，审美价值才得以提升。

讲到这个层次，可能使一般读者满足，但是，这种满足，可能遮蔽更加隐秘的第三层次，这就是文体形式的规范性和开放性，还有文体的流派和风格。这里有着更为特殊的内涵。

这是篇抒情散文，到高潮处，却不用抒情散文常用的渲染、形容、排比（如在《荷塘月色》中那样），而是用了朴素的叙述，或者用流行的话语说，就是白描吧。而在许多文学家（如叶圣陶）和评论家（如董桥）那里，都认为这样的表述，比之《荷塘月色》《绿》那样的铺张风格是更高的艺术层次。

对文本分析不得其门而入，原因之一就是对自发主体的迷信，具体表现就是无视文本深层意脉和文体的审美规范及风格创新，造成了阅读在感知显性层次滑行的顽症。

请允许我以杜甫的《春夜喜雨》为例，用还原的方法，进一步阐释"意脉"这个范畴。

传统的阅读预期是，《春夜喜雨》的杰出，就在于栩栩如生地写出了春夜之雨的意境，表现了诗人的喜悦。这几乎没有分析。按还原法设想，通常人们写雨，大都是眼睛看的，耳朵听的，而这里，恰恰是"随风潜入夜"，看不见的；"润物细无声"，听不见的。在某些迷信观察的老师那里，看不见，听不见，就没法写了。但是，诗人感知的特点是，在黑暗中，默默地体验那种无声的"润物"的喜悦。把不能感觉的感觉，变成内心深处的无声无息的欣慰。在那个以农为本的时代，在那段兵荒马乱的岁月，春雨如油，是国计民生所系，所以它是"好"的，美的。"好雨知时节，当春乃发生"这一联表面平静的诗句的好处，在这里得到充分的阐释，这是诗人独自享受春雨美好之感，不由自主地从心里发出来的无声赞叹。"野径云俱黑，江船火独明"，只有在平原上，视野开阔，才会在田野小路上感到有云。一片漆黑，什么也看不见，也是美的，为什么？越是黑，雨下得越浓，越久，杜甫把一片漆黑写成美，是很有深意的，再用一点渔火来反衬一下，就更加气韵生动了。"晓看红湿处，花重锦官城"，这里就是意脉的转折点了，表面上和昨夜的雨无关了。但是，这样鲜艳的花却是昨夜的雨的效果。从一片漆黑，到色彩艳丽，不但有湿的质感，而且有重的量感，视觉的反差，构成意脉的转折，从默默地欣慰到豁然开朗。

阅读是阅读主体和文本主体之间由浅到深的同化和调节，调节的目标就是文本的解密。而自发的主体图式，只能同化文本显性的表层，其封闭性，使它难以触及隐性的中层和深层。而进入文本结构的深层，恰恰从意脉开始。所谓还原，就是隐性的情感脉络的揭示，也是人的性灵的解密。

有老师问我，李清照《声声慢》中的"寻寻觅觅，冷冷清清，凄凄惨惨戚戚"好在哪？还原，不能停留在字面上，要通过意脉把人还原出来，一连三组的叠字，千百年来，众口一词地赞美。但是，韩愈等诗人也用过许多叠词，为什么湮没无闻了呢？说明其好处不仅仅在文字，而且在意脉深度方面。一开头就是"寻寻觅觅"，这是没来由的。首先，寻觅什么？寻到没有？没有下文。接着是"冷冷清清"，跟"寻寻觅觅"没有逻辑的因果。再看下去，"凄凄惨惨戚戚"，冷清变成了凄惨；逻辑中断，这就是李清照意脉的密码了。这个"寻寻觅觅"从哪里弄出来的呢？一个寻觅不够，再来一个，又没有什么寻觅的目标。这说明，不知道寻觅什么，说不清自己到底失落了什么，也不在意寻着了没有。失去的东西是看不见、摸不着的，寻不回的，寻觅本身成了目的。这里贯穿着特别的情绪，是孤单的，凄凉的，悲郁的。不但感觉孤独、冷清，而且凄惨，一个凄惨不够，再来一个，再来了一个还不够，还要加上一个"戚戚"，悲郁之至。朦胧地体验着孤独，忍受着失落感。叠词和句法里的逻辑中断，意脉的若断若续，造成了一种飘飘忽忽、迷迷茫茫的精神状态。沉迷于失落感之中，不能自已，不能自拔，又自我陶醉。

三、读出文本结构深层的文化密码来

　　平面性的自发主体，不能与文本隐性结构进行调节和同化，无法将文本立体结构和立体的人解读出来，就只能在多媒体，在导入、对话等等上玩些花样，不但不得其门而入，有时甚至制造混乱。一位中学教师讲《木兰诗》，先放美国的《花木兰》动画片，接着集体朗读，又分角色朗读了一番，然后讨论《木兰诗》的文本。这和美国的电影《花木兰》有什么关系？完全忘记了分析。老师遵照所谓"平等对话"的原则，问花木兰怎么样，学生说是个英雄。这花木兰什么地方"英雄"啊？学生想来想去，回答说花木兰英勇善战……老师又问了，花木兰回来以后，家里反应怎么样啊？学生说，爸爸、妈妈出来迎接她。老师说，某同学你做个样子，是怎么样迎接的。学生作搀扶状。又问，弟弟怎么样？弟弟磨刀霍霍向猪羊。老师说，某同学你做个磨刀的样子。那学生就做磨刀状。就在这嘻嘻哈哈之间，文本中的花木兰消失了。多媒体上的花木兰也遗忘了。花木兰变成一个贫乏的概念，英雄就是英勇善战的。多媒体、朗诵、对话，花样玩得不少，可是学生看到的却不是文本中的花木兰，而是预期的心理图式中固有的男性英雄。

其实，在文本里花木兰是个女性英雄，作者设定的女英雄的特点，恰恰并不在英勇善战上。

我问，你说花木兰英勇善战，那么，这首诗里，写打仗的一共几句？他说，"朝辞爷娘去，暮宿黑山头，不闻爷娘唤女声，但闻燕山胡骑鸣啾啾"是不是打仗？我说，不像，写的是想家。他说，"万里赴戎机，关山度若飞"是打仗。我说，不是，这是行军。他又提出，"朔气传金柝，寒光照铁衣"是不是打仗呢？我说，这是宿营。"将军百战死，壮士十年归"可以说是打仗了。但是，第一，何其少也，只有两句，而且严格来说，只有一句。因为"壮士十年归"这一句，写的不是打仗，而是凯旋。就是"将军百战死"也没有正面写她打仗，是别人牺牲了。打了十年，虽然后面有"策勋十二转"的间接交代，但是正面的，就这么区区一句概括性的叙述。她在战争中的英勇是全诗的重点还是"轻点"？战争场面轻轻一笔带过就"归来见天子"了？写战争这样吝惜笔墨，可是写她为父亲担心，决心出征，却不惜浓墨重彩。写了多少句呢？十六句："唧唧复唧唧，木兰当户织。不闻机杼声，唯闻女叹息。问女何所思，问女何所忆。女亦无所思，女亦无所忆。昨夜见军帖，可汗大点兵，军书十二卷，卷卷有爷名。阿爷无大儿，木兰无长兄，愿为市鞍马，从此替爷征。"然后写备马（从这里可以感到当时农民的负担是如何重，参军还要自己去买装备），四句："东市买骏马，西市买鞍鞯，南市买辔头，北市买长鞭。"接着写行军中对爹娘的思念，又是八句："旦辞爷娘去，暮宿黄河边，不闻爷娘唤女声，但闻黄河流水鸣溅溅。旦辞黄河去，暮至黑山头，不闻爷娘唤女声，但闻燕山胡骑鸣啾啾。"
这八句，想念爹娘的意思是相同的，句法结构完全相同，和前面的
四句相比，只改动了几个字，几乎没有提供多少新信息。通常最多
四行就够了，作者为什么要冒着重复的风险，写得如此铺张？奏凯
归来以后，写家庭的欢乐，用了六句，接着写木兰换衣服化妆，一
共十二句："爷娘闻女来，出郭相扶将；阿姊闻妹来，当户理红妆；
小弟闻姊来，磨刀霍霍向猪羊。开我东阁门，坐我西阁床，脱我战
时袍，著我旧时裳。当窗理云鬓，对镜帖花黄。"如果作者的意图是
突出木兰作为战斗英雄的高大形象，这可真是货真价实的本末倒
置了。

　　但是，这样的安排，恰恰为了表现文本两个方面的深层意脉：

　　第一，突出女英雄。本来，从军不是女孩子，而是男人的义务，
文本反复渲染的是，女孩子主动承担起男人的保家卫国的责任，特
点不在如何英勇，而是从军之前的亲情，立功归来以后，和男性享
受立功受赏的荣誉，坦然为官作宰截然不同，她只在意享受亲情以
及和平幸福的生活。女性的毅然担当，女性的亲情执着，女性的超
越立功受赏的世俗功利，正是文本意脉的前半部分。文本意脉的后
半部分，则是，恢复女儿本来面目的自豪和自得。两点一线，这个
意脉是文本的生命线，为什么那么多学生和老师视而不见呢？就是
自发主体心理预期图式中的"英雄"同化作用。在汉语里"英雄"
从语义的构成来说，"英"就是花瓣，杰出之义，而"雄"则为男
性。英雄没有女性的份。而这里的英雄却是女性，顾名思义，应该
是"英雌"。主题在女性从军立功与男性之不同，如果着重写英勇善
战则与男性英雄无大差异。这一点，在文本的结尾处特别透露出来。
中国诗歌是讲究比兴的，可是这首诗，居然几乎全是叙述，几乎无
比喻，到了最后却来了很复杂的比喻。扑朔迷离，"安能辨我是雄

雌"隐含着女性对于男性的粗心大意的调侃和女性心灵精致的自得。这是全诗点题之笔，日后进入了日常口语，不是偶然的。

第二，经典文本的第三个层次，文体风格，蕴含着矛盾，统一而又丰富。一方面，在花木兰情绪的营造上，极尽排比渲染之能事，这是民歌风格。而另一方面，惜墨如金，百战之苦，十年之艰，一笔带过。表现了北朝乐府诗的成熟技巧。"朔气传金柝，寒光照铁衣"，不但对仗精致，而且平仄在一句之内交替，在两句之间相对。这说明，民歌在长时间流传过程中，经过了不同文化水准的人士的加工。最明显的莫过于，"将军百战死，壮士十年归"和"同行十二年，不知木兰是女郎"留下的漏洞了。

经典文本之所以不朽，肯定有它不同凡响、不可重复之处，自发的主体则以模式化的心理预期去遮蔽它。因而，阅读不仅要揭开文本隐藏的意脉，而且要从隐藏的现成心理预期中解脱出来。要真正读懂《木兰诗》，就要借助文本的信息，驱除现成的、空洞的英雄的概念，用文本中微妙的、深邃的信息，推动读者内心图式的开放，从而作认知的深度调节。孤立地强调自发主体，放纵封闭性，对汉语中"英雄"一词中蕴含的男性霸权就会视而不见，就只能感而不觉，就无从完成文本解密的任务。

在阅读中的自发和自觉主体问题，归根到底是自由思考同学术修养和艺术修养积累的矛盾。我国后现代教育理论家只要求自由思考，摒弃学养和艺术感受的积累，不但完全脱离阅读实践，而且脱离我国丰厚的阅读传统。我国的教育理念，从来就把思和学视为一对矛盾，而且把矛盾主要方面放在学上，也就是说，学是思的基础。孔子云："吾尝终日不食，终夜不寝，以思，无益，不如学也。"（《论语·卫灵公》）很可惜的是，我们的教育理论家，对西方的教条耳熟能详，对自己民族的经典，却忘得一干二净。和文本作深度对话，是要有学养作本钱的，对《木兰诗》这样的经典文本，没有学养作本钱，不管主观上多么开放，也是读不出女英雄的文化和艺术的奥秘的。这并不神秘，原因就在于韩愈所说的，术业有专攻。不学无术，不可能进入经典文本的深层。外行看热闹，内行看门道，而自发的主体论，却把看热闹当成了看门道。

阅读是一种专业，专业的修养不是自发的，而是不畏艰难地习得的。①

四、以作者身份的主动性超越单纯读者身份的被动性

习惯于以读者的身份，就只能被动接受，真正要进入深层，光是看明白了人家这样写，还不够，还要追问，为什么他不那样写？这是鲁迅提出来的一种阅读办法。② 关键是化被动为主动，设想自己是作者，这个题材我来写，我会怎么写？这样就不但把人还原出来，而且把文本形式的驾驭者还原出来。

权威大师，从章学诚到鲁迅，认为：《三国演义》"三顾茅庐"，是虚构的，七实三虚，易滋混淆；《三国志》中"隆中对"才是可靠的，真实的。可事实上，"隆中对"中明明写着当时刘备把众人支

① 读者蔡福军来信表示支持我的观念说："德国接受美学理论家区分了专业读者与非专业读者。尽管一千个人眼中有一千个哈姆雷特，理论上阐释的可能性是无限的，但是文学经典本身形成了一个标准和内部结构，新经典的产生不会彻底冲垮这个结构而是让这个结构内部的相对位置发生微调。文学经典本身公认的艺术高度成为潜在的准则，这就是专业读者不断训练，不断积累才有的。"课堂学习当然就是这种专业读者的积累过程。感谢蔡福军的支持；不敢掠美，录以备考。

② 鲁迅的原文是："凡是已有定评的大作家，他的作品，全部就说明着'应该怎样写'。只是读者很不容易看出，也就不能领悟。因为在学习者一方面，是必须知道了'不应该那么写'，这才会明白原来'应该这么写'的。"《且界亭杂文二集》，《鲁迅全集》第6卷，人民文学出版社，2003年版，第321页。

开去了（"因屏人曰"）与诸葛亮密谈，没有第三者在场。作者陈寿过了二十多年才出世，到四十岁才开始整理诸葛亮的遗文，在"隆中对"以后六十多年，才写《三国志》，蜀国又没有史官，没有官方文献为据。可他把史官的"实录"原则和文学的虚构、想象结合得水乳交融、天衣无缝。既有文学性，又有中国史家传统的"春秋笔法"，"寓褒贬"，"微言大义"，全在字里行间。刘备明明是谋求用武装暴力统一天下，可是陈寿却让他说"孤欲申大义于天下"，也就是用道德教化来赢得老百姓的拥护。以德服人，垂拱而治，一派王道话语。明明当时刘备只有两千左右人马，在一个县里相当于武装部长的职位，可是陈寿却让他自称"孤"。流露出他的与地位和王道话语（口头上自认"智术浅短"）不相称的野心。而在虚构的《三国演义》"三顾茅庐"这一回，罗贯中却没有用"孤"，而是让其自称"备"。陈寿为什么没有像罗贯中那样写？这个史家在字里行间寄寓着何等的意蕴！表现了何等的史笔修养！诸葛亮为他制定了避开曹操，拉拢孙权，向荆州和益州发展，建立根据地的战略方针。一待天下有变，从荆州向河南，四川向陕西，兵分两路北伐……接下去不着痕迹地说"则霸业可成"。这时，请注意，陈寿让诸葛亮把刘备官样文章的王道话语转换成了霸道话语。表现了何等精致的史家春秋之笔。不充分尊重经典文作家的主体性，任何人，包括权威教育理论家，都不可能从几个字眼中，看出中国史家笔法的精彩和深邃。

陈寿对诸葛亮的想象，在文学方面同样精彩绝伦。

首先，写他指出刘备把目标定在奸臣曹操身上，不行。曹操拥百万之众，且挟天子以令诸侯，有行政上的合法性，不能和他"争锋"。孙权在江东，已经有三代的基业，而且地形险要，也只能结盟。这就是说，本来刘备心理预期，习惯性地以"逐鹿中原"为务，诸葛亮把他从固有的心理预期中解放出来。指出荆州和益州是两个空档，到那里去建立根据地。陈寿不过几百字，勾画了这个二十多岁的小青年，在谈笑间让比他年长十多岁的刘备如梦方醒，醍醐灌顶，甚至还带出了这样的心理效果：把自己生死与共的肝胆兄弟关羽和张飞都冷落了。诸葛亮漂亮的话语，显然是文学的想象多于史家的"实录"。因为当时既没有记录，事后又没有史官的材料。短短几百字，就把当时的情境和日后几十年的政治军事实践生动地表现出来，需要何等的笔力。陈寿虚构的诸葛亮的语言，哪里像是即兴交谈的口语，通篇出口成章，情志交融，一气呵成，显然是宿构。诸葛亮分析荆州，这样说：

> 荆州北据汉沔，利尽南海，东连吴会，西通巴蜀，而其主不能守。

魏晋散文，以气为主，建安风骨，朴实无华，然而，陈寿却文彩结合情彩，站在地理的制高点上，雄视八方，海内风云尽收眼底。不但在当时的散文中难得一见，就是在诗歌中，也是稀罕的。更难得的是，在骈体文尚未成为主流话语之时，居然大量运用骈句，与散句结合，达到骈散自如的境地，显然是事后深思熟虑、精心推敲，才能把史家散文的文学性发挥到时代的前沿。这种高瞻远瞩、视通万里的气势和骈句的排比，成为序记性散文经典模式，为后世散文所追随，如《滕王阁序》：

> 星分翼轸，地接衡庐，襟三江而带五湖，控蛮荆而引瓯越。

王勃几乎亦步亦趋地追随陈寿的"以一地之微，总领东南西北，雄视九州"的风格，以天地配比三江五湖，甚至连骈句和动词对称，也不避其似。而范仲淹《岳阳楼记》中的"北通巫峡，南极潇湘，迁客骚人，多会于此"，在骈散结合的句法上则更是一脉相承。

不懂得尊重文本主体性的教育理论家，对古代史家和散文的讲究和成就缺乏准备的外行，在这样的文本密码面前，绝对是两眼一抹黑。

但是，这个文学性很强的史家并没有忘记他的史家实录的精神，他对诸葛亮的赞扬和保留，也没有直接说出来，只是让它渗透在话语之中。① 到谈话最后，诸葛亮兴奋起来，说一旦天下有变，两路分兵，"命一上将将荆州之军以向宛、洛，将军身率益州之众出于秦川"，百姓们肯定就莫不"箪食壶浆以迎王师"了。陈寿写《三国志》的时候，诸葛亮的这个想象已经失败了。可是陈寿还是不动声色地写下来。从史家看，这是实录，从文学看，这是表现诸葛亮的矛盾，战略上高瞻远瞩，堪称雄才大略，但是，不脱小伙子的天真，他的乐观主义在军事上的兵分两路，两个拳头打人，完全是糊涂的，后来遭到毛泽东的嘲笑。值得注意的是，司马光写《资治通鉴》时，就把这一段不动声色地给删节了。

五、在比较中显出人格主风格的精彩：范仲淹的"忧"和欧阳修的"乐"

我们在课堂上玩了许多花样，还是读不懂经典，进入不了文本的隐性的深层，读不出人来，读不出文体风格的讲究来，还有一个原因，那就是习惯于孤立地读经典，不能在历史语境中，把众多的

---

① 而在为诸葛亮的文集作序的时候，他就直说诸葛亮"治戎为长，奇谋为短，理民之幹，长於将略"。

经典文本加以比较。时时刻刻说文本分析，却不知除了分析内部差异和矛盾以外，还可以与外部文本进行比较，从而揭示差异，找到分析的切入口。

对于范仲淹的《岳阳楼记》，不知内情者往往以为，如此雄文，必然身临其境，观察入微，通篇都是写实。其实不然。当年范仲淹下放邓州，根本没有可能为一篇文章而擅离职守，远赴湖南岳阳。当时滕子京嘱他为文，只给了一幅"巴陵胜景图"，范仲淹就据此写成千古名篇。滕子京是修复岳阳楼的主持者，身临其境的他是怎么写岳阳楼景观的呢？

> 东南之国富山水，惟洞庭于江湖名最大。环占五湖，均视八百里；据湖面势，惟巴陵最胜。濒岸风物，日有万态，虽渔樵云鸟，栖隐出没同一光影中，惟岳阳楼最绝。

至于他的词《临江仙》所描绘的岳阳楼，就更简陋了：

> 湖水连天天连水，秋来分外澄清。君山自是小蓬瀛。气蒸云梦泽，波撼岳阳城。
> 帝子有灵能鼓瑟，凄然依旧伤情。微闻兰芷动芳馨。曲终人不见，江上数峰青。①

八百里洞庭在他笔下，竟然只有"天连水，水连天"，"分外澄清"，剩下就是孟浩然的诗句（气蒸云梦泽，波撼岳阳城）和钱起的

---

① 以上引文均见方华伟编：《岳阳楼诗文》，吉林摄影出版社，2004 年版，第 8 页。

诗句（曲终人不见，江上数峰青）的袭用。这里有个道理，能不能写出东西来，不在于眼睛看到了多少，更重要的是，心里激发出多少。这位很热爱诗文的滕子京，缺乏的不是观察，而是超越景观的审美主体的优势，丰富的景观在他面前，不但没有多少好处，反而让他脆弱的审美感知遭到了压抑。而没有到过岳阳楼的范仲淹则相反，明明没有直接观察，却把审美主体的优势发挥到极致。《文心雕龙》有言，"目既往还，心亦吐纳……情来如赠，兴往如答"，心灵不仅仅是接收（纳），而且是发出（吐）。不仅仅答复，而且是赠予。

滕子京的心理图式，被前人的经典话语封闭，不能同化眼前多彩的景观；而范仲淹却对前人的话语不屑一顾，只用"前人备述"四个字，就交代过去。审美主体的优势，使得范仲淹不但凌驾于历代文人气魄宏大的话语之上，而且超越了对洞庭湖有限的认识。在范仲淹看来，把精神聚焦在自然，甚至人物风物上，以豪迈、夸张的语言来描摹，是此类序记体文章的套路。范仲淹气势凌厉地从前人的话语模式中进行了胜利的突围：不管是"阴风怒号，浊浪排空"，"去国怀乡，忧谗畏讥"的悲郁；还是"春和景明"，"心旷神怡，宠辱皆忘，把酒临风"的喜悦，都不是他的追求。他心向往之的是超越前人的"不以物喜，不以己悲"的境界。

不以物喜，就是不以客观景观的美好而欢乐；不以己悲，就是不以自己的遭遇而悲哀。以一己之感受为基础的悲欢是不值得夸耀的。值得夸耀的，应该是："居庙堂之高，则忧其民；处江湖之远，则忧其君。是进亦忧，退亦忧。"不管在政治上得意还是失意，都是忧虑的。这种忧虑的特点，是崇高化、理想化了的：人不能为一己之忧而忧，为一己之乐而乐。在黎民百姓未能解忧、未能安乐之前，就不能有自己的忧乐。不管是进是退，不管在悲景还是乐景面前，都不能欢乐，那么什么时候才能欢乐呢？"先天下之忧而忧，后天下之乐而乐！"这时范仲淹处于被贬的地位。他也是在勉励自己，对自己的思想境界提出了更为严苛的要求。主体的心理图式的投射，比之通过观察得到的客观信息更为强大，是范仲淹成功的根本原因。

　　主体审美心理图式丰富的，不能狭隘地理解为政治立场。和范仲淹同样因为新政受贬，而且还坐了一段监牢的欧阳修被贬到滁州，在《醉翁亭记》里却快乐得很。不但自己快乐，而且和滁州的老百姓一起快乐。欧阳修的境界，不仅在于山水之美，而且在于人之乐。往来不绝的人们，不管是负者，行者，弯腰曲背者，临溪而渔者，酿泉为酒者，一概都很欢乐。欢乐在哪里？没有负担。没有什么负担？当然没有范仲淹那样的为官的负担，这里没有物质负担，生活没有压力。打了鱼，酿了酒，收了蔬菜，就可以拿到太守的宴席上来共享。欧阳修反反复复提醒读者"太守"与游人之别，一共提了九次。但是和文字的一再提醒相反，在饮宴时，却强调没有等级的分别：欧阳修所营造的欢乐的实质是，不但物质上是平等的，而且精神上也没有等级，因而特别写了一句，宴饮之乐，没有丝竹之声，无须高雅的音乐，只有游戏时自发的喧哗。反复自称太守的人，没有太守的架子，不在乎人们的喧哗，更不在乎自己的姿态，不拘形迹，无视礼法，在自己醉醺醺、歪歪倒倒的时候享受欢乐。和太守在一起，人们进入了一个没有世俗等级的世界，宾客们忘却等级，太守享受着宾客们忘却等级的自如，人与人达到了高度的和谐。

　　这还仅仅是欧阳修境界的第一个方面。

　　欧阳修境界的第二个方面是，不但人与人是欢乐的，而且山林和禽鸟，也就是大自然，也是欢乐的。欧阳修营造的欢乐，不但是现实的，而且是有哲学意味的：

> 禽鸟知山林之乐，而不知人之乐；人知从太守游而乐，而
> 不知太守乐其乐也。

人们和太守一起欢乐，禽鸟和山林一样欢乐。在这一点上，人
与人、人与自然的欢乐是统一的；但是，人们的欢乐和太守的欢乐，
太守的欢乐和禽鸟山林的欢乐又是不同的、错位的。这里很明显，
有庄子与惠子游于濠梁之上"子非鱼"的典故的味道。人们并不知
道太守只是为人们的快乐而快乐。这里的"乐其乐"，和范仲淹的
"乐而乐"，在句法模式的相近上也许是巧合，但也可能是欧阳修借
此与他的朋友范仲淹对话："后天下之乐而乐"，那可要等到什么时
候呀？只要眼前与民同乐，也就很精彩了：

> 醉能同乐其乐，醒能述以文者，太守也。

前面说"乐其乐"，后面说"乐其乐"，与民同乐，乐些什么
呢？集中到一点上，就是乐民之乐。这种境界是一种"醉"的境界。
"醉"之乐就是超越现实，忘却等级、礼法之乐。而等到醒了，怎么
样呢？是不是浮生若梦呢？不是。而是用文章把它记载下来，当作
一种理想。

> 太守谓谁？庐陵欧阳修也。

到文章最后，也就是到了理想境界，一直藏在第三人称背后的
四十岁"太守"，一直化装成"苍颜白发"，"颓然"于众人之间的
自我，终于变成了第一人称，亮相了。不但亮相，而且把自己的名
字都完整地写了出来。这个人居然是欧阳修，还要把自己的籍贯都

写出来，以显示其真实。

　　经过这样的比较，不但可以看出欧阳修与范仲淹心理图式的相异，同时也可以看出他们心理图式的相通。为什么"醉翁之意不在酒，在乎山水之间"？这是因为山水之间，没有人世的等级礼法。为什么要把醉翁之意和"酒"联系在一起呢？因为酒，有一种"醉"的功能，有这个"醉"，才能超越现实。"醉翁之意"——欢乐，在严酷的现实中是很难实现的，故范仲淹只能说"后天下之乐而乐"；而欧阳修只要进入超越现实的、想象的、理想的、与民同乐的境界，这种"醉翁之意"是很容易实现的，只要"得之心，寓之酒"，让自己有一点醉意就成了。这里的醉，有两重意思。第一重，是醉醺醺，不计较现实与想象的分别；第二重，是陶醉，摆脱现实的政治压力，进入理想化的境界，享受精神的高度自由。

　　阅读本来并不神秘，不外就是读者主体与文本主体以及作者主体之间的从表层到深层的同化和调节。要真正深入到经典文本的深层，就是要尊重文本的主体，联系作者主体也是瞄准文本主体，学习是一个积累的过程，不能不是漫长的。而后现代教条主义者，只尊重读者主体，允诺什么探索、创新，在实践中，已经洋相百出。但是，由于西方文化的话语霸权的遮蔽，加上对本民族教育理论的精华数典忘祖，就造成了悖谬像皇帝的新装一样招摇过市。如不加揭露，这场经典阅读学史上空前的悲喜剧，将自得其乐地延续到不知何时。

形象的三维结构和作家的内在自由①

前记：美学前辈朱光潜、李泽厚在美学争鸣中，不约而同地把形象当成主观、客观的二维关系，但是，我以为，主客二维不是变成认识的真，就是只能构成意象。前辈们或多或少受黑格尔内容决定形式的束缚，忽略了不同文学形式具有不同的组合规范，故形象的构成当为主体情志特征、客体生活特征和形式规范特征的三维结构。

一、能不能以生活与艺术的矛盾为出发点

如果有人问花是什么，我们回答说花是土壤，我们会遭到嘲笑，因为我们混淆了花和土壤最起码的区别，或者用哲学的语言说是掩盖了花之所以为花的特殊矛盾。同样，如果有人问酒是什么，我们回答说酒是粮食，我们也会遭到嘲笑，因为粮食不是酒，这个回答没有触及粮食如何能转化为酒的奥秘。然而，在文艺理论领域中，

---

① 原载《文学评论》1985 年第 4 期，后为当年《新华文摘》转载。前记为 2019 年所加。

当人们问及形象是什么、美是什么时，我们却不惜花费上百年的时间去重复这样一个命题：美是生活，形象是生活的反映。当然，在实际行文中不会这样简单地托出一个线性因果关系，但是，不管经过多少曲折的环节，所强调的却是生活与形象的统一性，生活起决定作用，作家总是处于被动地位。这种思维定势效应甚至影响到一些作家的创作经验。当他写了一个好作品，他就说这是由于深入了生活；当他写了一个失败的作品，他就说因为脱离了生活。从唐诗的繁荣到现代文学的崛起，凡是要作理论的描述和说明，思维似乎就只有一条途径可循——生活与艺术的统一性，作家反映生活不能不带有被动性。光知道粮食可以酿酒的人成不了酿酒的能手或酿造理论家，可是，反复强调形象就是生活，不厌其烦地混淆生活与形象的区别、漠视作家的主动性的人，却往往成了永远"正确"的文艺理论家。如果在他们面前，出现了一个不知天高地厚的人，运用自然科学的背逆方法，从相反方面提出问题，说酒就是酒，它在本质上不再是粮食，形象就是形象，它在质的规定性上已不是生活（虽然它可以在另一个层次上和生活有同一性），虽说这不过是讲出了起码的常识，反而这个人有可能遭到嘲笑，被认为是奇谈怪论。

　　在我看来，这样的人比之把形象和生活的统一放在纲领性地位的人要聪明一些。创作之所以称得上是创作，就是从摆脱对生活的被动依附开始的。只有摆脱了被动状态，重视生活与艺术的矛盾，作家才可能获得创作所必需的内在的自由。

　　研究艺术形象的逻辑起点应该在这里。正是在这里，有着形象产生过程的一切层次，一切矛盾，有着形象系统进化、矛盾发展的一切胚芽。从这个起点出发可以找到形象系统在方法、流派、风格上分化繁荣的内在根据和一切弊端、失误的根源。

　　任何一门学科都要以探求对象本身的内部矛盾为中心，也就是以对象的内部要素、内部结构、内部协同功能为中心，外部信息的输入是通过内部结构才起调节作用的。例如要研究性格，首要的任务是探求性格是二重组合（或者在我看来是三维结构），懂得这个特殊机制才谈得上去研究这二重组合（或三维结构）如何反映生活，或者如何与生活统一。

长期以来，我们满足于把反映论作为研究形象的唯一向导，甚至于产生了一种错觉：文艺理论主要就是探寻形象与本源之间统一性的科学。殊不知形象与其本源的关系并不是唯一的思路，二者也并不是一种单向的决定关系，并不一定是生活越丰富，形象就越精彩，经历丰富的作家也不一定必有卓越的形象创造力。相反的情况也有的是：生活过多的堆积使作家陷于被动的描述和阐释，形象反而臃肿，作家在纷纭的生活面前失去了驾驶的主动性，因而也就失去了创造的自由。

任何一个对象都可以从不同的角度去研究，反映论并不是唯一的角度。不能把坚持反映论和思路的固定、角度的凝固化联系起来。其实，即使坚持反映论也不能离开本体论的研究。不研究事物本身的结构、内在特殊矛盾，就不能获得更深刻的认识。把思路钉死在对象与本源的统一性上，使许多理论家失去了最珍贵的自由——思想的自由。当不同年龄、经历，不同智能结构，乃至持不同文学观念的作家和评论家挤在同一条思路上的时候，不论是秩序井然地鱼贯而前还是义愤填膺地争辩，思维空间仍然是极其狭窄的。

对于艺术形象的奥秘，人类已经钻研了数千年，其成效远不及对于遥远的天体的探求。这样的低效率可能与思路的狭窄分不开。把本体论作为一条自觉的思路，对打开艺术形象这个美丽迷宫可能是有益的。

二、形象并不单纯由生活构成，形象的胚胎产生于生活和自我的二维结构

形象之所以成为形象就是因为它不再是生活，正如酒之所以成为酒因为它不再是粮食。模仿生活不管多么逼真，也不能成为艺术形象。艺术如果以逼近生活为能事，就可能在与生活的竞赛中被淘汰。正是在这个意义上，黑格尔才把以单纯复制生活为目的的"艺术"看成是"多余的"。他说："靠单纯的模仿，艺术总不能和生活和自然竞争，它和自然竞争，那就像一只小虫爬着去追大象。"① 从形象本体结构来看，生活不过是形象的一个要素。不管是什么事物，光有一个要素是不可能形成结构的。艺术之所以具有感染人的功能，就是因为生活要素已经和另一个要素——作家的自我结合起来，形成一个不可分割的结构，这就是朱光潜根据克罗齐的学说所揭示的：把作家自我的情趣放在意象里，就产生艺术形象，情趣与意象缺一不可。刘勰在《文心雕龙·物色》中说得更生动："写气图貌，既随物以宛转，属采附声，亦与心而徘徊。"物象与心象结成一个有机体，形象才能产生。

任何形象都是再现生活和表现自我的统一。只要生活和自我发生了互相统一的关系，就形成一个二维结构，就有了形象的胚胎。

在这二维结构中，生活与自我并不是简单的等量相加。相反，从量上来讲，二者并不是全部都进入三维结构之中的。再现生活和表现自我的统一是有限的。无限的生活受到有限的自我选择，有限的自我也受到无限的生活的选择，生活和自我并不是在一切方面都化合成一个结构，而是在互相贯通、互相遇合的那一方面、那一个

---

① 《朱光潜全集》第13卷，安徽教育出版社，1990年版，第51页。

点上化合了。

进入二维结构的特点，首先表现为互相限制、互相选择、互相分化，然后是互相同化。在互相适应、互相契合的那一点以外的，被无情地排除了。同时，互相遇合的那一点就形成了一个有机整体。

一旦形成了统一结构，其特点又表现为要素间的互相协同作用，生活和自我的协同既产生了大于生活和自我的能量，又产生了既不同于生活又不同于自我的质量，形象和生活的矛盾就是这样产生的。正是在形象与生活的矛盾中，才产生了形象的魅力。

没有二维结构的排除和同化作用就没有形象，正等于没有种子和土壤的互相排除和同化，没有酒釉和粮食的互相排除和同化，就没有花和酒一样。只要举一个极现成的例子就可以证明，李白的"朝辞白帝彩云间，千里江陵一日还。两岸猿声啼不住，轻舟已过万重山"。这里"彩云间"写的是高，"万重山"写的是远，都是客观要素，"一日还"写的是轻而快，是主观要素。全部形象结构所显示的是：高而远迅速地转化为轻而快，也就是客观生活的特点迅速为主观自我所同化。在同化过程中，就包含着分解客观生活的特点和排除不适应主观自我的成分。当年，峡江航行的全部特点并不仅仅是轻而快，与此相联系的还有艰苦与险要……但是，苦而险的生活特征与流放遇赦归来的诗人的当时感情不相契合，因而被排除了，或者说生活的特征被诗人感情的特征分解排斥而后同化了。如果诗人不加分解，不敢排除，不敢同化，只能罗列生活，那么，生活的特征和自我的感情特征就不能形成二维结构，也就构不成形象的胚胎，艺术的魅力也就难以产生。

由此可见，作家在生活面前并不是被动的。他并不是一味地等待生活把他同化，相反，一个具有作家心理素质的人，不是那么傻乎乎，不会那么驯顺，他时刻在争取主动权，主动地选择、排除、同化生活。如果他连这一点自觉性、自尊心都没有，那么，他就永远当不成作家。

选择性同化，是作家摆脱被动的起点，是作家享受自由的起点。

艺术的创造力产生于生活与艺术的误差感，而不是同一感。

具有作家的心理气质的人，在这种误差面前没有任何神经质的恐慌，相反，他不无惊喜地看到：正是在这种误差中，自我才有表现的主动性。如果生活与艺术形象之间是天衣无缝的，那么，作家的最高任务就是被动的记录了。许多有才华的作家都被那种生活与艺术的统一性追求弄昏了头，他们在生活面前充满了自卑感，诚惶诚恐、五体投地，结果是生活窒息了自我的心灵，束缚了想象的翅膀。

据我所知，第一个把生活与艺术形象的误差说得比较系统的是丹纳。他不像我国古典画论中用形似和神似的经验语言描述这种误差，而是用内涵确定的理论语言。他在《艺术哲学》中说，艺术家力求形似的是对象的某些东西，而不是全部：

> 艺术的本质在于它把一个对象的基本特征，至少是主要的特征，表现得越占主导地位越好；艺术为此特别删节那些遮盖特征的东西，挑出那些表明特征的东西，对于特征变质的部分都加以修正，对于特征消失的部分都加以改造。

丹纳把艺术与生活的区别放在相当突出的地位上，因而在理论上就向艺术家主动和自由的创造迈进了一步。他的深刻之处在于：艺术不仅选择了自然和生活，而且改造了自然和生活。但是，丹纳并不彻底，艺术家凭什么才获得了主动和自由的权利呢？在他看来，艺术之所以要改造生活和自然，仍然是为了表现生活和自然的主要特征。勇敢的丹纳，在表现自我方面显得有点死心眼儿了。在他的理论中强调表现时代、民族、环境等方面的客观要素，却忽略了作家独特的自我和个性。

作家之所以有必要选择、调整、改造对象的特征，其目的就是表现自我的特征。其实，光是选择、改造、调整客体，作家仍然不能彻底地摆脱被动局面。艺术家的自我不仅仅是再现的主体，而且是表现的客体。艺术形象动人的魅力不仅来自生活，而且来自作家的个性。我们说，形象是主观与客观的有限统一，具体说就是在作家的自我，作家的个性，自我的有限感觉、情感、理性范围内的统一，越出了这个有限范围就互相排除了，就不统一了。

艺术形象中的自我要素与生活要素的统一，可以从三个层次上来看。第一，自我本身也是一种生活，不过，比起无限的现实生活来说，它比较狭窄。第二，自我和个性并不是先天的，而是在生活环境和历史积淀中形成的心理机制。从这个意义上来说，自我与生活的统一不过是过去进入心灵的，养成作家个性的生活和眼前进入作家心灵的生活之间的统一。第三，作家的自我既然是生活所养育的，因而它在本质上就应该与生活有普遍的共同性，反过来说，自我本身也具有反映生活的性能。这些都可以说明自我、生活在三个层次上的统一性。但是，这种统一性是有限的，不仅在量上有限，而且在层次上有限。在生活进入作家心灵转化为个性以后，个性就与生活在质上相异了。因而，即使作家的自我个性是生活的一种变体，在形象的结构中，作家的自我个性仍然不能当作生活而只能当作与生活互相制约的主观的一维而存在。这是在不同层次上生活与自我的不同关系。不同层次有不同的性质，混淆了层次就混淆了事物的本质。

三、情感自由的程度决定创造力的大小，感受力大于观察力是作家获得内在自由的首要条件

如果说生活是形象的土壤的话，那么，作家的自我就是形象的种子；如果说形象的父亲是生活的主要特征的话，那么，作家的自我个性（主要是感情特征）就是形象的母亲。从反映论来说，"形象是生活的反映"是天经地义的，但是，在形象的本体论来看，说形象是生活的反映就不全面了。因为形象的要素是生活和自我双重特征的化合。形象的奇妙功能光用生活的真实也不能说明。离开了作家自我感情的真诚，艺术形象的魅力就成了一个谜。只有把作家的自我感情的真诚与生活的真实结合起来，才能说明艺术魅力的秘密。在列夫·托尔斯泰看来，决定艺术形象魅力的恰恰不是生活，而是作家自我感情的独特性，他在《什么是艺术》中说：

> 艺术感染力的大小，决定于下列三个条件：（1）所传达的感情具有多大的独特性；（2）这种感情的传达有多清晰；（3）艺术家的真挚程度如何。换言之，艺术家自己体验他们传达的感情时的深度如何。
>
> 所传达的感情越是独特，这种感情对感受者影响越大，感受者所感受的心情越是独特，他所体验到的欣喜就越大，因此也就越加容易而且紧密地融合在这种感情里。

也许托尔斯泰的说法有一点走向另一个极端，他完全撇开生活的特征，孤立地强调感情的特征，因而，他论点中的合理内核向来不为人们所理解。但是他比之丹纳纯用生活的特征说明艺术形象的感染力要深刻多了。就连普列汉诺夫那样的理论大师都没有充分估

计托尔斯泰这一观点的理论价值。囿于生活与形象统一性的思路，人们就很难发现托尔斯泰这一观点中的精华。尽管托尔斯泰未能完全揭示形象本体的内在结构和功能，但是他强调感情真挚独特的观点已经打破了丹纳的局限，向形象的本体奥秘大大迈进了一步。

托尔斯泰毕竟有过丰富的创作体验，因而，他凭着直觉就能感到丹纳用理性看不到的东西。作家的自由主要不在于对生活进行调动选择和改造，这一切是凭着意志也可以做到的，作家的自由主要是内在的，用托尔斯泰的语言来说，这就是情感，情感的独特就是情感的自由。作家最基本的心理素质就是特独的自由的情感，有了自由的情感，哪怕是陈旧的生活特征，都会因为被它同化而升华为不可重复的崭新形象。正是情感的独特和自由的程度决定了作家形象创造力的大小。

凭着自由的独特的情感，作家在生活的特征面前才有了主动性，才有了作为创造者而不是再现者的自由。凭着自由的独特的情感，作家才有表现自我的能量。

情感的色调有多丰富，形象的色彩就多么丰富；情感的天地有多广阔，形象的天地就多么广阔；情感有多少因子，形象就有多少因子，情感因子越多，作家的自由就越大。对于一个没有幽默感的作家来说，在悲剧面前，就只有愤怒的火焰和悲痛的泪泉，而对于一个有幽默感的作家来说，悲剧不但可以是可悲的，也可以是令人哭笑不得的。对于一个可敬的人他也许有可怜的感觉，叫人不由得轻松地会心一笑；也许，从可悲的人身上他能发现可爱的成分。在孩子身上有老年人的庄重；在老年人身上，他感到孩子气的纯真。作家感情的自由首先表现为不受权威和习以为常的成规所限，也不为自己的实用的功利目的所拘。他所表现的更多的是内心审美的观照，他的任务不单是帮助人们发现生活隐秘的特征，而且是丰富人们对于生活的感兴。从质的方面看，感情因子越是个性化，生活特征被同化的概率就越大。从量的方面考察，感情因子越是丰富，生活特征的激活率越高。情感因子的单调和发育不全已成为我国当代文学的一大不足。情感因子的单调造成了作品风格的单调，有些作家一辈子只有一种正剧因子，连一点抒情喜剧因子也没有。懂得了生活与感情在形象结构中的不平衡性，就不难理解许多生活非常丰富的人为什么并没有创造出丰富的形象来，而那些生活相对贫乏的人却创作了许多动人的作品。王国维所说主观之诗人不必多阅世，并不完全是唯心主义。

　　正因为这样，一个作家获得内在自由的手段就不能限于像雨果所讲的那样：靠观察力和想象力。离开了作家自我感情因子的独特性和多样性，光凭观察，最多也只能是客观特征的罗列，把观察的客观性和想象的自由性结合起来的一种能力是感受力。所谓感受，就是作家以自己的个性去同化、净化一系列来自生活的感觉、知觉和思维。获得内在自由就得从灵活调动多种情感因子获得自我的独特感受开始，仅仅善于观察对象的特征的作家是没出息的，只有善于把情感特征与生活结合起来的作家才能享受创造的自由与欢乐。《文心雕龙·物色》篇中说：

　　　　山沓水匝，树杂云合，月既往还，心亦吐纳。春日迟迟，秋风飒飒，情往似赠，兴来如答。

　　作家的感受不仅是"纳"入生活特征，而且是"吐"出感情特征，不但接受生活的赠予，而且给生活特征以感兴的酬答。在一个有才能的作家面前，不但一切外来信息都很容易得到，他的个性的过滤被他的感情着色，而且，他的感情贮存也常常处于最佳准备状态。只要那潜在的共鸣点一被触动,灵魂的深处就被激发起来,好像发生了世界大战,把吃奶时候的潜在意识都调动起来投入形象的胚胎结构。没有自我的强烈而独特的感情特征的活跃,生活特征对于形象胚胎的构成来说就没有意义,不是形象所要表现的对象。马克思早就说过:

> 从主体方面来看,只有音乐才能激起人的音乐感,对于没有音乐感的耳朵来说,最美的音乐也毫无意义,不是对象,因为我的对象只能是我的一种本质力量的确证。①

严格说来,艺术形象在形成胚胎结构的过程中,并不是对生活作等量的反映,而是在对生活作不等量的"反应"(借用吴亮同志的术语)。感情的和生活的贮存被调动的程度决定了形象构成的效率。

当感受量大于观察量,感受质深于观察质,达到一种饱和状态的时候,作家就有某种程度的内在自由。如果感受的量和质都勉强等于或小于观察的量和质,处于不饱和状态,作家就肯定陷于捉襟见肘的现象罗列或被动的说明,这时就不适合于写作,硬要写作就只能编造情节或作概念的图解。

四、失去自我的危机普遍存在,找到自我是艺术创造的入门

高尔基 1930 年在《致伊·谢·什卡别》中说:"世界万物(每个人、每件事、每种事物)都有它的特点、意义和形式,应该使您

---

① 《马克思恩格斯全集》第 42 卷,人民出版社,1956 年版,第 125—126 页。

的特点同您观察到的一切特点紧密地联系起来，并能融为一体。这样，您（和我）就可以对事物和事件和我们熟悉的人作出新的反映了。"由此可见，一个艺术家的任务不光是寻找客观生活的特征，而是寻找自我特征。寻找自我感情的特征显然是更带关键性的。没有感情特征的生活特征无以定性和定量。

莫泊桑曾引述他的前辈福楼拜的话说，所谓作家的才能就是持久的耐心的观察，一直观察到发现事物、人物不同于同类事物、人物的特征为止。这个经验是靠不住的。因为持久的耐心的观察超过了一定限度，就可能导致熟视无睹。没有艺术家的独特感受力，生活特征是没有生命的。艺术家通过自我的特征去赋予生活特征以形象的生命。丹纳说，"一个生而有才的人的感受力，至少是某一类的感受力，必然迅速而又细致……这个鲜明的为个人所独有的感觉不是静止的。影响所及，全部思想和机能都受到震动"；"最初那个强烈的刺激使艺术家活跃的头脑把事物重新思索过，改造过，或是照明事物，扩大事物，或是把一个事物向一个方向歪曲"。这个方向就是作家的自我个性和风格追求。找到了客观生活特征还不能进入艺术形象的创造过程，因为，这是科学研究也要遵循的一项程序，能不能享有艺术创造的自由，关键在于能不能找到自我的独特感兴。在高尔基看来，这才是成为艺术家的关键。他在1912年写信给斯坦尼斯拉夫斯基时这样说：

> 艺术家是这样一个人，他善于提炼自己个人的——主观的——印象，从中找出具有普遍意义的——客观的——东西。他并且善于用自己的形式去表现自己的观念。

艺术家的自我探索首先从独特的直觉（印象）开始，正是从自我的、主观的直觉中，发现了普遍的并与客观相通的成分。高尔基从这一点生发开去：

> 大多数人是不提炼自己的主观的印象的，当一个人想赋予自己所感受的东西尽量鲜明和精确的形式的时候，他总是运用现成的形式——别人的字句、形象的画面。他正是从属于占优势的、众所公认的意见，他形成自己个人的意见，就像别人的一样。
>
> 我相信，每一个人都有艺术家的禀赋，在更细心地对待自己的感觉和思想的条件下，这些禀赋是可以发展的。
>
> 摆在人人面前的任务是我自己，找到自己对生活，对人，对既定的事实的主观态度，把这种态度体现在自己的形式中。①

在这里，高尔基对于艺术规定了三条：第一，只有独特的才是艺术的，独特的是与公认的、占优势的世俗的观感不相容的，每一个人本来都有自己独特的对生活的观感，因而，每个人本来都具有艺术家的素质。第二，绝大多数人都没有意识到这种独特的自我对于艺术的可贵，往往由于缺乏自信，不理解艺术家可以从主观独特的直觉（印象）提炼出客观的东西来，又由于缺乏自我表现的能力，因而满足于去重复别人已经获得表现的自我，结果是绝大多数人都失去了自我，失去了自我表现的自觉与能耐。第三，艺术家不能没有独特的自我感受，因而，要成为艺术家就得找回那失去了的自我。多数人失去了自我，失去了作家的内在自由，少数人找回了自我，

---

① 高尔基：《文学书简》上卷，人民文学出版社，曹葆华、渠建明译，1962 年版，第 426 页。

就找回了作家的内在自由。

在生活中失去自我是很容易的。由于心理上的定势效应，多数人在还没有接受外界信息以前，就形成了对现成的流行的感兴和思路的自发倾向。莫泊桑曾经说过，人们在面对一个事物的时候，首先总是想到前人关于这个事物的现成观念，而对于前人没有说过的往往就视而不见、听而不闻。心理定势的惯性是这样强大，以致思维和审美感知要给一个司空见惯的对象增加一点新的规定或减少一点谬误，往往要经历一代又一代人的争辩，甚至有时还要付出鲜血作为代价。

在生活中，要找到自我是很艰巨的，因而，多数人宁愿到前人的创作中去大规模地"挪用"。凡是前人有在形象中表现过的感兴，即使在人们心灵中非常活跃，非常有特点，人们也不能明确地感知，更不用说去表达了。而那有幸能感知自我表达、自我感受的少数人，就有可能成为艺术家。因为：艺术家不但要解释生活，而且有解释人类心灵的任务，认识客观世界是艰难的，认识主观世界则更难。正因为此，文学受到了重视。

找寻自我当然不限于找到自己的感情。高尔基说得很清楚，包括"感觉和思想"。作为一个艺术家，他的感觉或直觉，常常是和理性联系在一起的。别林斯基曾经称艺术为"对真理的直觉"。席勒也曾称赞歌德说，别人靠理性获得的，他凭直觉就能获得。艺术家的思想往往就隐藏在他独特的感受的底层，感受的特异性和思想的深邃性二者联系起来，形成一种非常奇特的逻辑，在更高的层次上，二者有更深刻的自洽性。在它变异的逻辑中蕴含着情与理的深度的交融，包含着作家对人生真谛的独特领悟，往往比理性的表达有更深刻丰富的内涵。马克思主要不是艺术家，他没有苦苦寻求自我，但是，他对待燕妮之死却达到了艺术家的那种独特的感情与理性的深度交融。他在给女儿的信中写到燕妮之死的时候说，燕妮很快停止了呼吸，因为癌症有一种逐渐虚脱的性质，没有临终的挣扎，好像是慢慢沉入了睡乡。马克思这样表达他特有的自我感受：

> 她的眼睛比任何时候都更大、更美、更亮。

这是马克思独特的感情在起作用，同时，又包含着马克思对燕妮为人的睿智的评价。读者看到的不仅是燕妮的死亡，而且是马克思的自我感情和理性的深度的交融。进入了这种境界，感情有了理性的渗透，就不肤浅了，理性的渗透使感情变得有深度和广度了。

当作家的自我感情为自我理性所充实的时候，作家对生活的理解、对感情的驾驭就获得了更大的内在自由。相比之下，那些脱离了理性规范的感情，就显得不太自由了。纵观世界文学历史，文艺最为繁荣之日，恰恰在意识形态重建之时，这往往与经济生活的发展不成正比。旧的意识形态大厦倾斜了，或新的意识形态体系正在重建，此时，作家的感情和思想都发现了新大陆，因而获得了更大的自由，形象构成的机遇就空前地增加了，形式、流派就纷纭起来了。

五、获得阐明自我的"黑暗的感觉"的能力

要获得构成形象的自由，光是找到了自我的独特感受还不够。一个人的自我感受如果是别人没有表现过的，那就是有点虚无缥缈的，瞬息万变的。作家不但要善于倾听自己心灵中每一声微妙的呼吸，而且要善于把这些从来没有人加以定性和定量的感情的微波语词化。这些电光火花式的感受，这些顿悟、直觉，若不及时语词化就像脱离了轨道的卫星，将一去不返。并不是每一个作家都有这样

的能力，阐述那些别人没有阐述过的自我感受。因为感情活动和外在动作不同，它的变幻太微妙、太迅速了。情感是一种内在体验，它不产生于外部感觉器官，它主要依靠内部的"机体觉"。内部感受一般带有不确定性，并且缺乏准确的定位，因此，有些心理学家称之为"黑暗的感觉"。来自内部感受器官的冲动到达大脑皮层，常常不被意识到，这些信号隐蔽着，因而没有被语词化，停留在弗洛伊德所说的无意识区域。作家要表现自我，就得把这种通常人只可意会不可言传的内部机体觉，用准确的语词给以定性和定量，这是作家要达到内在自由的境界所不可缺少的条件。作家不但要善于阐明通常人意识得到的感受和体验，而且要善于发现并阐明通常人意识不到的又是实际存在的无意识的感觉和体验，而且，还得用生动明确的语言表达意识、无意识之流的发生、变幻、转移、消失的过程。获得这种能耐的难度当然要比描绘外在感官直接可感的世界要大得多。歌德在《说不尽的莎士比亚》中强调指出这种"内省力"是作家所能达到的"最高境界"：

> 　　一个人能达到的最高境地，是意识到自己的情绪和思想，是认识他自己，这可以启导他使他对别人的心灵也有深刻的认识……我们说莎士比亚是最伟大的诗人之一，同时我们也承认，不容易找到一个跟他一样感受着世界的人，不容易找到一个说出内心感觉并且高度地引导着读者意识到世界的人。……眼睛也许可以称作最清澈的感官，通过它能最容易地传达事物，但是内在感官比它更清澈。[①]

----

　　① 杨周翰编选：《莎士比亚评论汇编》上，中国社会科学出版社，1972年版，第297—298页。

作家比通常人更多地意识到自己和自我的特征，作家如果没意识到自我内心感情活动的能力，就没有想象他人内心感情活动的能力。最近，美国哈佛大学心理学教授霍华德·加德纳对人的智力构成提出了一个多智力结构的新定义。他认为人的大脑一共有六种能力，除了在智力试验中得到重视的语言运用和数学运算能力以外，还有人们比较陌生的音乐智力、空间直观智力和身体活动智力。最后，还有一种控制感情和体察他人情绪的智力。作家是通过体察自我去体察他人的。他应该在体察他人方面有特别强的智力，但是，如果他没有内省力就不可能体察他人"黑暗的感觉"。关于这一点，车尔尼雪夫斯基在评论列夫·托尔斯泰的早期作品时早就指出过：

> 人类行为的规律，情感的变化，事件的交错，环境和社会的影响，我们可以通过仔细观察别人而加以研究，但如果我们不去研究极其隐秘的心理生活规律——它们的变化只在我们（自己）的自我意识里才能公开地展示在我们面前——那么，通过观察别人的途径而获得的一切知识就不可能深刻而确切。谁要不在自己的内心研究人，那就永远不能达到关于人们的深刻知识。①

由于人的大脑生理活动至今仍然是一种"黑箱"，因而，作家凭借自我探索去探索他人的心理活动就成了一条必由之路。正是因为这样，作家对生活的探索不可能不带上自我的烙印。印象不仅是生

---

① 倪蕊琴编选：《俄国作家批评家论列夫·托尔斯泰》，中国社会科学出版社，1982年版，第32—33页。

活的再现，而且是作家灵魂的肖像。

当生活进入作家头脑时，首先要受到作家审美感知结构的过滤，生活只有被作家的审美感知结构同化了，才能升华为艺术形象。莫泊桑说得很明白：

> 无论在一个国王，一个凶手，一个小偷或者一个正直的人身上，在一个女娼妓，一个女修士，一个少女，或者一个菜市女商人身上，我们表现的终究是我们自己，因为我们不得不向自己这样提问题："如果我是国王、凶手、小偷、妓女、女修士、少女或者菜市女商人，我会干些什么？我会想些什么？我会怎样地行动？"我们要使人物各各不同就只有改变他们的年龄、性别、社会地位和我们"自我"的生活情况，这"自我"是大自然用不可逾越的器官限制构成的。①

上帝是按照自己的形象创造人的，人也是按照自己的形象创造上帝的。自我表现也许是一种本能，更重要的是一种艺术创造的规律。皮亚杰心理学上的"同化"作用决定了作家总是把自我的灵魂用不同的方式给予他的人物，或者用哲学的语言说，作家把自我的本质对象化了。弗洛伊德在《创造性作家与昼夜》中说过，作家"通过自我观察把他的'自我'，分裂成许多局部的自我，其结果是将他自己精神生活的几股冲突之流在几个主人公身上表现出来"②。这个现象无疑是一种不可否认的存在。

---

① 《欧美古典作家论现实主义和浪漫主义》二，中国社会科学出版社，1981 年版，第 237 页。

② 何望贤：《西方现代派文学问题论争集》上，人民文学出版社，1984 年版，第 65 页。

六、生活的本质和自我的本质的不平衡和调节

正因为这样，艺术形象所表现的生活本质已经不完全是生活本身的，它同时表现了作家自我的本质。作家主体的本质同化了生活的本质，同时又"顺应"了生活的本质，艺术形象的二维结构产生了新的本质。生活的本质在不同作家的自我本质作用下分化了，而作家的本质经过生活的选择也分化了，产生了既不等于生活，也不等于作家的本质。形象的价值不但取决于它所表现的生活本质，而且取决于它所表现的自我本质的深度和广度。例如，同样是表现辛亥革命前后地主与农民的阶级斗争的本质，在《阿Q正传》和《红旗谱》中就有差异，而这种差异不但表现在客体方面，同时表现在主体方面。《红旗谱》是农民英雄主义的颂歌，而《阿Q正传》是对农民精神麻木的讽刺。鲁迅和梁斌对农村生活的不同概括，表现了他们自我本质的差异。对辛亥革命失败和对农民觉悟程度之间关系的探求，对所谓"国民性"的解剖，对群众思想解放和革命启蒙作用的强调，这一切自然是鲁迅的自我本质的表现，但它本身就深刻而广泛地表现了五四时期社会历史本质的某些方面。梁斌对朱老忠英雄主义的歌颂，我们也可以从五十年代中后期高涨起来的社会情绪中找到它的根源。显然，梁斌的自我本质对这种时代特点的反映，不及鲁迅对五四时代历史特点的反映来得深刻。五十年代中后期的历史复杂性，在梁斌的个性中并没有发生深度的交融。生活的本质和自我的本质在梁斌那里都或多或少地简单化了。

形象再现生活的本质和表现自我的本质，二者平衡是相对的，不平衡是绝对的。在浪漫主义文学、抒情文学、神话、童话以及荒诞派戏剧、魔幻现实主义文学作品中，表现作家自我本质占了优势。

但是，自我本质占据优势有一定的限度，这个限度就是主体的本质不能歪曲客体本质。作家过分被自我的有限的性能所拘，对生活的感受就可能出现畸形乃至倒置状态。从这个意义上说，我们上面所引的弗洛伊德的说法就有些偏颇。作家不能无条件地把自我本质分配给人物。皮亚杰曾经指出过"当同化胜过顺应时（就是说不考虑客体的特性，只顾到它们与主体的暂时的兴趣一致的方面），就会出现自我中心主义的思想"①。这对于作家来说，就是陷入了另一种不自由。作家如果把自我心理感知模式和审美感知结构作为绝对的框框，他笔下的人物就有成为他本人的傀儡的可能性。从这个意义上说，前面所引莫泊桑的说法也有局限性。作家不仅要考虑如果我是国王、妓女、小偷、女修士、少女、菜市女商人应该如何如何，更重要的是要考虑：如果是和我不一样的人当了国王、妓女、小偷、女修士、少女、菜市女商人应该如何如何。特别应该强调的是我们的自我所容纳的不同于自我的感知模式和行为逻辑越多，作家的内在自由就越大。如果自我的模式过分僵化，那就可能产生这样的情况：自我的本质虽然得到充分的表现，但是，生活的本质却被歪曲了。列宁曾经称赞过一个白卫分子阿尔卡季·阿威尔岑柯写的"一本有才气的书"。阿威尔岑柯很深刻地表现了他的自我本质，没有这本书，革命者很难想象那些白卫分子的生活、思想、情绪以及他们如何对革命刻骨地仇恨，但是，总的说来，这本书仍然是对革命本质的一种歪曲。

从这个角度上说，没有生活的正确再现也就没有自我表现的自由。作家的自我解剖、自我深化与对生活的解剖和深化是分不开的。作家不但应该是个生活丰富的人，而且应该是个个性丰富的人。伟

———————

① 《西方心理学家文选》，人民教育出版社，1983年版，第432页。

大的作家总是有伟大的个性，他能把同代人对生活真谛的探索囊括在自我探索之中。

为了尽可能广泛深刻地把生活概括在自我个性之中，作家就应该有一个开放的个性系统，应该像何其芳那样一方面"快乐地爱好我自己"，一方面又"痛苦地突破我自己，提高我自己"。个性应该不断地与生活交流信息，调节自我与环境的关系，不断扩大容量。伟大的作家之所以伟大，原因之一就在于他能够不断自我更新。"天行健，君子以自强不息"，即使在某一个层次上他的作品未能准确表现生活的本质，可在另一个层次上，又以他伟大的个性间接弥补了这一不足。不理解这一点的年轻的布尔什维克列别捷夫－波良斯基把列夫·托尔斯泰当作贵族的思想家和无产阶级革命运动不可调和的敌人加以抨击，而列宁却写了《列夫·托尔斯泰是俄国革命的镜子》。

作家以自我的本质去间接反映生活的本质，是作家内在自由的深刻显示。但是，越过了一定限度，就可能发生自我中心主义的倾斜，生活的真实和自我的真诚就可能分裂，畸形艺术就可能产生。一切宗教迷信故事，具有反动倾向的作品，都在此列。

有时则相反，形象胚胎二维结构的破坏，不是由于自我中心主义的恶性发作，而是极端蔑视自我，贬抑自我。离开了作家的真诚，生活真实的可信性就大大削弱了。文学史上一切公式化、概念化的潮流往往导源于此。自我的虚伪必然导致形象的虚假。表现人民生活，表现时代的愿望，不管多强烈，如果脱离了自我的真诚，必然导致脱离时代，脱离人民生活。五十年代中后期，当我们在诗歌中以最大的热情特别强调表现时代精神的时候，非常令人痛苦的是：随即发生了全国性的戴着假面具跳舞，一些押韵的谎言被当成了创作的楷模。与此形成对照的是，在五四时期标榜"自我表现"的郭沫若却谱出了时代的最强音。郭沫若在《女神·梅花树下醉歌》中提出了"自我表现"的主张：

> 我赞美我自己，
>
> 我赞美这自我表现全宇宙的本体！

这是一种个性解放的宣言，也是艺术解放的宣言。1920 年他在给宗白华的信中，直接把"自我表现"当成创作的纲领：

诗的主要成分总要算是"自我表现"了。

形象胚胎中的自我，居然这样被孤立地强调，其原因是对瞒和骗的文艺丧失自我的潮流的英勇反击。

今天提出把自我表现和表现人民生活结合起来，无疑出于一种历史的反思，对于单纯强调表现时代的理论也是一种补正。从形象的二维结构来说，这是一种恢复平衡的自组织、自调节活动，根本不该引起任何惊慌失措。

其实，问题的关键并不在于表现自我，而是表现什么样的自我，自我的本质及其深度和广度如何。当然，如果把自我强调得脱离了生活，那也可能遇到另一种惩罚，付出另一种代价。这是我们应该清醒地估计到的。

七、从二维结构的胚胎形象到三维结构的成熟风格

生活和自我的二维结构只能构成形象的胚胎，还停留在现实层次，这是因为：光有二维还只有形象的内容，而没有形式的形象是根本不可能存在的。形象结构的功能是想象的功能，功能并不是单一的，而是在众多的形式规范作用下分化的。因而，文学形象要从

胚胎形态发育为成熟形态，还得在想象的结构中升华，直到形式这一维充分发挥了作用。试举一个例子来看：天上一轮皎洁的月亮，地上一个孤独饮酒的诗人，月光把诗人的影子投在地上。如果写成这样：

> 花间一壶酒，独酌无相亲。

这不是什么了不起的诗句，因为这只是生活的特征和自我特征的简单并列，并没有使几个成分之间发生不可分割的联系。如果把月光、影子、诗人、酒杯进一步组织起来，使之互相渗透，成为一个有机的统一体：

> 举杯邀明月，对影成三人。
> 我歌月徘徊，我舞影零乱。

这种物我交流关系就形成了互相不可分割的整体，月光、影子、诗人和酒杯都进入了假定性的想象境界，于是，月亮和影子被诗人同化成为友情的意象，沉默的孤苦变成欢乐的歌舞。

在形式的作用下，自我感情特征和客体特征脱离了现实的层次，在想象中却发生了变异，这就是形象结构的第三维——想象和形式的作用。有了第三维的作用，形象就进入了更高的审美层次。同样的自我，同样的生活，在不同的审美规范作用下会产生不同的形象。阿Q这个人物如果不作喜剧式的处理，而作抒情挽歌式的处理，形象就可能完全是另外一个样子。如果用喜剧形式去夸张祥林嫂的迷信，形象可能变得根本不同。可见，问题不仅仅在于构成形象的两个要素，而且在于这两个要素在什么样的想象形式规范下发育。

不论是生活还是自我，都是多种属性（特征）的统一体。在多种特征中，何者被突出强化，何者被排除、强化，取决于作家所选择的形式。如果作家选择了抒情文学形式，他的自我感情特征就被强化到君临一切的地位，去同化生活特征，让他的自我感情以单一的逻辑线索重新组合客观世界。作家如果是选择了叙事文学形式，则相反，起主导作用的是生活，自我感情的逻辑线索就被隐蔽起来，甚至抑制起来。作家的任务就是把多种不同于自我的感情的逻辑线交错起来。不同人物的感情逻辑线和作者隐蔽的感情逻辑线，这多种感情逻辑之间差异越大，层次越多，形象就越生动。

从哲学上说，当然是内容决定形式。

文学形象的内容是作家的人生体验和感情经历。内容的内在特点决定了形式的表现性能，文学形象的内容决定了文学形式的表现性能。二者要严密地统一，如果产生了分裂，一种情况是形式胜于内容，潜在量很大的形式与有限的人生体验之间发生逆差，像许多武侠小说和次等电视连续剧那样，形式性能的扩张并未导致内容的同步扩展，其结果是内容和形式在艺术上同步没落。另外一种情况是内容胜于形式，形式长期束缚了内容，往往导致形式的衰亡或激起性能的更新。

但是，内容对形式的决定仅仅限于表现性能，在形式表现性能之外，作家有更为广泛的自由。文学形象的内容也不能决定文学形象的具体样式，在样式的选择上，作家的自由可以超过内容。这是因为：文学样式的性能并不是单一的，而是多样的统一体。不同文学样式，多少具有相同的表现性能。散文和诗具有类似的抒情性能，小说的心理描写和戏剧的内心独白具有类似的心理解剖性能，同样的内容不难在不同形式中找到适合表现它的性能。

作家要选择的，不仅是与内容相一致的东西，而且是选择与自我个性相一致的东西，他的目标不仅是把内容表现出来了事，而且是在形式上标新立异、推陈出新，化腐朽为神奇，为想象寻求更加自由的向导。

作家如果不争取这样的自由，文学形象的胚胎就永远不能发育成熟，很可能成为永远不能脱离母体的死婴。

形式对内容的反作用并不是一个单向的机制，而是一个复杂的机制，不但生活和自我选择了样式的性能，样式的性能也选择了自我和生活。形式强化内容或抑制内容并不是形式反作用的全部内涵，它还应该包含形式对内容的强制性同化和对内容的预期。

文学形式越是分化为多种精致的样式，就越是具备性能的独特性和自洽性，这就使它不能表现生活和自我的一切方面，而只能表现其有限方面，这是它的局限性；具体文学样式只有在把生活改造成某一种特殊形态时发挥它的特异功能，这就是它的优越性。具体文学样式在优越性和局限性的双重作用下，对生活和自我就不是来者不拒的了。形式越是发展得精致，它对自我和生活的选择就越严格。它只能容纳与它的特性相通的那一部分人生体验，而对其不适应的那一部分，不是表现出抗拒性就是强制性地迫使生活就范。

这不是说形式可以单方面地决定内容，但是，一旦形成精致的样式，它就在审美心理活动上提高了一个层次，样式已经成为一种审美规范，它就具备一种强制性同化生活的伟大力量。如果抒情诗面临着曲折的情节，不是抒情样式的审美规范向情节（内容）屈服，就是情节被肢解成精致的细节，作为想象的跳板。例如，白居易在《长恨歌》中写到安史之乱对李隆基、杨玉环命运的影响时，只用了一个细节："渔阳鼙鼓动地来。"不管对唐朝历史一无所知的读者多么莫名其妙，诗人仍然从容不迫地运用审美规范赋予他的神圣权利。如果不这样做，就势必要作写实性的描述，其结果很可能是内容和形式的两败俱伤。

形式的特点是集中而单纯，它不能穷尽人生体验的全部属性和各个感受层面，它只能整理出某个序列、某个感受层面的组合，这就是形式的审美规范的有限功能。但有限的审美规范一旦形成，它就不一定是在内容以后才产生的，它可以成为形象的预制范式，它对作家的想象起定向定位作用。没有这种对想象的审美诱导和预期，也就是没有任何形式感，作家仍然是被动地反映生活；有了这种审美规范的预期，作家就可能把内容自由地推向一个更高的审美层次。

艺术形式的成熟一般是相当缓慢的。其原因在于形式并不仅仅是一种空洞的范式或制作的程序的编码，其中融会着形式在发生、发展过程中积累起来的美感经验、艺术技巧、审美规范。可以说，艺术形式是美感经验、艺术技巧、审美规范的储存和进化的手段，作家只有通过这一手段，才能在生活面前获得在审美层次上的自由。

没有形式的预期性，人类的审美感知经验就失去了连续性，每一代作家就都只能从原始素材孤独地摸索，这无异于说，每一个作家都得从零开始。而作家的短暂生命与形式成熟的缓慢又是永恒的矛盾。被作家有限的年华中断了的艺术规范的原始积累，只能由形式的继承性来弥补。只有这样，一代又一代作家的想象力才不致退化，审美规范递进性地增殖才有可能。例如，作为情节性叙事文学的审美规范是悬念和意外的发现，就是在情节性叙事文学形式中积累起来的。古希腊的史诗，埃及的民间故事，中国的唐宋传奇，欧洲的骑士小说，美国的西部电影，近代的推理小说，都善于强化悬念，中国的说书人都重视"卖关子"，这一切都以悬念——意外以激起读者和听众紧张的期待和突然的发现交织的心理机制。意外的外部动作和意外的内部情绪逻辑，对读者心理上的常态定势预期是一种猛烈的冲击，这种冲击引起的惊异使读者产生知觉、情感，产生想象的定向集中。情节性小说和戏剧常常是建立在这种审美心理机制的基础上。但是，这种紧张的预期和发现属于较低的心理层次，它引起的快感多于美感，它掣动的情绪和思维还停留在心理的表层。正因为这样，一些小说家逐渐不满足于这种情节的紧张而追求性格的悬念和意外。金圣叹凭着机智提出了小说美学上的性格范畴：一个人应该自有一副面貌、一种口腔，一种人便还他一种说法。虽然性格刻画仍然建立在对期待和发现的心理机制上，但已不是凭借外在表面的动作的意外，而是借助行为逻辑心理效应的异常。这种不随意注意、知觉、情感、想象的定向集中，已不与武打的激烈程度和言词的凶恶程度成正比，而是在言词和行动以外调动读者情感、思维的活跃。这种定向化集中化了的感觉、知觉、想象思维的连锁式递进结构，在它的延长线上还调动了更多的情感体验和思维的推断，这就不完全是一刹那的快感的优越，而是持续性较长的美感优势了。而当性格与环境发生复杂的因果关系的时候，性格的异常在环境的异常中得到正常的解释，这时，审美心理活动就更大幅度地被调动起来，激活了更深层的思维和情感活动，定向心理效应就从形象本身的范围扩展到对更广泛的生活领域的沉思中去。经过漫长的（几百年的）历史积累，悬念——意外——发现等情节审美规范就这样在层次上深化了。

形式的历史就是审美规范进化成熟的历史。这是一种从不稳定到稳定，从无序到有序的历程。有了体现情节完整性、曲折性的审美规范的唐宋传奇、宋元话本，情节不完整、不曲折的魏晋志怪就不符合小说的审美规范了；有了体现性格的审美规范的《水浒传》，那些纯粹追求离奇情节，让性格迁就情节的武侠小说就显得不符合小说的审美规范了。

作家掌握了形式，也就掌握了审美规范，他就不再为生活的原始的天然形式所围，他就获得了把生活原始形式向审美规范形式推进的自由。例如，推理小说最起码的审美规范就是以推理的歧途掩盖、干扰推理的正途，以层层假象干扰真相，以强化悬念引起读者心理上期待的紧张性递增，而这一切在生活里并不是现成的，相反，生活中原始形式是缺乏情节的。没有审美规范的诱导，作家就可能从对审美心理的较高层次撤退到较低层次。

每一种文学形式的审美规范都有积极和消极两方面的功能。积极功能帮助作家摆脱生活原始形式的束缚，消极功能则对生活是一种限制。任何规范都是一种限制，正是在这种限制中，不断积累起审美规范。规范在自我调节、自我增殖过程中日益丰富、日益灵活起来，艺术技巧也就是在这样的过程中积累起来。规范的积累使规范日益严密，技巧的积累使规范日益灵活。

作家就是通过技巧的掌握更加灵活地驾驭规范，达到更高的自由创造的境界，以表现更加广阔的生活和更加多彩的自我。例如，我国古典诗歌中的律诗、绝句都要保持每句五言或七言，同时又得保持结尾为三言。破坏了三言结构，就破坏了节奏的审美规范。在这么严格的规范中，作家争取自由的唯一法门便是发展语言的灵活性，有时甚至要创造一种特殊灵活的语法，尽可能灵活地进行自我调节。杜甫的著名诗句"香稻啄余鹦鹉粒"，正常的语序应该是"香稻粒乃是鹦鹉啄食之余"。但是，这样就完全破坏了节奏的规范。这时，规范的消极限制就刺激诗人努力使之转化为积极功能，于是，就创造了为散文语法所不能容忍的倒置和错综的语序。这不是一个诗人的即兴，而是一种技巧的普及。又如：

四月里来暖洋洋，南风吹得大麦黄。

这是很符合生活中自发形式的，但它并不十分符合诗歌的形式规范，因为它太不精炼，太缺乏想象的启发性了。于是，李顾把它写成这样：

四月南风大麦黄。

但是，"四月"和"南风"都没有谓语了。在形式规范的消极限制和积极作用下，语言不但变得精炼了，而且获得了空前的灵活性，比没有格律限制的语言有更大的灵活性。不但"四月南风大麦黄"是通顺的，而且，

南风四月大麦黄，
大麦南风四月黄，
南风大麦四月黄，
四月大麦南风黄，
大麦四月南风黄，

都是通顺的。比未经规范的完整语序更精彩。任何一种形式的历史都是规范的积极功能和消极功能自我调节、自我增殖的历史。一般说来，无形式即无规范的消极功能，同时，无规范也就没有积极的审美功能。从无形式到草创形式是一大进步，于是也有了某种程度的消极限制；同时，审美规范的积极功能随形式的发展而递增。一旦形式的积极规范和自我增殖功能占了稳定的优势，形式便逐步发展成熟。形式成熟以后，规范日益严密、日益稳定、日益僵化起来，规范的消极功能就逐渐占了主导地位，于是，形式便开始走向衰亡。

掌握文学形式成熟的规范自然使作家获得某种程度的自由，如

果不对成熟的规范进行挑战和更新，就不能获得彻底的自由。即使作家非常自如地驾驭着成熟的形式规范，他获得的自由仍然是有限的。艺术形式不同于生活的原始形式之处，在于它不仅是一种审美的形式，而且是一种普遍模式，它的规范自然也是如此。而生活的特征和自我的特征却是个别的具体的，因而，二者是永远不可能完全统一的。其次，形式规范是长期积累的成果，稳定性是它存在的前提，它发展非常缓慢，而生活和自我却是最活泼的要素，是瞬息万变的。形式及其规范落后于内容是永恒的规律，例如，律诗的形式花了四百年左右才成熟，而在成熟以后至今一千多年没有多大变化，而当代生活和当代诗人的自我与唐朝相比，则不可同日而语了。

内容永远在冲击形式。在这种冲击面前，作家要获得内在自由。在最低的层次上是感受的自由，理解的自由；在中间的层次上是想象的自由，驾驭形式规范的自由；而在最高的层次上，则是突破形式的自由，创造新的规范，开拓新风格、新流派、新的艺术方法的自由，形象的三维结构是在三个层次上从胚胎走向成熟的。

没有新风格，就没有创造。没有创造，就没有真正的自由，被动地依附于生活和被动地依附于现成的形式规范同样是不自由的。

风格是自由创造的标志。风格是对于生活特征和自我感情特征的一种新发现，又是对这种发现的一种新的规范，更重要的又是对于上述二者的一种突破性的创造。风格是作家对生活的自由理解，是作家对自我的自由创造，是作家对形式规范的自由发挥。

风格是形象的三维结构的协同功能的最辉煌的表现。

简单地把风格归结为"人"，正等于把形象归结为生活，其真理性是非常有限的。如果风格仅仅是人，形象仅仅是生活，那么，作家就不可能有内在自由。

作家的内在自由是最可珍贵的自由，它的重要性远远超过了外在的自由。当然，没有起码的外在自由，内在自由是不能得以表现，不能得到发挥的。但是，对于一个真正的作家来说，内在的不自由比外在的不自由要可怕得多。外在的不自由之所以可怕，在于它可能压制自由的自觉追求，而一个真正达到内在自由的作家往往是外在不自由的压力和干扰所不能征服的。不论是加尔文宗教裁判所的火刑，还是夏洛克的钱袋；不论是权威的压制，还是人们的误解，都不能使真正的作家有丝毫的怯懦。妨碍作家获得内在自由的原因主要是内在的、旧的思维模式，旧的审美规范往往轻易地导致人才埋没。当然，外在的条件也是很重要的，故伟大作家往往出现旧的意识形态大厦崩溃，新的意识形态尚未建构，亦即周作人"王纲解体"的时候，因为：此时，外在的自由和内在的自由往往能达到高度的统一。

1985 年 5 月 4 日

新的美学原则在崛起①

在历次思想解放运动和艺术革新潮流中，首先遭到挑战的总是权威和传统的神圣性，受到冲击的还有群众的习惯的信念。当前在新诗乃至文艺领域中的革新潮流，也不例外。权威和传统曾经是我们思想和艺术成就的丰碑，但是它的不可侵犯性却成了思想解放和艺术革新的障碍。它是过去历史条件造成的，当这些条件为新条件

---

① 该文发表时，《诗刊》有按语如下：这里发表的孙绍振同志的《新的美学原则在崛起》一文，是本刊自1980年8月号开展问题讨论以来一篇较为系统地阐明作者理论观点的文章。作者在评价近一二年某几个青年诗歌作者及其作品时说："与其说是新人的崛起，不如说是一种新的美学原则的崛起。"他认为这个崛起的"新的美学原则"有如下特点：1."他们不屑于作时代精神的号筒"，"不屑于表现自我感情世界以外的丰功伟绩"，"回避……我们习惯了的人物的经历、英勇的斗争和忘我的劳动的场景"，"不是直接去赞美生活，而是追求生活溶解在心灵中的秘密"。2. 提出社会学与美学的不一致性，强调自我表现，理由是：既然是人创造了社会，就不应该以社会的利益否定个人的利益，既然是人创造了社会的精神文明，就不应该把社会的（时代的）精神作为个人的精神的敌对力量……3."艺术革新，首先就是与传统的艺术习惯作斗争。"作者向青年诗人指出"要突破传统，必须……从传统和审美习惯中吸取某些'合理的内核'"，但又认为他们当前面临的矛盾，主要方面还在于旧的"艺术习惯的顽强惰性"。编辑部认为，当前正强调文学要为人民服务、为社会主义服务，以及坚持马克思主义美学原则方向，这篇文章却提出了一些值得探讨的问题。我们希望诗歌的作者、评论作者和诗歌爱好者，在前一阶段讨论的基础上，进一步对此文进行研究、讨论，以明辨理论是非，这对于提高诗歌理论水平和促进诗歌创作的健康发展都将起积极作用。

代替的时候，它的保守性、狭隘性就显示出来了。没有对权威的传统挑战甚至亵渎的勇气，思想解放就是一句奢侈性的空话。在当艺术革新潮流开始的时候，传统、群众和革新者往往有一个互相摩擦，甚至互相折磨的阶段。

当前出现了一些新诗人，他们的才华和智慧才开出了有限的花朵，远远还不足以充分估计他们未来的发展，除了雷抒雁之外，他们之中还没有一个人出版过一本诗集，却引起了广泛的议论，有时甚至把读者分裂为称赞和反对的两派。尽管意见分歧，但他们的影响却成了一种潮流，在全国范围内，吸引了许多年轻的乃至并不年轻的追随者。在他们面前，他们的前辈好像有点艺术上的停滞，正遭到他们的冲击。

如果前辈们没有新的发展和突破，很可能会丧失其全部权威性。谢冕把这一股年轻人的诗潮称为"新的崛起"，是富于历史感，表现出战略眼光的。不过把这种崛起理解为预言几个毛头小伙子和黄毛丫头会成为诗坛的旗帜，那也是太拘泥字句了。与其说是新人的崛起，不如说是一种新的美学原则的崛起。这种新的美学原则，不能说与传统的美学观念没有任何联系，但崛起的青年对我们传统的美学观念常常表现出一种不驯服的姿态。他们不屑于作时代精神的号筒，也不屑于表现自我感情世界以外的丰功伟绩。他们甚至于回避去写那些我们习惯了的人物的经历、英勇的斗争和忘我的劳动的场景。他们和我们50年代的颂歌传统和60年代的战歌传统有所不同，不是直接去赞美生活，而是追求生活溶解在心灵中的秘密。梁小斌说："我认为诗人的宗旨在于改善人性，他必须勇于向人的内心进军。"他们在探索那些在传统的美学观看来是危险的禁区和陌生的处女地，而不管通向那里的道路是否覆盖着荆棘和荒草。正因为这样，他们的诗风有一种探险的特色，也许可以说他们在创造一种探索沉思的传统。徐敬亚说："诗人应该有哲学家的思考和探险家的胆量。"这倒是我国当前的一种现实，迷信走向了反面，培养了那么多的哲学头脑，闪耀着理性的光辉。他们的这种思考和传统美学观念的不同之处乃是徐敬亚所说的诗人甚至"应该有早于政治家脚步的探讨精神"。从习惯于文艺从属于政治家的文坛看来，这不免有点"异端"了。当革新者最好的诗与传统的艺术从属于政治的观念一致的时候，他们自然成了受到钟爱的候鸟。正因为这样，舒婷的《这也是一切》、梁小斌的《中国，我的钥匙丢了》等等，得到异口同声的赞许。但是，他们有时也用时代赋予他们的哲学的思考力去考虑一些为传统美学原则所否决了的问题，例如个人的幸福在我们集体中应该占什么地位，人与人之间的和谐如何才能达到，分歧和激烈的争辩就产生了。它集中表现为人的价值标准问题。在年轻的探索者笔下，人的价值标准发生了巨大的变化，它不完全取决于社会政治标准。社会政治思想只是人的精神世界的一部分，它可以影响，甚至在一定条件下决定某些意识和感情，但是它不能代替，二者有不同的内涵，不同的规律。例如政治追求一元化，强调统一意志和行动，因而少数服从多数，而艺术所探求的人的感情可以是多元化的，不必少数服从多数。政治的实用价值和感情在一定程度上的非实用性，是有矛盾的，正如一棵木棉树在植物学家和在诗人眼中价值是不相同的一样。如果说传统的美学原则比较强调社会学与美学的一致，那么革新者比较强调二者的不同。表面上是一种美学原则的分歧，实质上是人的价值标准的分歧。在年轻的革新者看来，个人在社会中应该有一种更高的地位，既然是人创造了社会，就不应该以社会的利益否定个人的利益，既然是人创造了社会的精神文明，就不应该把社会的（时代的）精神作为个人的精神的敌对力量，那种人"异化"为自我物质和精神的统治力量的历史应该加以重新审查。

在传统的诗歌理论中，"抒人民之情"得到高度的赞扬，而诗人的"自我表现"则被视为离经叛道，革新者要把这二者之间人为的鸿沟填平。即使从社会学的角度来看，社会的价值也不能离开个人的精神的价值，对于许多人的心灵是重要的，对于社会政治就有相当的重要性（举一个极端的例子：宗教），而不能单纯以是否切合一时的政治要求为准。个人与社会的分裂的历史应该结束。所以杨炼说："我永远不会忘记作为民族的一员而歌唱，但我更首先记住作为一个人而歌唱。我坚信：只有每个人真正获得本来应有的权利，完全的互相结合才会实现。"我们的民族在十年浩劫中恢复了理性，这种恢复在最初的阶段是自发的，是以个体的人的觉醒为前提的。当个人在社会、国家中地位提高，权利逐步得以恢复，当社会、阶级、时代，逐渐不再成为个人的统治力量的时候，在诗歌中所谓个人的感情、个人的悲欢、个人的心灵世界便自然地提高其存在的价值。社会战胜野蛮，使人性复归，自然会导致艺术中的人性复归，而这种复归是社会文明程度提高的一种标志。在艺术上反映这种进步，自然有其社会价值，不过这种社会价值与传统的社会价值有很大的不同罢了。当舒婷说"人啊，理解我吧"，她的哲学不是斗争的哲学，她的美学境界是追求和谐。她说："我通过我自己深深意识到，今天，人们迫切需要尊重、信任和温暖。我愿意尽可能地用诗来表现我对'人'的一种关切。障碍必须拆除，面具应当解下。我相信：人和人是能够互相理解的，因为通往心灵的道路总可以找到。"从理论的表述来说，这可能是有缺点的，因为离开了矛盾的同一，任何事物都是不存在的。但在创作实践上，作为对长期阶级斗争扩大化造成的人与人之间关系的恶化的一种反抗，它正是我们时代的一种折光。从美学来说，人的心灵的美并不像传统美学原则所限定的那样只有在斗争中（在风口浪尖上）才能表现，谁说斗争能离开统一，矛盾不能达到和谐呢？因为据说有百分之五的阶级敌人，这就应该对百分之九十五的人瞪着敌视的目光，怀着戒备的心理，戴着虚虚实实的面具，乃至随时准备着冲入别人的房子去抄家、去戴人家的高帽吗？在舒婷的作品中常有一种孤寂的情绪，就是对人与人之间这种反常畸形的关系的一种厌倦，而追求真正的和谐又往往不能如愿，这时她发出深情的叹息，为什么不可以说是一种典型化的感情？为什么只有在炸弹与旗帜的境界中呐喊才是美的呢？不敢打破传统艺术的局限性，艺术解放就不可能实现。一种新的美学境界在发现，没有这种发现，总是像小农经济进行简单再生产那样用传统的艺术手段创作，我们的艺术就只能是永远不断地作钟摆式单调的重复。梁小斌说："'愤怒出诗人'成为被歪曲的时髦，于是有很多战士的形象出现。一首诗如果是显得沉郁一些，就被斥为不健康。愤怒感情的滥用，使诗无法跟人民亲近起来。"他又说："意义重大不是由所谓重大政治事件来表现的。一块蓝手绢，从晒台上落下来，同样也是意义重大的，给普通的玻璃器皿以绚烂的光彩。从内心平静的波浪中，觅求层次复杂的蔚蓝色精神世界。"这些话说得也许免不了偏颇，多少有些轻视战士和愤怒的形象在某种条件下不可替代的作用，但是他们的勇气是可惊叹的。他们一方面看到传统的美学境界的一些缺陷，一方面在寻找新的美学天地。在这个新的天地里衡量重大意义的标准就是，提高了社会地位的人心灵是否觉醒，精神生活是否丰富。与艺术传统发生矛盾，实际上就是与艺术的习惯发生矛盾。在生活中，要提高人的地位，自然也有习惯的阻力，但是艺术的习惯势力比生活中的习惯势力要顽强得多。因为在生活中，人们是以自觉的意识指导着思想和实践的，以新的自觉意识去克服旧的自觉意识，虽然也需要一个过程，但总是属于理性范畴，总是比较单纯。而在艺术中则不完全是理性主宰一切，它包含着感情。泰纳在《艺术哲学》中说，"在一般赋有诗人气质的人身上，都是不由自主的印象占着优势"，"若要下一个明确的定义，就得肯定其中有个自发的强烈的感觉"。艺术的感情色彩使它有一种"不由自主的""自发的"一面，这一面有时还"占着优势"。长期的大量的艺术实践不但训练了艺术家的意识，而且训练了他的下意识或者潜意识。这样，使他的神经在感情达到饱和点的时候，依着一种"不由自主的""自发的"习惯，达到一种条件反射的程度。习惯，就是意识与下意识的统一。不论是一个人还是一个民族，养成自己独创的艺术习惯都是艰难的。意识和潜意识都是建立在长期经验基础上的。个人、民族、时代的美学独创性，都渗透在这种习惯之中。年轻的革新者要克服一种习惯的拘束，同时，要确立一种新的习惯。不论克服还是确立，光凭自觉意识是不够的。光凭自觉意识就是光凭概念，它同时要和那"不由自主的""自发的"潜意识打很久的交道。自觉意识不能完全战胜下意识，正如法国的语音学家可能读不好英语的重音一样，又如吴语区的语音学家可能说不好普通话中的卷舌的辅音一样。因为习惯是一种条件反射，形成了一种潜意识，是自觉意识不能管束的，它的存在就是反应固定化的结果，是很难变化的。恩格斯所说的传统的惰性在这里可以找到一部分注解。艺术革新，首先就是与传统的艺术习惯作斗争。顾城在《学诗札记二》中说："诗的大敌是习惯——习惯于一种机械的接受方式，习惯于一种'合法'的思维方式，习惯于一种公认的表现方式。习惯是感觉的厚茧，使冷和热都趋于麻木；习惯是感情的面具，使欢乐和痛苦都无从表达；习惯是语言的套轴，使那几个单调而圆滑的词汇循环不已；习惯是精神的狱墙，隔绝了横贯世界的信风，隔绝了爱、理解、信任，隔绝了心海的潮汐。习惯就是停滞，就是沼泽，就是衰老，习惯的终点就是死亡……当诗人用崭新的诗篇、崭新的审美意识粉碎了习惯之后，他和读者将获得再生——重新感知自己和世界。"也许把重新感知自我和世界当成革新者的任务并且痛快淋漓地宣告要与艺术的习惯势力作斗争，这还是第一次，因而它启发我们思考的功绩是不可低估的。但是作为一种理论的表述，我们还是要禁不住吹毛求疵一下，这里多少有些片面性，透露出革新者美学思想上的弱点。因为习惯，即使过时的习惯，也不光是停滞的沼泽，它还包含着过去的成就和经验。当革新者向习惯扔出决斗的白手套时，应该像梁小斌那样："我必须承认'四人帮'的那些理论也在哺育我，它也变成阳光，晒黑了我的皮肤。"自然，我们可以说"四人帮"的理论不是我们的传统的习惯，但也不可否认它是我们传统和习惯的畸形化，人总是要在前人积累的思想材料和艺术经验的基础上前进的，前人提供的不可能都是正面的、积极的、健康的，但人类正是在这并不绝对完美的阶梯上攀登的。光凭一个人的才华，光凭自己的生活积累是成不了艺术革新家的。《儒林外史》中写了一个王冕，孤独地反复画了好多年荷花，没有任何学习与参考的资料便卓尔成家，有了惊人的创造，从艺术理论上讲，这是不科学的。王冕的方法是从零开始的原始人的方法，用这样的方法是不可能创造出新的艺术水平来的。在创作实践中人们总是既要从生活出发，又不能完全排除从艺术出发。西洋画从写生开始，中国画从临摹开始，都是反映了规律的一个侧面，二者是可以结合起来的。马克思说过，人是按着美的法则创造的。就是说人在客观现成材料（素材）面前不是像动物那样被动的。美的法则是主观的，虽然它可以是客观的某种反映，但又是心灵创造的规律的体现。在创作过程的某一阶段上，美的法则是向导，是先于形象的诞生的。它又不是抽象的理念，而是活在传统的作品和审美习惯之中的。要突破传统必须有某种马克思讲的"美的法则"，必然要从传统和审美习惯中吸取某些"合理的内核"。

习惯只能用习惯来克服，新的习惯必须向旧的习惯借用酵母。不是借用本民族的酵母的一部分，就是借用他民族的酵母的一部分。只有把借用习惯的酵母和突破习惯的僵化结合起来才能确立起新的习惯，才能创造出更高的艺术水平，否则只能导致艺术水平的降低。目前年轻的革新者们自然面临着旧的艺术习惯的顽强惰性，但是如果他们漠视了传统和习惯的积极因素，他们有一天会受到辩证法的惩罚。不过问题的复杂性在于，他们似乎并没有忽略继承，只是更侧重于继承他民族的习惯。但是这种习惯与我国本民族的习惯的矛盾有时是很深的。虽然新诗史上大部分有独创性的流派，都和外民族独异的艺术刺激分不开，但是，即使其中的大诗人也还没有解决两个民族艺术习惯的矛盾，当这种矛盾激化到一定的程度，就会走向反面，产生闭关自守或者全盘西化的倾向。新诗的革新者如果漠视这样的历史经验，他们的成就将是比较有限的。不过，我们并不悲观，因为我们看到他们中的优秀代表并不像我们中的一些人认为的那样，以为自己已经掌握了历史发展的全部蓝图。他们有自知之明，他们知道自己还幼稚，舒婷在《献给我的同代人》中说：

> 为开拓心灵的处女地
> 走入禁区，也许——
> 就在那里牺牲
> 留下歪歪斜斜的脚印
> 给后来者
> 签署通行证。

探索既是坚定的、不怕牺牲的，又是谦虚的，承认自己的脚步是孩子气的。我们可以毫不迟疑地说，他们肯定会有错误，有失败，有歧途的彷徨，但是，只要他们不动摇，又不固执，即使他们犯了错误，也是可以像列宁所说的那样，得到上帝的原谅的。同时，又会给后来者和他们自己留下历史的经验。——但是，这些经验是不是会浪费，就要看我们善于不善于总结使之上升到理论的高度，并为他们所接受了。

1980 年 10 月 21 日—1981 年 1 月 21 日

原载《诗刊》1981 年第 3 期

突破枷锁和进入枷锁：论新诗第一个十年的流派更迭

> 人往往会同时走着两条绝对背驰的道路的：一方面正努力从旧的圈套脱逃出来，而一方面又拼命把自己挤进新的圈套，原因是没有发现那新的东西也是一个圈套。
>
> ——杜衡《望舒草·序》

一

1935 年，上海良友出版公司的《中国新文学大系》第八集为《诗集》，由朱自清编选。按体例应该收集 1917 年到 1927 年的诗作。但是，实际上，新诗真正在刊物上出现，是 1918 年 1 月（《新青年》四卷一号）。这时已经是在胡适发表《文学改良刍议》（1917 年 1 月），陈独秀发表《文学革命论》（1917 年 2 月）以后一年了。新诗的发轫似乎有点晚了，但是比之小说还早一点，直到四个月以后，新文学的第一篇小说——鲁迅的《狂人日记》才在《新青年》四卷五号上发表，而且被排在新诗之后。在《狂人日记》稍前或同期的新诗有胡适的《鸽子》、陈独秀的《丁巳除夕歌》、沈尹默的《人力车夫》、刘半农的《相隔一层纸》、鲁迅的白话新诗《梦》《爱之神》《桃花》、俞平伯的《春水》。拿这些幼稚的新诗作和小说经典的《狂人日记》以及以后《新青年》六卷四号上的《孔乙己》、六卷五号上的《药》，在艺术上相比，真令人想起黑格尔所说的，好像小虫比大象。

新诗在当时所受到的重视是超过了小说的。作者都是五四新文化战线上的先锋人物：胡适、陈独秀、李大钊、鲁迅、周作人、吴虞等等。《新青年》好几期才登一篇小说，但是每一期都有诗的专栏，上述几员大将轮流上阵。1919 年 1 月创刊的由北大学生领袖罗家伦和傅斯年主办的《新潮》，也是差不多每一期都把相当的篇幅给了新诗。仍然是这几员大将轮流出场，不过多了几个北大的年轻学生领袖。到了 1922 年，文学研究会居然还出版了一本专门的刊物《诗》。当时新文学运动的主要报刊都把相当重要的篇幅给了新诗。晨报副刊自不必说，革新以后的《小说月报》，居然也常常开辟诗歌创作和翻译、理论研究的专栏。不久以后，上海的《时事新报》副刊《学灯》，《民国日报》副刊《觉悟》，都积极响应，成了新诗的重要阵地。

在五四先驱们看来，新诗对于文学革命来说，是一个战略重镇，不以主将出征，率优势兵力，广占阵地，遍山插满旗帜，不足以威震全局。

对于文学革命来说，诗的确与小说不同。白话小说早就存在，而且取得了相当高的成就，胡适甚至夸张地认为连我佛山人这样的小说家，都是世界第一流的。散文中明清性灵小品，与新文学的散文在精神上一脉相承，并无根本的冲突。但是，诗歌和白话却面临着尖锐的矛盾。用白话来写小说，顺理成章，可是用来写诗，往往就显得不伦不类。胡适在美国大学里"尝试"着做白话新诗的时候，他的朋友梅光迪就讥笑过他如叫花子唱的"莲花落"。梅光迪相当慎重地提出："小说词曲固可用白话,诗文则不可。""白话有白话的用处(如作小说演讲等),然终不可用之于诗。"不但在反对派阵营里,抵抗的势力相当顽固,就是革命派阵营里,也还是有保留的。《新青年》上的一个作者,被胡适称为"好学而且深思"的,也认为"说理纪事之文必当以白话行之,但不可施于美术之文耳"①。胡适的感觉是:"我们现在的争点,只在'白话是否可以作诗'的一个问题了。白话文学的作战,十仗之中,已胜了七八仗。现在内剩一座诗的壁垒,还须用全力去抢夺。待到白话征服这个诗国时,白话文学的胜利就可说是十足的了。"②

面对文学革命强大阵营,反对派几乎拿不出什么像样的理论来应战。小说向来是属于"稗官",不能和旧诗坛上的领袖人物相比。守旧的力量,在小说和诗歌里是不一样的。守旧派大本营在南京,他们还出了一个"诗学专号",刊出的几乎全是旧体诗词。著名学者黄侃在《文心雕龙札记》中甚至谩骂新诗为"驴鸣狗吠"③,文学研究会的《文学旬刊》,便给予他们以极严正的攻击,论争持续了好几个月。必然的结果是遗老遗少们"名士风流"的败北。但是,同光体的领袖人物遗老派陈三立、郑孝胥、陈宝琛,还有提倡过"诗界革命"的梁启超,加上为辛亥革命鼓吹过的南社诗人(大多是革命志士和领导)柳亚子等等,在文化界还享有很高的声势权威,相比起来,作为小说界的代表,林琴南就逊色得多了。从个人才能和文

---

① 胡适:《逼上梁山——文学革命的开始》,胡适编选:《中国新文学大系——建设理论集》,上海良友图书印刷公司,1935 年印行,第 18 页。
② 同上,第 19 页。
③ 刘半农:《〈初期白话诗稿〉序》,王永生主编:《中国现代文论选》第一册,贵州人民出版社,1982 年版,第 132 页。

化修养来说，迷恋旧诗的并非弱势群体，他们本来分裂的阵营自然而然地组成了统一战线。

刘纳女士在《嬗变》中引柳亚子的话说："辛亥革命总算成功了，但诗界革命是失败的。梁任公、谭复生、黄公度、丘沧海、蒋观云等的新派诗，终于打不倒郑孝胥、陈三立的旧派诗，同光体依然成为诗坛的正统。"刘纳女士指出："实际上，1912 至 1919 年间，'新派诗'与'旧派诗'的界限已经弥合。梁启超不再提'诗界革命'，正与同光遗老相唱和。"在这一时期，"古典诗歌这个'仅此一脉'的'国粹'有了一次最后的繁荣。诗人如云，诗作如雨，其气象、其水准，足以殿两千年的中国诗史。"这个评价也许有过高之嫌，但刘纳并不讳言，中国旧体诗词的致命弱点是，权威太高了，停滞得太久了，使得一切诗人都在模仿前朝的经典中讨生活。①

我国古典诗歌作为一种高度发达的艺术，它的高度感染力就变成了高度的麻醉力。这是因为，中国古典诗歌艺术烂熟到成为一种稳定性的程式，不但对于形式，而且对于情感都构成了某种强制性的规范。但是，规范的难度，又训练了诗人对难度的驾驭，想象程式的稳定，意象意蕴的固定，已经不难转化为操作的自由，构成艺术水准和精神高贵的假象。中国古典诗歌的结构是一种超稳定结构，诗词格律稳定到上千年，历史和人生发生了多少变化，它却依然故我。驾驭诗歌就这样变成了一种离开情感和思绪的游戏和手艺。以致没有多少才华的人，也可以把它当作一种技术或技巧来熟练地驾驭。

为诗而造情成了一种普及性的文字游戏，这就是胡适所说的"无病呻吟"，与之相适应的是一整套丰富的、现成的"滥调套语"。

---

① 刘纳：《嬗变》，中国社会科学出版社，1998 年版，第 117、119、209 页。

有了这种套语，写诗就不是一种创造而是一种技术性的组装了。就是有思想、有才华的人物，往往难免为形式所役，又为形式所娱。文人学士们唱和的时候，对同一场景，用同一韵脚，写上十几首甚至二十几首诗（晚清的爱国志士丘逢甲就有过这样的记录），并未引起批量生产的厌倦。

胡适在《文学改良刍议》中指出套话的滥用，使得本来滑稽的事情变得庄严。蹉跎、寥落、寒窗、斜阳、芳草、春闺、愁魂、归梦、鹃啼、雁字、残更等等成为万能零件，可以恣意组装，并不意味着作者真有多少伤感。身在云南贵州的人，送别朋友，对于当地的风景，完全可以闭着眼睛，塞着耳朵，心灵上可以无所感受，一旦用远在陕西的灞桥、渭城，乃至更远的阳关和唐朝的折柳为词，可能写得得心应手情景交融。胡适举他的朋友兼论敌胡先骕的词为例，明明在美国大楼里，却用什么"翡翠衾""鸳鸯瓦"等等中国古代贵族帝王居所的话语，明明是在美国大学明亮的电灯光下，却偏偏要说"荧荧一灯如豆"。①

为诗而歪曲自我、伪装自我、裱糊自我成了见怪不怪的通病。

钱玄同的《随感录》说，一个老革命党，明明对于灭亡了的清王朝，一点没有怀恋之情，可在作诗时候，却不能不这样模仿吴梦窗的《西湖先贤堂感旧》，写些"故国颓阳，坏宫芳草，秋燕似客谁依？笳咽严城，漏停高阁，何年翠辇重归？"歪曲自我，用死人话语遮蔽活人的心灵，成了美化自我、炫耀自我的不二法门。钱玄同揭

------

① 胡适：《文学改良刍议》，胡适编选：《中国新文学大系——建设理论集》，上海良友图书印刷公司，1935 年印行，第 37—38 页。刘纳在《嬗变》第 210 页中引用诗人郑逸梅的话说："羁客之心寄之十月，诗人之愁肠浇之以酒。侠士之豪气挥之以剑，美人之情绪付之于泪。"这个总结并不完全，也不深刻，但或可有助今日及日后之读者从中想见五四前夕诗坛套语之公式化和僵化。

示说："因为他的创作宗旨必须按谱填写，才能做得，做像了，就好了。要是不像，那就——不行。"否则就以"左道旁门""野狐禅"论。但是，"像是像了"，却"和他所抱的宗旨相反"。他得出结论说："这是新文学和旧文学不同的缘故：新文学以真为要义，旧文学以像为要义。既然以像为要义，那便除了取消自己，求像古人，是没有别的办法了。"①

更深刻的原因是：权威的、凝固的审美传统保守性。中国古典诗歌不但有真诚的传统，而且也有虚假的传统："为文而造情"早在刘勰时代就成为一种祸害，到了宋朝，辛弃疾说得尤其彻底，"为赋新词强说愁"。正是这种复杂的传统的权威性，才使得无病呻吟，滥用套语者，不觉其丑，反而成为一种修养和炫耀。

如此普遍的虚假，在1912年到1918年前后，已经使我国古典诗歌陷入一种不可自拔的腐朽的境地。

"虚假"，是胡适攻击的焦点，他反复从语言作为工具的意义上作了阐明。但是，最为凶狠、最为彻底的是刘半农。他在《诗与小说精神上之革新中》提出"现在是假诗世界"，才真是一针见血。胡适在《文学改良刍议》中还只是相当有礼貌地点了陈三立，而刘半农却直截了当地说到了梁启超的排律《开岁忽六十》，虽然报纸杂志，转载极广，但是他率性任情地说："恍如此老已经死了，儿女们替他发了通哀启"，"只合抛在垃圾桶里"。欲对历史文化气候作稍有感性的还原，体验当年先驱的不妥协的精神，不可不细读他这一段妙文：

① 钱玄同：《随感录》，郑振铎编选：《新文学大系——文学论争集》，上海良友图书印刷公司，1935年印行，第266—267页。

现在已成假诗世界。其专讲声调格律，拘执着几平几仄方可成句，或引古证今，以为必如何如何始能对得工巧的，这种人我实在没工夫同他说话。其脱却窠白，而专在性情上用功夫的，也大都走错了路头。如明明是贪名爱利的荒伦，却偏喜做山林村野的诗。明明是自己没甚本领，却偏喜大发牢骚，似乎这世界害了他什么。明明是处于青年有为的地位，却偏喜写些颓唐老境。明明是感情淡薄，却偏喜做出许多恳挚的"怀旧"或"送别"诗来，明明是欲障未曾打破，却喜在空阔处立论，说上许多可解不可解的话儿，弄得诗不像诗，偈不像偈。诸如此类，无非是不真二字，在那儿捣鬼。自有这种虚伪文学，他就不知不觉，与虚伪道德互相推波助澜，造出个不可收拾的虚伪社会来。①

从这里，后代的读者绝对可以超越历史的距离，听到五四先驱的勇猛和无畏的回音。所有这一切，拿今天的话来说，旧式诗人，已经在一种权力话语的统治下，只能重复现成的话语，对于自己的情感和思想，个性和心灵，已经是处于失语（aphasia）状态了。② 在五四反封建的狂潮中，反抗虚伪的道德和文艺，热烈追求个性解放的先驱们，表现个性，表现自我，在他们看来是天经地义的事。郭沫若把这一点，干脆写到他的《梅花树下的赞歌》中去"我赞美你这自我表现的本体"。重复现成的权威话语，虽然可以保证相当的艺术水准，但是，却以歪曲自我为代价，这一点几乎为所有的新诗作者所不屑。他们义无反顾的选择是：彻底地与旧形式决裂，打破这

---

① 刘半农：《诗与小说精神上之革新》，郑振铎编选：《新文学大系——文学论争集》，上海良友图书印刷公司，1935 年印行，第 342 页。

② 按王宁教授的说法，aphasia 是个病理学术语，不妥，应该译成 losediscourse。

虚假的、腐朽的、僵化的形式枷锁。

　　他们是勇敢的，但是他们又是天真的。初期白话诗的最早尝试者，并没有充分估计到从一种权威的艺术话语和艺术形式中解放出来的艰难。

　　虽然新诗坛上活跃着第一流的文化大将，但是，战果并不辉煌。他们在诗歌创作上的成绩实在和他们在其他领域中的成就不能相比。陈独秀、李大钊、周作人偶尔为之，鲁迅甚至不过是以打油诗的风格，打打边鼓，并没有投入多少生命。胡适花了 4 年的工夫，出版了中国新诗史上第一本诗集《尝试集》。不论在当时，还是在今天，都是具有历史意义的。但是，就艺术成绩来讲，却不能不说是寒伧的。他的朋友兼论敌胡先骕写了一篇严肃的《评尝试集》，虽然不无成见，但是，有许多意见相当中肯。他说，《尝试集》共 172 页，自序、他序、目录占去 44 页，旧式诗词占去 50 页，所余之 78 页，似诗非诗似词非词之新体诗 44 首。"至胡君自序中所承认为真正之白话新诗者，仅有 14 篇。而其中《老洛伯》《关不住了》《希望》三诗尚为翻译之作。真正成为新诗的只有 13 首。"就是这些诗，胡先骕认为，不过是"枯燥无味之教训主义"（如《人力车夫》），就是其最好的，《新婚杂诗》《十二月一日奔丧到家》《送叔永回四川》亦"无真挚之语"，"尚微嫌不深切"。他嘲笑说："胡君竟以此等著作，以推倒李杜苏黄，以打倒黄鹤楼，踢翻鹦鹉洲乎！"[①]

　　这样尖锐的批评，并不完全是保守观念在作怪。从历史文本观之，从 1917 年到 1920 年，白话新诗成绩实在是非常有限的。大量的作品，没有能够摆脱对于旧诗词格调的依附。不但胡适如此，就是

---

　　① 胡先骕：《评尝试集》，郑振铎编选：《中国新文学大系——文学论争集》，上海良友图书印刷公司，1935 年印行，第 267—268 页。

年轻一些的俞平伯、沈尹默等也都带着旧诗词的节奏和格调去寻求美化的途径。胡适在《谈新诗》中承认："我所知道的'新诗人'除了会稽周氏兄弟之外，大都是从旧式诗词曲里脱胎出来的。"尽管如此，他还是从战略上肯定，一切文学革命莫不从"文体的大解放开始"，新诗的功绩首先是"文体的大解放"，许多思想感情沿用旧体诗词是无法表达的。这事实上说的是，话语的颠覆和更新。但是胡适没有意识到，这是一个相当艰难的语言的探险，同时又是灵魂的探险。既然是探险，就不仅意味着生命和艺术新大陆的发现，而且也意味着免不了葬身鱼腹的牺牲。

胡适们并不缺乏中国古典诗歌的修养，但是，古典诗歌修养越是深厚，旧式话语的遮蔽性越是强烈。这是因为"他们还来不及理解，换了一种诗歌形式，就意味着换了一种新形象体系和美学原则。这好比要建立一种新的语法体系那样艰难。如果没有这样的创造，就不能战胜旧诗艺术的保守性。甚至连明明是新的生活和内容，也会被旧的形式同化成旧的"。① 粉碎旧的套话和创造一种崭新话语是一个问题的两个方面。在胡适们看来是比较简单的，只要拒绝传统和权威的话语，把日常的俗字俗语，鲜活的口语白话写到诗里就成了。但是，他们低估了传统话语的强大的同化作用。

胡适翻译拜伦的《哀希腊》就是这样的例子。本来这是拜伦《唐璜》中的一节。原文是这样的：

> The isles of Greece, The isles of Greece!
> Where burning Sapho loved and sung,

---

① 《新诗的民族传统和外来影响问题》，原载《新文学论丛》1981 年第 1 期，后收入孙绍振：《当代中国文学的艺术探险》，福建教育出版社，1998 年版，第 8 页。

Where grew the arts of war and peace,

Where Delos rose, and Phoebus sprung!

Eternal summer gilds them yet,

But all, except the sun, is set.

如果是今天，或者稍后一些，并不需要太高的诗歌禀赋，也不难用现代新诗的话语把它翻译出来：

希腊的群岛啊，希腊的群岛！

在这里，热情的莎孚曾经恋爱和歌唱，

在这里，战争和平的艺术曾经生长，

在这里，浮起了月神故乡，太阳的神像：

所有的一切都还镀着永恒的、夏日的华光。

但是，除了这一切，一切都已沦丧。

但是，胡适虽然不满意苏曼殊和马君武的翻译，他却苦于没有现成的诗歌语言，只好用骚体语言来翻译："嗟汝希腊之群岛兮，／实文教武术之所肇始。／诗媛莎孚尝咏歌于斯兮，／亦羲和素娥之故里。／今维长夏之骄阳兮，／纷灿烂其如初。／余徘徊以忧伤兮，／哀余烈之无余！"这么多的中国古老形象、典故和节奏，从思想到风格都被中国传统的观念所同化，英国浪漫主义者拜伦面目全非，这不是偶然的，刘半农用古典诗歌的形式去翻译《马赛曲》，其效果也差不多如此。[①]

---

① 《新诗的民族传统和外来影响问题》，原载《新文学论丛》1981 年第 1 期，后收入孙绍振：《当代中国文学的艺术探险》，福建教育出版社，1998 年版，第 8—9 页。

　　这条路看来并不坦荡，胡适又尝试把旧体诗词用白话翻译出来。《应该》就是根据朋友倪曼陀的旧体诗词《奈何歌》的第十五、十六首翻译、改编而成的。

　　五四文学青年以那个时代所特有的兴奋在体验着形式解放的狂欢。并且以狂欢的目光看待自己的成绩，其夸张和自恋相当明显。在 1919 年的《谈新诗》中，胡适认为两年来创造新诗话语的任务已经接近完成。周作人的《小河》是"新诗中第一首杰作"。而沈尹默的《三弦》则是"新诗中一首最完全的诗"。其实，周作人的《小河》不过是口语用得比较自然，有一点象征意义而已，其冗长和烦琐，完全集中了初期白话诗散漫的缺陷，谈不上是诗。而沈尹默的《三弦》则比之初期白话新诗多了一点含蓄，从根本上来说，仍然是散文。——胡适的这种说法影响很大，直到 1935 年郑振铎为《中国新文学大系——文学论争集》作序的时候，还说"虽然后来的诗人超越了《尝试集》"，"周作人的《小河》始终不能超越"。[①] 对于新诗的优越，胡适说，由于周作人的诗太长，他只好举自己的从旧诗翻译出来的《应该》为例：

　　　　他也许爱我，——也许还爱我，——/但他总劝我莫再爱他。/他常常怪我；/这一天，他眼泪汪汪的望着我，/说道："你如何还想着我？/想着我，你又如何能对他？/你要是当真爱我，/你应该把爱我的心爱他，/你应该把待我的情待他。/他的话句句都不错/上帝帮我！/我"应该"这样做！/

---

　　① 郑振铎：《导言》，郑振铎编选：《中国新文学大系——文学论争集》，上海良友图书印刷公司，1935 年印行，第 16 页。

　　胡适自己觉得这是新诗的一大创造："意思神情都是旧诗所表达不出的。别的不消说，单说'他也许爱我，也许还爱我'这十个字的几层意思，可是旧体诗能表达出来的吗?"① 在《尝试集再版自序》中还说这首诗是"用一个人的独语（monologue），写三个人的境地，是一种创体；古诗中只有《上山采蘼芜》略像这个体裁"②。这就不但是老王卖瓜，而且也是对于中国古典诗歌中爱情诗的丰富和精致的抹煞了。其实，这里充满了理念的说教，缺乏爱情的细致和微妙，从根本上来说，是一首没有感情的情诗。其语言之芜杂、粗糙，对于古典情诗无疑是一种倒退，距离真正的新诗艺术还相当遥远。问题的关键在于理论上的误导：第一，胡适以为新诗的创造，仅仅是个白话工具问题。第二，更为重要的是，用了白话以后，诗和散文的区别何在? 他似乎根本没有考虑，时时流露出"作诗如作文"的糊涂话。从精神气质来说，他也不能说没有一点浪漫，但是，他一离开了古典诗词的形式就浪漫不起来了。这是因为他所依附的理论基础并不是一种浪漫的理论，而是一种反浪漫主义的诗歌的潮流的产物。很可惜的是，胡适虽然涉及了一点皮毛，但却从根本上把它弄错了。（这一点，下文将作全面阐述）以至于中国新诗一时缺乏基本的话语、意象、节奏、想象，从纯艺术上来说，一下子就落到了一穷二白的境地。一方面，这是一种心甘情愿的倒退；另一方面，又情不自禁地依附旧诗词的情调和节奏，却以为是前进。就是胡适自己也不能不承认自己的新诗大抵是洗刷过的旧体诗，充其量像小脚女人放大脚，带着畸形的血腥气，永远恢复不了天足。

---

　　① 胡适:《谈新诗》，胡适编选:《中国新文学大系——建设理论集》，上海良友图书印刷公司，1935 年印行，第 296、315 页。

　　② 同上，第 315 页。

二

初期的白话新诗不但在理论上，而且在实践中，陷入一种困境：这在很大的程度上是胡适的理论造成的。他的白话文学理论以"不模仿古人"，是"语语须有个我在"的前提，奇怪的是，"语语须有个我在"是他在给陈独秀的信中说的，可是到了正式写成《文学改良刍议》的时候，却把"语语须有个我在"省略了①。这就说明，胡适没有意识到追求个性的表现和模仿古人之间的矛盾和转化的关系。其次，他把不模仿古人，强调得那么绝对，实际上，隐含着一种幻想，那就是新诗的话语的创造，是完全独立的，毫无依傍的。既不能师承中国古人，也不能师承外国古人。中国旧体诗词之所以形成了那么僵化的体制，多少年来一直那么强调流派的依傍和师承，并不完全是因为诗人们的昏庸、糊涂，而是因为任何诗歌话语的艺术创造都十分艰难，任何风格、流派都不能不是长期的积累的结果。没有任何依傍，就意味着从猿到人的爬行。坚持旧体诗词的顽固派，不过是把这一面看得太绝对了而已。不幸的是，胡适把相反的一面看得太绝对了。

在理论上选择了拒绝任何依傍的道路，只能导致低水平的爬行，这又为五四新诗人自己所不满。结果就不能不导致理论与实践直接冲突，要么就是大白话的现象罗列，要么就是在中西古人的格调里打圈子，甚至把翻译西方诗歌和创作混为一谈。影响所及，在差不多七八年内，诗人们把翻译等同于创作，把译诗收到自己的诗集里

---

① 胡适：《寄陈独秀》，《文学改良争议》，胡适编选：《中国新文学大系——建设理论集》，上海良友图书印刷公司，1935 年印行，第 33—34 页。

是普遍的现象。甚至把外国人的诗歌改头换面，当成自己的创作，连闻一多那样才华卓越的诗人都未能免俗。①

　　既然模仿古人、翻译洋人都算不上创造，对于清醒的新诗人来说，就不能不考虑另一方面的选择，就是向民歌去接受其现成的话语和节奏。正是在这个意义上，刘半农的用江阴方言写的江阴四句头山歌《瓦釜集》和刘大白的《卖布谣》具有不容忽略的历史文献价值。刘大白的《卖布谣》基本上是四言的《诗经》式的节奏，缺乏变化，局限是明显的。刘半农的歌谣则基本是七言的结构，不过像元曲一样其间加上一些"衬字"，有了一些散文的逻辑连续性。如《摇船歌·第十》："摇一程（来）撑一程，／（碰到仔）顶风顶水（还要）拉一程。／（我说）'阿银哥（来）你看来船（头浪格）是哪个？'／'啊，原来是吃白酒（格）朋友小汝生。'"②括弧里的都是衬字，有助于把歌咏的调子，改成说白的调子。但是，从根本上来说，刘半农的民歌形式和古典诗歌在节奏的构成上（以三字结构为固定的结尾），在性质上是基本相同的，与其说是创造了新的，不如说是因袭了旧的。其话语又大大不如古典诗歌丰富，因而响应追随者并不多，至少在五四时期只是昙花一现。历史形式是不可挽回的，到了四十年代和五十年代，即使用行政的力量推行民歌和古典诗歌，并要求新诗在二者的基础上发展，也只落得个竹篮打水的下场。

三

　　不模仿古人，就是要从古人的话语权威中解放出来，自由地表

---

　　① 70 年代余光中先生对于闻一多的诗作中袭用西方诗人的诗句曾举出一系列相当确凿的证据（如《忘掉她》），参阅余光中的《青青边愁》。

　　② 刘半农：《刘半农诗选》，人民文学出版社，1958 年版，第 97 页。

现自己的个性，绝对无所依傍地创造一种新艺术话语，是可能的吗？模仿、依傍、师承和创造之间的关系是绝对不相容的吗？在这一点上，胡适的八不主义和他在《谈新诗》中提供的理论，是相当模糊而且混乱的。

他的论敌胡先骕对之驳斥得相当有学术的深度。他认为，创造离不开模仿，模仿是人类文明的积累的前提："仅能模仿而不能创造者，固不足以其技名，不模仿而创造者，亦目所稀见。"他也承认，胡适所攻击的是"新古典主义"的模仿，他说"此语诚具片面之理由"。然而说明不了绝对不可模仿古人。尤其是经过历史选择的经典之作。有了模仿，才有可能在经典的基础上创造，"斯之谓脱胎即创造，创造即脱胎。斯之谓创造必出于脱胎也"。在这个基础上，才有可能"语语须有个我在"。绝对不模仿，没有血统的遗传，"绝无似古人处，则犹犬之非人，虽为至美之犬，亦终不得谓之为人也。人之血统虽同，但各有其面，诗文与此同理。一点没有相异的，就变成摄影。"胡先骕把这叫作"句句无我在之模仿"，他把与古人之相异叫作"个性"，要有个性就须要从模仿中脱胎。

"脱胎即创造，创造即脱胎"，这个命题比之胡适笼统的"不模仿古人"要深邃多了。胡先骕还主张于"古人所未见"处"复加以个人之个性"，"另开一新面目"，"另辟草莱"，"别立异帜"。他反复强调的结论是"创造即寓于模仿之中也"[①]。胡先骕反对五四新诗的立场，在大方向上肯定是错误的，但是，他的错误，不是一般粗浅的谬误，而是一种深刻的错误，有时，深刻的错误比之肤浅的正确有价值得多。正是因为这样，他在模仿、脱胎与创造这一点上，

---

① 胡先骕：《评尝试集》，郑振铎编选：《中国新文学大系——文学论争集》，上海良友图书印刷公司，1935 年印行，第 284—288 页。

比之胡适更经得住历史的考验。如果他不在字句上纠缠于"模仿"，而衍生出"师承"来加以补充，就可能减少许多混淆了。创造一种新的艺术话语，要完全无所依傍和师承是不可能的。在这一点上，胡适的八不主义，是不清醒的。五四新诗，至少是最初的两三年之中，为此付出了相当大的代价。

既然不能模仿古人，古典诗歌的基本艺术技巧（对仗、典故、节奏、形式）一概都在禁忌之列，传统的形象和意象，又属于胡适所禁止的"滥调套语"，剩下来的，可以遵循的就只有"不无病呻吟""言之有物"和"须讲究文法"这三条了。讲究文法固然不错，谈不上文学创造；言之有物，不作无病之呻吟，都是作文的起码要求，与艺术创造相去甚远。剩下来的，就是不避俗字俗语了："有什么话，就说什么话，话怎么说，就怎么写"。这样一种简单而且粗浅的诗歌观念，居然成了当时文学先驱的共同的信念。今天看来，中国旧诗的反抗者，在寻找理论支持的时候，已经到了饥不择食的程度了。

也许胡适感到对于诗歌来说，他的八不主义是太不够了，两年以后，他又写了《谈新诗》，提出"打破束缚精神枷锁镣铐"，以便"丰富的材料，精密的观察，高深的理想，复杂的感情"，"写实的描画"，"能够跑到诗里去"。他提出，"作一切诗的方法"，"要用具体的做法，不可用抽象的说法……凡是好诗，都能使我们脑子里发生一种——或者多种——明显逼人的影像。这便是诗的具体性"。对于这个核心理论的关键词"影像"，本来是应该全面地阐释的，但是，他却只用了举例子的办法，把它简单化了。他的例子说明，所谓"影像"，就是"眼睛里看得见的"，"还有引起听官里的明瞭感觉的"，"引起读者浑身感觉的"。这不过是生理的感觉，显然是很肤浅的。其实，这个观念并不是胡适的发明，他是有所师承的，在他的师承的流派里，"影像"并不是一个常识性的名词，而是一个范畴，一个诗歌流派艺术特点的概括，一个含意深邃的术语。但是，他并没有弄清楚，甚至可以说是犯了一个大错误。正是这个错误，使得他的思想老是停留在常识性的层次上。（这一点下文将全面阐释）名为诗歌理论，实在是基本上没有理论，"现在报上的新体诗，很多不满人意的"，"犯的都是一个大毛病——抽象的题目用抽象的写法"。① 只要有具体的感觉，不要抽象，就是诗了。这与其说是诗论，不如说是美国新闻记者五官可感的写作技巧而已。在这种理论的指导下，年轻的诗人们只有两种选择。

第一，把可感的生活的碎片直接当成活的艺术。这几乎是当时普遍的状况。在理论上把这一点说得最为明白清楚的要算郑振铎了。他在几个青年诗人的诗歌合集《雪朝》的"序言"中这样说："我们要求'率真'，有什么话，便说什么话，不隐匿，不虚冒。我们要求'质朴'，只是把心灵所感到的坦白无饰地表现出来。雕凿与粉饰不过是虚伪的逃遁所与'率真'的残害者。"② 既然旧艺术已经死亡了，只要用新生活"率真"地表现，用"朴质"的语言去罗列，必然面临艺术上的从零开始。

第二，当这种外部感觉的碎片连他们自己也都觉得寒碜的时候，他们就从社会返回内心，把即兴的吉光片羽，随意性地表白出来，就自以为是诗的创造了。周作人在论及"小诗"的时候，也不过只要求"真实、简练"而已。这就使得诗变得比散文更容易写了。一

---

① 胡适：《谈新诗》，胡适编选：《中国新文学大系——建设理论集》，上海良友图书印刷公司，1935 年印行，第294—310 页。

② 诗集《雪朝》的作者为朱自清、周作人、俞平伯、徐玉诺、郭绍虞、叶绍钧、刘延陵、郑振铎。商务印书馆1922 年出版。参见孙绍振：《当代中国文学的艺术探险》，福建教育出版社，1998 年版，第9—10 页。

个并不太有名的作者陈斯白在他的《杂诗》的"前言"中说："日来患神经衰弱症，走是走不动，睡又睡不着，终日躺在床上，两眼睁着，和白痴差不多，实在苦痛。可是偶然有点灵感撞到我的脑里来，我就将它捉住，纳到纸上来，胸中的哀痛有时也和泪写出：现在成了二十首杂诗。但有些地方不像的，那就算我的《病榻捣鬼录》罢。"（《诗》，1922 年一卷五号，中国新诗社编）诗之所以变得零碎，小诗之所以变成一种流行体裁，就是因为它随意到不当作诗来经营，自发、即兴和初期的白话新诗一样，不讲章法，也没有结构；更大弊端就是赤裸裸的说理，把诗歌作为概念的图解。从某种意义上说，小诗的风行，正是新诗陷入危机的一种挣扎。冰心的小诗《春水·三十三》可以说是上乘之作了："墙角的花！/你孤芳自赏时，/天地便渺小了。/"这自然有一点即兴的智慧，但是，从根本上来说，这只是一种理性的格言，对于诗的创造来说，充其量只是一条小径，容纳不了多么深广的人生体验，不可能挽救新诗的危机。它只能是过渡时期的产物，在新诗的历史上只留下昙花一现的兴奋。不管是初期的白话新诗，还是小诗，都完全忽略了"具体"的生活和"率真"心灵和艺术的矛盾。湖畔诗人写道："雄鸡在整理他底美丽的冠羽，/在引吭高歌后，/到后院强奸去了。/"这不够"具体"吗？这还不够"率真""朴质"吗？要说可感的"影像"，这里也有的是，雄鸡、冠羽、后院、强奸都是可视的，高歌是可听的。但是，恰恰是这样的"具体"和"率真"，引起了广泛的诟病。诗歌与生活之间的矛盾的问题，就自然而然地被提出来了。"许多丑不堪言的字句"能不能成为诗呢？

　　城市中的洋楼、湖里的轮船、电报、蓝二太太、无产阶级、共产主义，这样的语言，是美的呢，还是丑的呢？如果是丑的语言，是不是可以率真地写到诗里去呢？入了诗是不是会破坏美呢？这就引起了一场关于诗歌语言的论战。

创造社的诗人成仿吾猛烈批判了这种幼稚的诗歌。1923年他在《诗的防御战》中指出，中国古典诗歌本来是"一座腐败的王宫，是我们把他推倒了，几年来正在重新建造。然而现在呀，王宫内外遍地都是野草了"。这些野草，表明了艺术的贫困，如果这一切仅仅表现在趣味低下的作品中，问题倒并不严重，但是，就是当时活跃一时的，甚至有了相当名声的诗作，也显得颇为可怜。成仿吾以他特有的凌厉的笔墨无情地横扫了除了郭沫若他们一伙以外，几乎所有的诗人，胡适、徐玉诺、宗白华、冰心、胡适、康白情、俞平伯一概都是"浅薄无聊，既没有丝毫的想象力，又不能利用音乐的效果……不外是理论观察的报告"。胡适的《他》被他认为是"三家村的猜谜歌"。《人力车夫》则是"浅薄的人道主义更是不值半文钱了。坐在黄包车上谈贫富劳动问题，犹如抱着妓女在怀中，做了一场改造世界的大梦"。康白情的《别北大同学》，是演说词，分行散文（梁实秋则说是"一个点名录"）。至于他的《律己九铭》，"如厕是早起后第一件大事"更被认为是一种亵渎。①

在《晨报副刊》上展开了一场有关诗歌中丑字的论争。梁实秋在《读〈诗底进化还原论〉》中提出，"诗的目标是美的……城市生活比农村生活丑得多"。洋楼和小火轮，电报和革命，如厕和小便，无产阶级和共产主义，狗和畜生，都是"丑不堪言的字句"，不宜入诗。周作人在《丑的字句》中反驳说，"诗是表现个人情思的东西"，"何以瓜皮艇子、茅屋、尺素书……是美，而小火轮、电报、

---

① 成仿吾：《诗的防御战》，《创造周报》1923年第1号。又见郑振铎编选：《中国新文学大系——文学论争集》，上海良友图书印刷公司，1935年印行，第318—330页。

洋楼……则丑"。他以为，如果有人坐了小火轮，忽然有感，就可以作诗，难道可以不准他用小火轮，只能用夷舶、方舟、瓜皮艇子么？周作人的思想是比较开放的，他以为"字的运用是作者的自由，我们不能规定什么字句不准入诗，也不能规定什么字非入诗不可"。接着，虚生写了《诗中丑的字句的讨论》，柏生写了《关于丑字句的杂感》，景超有《一封讨论丑的字句的信》，东峦有《让我来挽说几句》等等，都发表在《晨报副刊》上。这话显然并没有说到点子上，倒是虚生（恐怕是一个化名）说得地道一点，他以为美是一个整体，不能单单从一个字上去看。可以有丑的句子，但不可能有丑的字眼。"丑的字不能入诗这句话也不能成立。"草川未雨在他的专著《中国新诗坛的昨日今日和明日》中说"诗的字句的美丑不成问题，那么诗人的用字更应任其绝对自由——因为诗人歌咏的是生活"。①

　　争论是热烈的，但是理论都是肤浅的，主张丑字可以入诗的一方，不过是提出整体和局部的矛盾而已。他们并没有回答梁实秋关于生活中的丑可能不可能转化为艺术的美的问题。五四新诗的发动，事实上并没有什么理论准备，一切都有一点"摸着石头过河的味道"。倒是实践走在了理论的前面，并不太久，就被解决了。强奸可不可入诗呢？徐志摩就写了"思想被主义奸污得苦"；城市和烟筒是不美的吗？郭沫若就说烟筒上面开着"黑色的牡丹"；摩托车是机械，好像是缺乏诗意的，郭沫若形容它是"二十世纪的阿波罗"。

　　五四新诗在理论上的贫乏，多多少少要归咎于胡适没有为新诗提供像样的理论基础。

―――――――――

　　①　草川未雨（张秀中的化名）：《中国新诗坛的昨日今日和明日》，海音书局，1929年版，第34—42页。1985年上海书店有重印本。

从今天来看，胡适的《谈新诗》，翻来覆去地讲"具体的做法"，怎么样才能做到具体呢？就是不要抽象，怎么样才能不抽象呢，就是要有感觉。感觉是个什么东西呢？他说就是"影像"。光看这些话，细心的读者可能以为胡适在诗歌上是绝对的外行。虽然谈到了为了表现"新的内容和新精神"，才要打破旧形式的枷锁，究竟是什么样的内容呢？他说是"丰富的材料，精密的观察，高深的理想和复杂的感情"，"写实的描画"甚至"完全的写实"，① 这难道就是诗的生命所在吗？

理论上和实践上的混乱，对于中国新诗来说，可能并不一定是宿命的。胡适虽然是个思想家、大师级的学者，可惜的是，他心理素质的局限是很明显的。不管是写诗或者是写剧本（《终身大事》）、写小说（《差不多先生传》），他都缺乏艺术家的才华。把开一代诗风的历史重任放在他的肩头，他在先天和后天上都不能胜任。历史的偶然性是不可否认的，恩格斯形容的文艺复兴时期的话语，需要巨人就能产生巨人，并不是普遍的规律。五四初期白话小说的命运和新诗不同，需要巨人的时候，就产生了巨人。历史把才能不足的人推上前台，是常有的事，中国新诗恰恰在这方面命运不佳。这一点并不奇怪，同样是大思想家、大学者、大艺术家的鲁迅，从心理上来说，也不是万能的，新诗所要求的想象激情，口语诗化的历史要求，他自知是力不能胜的。由于胡适的才力的局限，他的理论混乱，不能不加剧创作的混乱。从 1918 年初到 1920 年初以北京为中心的新诗，两三年之间，充满了大同小异的生活和情绪的碎片。大白话式的直白，已经把诗的艺术和原生性的生活的矛盾完全抹杀，连

---

① 胡适：《谈新诗》，胡适编选：《中国新文学大系——建设理论集》，上海良友图书印刷公司，1935 年印行，第 295 页。

胡适也不能不在他的诗的附注中表示反对"棒子面一根一根往嘴里送"式的新诗了。光凭这样的水平去和旧体竞争，是免不了要吃败仗的。不可讳言，草创期新诗陷入了停滞的危机。作为这种危机的具体表现，风云一时的大将，不久先后就放弃了新诗，文学研究会、《新潮》的作者郑振铎、叶绍钧、郭绍虞、徐玉诺、刘延陵、俞平伯、康白情、沈尹默、王统照、沈玄庐纷纷从新诗的庞大队伍中蒸发了出去。

打破这种停滞，把新诗的危机化为转机的，不是文化大将率领的年轻的诗人群，而是远在东洋的医科大学生郭沫若。他的作品并不是在北京的中心刊物上，而是在上海的时事新报《学灯》上。他一鸣惊人，为沉寂的新诗带来了一个崭新的高潮。他不但在创作的成就上，和胡适成了鲜明的对比，而且在理论上，也可以说是针锋相对。

郭沫若和胡适一样是反对形式枷锁的，他甚至声称自己是"最厌恶形式的人"。"他人的形式只是自己的监狱。形式方面，我主张绝端的自由，绝端的自主。"他还提倡"自我表现"，从这些方面来看，他和胡适的"语语须有个我在"，有相当的一致之处，但是，他强调诗是抒情的。

在致宗白华的信中说得直截了当："诗的本职专在抒情。"

郭沫若所强调的抒情，正是胡适千方百计地回避的。他宁愿强调精密的观察，也不屑提及抒情。而郭沫若把抒情不但看成是诗的生命，而且是诗人人格的"自然流露"。他说，诗是不能"做"的，而是自然而然地"写"出来的。

这从表面上看，又好像和郑振铎们的率真、朴质相近了。但是，郭沫若的特点在于，他并不满足于原始的感觉和情感。作为一个医学院的大学生，他用自然科学的公式把他的对于诗的理解提炼为：

"诗＝（直觉＋情调＋想象）＋（适当的文字）。"① 郭沫若和胡适不同，把文字（语言）放在最后，仅仅作为形式（form）来考虑。而把直觉、情感和想象当成最为重要的因素。"诗的专职在抒情"，有了情感就够了，为什么还要直觉和想象呢？ 如果光讲情感，那郭沫若和胡适的追随者之一康白情的区别就不大了。康在《新诗之我见》中也强调了"诗是主情的文学"，难得的是，康氏还强调了想象。他说："我们要让死气的世界都带了生气，都着了情的彩色，非想象不为功……想象抽这一个印象底这一节，又抽那个印象底那一节，构成一个新意境，构成一个诗的世界。"② 表面看来，想象在康白情和郭沫若有差不多重要的价值。但是，仔细分析起来，在康白情那里诗的想象，只限于不同印象的拼合。而在郭沫若，想象首先就是一种直觉，是统一的，是"诗人的利器"，是和哲学家的"精密的推理"相对立的一种思维方式。"诗人是情感的儿子，哲学家是理智的干家子。诗人是'美'的化身，哲学家是'真'的具体。"③ 把情感和理智，把"美"和"真"区别，甚至对立起来，在五四时期，郭沫若是第一个。因而他的想象就和康白情胡适在本质上不同了。他用非常形象的语言说："诗人底心境譬如一湾清澄的海水，没有风的时候，便静止着如像一张明镜，宇宙万汇底印象都涵映着在里面；一有风的时候，便翻波涌浪起来，宇宙万汇底印象都活动着在里面。这风便是直觉、灵感（inspiration），这起了的波浪就是高涨着的情

---

① 郭沫若的这些观念，在一般现代诗论选一中均冠以《论诗三札》之名。但是实际上，最初出现在郭沫若、田汉和宗白华三人的通讯集《三叶集》。以上引述见《三叶集》，上海亚东图书馆，1920 年版，第 45、46、133、8 页。

② 杨匡汉、刘福春编：《中国现代诗论》上编，花城出版社，1985 年版，第 38—39 页。

③ 田寿昌、宗白华、郭沫若：《三叶集》，上海亚东图书馆，1920 年版，第 16 页。

调。这活动着的印象便是徂徕着的想象。"① 同样是讲想象，郭沫若和康白情的不同，一个是现实的印象的组合，一个是"活动着的印象"，而且还是在被风所吹动了的水波浪中的"活动着的印象"。这样的印象的"美"和现实的"真"还可能是等同的吗？很显然，这不再是一个"真"的境界，而是一个假定的"美"的境界。康白情虽然把想象讲得很重要，但是他实际上还是不懂得诗的想象的真谛。一旦接触到具体的作品，他的想象就和现实的描述（也就是胡适的"精密的观察"）没有多大差异了。他以自己的作品为例说："你看'小胡同口，/放着一副菜担，/——满担是青的红的萝卜，/白的菜，/紫的茄子；卖菜的人立着慢慢的叫卖。'我们读了就像看见的一样。'忽地里扑喇喇一响，/一个野雁飞去水塘。仿佛像大车音波，/慢慢的工——东——当。'我们读了就如听见的一样。这就是具体的写法。"② 这完全是在胡适划定的所谓"具体的做法"的圈子里徘徊。就是在康白情特别强调想象的时候，他所举的例子也不过是："四围底人籁都寂了，/只有她缠绵的孤月/尽照着碧澄澄的风波/碰着船毗里绷坨地响。/我知道人的素心，/水的素心，/月底素心——一样。/我愿水送客行，/月伴我们归去！"这就是他所能举出最精彩的诗的想象了。其实，这种愁心与明月如此这般的联系，只能是古典情歌的一种退化而已。郭沫若也是从古典诗歌中脱胎出来的。他也是经过了一番痛苦的挣扎的。在胡适把朋友的古体诗词翻译为新诗《应该》以后不久，郭沫若也在尝试着把古体诗歌转化为新诗。在《女神》初版中，把旧体的《别离》和"翻译"的新诗一

① 田寿昌、宗白华、郭沫若：《三叶集》，上海亚东图书馆，1920 年版，第 7页。

② 杨匡汉、刘福春编：《中国现代诗论》上编，花城出版社，1985 年，第 38、39 页。

起奉献给读者。郭沫若有原诗的一节是这样的：

> 残月黄金梳/我欲掇之赠彼姝/彼姝不可见/桥下流水声如法/

这相当古典，相当简单，很难说有什么独创，毕竟还是抒情的，不像胡适的《应该》那样绷紧了脸一味说理。但是究其情感和想象而言，与其说它是新的，不如说它是更接近旧的。后来，郭沫若把这一段译成这样的新诗：

> 一弯残月儿，/还挂在天上。/一轮红日儿，/早出自东方。/我送了她回来，/走到旭川桥上！/应着桥下的流水的哀音，/我的灵魂儿/向我歌唱：/月儿啊/你同那黄金梳一样，/我要想上天/把你取来，/用我的手儿，/插在她头上。/天这么高，/我怎么能爬得上，/天这么高，我纵能爬得上，/我的爱啊/你今儿到了何方？

郭沫若这首诗，并不是十分精致之作，但比起胡适来，他深深了解新诗和旧诗在构成形象和想象的途径方面有着不可漠视的区别。这里不是语言的翻译，而是想象的翻译，把旧诗的想象译成了新诗的想象，可以看得出来，新诗的想象比旧诗有更强的超越现实的"真"的假定性，现实感受变成了虚拟的想象。

但是要说语言达到诗歌艺术的精致，为时还过早。真正要古典的诗意化解为新诗的语言，恐怕至少要等到十多年后，戴望舒和林庚争论的时候才能有个眉目。戴望舒证明，就是用了新诗的艺术语言，还可能成为古典诗意的外衣。①

　　但是，在当时来说，指出想象直觉和情感的关系，直觉受到情感的冲击，发生超越现实的想象，郭沫若不但在理论上，而且在实践中冲破了胡适的八不主义和"具体的做法"。郭沫若在理论上和胡适不属于同一个流派。郭沫若所遵循的是西方浪漫主义的原则，其最根本的信条就是激情和想象。诗人的感觉、直觉是要在激情的冲击下发生变异的，这一点英国浪漫主义理论家赫斯列特有过明确的论述，雪莱甚至说过"诗使所触及的一切变形"。（这一点李金发说得比较到位："万物都变了原形。"②）当时郭沫若的本钱就是强烈的激情和出格的想象。他的成功就是根本无视胡适理论的存在。胡适说不用典故，可他在《女神》中，就不但用了中国古代的典故，而且用了西方的典故。如果他不把古埃及的 phoenix 和中国的凤凰这两个典故结合起来，就没有《凤凰涅槃》那样的杰作了。《凤凰涅槃》的成功，并不是如他自己所回忆的那样轻松，灵感一来，连纸都来不及摆正，就完成了一首经典性的创作。相反，是经过了多次的、

―――――――――――――

　　①　李商隐有一首这样的诗："日日春光斗日光，山城斜路杏花香。儿时心绪浑无事，及得游丝百尺长。"戴望舒将其翻译成："春光与日光争斗着每一天/杏花吐香在山城的斜坡间/什么时候闲着闲着的心绪/得及上百尺千尺的游丝线。"两首诗的内涵几乎没有多大的变化，但是，两首诗都是相当水平的诗，相比起来，胡适那样的颠颠倒倒，纠缠不清就显得相当幼稚了。这是因为，诗歌的话语，不可能是一个人的孤立创造，而是一代人的共同努力。戴望舒还把林庚先生的新诗《偶得》翻译成旧体诗。林先生的原文是这样的："春天的寂寞像江南草岸/桥边渐觉得江水又高涨/孤云如一朵人间的野花/便落在游子青青衣襟上。"戴望舒将其翻译成这样的古体七绝："春愁恰似江南岸，水满桥头渐觉时。孤云一朵闲花草，簪上青青游子衣。"这才表现了新诗作为一种艺术话语的成熟，达到可以和旧诗的话语自由转换，又不以艺术生命的丧失为代价了。引文均见《新诗》第 1 卷第 2 期，戴望舒《谈林庚的诗见和"四行诗"》。

　　②　李金发：《艺术之本原及其命运》，王永生主编：《中国现代文论选》第一册，贵州人民出版社，1982 年版，第 106 页。

反复的自我探索和想象的否定的。这可以追溯到四年以前，也就是1916年，他由于"民族的郁积，个人的郁积"（国家没有出路，自己又陷入了双重婚姻的困境），不时有一种自杀的动机。这种情绪在他当年写的五首古体诗中直接地流露了出来。其中之一是这样的："出门寻死去，孤月流中天。／寒风冷我魂，孽根摧吾肝。／茫茫何所之，／一步再三叹。／画虎今不成，／刍狗天地间。／偷生实所苦，／决死复何难。／痴心念家国，／忍复就人寰。／归来入门首，／吾爱泪汍澜。"① 过了一年，1917年，他在另一首五言古诗中又写道："有国等于零，日见干戈扰。／有家归未得，亲病年已老。／有爱早摧残，已成无巢鸟。／有生不足乐，常望早死好／……／悠悠我心忧，万死终难了。"② 要说真实的话，这两首诗，其真实性是无可置疑的，也不是无病呻吟，但是，这样拘于古典形式的诗作，从艺术上来说，是相当平庸的。五四以后，如果纯粹是语言工具问题，他只要把它用白话翻译出来就行了。在1918年，他的确重新处理了这个主题，不过他并不像当年在他看来"还在吃奶"的新诗人那样，有什么话，就说什么话，话怎么说，就怎么说。他把这个自杀死亡的主题推向假定的想象境界。这首诗叫作《死的诱惑》，收在后来出版的《女神》里："我有一把小刀／倚在窗边向我笑。／她向我笑道：／沫若，你别用心焦！／快来亲我的嘴儿，／我好替你除却许多烦恼。"这无疑是真诚的，自然流露的，至少是在想象上，把死亡变成亲嘴，是出格的。但这在艺术上仍然不见有多出色，情感倒反不如古体的深沉了。直到五四运动发生了以后，郭沫若觉得旧的祖国和旧的自我，

---

① 田寿昌、宗白华、郭沫若：《三叶集》，上海亚东图书馆，1920年版，第9页。

② 同上，第10页。

一起被赵家楼上那场大火烧毁灭了，新的祖国和新的自我同时诞生了。1921 年 1 月 18 日，他在给宗白华的信中，这种情绪涌现了出来："我现在很想如 phoenix 一样，采些香木，把我现有的形骸毁了去，唱着哀哀切切的挽歌把它烧毁了去，从那冷了的灰里再生一个'我'来！可是我怕终竟是个幻想罢了。"① 过了两天，郭沫若就写成了作为五四时期狂飙突进的时代精神象征的《凤凰涅槃》。诗人的想象经历漫长的岁月才从现实的真中解放出来，进入了一个完全假定的艺术境界，古埃及的神话和中国传统的形象，结合起来，构成一个在烈火中翱翔的、永生的凤凰的形象。现实的、粗糙的"寻死"，原生的悲观情绪，进入了一种想象的神话的虚幻境界，发生了性质的变异。在这个想象的境界中，不但形象，而且逻辑也发生了超越现实的变异。自觉的毁灭旧我，导致了新我的永恒的复活。五言古诗中寻死的痛苦（在"自由与责任之间"的痛苦）到了《死的诱惑》中，变成了欢乐。而在凤凰的形象中，变成了从痛苦到欢乐的转化。自觉地毁灭了旧我，与毁灭旧世界统一了起来，痛苦地否定了旧的自我、旧的现实，转化为新的自我、新的现实和谐结合；从而产生了永恒的欢乐，达到了现实与自我矛盾的永恒的统一。这不但是想象的解放，而且是思想的解放，情感的浪漫飞越，是浪漫艺术的胜利。

要完成这样的升华，光靠郭沫若一个人从零开始是不可想象的。才二十多岁的郭沫若，除了他个人的才华以外，还由于他师承了西方浪漫主义的创作方法，特别是它的激情和超越性想象。这是因为艺术的情感，是审美的情感，不是一般初始真实的情感，而是一种

---

① 田寿昌、宗白华、郭沫若：《三叶集》，上海亚东图书馆，1920 年版，第 11页。

假定的、想象的情感。并不是一切情感都具有审美的价值，就是具有审美性的情感，也不能赤裸裸地化为诗歌形象，它还要受到艺术形式和流派的想象的规范，而任何规范，都是要经过长期的积累的。形式和流派的稳定性和情感的变动性，形式的限制和自由的突破，矛盾是永恒的。① 要有表达情感的自由，就要忍受形式和流派规范的约束，也就不能不经历从模仿到师承到脱胎换骨的创造的过程。

正是在这个意义上，今天来看杜衡为戴望舒的《望舒草》所作的"序"中的一段话，才感到特别有启发性：

人往往会走着两条绝对背驰的道路的：一方面正努力从旧的圈套脱逃出来，而一方面又拼命把自己挤进新的圈套，原因是没有发现那新的东西也是一个圈套。②

艺术创作是一种精神的攀登和建构，同时又是假定的、想象的艺术的积累。每一次攀登的胜利都是不可重复的，但是形式却是不断重复的，流派也是相对连续积淀的。审美创造的历险的经验就积淀在形式和流派中，形成了上升的轨迹，同时又是某种规范和难度。每一种规范都是公用的，对于诗人来说，都是异己的，但是，每一种形式和流派又是诗人精神和艺术升华的阶梯。五四时期，打破了一切的台阶，完全从零开始，其结果是艺术落了空。

正是因为这样，胡先骕认为整个《尝试集》的意义是"负面的"——显示其"此路不通"。但是，"终有它路可通之一日"。犹如陈胜吴广作乱，得成功者乃汉高祖也。③

---

① 参阅孙绍振：《论变异》，花城出版社，1987 年版，第 225—228 页。

② 苏汶：《〈望舒草〉序》，王永生主编：《中国现代文论选》第一册，贵州人民出版社，1982 年版，第 141 页。

③ 胡先骕：《评尝试集》，郑振铎编选：《中国新文学大系——文学论争集》，上海良友图书印刷公司，1935 年印行，第 295 页。

　　逆耳之言，不幸而被言中。不是胡适们，而是后来者郭沫若成了气候。到了 1926 年，穆木天在《谈诗》中则干脆认为："中国的新诗的运动，胡适是最大的罪人。"胡适说作诗须得如作文，那是他的大错，所以他的影响给中国造成一种 prose in verse 一派的东西。他的韵文的思想穿上了韵文的衣裳。结果产出了如"红的花／黄的花／多么好看呀／"一类不伦不类的东西。①

　　除了原始艺术，任何大艺术家都不可能没有形式和流派的师承。胡适把师承和模仿混为一谈，只吓住了他身边的几个小青年，但艺术的规律却比他的个人的权威要强有力得多。胡适说他不模仿古人，郭沫若却公然宣言，他就是从师承海涅、歌德，尤其是惠特曼起家的。后来他在《我作诗的经过》中还记述了他在少年时代从英文读本上，看到一首讲箭与歌的关系的诗时，居然觉得"第一次才和诗见了面一样"。这首诗应该是郎费罗的《箭与歌》，是一首比较通俗的诗，翻译如下："我把一支箭射向苍穹，／它落向何方，我不知影踪；／它飞得这么地迅速，／目光怎么也不能把它追踪。／／我把一支歌唱向太空，／它落向何方，我不知影踪；／谁的目光能如此迅猛，／能追上歌声飞驰如风？／／很久以后，在一棵橡树上，／我找到了那支箭依然完好；／还有那支歌，我也重新找到，／它完整地保存在我朋友的心中。／"引起郭沫若惊异的自然不是思想，而是它的艺术的、想象的逻辑。这种珍惜友情的主题在我国古典诗歌中比比皆是，但它不像我国古典诗歌着眼现实场景的渲染，而是虚拟的想象。在这里不但箭与歌本身是虚拟的，而且二者的类比和因果的关系也是超现实的。它的情感与思想的光华不是直接倾诉出来的，而是通过

---

　　① 穆木天：《谈诗——寄郭沫若的一封信》，王永生主编：《中国现代文论选》第一册，贵州人民出版社，1982 年版，第 81 页。

箭与歌之间消失和复得的想象逻辑在假定的因果中显示出来的。这种想象的逻辑因果有着西方诗歌特有的类比推理的特点。这种逻辑的假定而又严密的推导,是中国古典诗歌所缺乏的。正是这种西方诗歌想象的情感思维方式,帮助郭沫若从中国古典诗歌想象天地中走了出来,开辟自己的世界。在郭沫若踏进这个大门以后,跟上来了一系列诗人,闻一多、汪静之、徐志摩、冯至等等,终于建构新诗自己的想象的浪漫的境界。在中国新诗史的艺术上作出贡献的,不管是多么杰出的诗人,其成功都与其在师承中创造有密切的关系。就是闻一多,也不例外。

这里有一个也许是比较有趣的例子。曾经任教于加州大学洛杉矶分校的华裔许建煜教授在他的《Twenty Century Chinese Poetry》中,称誉闻先生的精神和艺术的时候,也顺便指出了《洗衣歌》是对英国诗人 Thomas Hood《衬衣歌》的模仿。他的具体措词是这样的:"Wen, the patriot was pushed further in dislike of the United States when he visited American China Towns and felt the stings of racial discrimination. He recorded his reaction in his famed ʿLaundry Songʹ, an imitation of Thomas Hood."① 他说得很肯定很绝对,是对托玛斯·虎特的模仿(imitation),查阅了托玛斯·虎特的诗集,只有《衬衣歌》比较相像,今天,客观地看来,说"模仿"似乎太重了。虎特的原文第一、二节是这样的:

    A woman sat in unwomanly rage,

---

① 许建煜:《Twenty Century Chinese Poetry》,第 48 页。非常遗憾的是,我在美国时只重印了这本书的有关部分,没有复印版权页,因而,不能提供关于该书更详细的情况。

Plying her needle and thread,

Stitch! Stitch! Stitch!

In poverty, hunger, and dirt,

She sang the "Song of the Shirt"

Work! Work! Work!

While the cock is crowing aloof!

And work！work！work,

Till the stars shine through the roof!

It's O! To be a slave

Along with the barbarous Turk,

Where woman has never a soul to save,

If this is Christian work! ……

　　《衬衣歌》和闻一多的《洗衣歌》虽然有很多不同之处，但是不可否认的是，二者不但在立意上，而且在节奏上、章法上有相近之处，尤其是"一件，两件，三件"，"交给我洗，交给我洗"，"替他们洗，替他们洗"的复沓，和 Thomas Hood 的"stitch! stitch! stitch!"和"work! work! work!"多次复沓，有明显的师承关系。这位虎特生于 1775 年，相当于清朝中叶的人物，大概也可以说是古人了吧。闻一多在章法、节奏，甚至主题上追随了他，但是，正如胡先骕所说，这是一种"脱胎"，在模仿中创造。不是"语语都无我在"，而是"语语须有个我在"。闻氏采用了虎特式的章法结构显示了新诗的一种进步，五四新诗初期句法和章法杂乱无章的状况已经得到了改进。

　　对于抒情的隔膜，是因为胡适师承的是美国的一个诗歌流派。在他写《文学改良刍议》和《谈新诗》的时候，美国诗坛，正是这个反浪漫反抒情的流派，占了绝对上风的时候。他的八不主义，就是这个流派的影响下的产物。这一点，朱自清在《新文学大系——诗集》导言中就引用梁实秋的说法："美国印象主义者六戒条里也有不用典、不用陈腐的套语。"这个印象主义，后来被译为"意象主义"，他们的六个戒条的大意是：第一，运用日常的口头的白话（这就意味着不用古典诗人的套话和典故）。第二，形式上采用自由诗，不模仿老节奏，因为老节奏只是老情绪的回响。第三，题材上绝对自由。第四，这是最为重要的，呈现意象，所以才叫"意象主义"，精确地呈现个别，而不是一般情景。第五和第六都反复强调的要清晰和精炼，实际上是反对滥情的无谓的夸张的意思。①

　　"印象主义"或者"意象主义"流派的核心理念是："意象"直接的呈现，而不是抒情，这就使得胡适对于抒情，尤其是浪漫的抒情有某种避之犹恐不及之势。胡适的这个穴位，在新诗阵营中，被忽略了。但是却被他的论敌胡先骕感觉到了。他在《评尝试集》中说，"后期的浪漫主义"堕落了，从放纵人性到放任诗歌形式自流，"尚感情而轻智慧"，反理性，没有了高尚理想，但求官觉上的美感，除与肉体有密切关系者外，初无精神上之独立之美感。这样的浪漫主义"在欧美则有印象主义派（imagist）……在中国则与胡君《尝试集》中《蔚蓝的天上》一类之诗。"胡先骕的目光不无深邃之处，但是，他也犯了一系列的错误，首先他弄错一个非常基本的问题，他把他所谓的印象主义，也当成了浪漫主义，以至于把桑德堡的作品《芝加哥》和胡适的《威权》《你莫忘记》和陈独秀的诗作一起

---

　　① 朱自清：《导言》，朱自清编选：《中国新文学大系——诗集》，上海良友图书印刷公司，1935年印行；《意象主义诗人（1915）》序，彼德·琼斯编：《意象派诗选》，裘小龙译，漓江出版社，1986年版，第158—159页。

当成了浪漫派的诗歌。他无疑是把浪漫主义扩大化了，把他所谓的"印象主义"也当成了浪漫主义的一个部分。幸亏他注明了"印象主义派"，是英语 imagist①，也就是意象主义（者）。

"意象主义"并不是浪漫主义，而是对后浪漫主义的滥情反抗的流派。朱自清所说的"印象主义"，胡适《谈新诗》中所说的"影像"，都是从这个英文字来的，现在把它翻译成"意象主义者。胡先骕在具体分析时，指的也是洛威尔、D. H. 劳伦斯，这些都是意象派的干将。

意象主义承象征派的余绪，对于后浪漫主义的滥情抗流而起。从 1911 年开始酝酿，到 1914 年出版《意象主义者》，算是正式宣告成立，1917 年达到高潮。他们对于西方浪漫派的艺术直接抒情的传统，感到十分厌倦。这种传统，不但容易流于滥情，而且容易流于概念。西方诗歌在文艺复兴时期，就经历了一次对于死去的语言拉丁文的反叛，建立了所谓的国语文学。在议会政治的辩论风气中，在印刷术大为发达的基础上，走向成熟。它的格律不像中国古典诗歌那样，回避诗句之间的逻辑关系，不省略对于逻辑推理不可缺少的介词和复合句连接虚词。为了保证逻辑关系和语法关系的明确性不导致格律的破坏，为了迁就诗行音步的统一，它不惜"跨行"，打破诗行在意义上的连贯性和复合乃至冗长的句子。这就保证了它有足够的大发议论的手段，它的主要方法，不是中国诗歌的形象并列和呈现的方式，而是直接抒发的方式。英国浪漫主义诗人华兹华斯甚至认为，在一切文章中，诗是最有哲学意味的，这和我国严羽的"诗有别趣，非关理也"可以说针锋相对。这样的传统，使得他们的

---

① 胡先骕：《评尝试集》，郑振铎编选：《新文学大系——文学论争集》，第 289 页。

诗歌有比较大的思想容量，但也使得他们的大量的诗中抽象理念泛滥。拜伦的诗甚至被歌德认为是"被扣压的议会发言稿"。到了后浪漫主义时期，诗歌变成情感的喷射，已经成了通病。意象派就是力求避免西方诗歌艺术所擅长的直接抒情，反对其"抽象"的倾向。他们从中国和日本的诗歌中得到启发，不是以逻辑化的语言来抒情，而是以可感的"意象"来呈现。意象派最大的诗人庞德把美国诗坛上后浪漫的潮流，称之为"第三流的济慈、华兹华斯的笔墨"，"第四流的伊丽莎白式的——空洞音调"。这种音调的要害就是"伤感"，也就是 sentimentalism。这个词在早期还没有带上贬义，后来，就有点煞风景了，被翻译成"滥情主义"。正是因为反对滥情，故他们坚持"精确地呈现"。"反对那些难以胜数、乱七八糟的忙于沉闷和冗长感情泛滥的诗人"，反对"冗词赘语"，庞德给意象下的定义是"在一刹那的时间里表现出一个理智和情绪复合物的东西"。复合物这个词在英语里是 complex，有些人不赞成这样翻译，而翻译成带上弗洛伊德心理学意义的"情结"，也不无道理。他们感到汉语诗歌中意象特别丰富，很符合他们直接呈现的理想。庞德和洛威尔虽然都不懂汉语，但是这并不妨碍他们以林琴南式的方式非常庄严地翻译汉语诗歌。庞德的诗集还把汉字印刷在诗章之中。他们的兴奋，比之郭沫若看到郎费罗的诗的兴奋有过之而无不及。唐人杜审言的一联并不特别出色的诗"云霞出海曙，梅柳渡江春"被他们翻译成：

> 云和霞
>
> 向大海
>
> ——黎明
>
> 梅和柳
>
> 渡过江

——春

这符合了他们纯用意象并列的方法传达情绪和思绪交融的"情结"的追求。正是出于对意象的重视和主观感情直接流泻的拒绝，他们的代表人物庞德把中国古典诗特有的方法，叫作意象叠加的方法，也创作了许多意象叠加的诗。最著名的有《地铁车站》：

The apparition of these faces in the crowd;

Petals on a wet, black bough.

人群中这些脸庞的隐现

湿漉漉、黑黝黝的树枝上的花瓣。

这被认为是一首"伟大的诗"，从原来的 30 行，最后改成这么两行。伟大就伟大在脸庞和花瓣的意象是叠加的。评论家们说，如果像西方诗歌所常见的那样，当中加上一个动词或者介词，"像……花瓣"，就变成抒情了，主观色彩就太浓了，浮夸了，就不客观了，就变成陈词滥调了。虽然，这在中国古典诗歌中，是常用手法，如"古道、西风、瘦马"，"鸡声、茅店、月"之类，不过是小儿科的玩意，但是，庞德因此被艾略特称为"我们时代的中国诗的发明者"[1]，被尊奉为美国 20 世纪伟大诗人。

胡适 1917 年写《文学改良刍议》的时候，正是意象主义意象的直接呈现，抒情成为大忌的诗潮在美国风行的时期，胡适在这时，把抒情视为畏途并不奇怪。意象主义者的追求是相当极端的，连他

---

[1]　彼德·琼斯编：《意象派诗选》，裘小龙译，漓江出版社，1986 年版，第 89 页。

们的前驱象征主义也在反对之列，因为象征主义把意象的意义固定了。例如"十字架"固定为"苦难"，这就变成典故了，胡适之所以反对用典故的原因也就在这里。①

这就产生了一种中国新诗史的奇观。一方面是西方诗歌在危机中向中国诗歌寻求出路；而另一方面，中国诗歌又从向中国诗歌寻求出路的西方诗歌寻求出路。奇怪的是这二者并没有会合，相反，却背道而驰了。从世界诗歌发展过程来说，这是一种历史的错位，其中包含着某种曲折和倒退。从理论上讲，胡适是更为前卫的，他所接受的是20世纪诗歌的最新的诗歌潮流，而郭沫若师承的却是上个世纪像惠特曼那样的后浪漫主义，在西方人看来是落伍了的流派。历史没有给中国提供一条跨越西方浪漫主义直接到达现代派的捷径，好像故意和中国的新诗开了一个玩笑。中国新诗选择了当时在世界诗歌上，已经相当落伍了的浪漫主义诗歌的激情和想象，而没有接受和中国传统诗歌血脉相连的意象派。

这实在是一种意味深长的历史现象。是中国的个性解放还没有达到情感无限宣泄的阶段，因而也就无法想象情感泛滥后果，还是诗歌艺术必须要经过浪漫的抒情到滥情的程度才可能产生节制感情

---

① 胡适受到意象派的影响可以从他的日记中得到确证。胡适日记载"《印象派诗人》（按：英语 imagism，今译为意象派）六原则"：1. 用最普通的词，但必须是最确切的词；不用近乎确切的词，也不用纯粹修饰性的词。2. 创造新韵律，并将其作为新的表达方式，不照搬（第521页）旧韵律，因为那只是旧模式的反映。我们不坚执"自由体"为诗歌写作的唯一方法，我们之所以力倡它，是因为它代表了自由的原则。我们相信诗人的个性在自由体诗中比在传统格律诗中得到了更好的表达。就诗歌而言，一种新的节奏就意味着一种新的思想。3. 允许绝对自由地选择诗的主题。4. 给出一种印象（因其得名"印象派"）。我们不是画家，但我们相信诗应表现出准确的个性，而非模糊的共性，不管其用词是多么华丽，声音是多么响亮。5. 创作出确切、明朗、具体的而不是模糊和不明朗的东西。6. 最后，我们大多数人都认为浓缩是诗的核心。（《胡适日记全编2》（1915—1917），曹伯言整理，安徽教育出版社，2001年版，第522页。）

的象征派、意象派和现代派的温床？

这种和世界诗歌发展宿命式的错位，就注定了百年中国新诗的历史将是一个比之世界诗史更为曲折，更为痛苦，结合着流派的超前和滞后的历史。

四

浪漫主义诗歌在中国新诗中取得统治地位，不像在欧洲那样，经过和古典主义的艰难搏斗，而是几乎没有遭到什么抵抗就占领了全国几乎所有的阵地。不管是革命派的诗人还是自由主义诗人不约而同地采取了浪漫主义的方法，把生命投入艺术的探险，谁也没有担忧它是否会成为短命的无花果，也没有人预见到进入这个境界，会不会有朝一日，和西方象征主义者和意象主义者那样感到窒息。

不管怎样，中国新诗的浪漫主义总是汹涌澎湃了起来。在想象、激情，还有灵感三大旗帜下，浪漫主义诗人的大军声势浩大地席卷了整个中国诗坛。

郭沫若所开辟的超越现实的想象的境界，这不但是胡适以外的世界，就连鲁迅、周作人也不可能进入。在 1920 年底至 1921 年，正是他创作的高潮期。把强烈的感情发展到极端正是一切浪漫主义者的特点，只有在极点上，想象才能达到充分的自由，"自由创造，自由地表现自己。"在《湘累》那样的情感极端的想象世界里，时而自称"是一个疯子"，以疯为苦，以疯为乐，为疯而笑时而又以泪为乐，以泪为美，日后甚至写出为人诟病的"泪浪滔滔"。他一时称地球为母亲，一时称农民为父亲，要舐干净他的脚跟，他这样的"自然流露"，可真是有点像《雪朝》诗人那样"率真"，那样任性了，但是，他比他们只多了一点，那就是大幅度超越现实的艺术的想象和假定。就是在这样的境界中，郭沫若为新诗奉献了自己的话语，在《炉中煤》中，竟然用煤来形容自己。从传统形象体系来说，煤是丑的，然而，在郭沫若取其热情燃烧的意蕴，而化为想象的意象。太阳神亚坡罗转化到现代物质文明的摩托车上去。日出，不再作为君王的形象，而是作为光明的象征，用雄光把黑驱除干净的意象，意味着精神的光彩。在《笔立山头展望》中把大都会的景象当作"自然与人生的交响曲"，"自然与人生的婚礼"，把海湾当作小爱神的弓，人的生命就是箭，在海上放射。把烟囱里的烟比作黑色的牡丹，而且还说是20世纪的名花。在《雪朝》中，则有"我的全身好像化作光明流去"。《夜步十里松原》中的松树"一枝枝的手儿在空中战栗，我的一枝枝神经纤维在身中战栗"（这两句，在50年代曾经得到何其芳的欣赏）。他不仅表现了浪漫主义者的豪迈气魄和五四时期为人称道的"暴躁凌厉"和温情婉约双重气质，而且更重要的是，他为中国诗歌艺术从古典转向现代作出决定性的冲击。从他开始，中国新诗就从日常话语的粗糙毛坯进入了艺术的想象境界。正是在这一点上，他不愧是现代情感和现代艺术话语的拓荒者，开一代话语之风的大诗人。

当然他所创造的现代诗艺的话语毕竟是初期的，他时常不能抑制激情，把粗暴的喊叫和激情的抒发混为一谈。当这一点放任到极端的时候，就不能不和西方的浪漫主义者一样，把情感和概念混淆了。以至于在他的名气如日中天的时候，他的诗作，却充满了概念化的喧嚣。《我是个偶像崇拜者》《晨安》排比单调到令人厌倦的程度，《天狗》中的"我食我的皮，我吃我的肉"，毫无控制，情感显然带着原生的粗糙。《巨炮之教训》中，"为自由而战哟，为人道而战哟，为正义而战哟"，《匪徒颂》中的喊叫"万岁！万岁！万岁！"完全是口号。对于这一点，他在很长一个时期没有警惕，后来他就干脆宣布自己不要做什么诗人，而宁愿做一个标语人、口号人了。①

　　他的"自然流露"，来自英国浪漫主义诗人华兹华斯在《抒情歌谣集·序言》中所说的"一切的好诗都是强烈的情感的自然流露"。但是，郭沫若把它简单化了。自然流露中的自然（spontaneous），原文有点自发的意味。郭沫若接受了情感的自发倾泻，忽略了华兹华斯还强调了强烈的情感不仅是从宁静中聚集（凝神）的（it takes its origin from emotion recollected in tranquility），而且是在"审思"（contemplation）中产生，又是在"审思"中消退（disappears）下去的。华兹华斯还有一个很重要的补充：好诗应该是"ingoodsense"，用曹葆华的译法就是"合情合理"的。更准确的说法是，有良好的、不是表面的感受力的，有着西方人的情理交融的意味。郭沫若恰恰忽略了这一点，片面地接受了浪漫派的激情、想象、灵感，让情感一味地放纵，模仿歌德，自炫其写诗就像打疟疾，手都激动得发抖，连纸都不及摆正。缺乏审思的功夫，想象未经过凝神的、高度的提炼，感情也就没有深度。他的暴躁凌厉，难免粗制滥造，也就给滥情打开了潘多拉的盒子，成为日后挥之不去的顽症。

　　幸而郭沫若不过是一个开拓者，他的不足自有追随者来弥补。

　　在浪漫主义诗潮取得胜利之后，爱情主题是新诗中的一个热门，但是，叶绍钧、王统照、田汉、俞平伯、郑振铎、徐玉诺乃至朱自清、冰心，并没有留下特别经得起历史考验的艺术杰作。首先，他们的诗，包括爱情诗都缺乏华兹华斯所说的"强烈"和"想象"；其次，缺乏西方浪漫主义诗人的审思；第三，完全不讲究构思和章

---

　　① 郭沫若：《我作诗的经过》，原载《沫若文集》第 11 卷，人民文学出版社。该文为许多当代诗论所选。参阅王钟陵主编：《二十世纪中国文学史文论精华——新诗卷》，河北教育出版社，2000 年版，第 156 页。

法。值得一提的倒是湖畔诗人汪静之，他的情感有强度，有叛逆性。他在爱情逻辑的提纯方面，想象的统一和和谐上有进展，他以单纯的章法，层层递增感情强度。在《定情花》中，把爱人的目光想象成花，而把自己的心灵当作花园。而爱人的眼，仅仅是一看，自我的心灵就获得了自由，既可以引向伊甸园，也可以导致沉入忧愁之海。在章法的模进上，比之汪静之更为出色的当然是冯至，他的一些诗章难能可贵的在意象的单纯和简洁。不追求表面的激发，而是内心的自审和深沉，他有一种内在的强度。《我是一条小河》无疑是这个时期爱情诗的精品。这得力于西方诗歌意象凝聚和情感逻辑的推演的程序。他还能以叙事的形式，以从容的节奏，表现缠绵的爱情的悲剧。《蚕马》以求爱的独白为背影，突出一个民间故事式的马寻女郎父亲归来的故事，最后，马爱而无望，为归来的父亲所杀，马革贴在墙上，在大地震时刻，马革紧裹女郎化为蚕茧。

这里结合着双重悲剧，现实和超现实的神秘，其结构的精致和意蕴的丰富，无疑是这个时期爱情诗的第一杰作。把情感的强烈变为深沉的宁静，在这一点上，初期乃至日后的许多爱情诗人，几乎无人能望其项背。虽然鲁迅称赞冯至的话，反复地被引用。但是，对于冯至的新诗文本，却很少有研究者作细致的分析。这种情况到了文化批评盛行的时候，就更为严重了：一方面盲目地崇奉鲁迅的论断，一方面又并没有感觉到冯至真正超越时代的艺术贡献。

对早期新诗感情的强化和深化，章法的结构尝试方面作出贡献的还有朱湘、刘梦苇、朱大枬。一直被新诗史忽视了的穆木天，在爱情诗方面也有一定深度。他的《水声》和《落花》在艺术上比之早期的湖畔诗人要深沉得多，和郭沫若、闻一多、徐志摩可以说是息息相通，但是郭、闻、徐都以激情和热情取胜，而穆木天则是一味温情甚至悲情，在情感细腻和意象的暗淡方面更接近朱湘、朱大枘。穆木天的《献诗》和《苍白的钟声》都表明，新诗话语的创造，渐渐从字句发展到章法上去。这是一个进步，意象集中了，以想象的逻辑在层次井然的章法中有序地把意蕴衍生出来。在这方面，值得一提的，还有一个不太出名的徐雉，如今我们来看他所写的爱情诗，构思的精巧，章法的有序，意象的集中，语言的精炼都是难能可贵的。很奇怪的是，这个诗人直到1982年才被重视，人民文学出版社为他出版了小说和诗歌的集子。至今不如徐玉诺、俞平伯知名，这是很不公平的。郭沫若的《瓶》和刘梦苇的《君山》，把浪漫激情极端化推向了顶峰，但也可以说是强弩之末。一味强化、极化，难免单调。浪漫主义到了徐志摩，才变得丰富起来。该强烈的时候强烈，该潇洒的时候潇洒，该暗淡的时候暗淡，但是浪漫主义由于其根本特点，就是将情感及其效果极端化，因而难免引发滥情的潮流，爱啊，死啊，成为流行的套话。在严肃的作家看来，这就未免有点病态了。鲁迅为此还特地写了打油诗《我的失恋》：

> 我的所爱在山腰；/想去寻她山太高，/低头无法泪沾袍。/爱人赠我百蝶巾；/回她什么：猫头鹰。/从此翻脸不认我，/不知何故兮使我惊心。

对浪漫主义诗歌滥情的倾向的批评是很警策的，浪漫主义作为一种创作方法，把感情强化、极化，造成矫情是从娘胎里带来的。这在爱情诗上表现得最为明显。

中国新诗以反抗虚假而获得生命，最后却为滥情、矫情所困，象征主义、意象派、现代主义创作方法之所以前赴后继，就是因为浪漫主义的情感强烈的无限制性，损害了自己的生命。

五

徐志摩在两点上和郭沫若有相同之处：其一，是气质，都有狂热的一面①；其二，他们都以浪漫主义的想象和灵感为务。早在1921年，徐志摩在《草上的露珠儿》中就讲到诗的洪炉是"印曼桀乃欣"（imagination），诗的火焰是"烟士披里纯"（inspiration），二者"炼制着诗化、美化灿烂的鸿钧"。在1922年前后，他也有过"像是山洪暴发"的诗情，表现了"情感无关拦的泛滥"。他的《泰山日出》只有郭沫若的《太阳礼赞》可以比美。但是，徐志摩与郭沫若也有明显的不同之处，除了思想和政治立场以外，主要的是，他还有温文尔雅、潇洒自如、飘逸自得的，被茅盾称之为"布尔乔亚"的性质。在茅盾的印象中，他的诗是"淡极了的内容"，"轻烟似的微哀。"② 郭沫若说自己冲淡的一面被人们忽略了，这是因为他的诗歌一冲淡就缺乏质量。

徐志摩不但善于强化激情，而且也善于冲淡，善于飘逸、潇洒。在语言上他可能算不上一个天才。他不像郭沫若、戴望舒、冯至他们一开始就达到艺术上的高潮。对于他来说，要找到激情的表现形式是不难的，现成的话语比比皆是。可是要找到自己飘逸的一面，就要有一点耐心了。因为潇洒飘逸，不以强烈为特点的感情，很难以孤立的字句取胜；关键在于整体的和谐和统一，这时章法就比句法更重要了。好在他孜孜不倦，在意象的凝练上，想象的和谐上，

---

① 茅盾：《徐志摩论》，王永生主编：《中国现代文论选》第一册，贵州人民出版社，1982年版，第124页。

② 同上，第124页。

节奏的驾驭上，章法的统一和变化上，排除浮躁，不断磨炼。1921年他离英前夕写《康桥再会吧》，其冗长罗列与流水账般的铺排，与五四初期的新诗人一样盲目。经过从1922年到1924年的磨炼，他在语言上，变得精练了，章法上的对比和模进，为语境留下更多的空间，他创造了另一种风格。相比起来，他的优雅的潇洒，不凭郭沫若式的自然流泻，只能以构思上的完整、和谐、统一和有机取胜。这就要有中国古典诗话中说的"精思"，也就是华兹华斯所说的"凝聚"的"沉思"，而凝思，则以集中，一点切入，在递进中深化，这样章法就显得重要了。这时来看早期的《康桥再会吧》在艺术上就不能不显得杂乱无章。1925年的《志摩的诗》，还收录了《康桥再会吧》，到了1928年再版时就删去了。这一年他又重新写作了《再别康桥》。和1921年的《康桥再会吧》相比，《再别康桥》减少了差不多五分之四的篇幅，从客观的描述，变成主体的想象。以大发议论为特长的浪漫主义的诗人，居然学会了"沉默"（英译者把它译成"reticentsilence"）。他显然已经从新诗的狂暴中解放出来，抑制了夸张，不以滔滔不绝为能事，而以情绪的单纯、意象的集中和构思的完整为目标。全诗强调情境的"轻轻"和"悄悄"，不但没有语言，连动作（挥一挥衣袖）似乎也不带强烈的情感，却把当年用强化和渲染还表现不完的深厚的感情表现出来了。这得力于他关键的意象在前后章节中的呼应，形成一种和谐的结构。正是章法的有机，使得这个浪漫主义诗人把"沉默"的意蕴留在语言结构的空白中，比字句上直接流泻出来，深沉丰富多了。这对于当时风行一时的滥情话语泛滥来说，无疑是一个惊异。1925年版本的《志摩的诗》中有《沙杨那拉十八首》，到了1928年新月书店重印时，他果断地删去了前面十七首，剩下最后一首，和《再别康桥》一起以其结构的完整，情绪的蕴藉成了现代新诗的经典之作。中国的浪漫主义诗人，在徐志摩的诗中，第一次表现出一种潇洒优雅的姿态，以凝聚的精思和有机的章法，以内在的和谐取胜的艺术。中国浪漫主义诗歌终于突破了郭沫若的历史水平线。

浪漫主义的自然流泻和直接抒情，总是难以和过分的铺张划清界限，一不留神就在语言上挥霍起来。徐志摩成熟期的作品，还是免不了冗长之作。这一点上，闻一多比较好一点。

六

闻一多、徐志摩都写过《祈祷》，都是浪漫的，但是徐的祈祷是个人爱情的，而闻是民族的。闻一多对中国浪漫新诗的贡献主要是他对话语民族化追求，这也是对徐志摩的补充。他的追求不是一般的民族特点，而是民族的文化特点，尤其是古典文化的精神。正是在将传统诗歌的话语向现代转化这一点上，闻一多为中国新诗的现代话语开拓了新疆域。从一开始，他就和胡适的"不用典故"唱对台戏，他拿定主意，让传统意象和典故在现代新诗中复活。《红烛》就是"蜡炬成灰泪始干"的现代阐释；而《李白之死》中的龙烛、月亮、广寒宫、女娲、玉盘、丹心，使得水中捉月故事的现代阐释，笼罩上传统的、古典的氛围。在他以后的诗中，不断出现贡臣、香篆、孤雁、太阴、金乌、宫柳、菊花、红豆、春蚕、游子、罡风、六龙骖驾等等，有时还和西方浪漫主义常用的玫瑰、西风、巴黎圣母院、波希米亚结合在一起。有时，还把中国传统的意象和西方的意象作偏爱性的比较，在《忆菊》中他从菊花中挖掘出民族文化的深层意蕴："啊！自然美底总收成啊！/我们祖国之秋底杰作啊！/啊！东方底花，骚人逸士底花呀！/那东方底诗魂陶元亮/不是你灵魂底化身罢？/……/你不像这里的热欲的蔷薇，/那微贱的紫罗兰更比不上你。/"后来他在和徐志摩同题的《祈祷》中更是成功地对传统诗性话语实行了现代诗性话语的转化：

> 请告诉我谁是中国人，/启示我，如何把这记忆抱紧；/请告诉我这民族的伟大，/轻轻地告诉我，不要喧哗！/……/告诉我那智慧来得神奇，/说是河马献来的瑰礼；/还告诉我这歌声的节奏，/原是九苞凤凰的底传授。/谁告诉我戈壁的沉默，/和五凤岳的庄严？又告诉我/泰山的石霤还滴着忍耐，/大江黄河又流着和谐？/再告诉我，那一滴清泪/是孔子吊唁死麟的伤悲？/那狂笑也得告诉我才好，——/ 庄周、淳于髡、东方朔的笑。

纷至沓来的传统典故，和错错落落的西方祈求句式，结合成一种新异的情境。为胡适宣判已经死去了的文字在闻一多笔下复活了，古典意蕴为现代新诗开拓了崭新的精神和话语的空间。当然，这仅仅是闻一多的一个侧面，与之相反，则完全是老百姓的日常口语。五四初期的白话新诗人，虽然在这方面下的功夫很多，但是在艺术上收效甚微。也许朱自清的《小舱中的现代》是一个不可重复的例外。但是，作为诗，还远远谈不上精致。闻一多，还有徐志摩，在这个基础上继续探索。他们不是自我表现，而是以虚拟的下层人物的口气寻求口头语言的节奏和情调的诗化。浪漫诗人长期稳定的自我未免造成单调，他们借用西方诗歌中的"戏剧性独白"，每一首都改换一个主人公的身份。徐氏的《大帅》就是以士兵的口气作对话形式展开的。揭露在军阀混战之中，士兵受了伤还没有死，指挥官就命令将其埋葬掉的惨剧。而闻一多的《大鼓师》则拟一个民间艺人的口气，展示人物的经历和命运。在口语方面，徐志摩走得更远，甚至有以一个德国人的口气写西方人对中国人的印象的，完全是谈话记录。《一条金色的光痕》用的就是他家乡浙江硖石的吴语方言。虽然，这在当时并没有引起特别的关注，但是对于从口语转化为诗歌话语的探索来说，这是一个宝藏。当时虽然孤立无援，并不是没有成功的作品，徐氏的《残诗》可以列入经典之作：这首诗，号称《残诗》却很完整，没有统一的意象，却有视点的统一，句法像西方诗歌那样参差，细节也纷繁，但是，故宫的沧桑，和诗人世事变幻的坦然、漠然却是精思的焦点：

> 怨谁？怨谁？这不是青天里打雷？/关着，锁上；赶明儿瓷花砖上堆灰！/别瞧这白石阶儿光滑，赶明儿，唉，/石缝里长草，石板上青青的全是莓！/那廊下的青玉缸里养着鱼，真凤尾，/可还有谁给换水，谁给捞草，谁给喂？/要不了三五天准翻着白肚鼓着眼，/不浮着死，也就让冰分儿压一个扁！/顶可怜是那几个红嘴绿毛的鹦哥，/让娘娘教得顶乖，会跟着洞箫唱歌，/真娇养惯，喂食一迟，就叫人名儿骂，/现在，您叫去，就剩着空院子给您答话！……

要说是自由诗，这才叫真正的自由诗呢！真有大白话味道，这么自然，这么丰富，又这么集中，表面上是客观的叙述，但是荣华的遗迹和无奈的败落有对比，微微的反讽和沧桑感水乳交融。最关键的是语气的丰富，疑问、感叹、假设，再疑问，又感叹。句子长长短短，时而短促，一行停顿多次，时而一口气就是一行，错综的句法安排，西方浪漫主义句法变幻的拿手好戏，全用上了，只剩下西方诗歌中，长句的跨行没有用上了。最后是一个今昔对比：鹦哥的骂声和宁静空院则是中国古典诗歌中物是人非的传统手法。凭空而来，戛然而止，残缺得这样完整，表现出诗人对于语言驾驭的才华，尤其是出于一个南方吴语区长大的诗人之手，可谓难能可贵。

新诗话语创造的成就，不但在广度上，而且在功能的尝试上，实在是非胡适时代可比了。

可惜的是，徐志摩天不假年，闻一多又过早停止了创作，这样的探索并没有引起充分的注意，以致没有能够坚持下去，到了40年代末南方革命诗人又有"方言诗"运动，90年代一些前卫诗人在南方还发起了一种民间口语诗派。

口语的诗意如何富有节奏，至今仍然是个棘手的课题。

早在陆志韦的《渡河》当中就有许多字数比较统一的诗行。以大致统一的诗行组成章节，郭沫若也开始了试验。刘梦苇则把这二者结合起来，写出了他的《宝剑的悲歌》《孤鸿集》。据朱湘说，这触发了闻氏对于诗歌形式的思考。[①] 这是因为对于口语的应用已经取得了这样自由，诗人们控制语言的气魄大起来了。格律诗的课题应运而生。1926年，北京的晨报副刊附属的《诗刊》问世。闻一多、徐志摩、朱湘、刘梦苇、饶孟侃、于赓虞等为主将，提出了为新诗寻求"新格式与新音节"的主张。他们每周有诗会，认真实践。虽然，《诗刊》只出刊了11期，但是在中国新诗历史上留下的影响却是十分重大的，到了50年代何其芳旧梦重温，提出"现代格律诗"的建设，林庚提出"建立典型的诗行"，是理论离开了实践，还是实践也离开了理论，有待研究。但是，五四时期完全彻底地打破形式枷锁的后遗症仍然没有根治，新诗的形式问题始终是苦恼着中国诗人的情结。

---

　　① 参见朱湘：《刘梦苇与新诗形式运动》，王永生主编：《中国现代文论选》第一册，贵州人民出版社，1982年版，第147页。

　　闻一多的野心很大，在《诗的格律》中，不但提倡诗的"音乐的美"，而且还主张"诗的建筑美，诗的绘画美"。他宣布，不讲格律的诗，就是诗的"安拉基主义"。"戴着脚镣跳舞"的理论就这样提出来了，闻氏以他特有的挑战姿态把话说得很绝："越有魄力的作家，越是要戴着脚镣跳舞才跳得痛快，跳得好。只有不会跳舞的才怪脚镣碍事，只有不会作诗的才感觉得格律的束缚。"

　　每当历史前进的时候，为历史前进而作出过贡献的人总要受到后来者的质疑和挑战。

　　郭沫若不是说，诗是写出来的，而不是做出来的吗？不是说，要打破形式的枷锁吗？闻一多则说，诗就是"做"出来的。自然流露的"自我表现"，在格律面前都遭到了嘲笑，被斥之为"伪浪漫派"。① 形式枷锁被打碎了。日子并不十分好过。事情很快走向了反面。打破形式枷锁的一些诗人，却提出了要制造新的枷锁来。

　　诗艺的历史进步为这一切提供了新的基础，口语和书面语句子的长短有致，节奏的舒缓和急促，语气的疑问、感叹、否定、肯定，在一般诗人那里已经驾驭得相当普及了，再没有什么人会像郭沫若那样幼稚，用几十个同样的感叹句式，排列成一首诗，而不感到单调了。有多大的自由，就敢于受多大的限制，方块诗，豆腐干体的实践，正是话语的运用达到某种自由高度的表现。

　　格律诗的鼓动家们认为新诗的缺乏节奏，是由于句法的凌乱不整齐。根据英语诗歌轻重交替的 feet，闻一多提出了"音尺"的观念，有人把它叫作"音步"，反正在英语里是同一个字。这比之五四时期诗人们老是在用韵、音节上纠缠不清，无疑是一个进步。闻氏

---

　　① 闻一多：《诗的格律》，王钟陵主编：《二十世纪中国文学史文论精华——新诗卷》，河北教育出版社，2000 年版，第 100—102 页。

提出，每一行诗如果不能在字数上相等，也应该在音尺（三音或者二音节）上相等。"方块诗""豆腐干体"，不过是它的通俗说法。"三音尺"和"二音尺"，是一种词组（意义）的划分，而不是韵律的划分，距离构成稳定的节奏感可能还有相当的距离。但是，不完善的理论，却催生了经典的杰作《死水》。

这不是闻一多一个人的孤军奋战，把诗写得整齐一点，节奏上讲究一点，是当时共同的倾向。浪漫派的先锋的"形式的绝对自由"在这里受到了嘲弄。这还是比较表面的。更为无情的是，浪漫主义美化、强化、极化的诗学原则遭到了无情的挑战。

七

闻一多作为浪漫主义诗人笔下居然并不浪漫地美化，公然宣称，"这断不是美的所在"。不把美当作追求的目的，相反，却是把丑，把煞风景的死水、破铜烂铁、剩菜残羹、油腻交给恶魔，以极端的丑作为美。无疑有颠覆的性质，简直是美的叛徒。

然而，这不是儿戏，以丑为美的原则，属于另一个流派，象征主义大张旗鼓地进入了浪漫主义的天地。审丑是它很重要的一个基点。审丑是审美的一个崭新的阶段。本来，审美（aesthetic），是感觉和情感的意思，并不一定就是美，是日本人把这翻译成了审美。这造成了理解的方便，但是也带来了狭隘，注定了它迟早要从反面被突破。

中国新诗的浪漫主义的时代和民族的独特性，在这里透露了出来。

中国新诗的浪漫主义是迟到的，当它在中国轰轰烈烈地充当诗坛盟主的时候，在世界诗坛上它已经是落伍了。也正是因为这样，当它如日中天之时，它的掘墓者象征主义者已经出发了。郭沫若在日本写作他的审美的《凤凰涅槃》的时候，李金发在法国也在写他的审丑的象征派诗歌。1923 年 2 月李金发编成了第一个诗集《微雨》（1925 年出版），两个月后又编成《食客与凶年》（1927 年出版），六个月后编成了《为幸福而歌》（1926 年出版）。就新诗第一个十年这一历史阶段来说，中国的浪漫派和象征派恰如军事家所云，是分进合击的。除了李金发，初期的诗人都是浪漫的，越到后来越有一种向象征派跳槽的倾向。王独清，公然从浪漫派转向了象征派，不过是开了一个头，后期创造社诗人穆木天、冯乃超，还有后来成为革命烈士的胡也频，纷纷投入了象征主义的怀抱，后来居上的戴望舒在他的少年之作《旧锦囊》组诗中，几乎全是浪漫的。从这里似乎可以看到，象征主义不但在宏观上，而且在个体的发展上也有一种在浪漫主义发育到成熟、烂熟之后，才应运而生的倾向。

当戴望舒把象征派诗歌带上艺术高潮的时候，浪漫主义如果一味故步自封，就很难应付艺术的挑战了。当然，稳坐诗坛盟主之位的，仍然是浪漫派的几员大将。可就是在闻一多、徐志摩把浪漫派艺术推向高峰的时候，却鬼使神差地向象征派靠拢了。

朱自清在《新文学大系——诗集》导言中转述陈西滢论述徐志摩的话说：“他的情诗，为爱情而咏爱情：不一定是现实生活的表现，只是想象着自己保举自己作情人，和西方诗家一样。”① “保举着自己作情人”意思是在想象中美化和诗化，也就是浪漫化。但是，中国新诗中的浪漫主义，和西方有所不同，当徐志摩和闻一多浪漫得不可开交的时候，他们同时受到不浪漫的象征艺术的熏陶。1924 年，徐志摩在《语丝》第三期上发表波特莱尔《恶之花》中《死

---

① 朱自清：《导言》，朱自清选编：《中国新文学大系——诗集》，上海良友图书印刷公司，1935 年印行，第 7 页。

尸》的翻译：这是一具美女的溃烂的死尸，发出恶腥粘味，苍蝇在
飞舞，蛆虫在蠕动，野狗在等待撕咬烂肉。波特莱尔对他的所爱说，
不管你现在多么纯洁温柔，将来都免不了要变成腐烂的肉体为蛆虫
所吞噬，发出腐臭。在这首译诗前面徐志摩还写了一则前言，认为
这是《恶之花》中"最奇艳的一朵不朽的花"，它不是云雀，而是
寄居在古希腊淫荡的皇后的墓窟里的长着刺的东西。"他又是像赤带
上的一种毒草，长条的叶瓣像鳄鱼的尾巴，大朵的花像满开着的绸
伞，他的臭味是奇毒的，也是奇香的，你便让他醉死了也忘不了他
那异味。十九世纪下半期文学的欧洲全闻着了他的异臭，被他毒死
了的不少，被他毒醉了的更多，现在死去的已经复活，醉昏的已经
醒转，他们不但不怨恨他，并且还来钟爱他。"① 欣赏是创作的前奏，
他和闻一多一样，在创作中，不由自主地揭露着美好情感中，包含
着可怕、丑恶的、令人恶心方面，闻一多连自我形象都不放过。他
在《口供》中，先是把自己的诗人形象作了一番有声有色的美化，
到了最后突然一个反转："可是还有一个我，你怕不怕？——/苍蝇
似的思想，/垃圾堆里爬。"徐志摩的《残春》本来写的是花瓶，插
着桃花。但是，窗外的风雨在报丧，鲜花总是免不了变成了"艳丽
的尸体"。《问谁》，写的是黑夜、鸱鸮，坟墓里的恐怖的爱情。《又
一次试验》中，上帝最后的结论是："哪个安琪儿身上不带蛆！"
《一个噩梦》所写的则是一个背盟的女郎，在逼骨的阴森中举行婚
礼，其新郎竟是一具骷髅。更加明显的是《运命的逻辑》，一个美丽
的女郎，在魔鬼教唆下，使得她的皱纹上涂上了男子的鲜血，最后，

---

① 顾永棣编：《徐志摩诗全编》，浙江文艺出版社，1990 年版，第 441、562 页。

她变得又老又丑，胸前挂着的不是珍珠，而是男子们的骷髅。①

　　这种追求并不是一时的好奇，这是一股潮流，除了早就以象征主义闻名的李金发以外，我们还可以从于赓虞作品看到同样的风格，于赓虞的诗集的名字就叫作《骷髅上蔷薇》，本身就和波特莱尔的《恶之花》的美与丑的交融，遥遥相对，息息相通。以美与丑的张力结构来刺激读者，令人想起早期象征派李金发《有感》中的名句：

　　　　如残叶溅／血在我们／脚上，／生命便是／死神唇边／的笑。

　　可以看出于赓虞和徐志摩、闻一多在艺术上完全是同道。这是想象的解放，也是话语开拓。当浪漫的美化的道路上挤满了太多的诗人，遮蔽了太广阔的空间的时候，超越美化、浪漫化，走向象征，哪怕丑化也好，就有必然性。美化可以成为艺术，为什么丑化就成不了艺术呢？艺术的本性就是与故步自封不相容的。艺术家需要探险的、不怕牺牲的魄力。

　　象征派艺术的影响如此广泛，以致最优秀的浪漫派诗人都情不自禁地作着丑化的尝试，因而他们在最完整的意义上是不够浪漫的，美化自我的心灵并不是他们的唯一准则，常常把丑化当作一种补充。当罗曼蒂克的天真在世界诗坛上已经不是什么可以夸耀的东西，在中国就不能没有任何反响。这就是何其芳后来之所以说"我们已经失去了十九世纪的单纯"的原因。

　　中国现代新诗在其兴盛期，浪漫的不完全性，不仅仅表现在精

------

① 顾永棣编：《徐志摩诗全编》，浙江文艺出版社，1990年版，第239、276、290、157、225页。

神内涵上，而且表现在艺术感觉的拓展上。被鲁迅称为"最好的
抒情诗人"——冯至，其浪漫的一面，《我是一条小河》可以作为
代表；而他更为人称道的《蛇》，写的是不无浪漫的爱情，但是，
所用的感觉，却不是浪漫主义的，相反与象征主义的感觉世界有
着一脉相承的联系。如果不是象征主义强调以外部感觉的新异，
来暗示内在心灵，谁能想象年轻的恋人会把自己的爱情比作不论
是在中国文化传统还是在西方《圣经》传统中都是引起邪恶联想
的"蛇"呢？

> 我的寂寞是一条长蛇，/冰冷地没有语言……/姑娘，你万
> 一梦到它时，/千万啊，莫要悚惧！

把爱的相思想象为蛇，对于读者来说，是一种陌生化的惊异，
但是并不绝对陌生。蛇所引起的联想是寂静、无声、冰冷，甚至恐
惧。欢乐的爱情、热烈的相思，如果是单恋，难道和恐惧、冰冷的
感觉是绝缘的吗？恰恰表现了诗人的爱之切，为没有把握、可能的
失败而感到恐怖，这不时袭来的单恋，并不如一般爱情那样是双方
共享的，因而是秘密的、寂寞的、安静的、冰冷的，害怕引起姑娘
的"悚惧"的。难得的是，感觉是如此奇崛，联想的过渡又如此自
然，蛇所引起冰冷的感觉和单恋的孤独、冷清属于相近的联想。而
下文中，蛇轻轻地从姑娘的梦中衔来绯红的花朵，暗示爱情的热烈
和希望，冰冷转为热烈，之所以不显得突兀，是由于相反联想转化
为自由过渡。这已经不是自然流露，也不是自我表现了，不是直接
抒发，而是把感情隐藏起来。甚至也不单纯通过意象，而是通过想
象，用奇特的陌生、突兀的感觉来象征内在的感情。象征艺术的关
键是调动读者的感觉，然后再引发读者的联想和想象，留给读者自

由的、弹性很大的想象空间。

正是因为这样，它的外部感觉所象征的感情，就不像浪漫派那样强烈，不像华兹华斯所说的那样强烈（powerful），它往往把激情转化为冷峻，急切转化为从容，意识转化为潜意识，感觉转化为潜感觉，常规语义时常被颠覆，浪漫主义的抒情，时而情理交融，时而向非理性过渡。

正是这样艺术感觉的新天地，吸引了厌倦于直接呼喊的浪漫派诗人向它投奔。

相当有趣的是把自己的情感用蛇表现的，并非从冯至始，早在《雪朝》中，就选入了徐玉诺的《跟随者》："烦恼是一条长蛇。／我走路时看见它的尾巴，／割草时看见了它的红色黑斑的腰部，／当我睡觉时看见他的头了。……"应该说，这是很独特的想象，但只是一个很智慧的带着暗喻的意象，和象征派不同的是，它没有象征派"冰冷的、没有语言的"的感觉深厚内涵。不无巧合的是，闻一多也使用蛇的意象来表现他的烦闷。在《晴朝》中，一开头就是这样一个奇崛的句子："一个迟笨的晴朝，／比年还长得多，／像条懒洋洋的冻蛇，／从我的窗前爬过。"受到象征派影响的闻一多，和没有受到象征派艺术感受熏陶的徐玉诺的不同就在于感觉是一般的暗喻，还是情绪的核心和对应物（correlative）。从徐玉诺的《跟随者》到闻一多的《晴朝》，再到冯至的《蛇》，表明了感觉不断增强了情绪整体对应的作用。可以看出，冯至在以感觉超越浪漫方面，在以潜在感觉超越感觉，在从容超越急切，在冷峻超越激情方面，显得鹤立鸡群。怪不得鲁迅要说他是当时最好的抒情诗人了。

中国浪漫主义者，只要在艺术上，不抱残守缺，有所追求，就不可能不对象征派的艺术方法心向往之。冯至、闻一多、徐志摩如此，王独清如此，穆木天、冯乃超、胡也频也是如此，尤其值得一

提的是姚蓬子的《在你面上》，如此写爱情的亲密："在你面上我嗅
到霉叶的气味，/倒塌的瓦棺的泥砖的气味，/死蛇和腐烂的池沼的
气味；/以及雨天的黄昏的气味；/在你腥红的唇儿的每个吻里，/我
尝到威士忌的苦味，/多刺的玫瑰的香味，糖砒的甜味，/以及残缺
的爱情的滋味。"如果说，把传统爱情主题集中在嗅觉这一点上，这
样的以丑为美，还有过分耽溺于感官的话，后来戴望舒在抗战期间
把他对沦陷区祖国土地的感觉集中在手掌的触觉上是同样的艺术方
法（《我用我残损的手掌》），就真正是波特莱尔在《契合》（或《感
应》）中所说的达到了"精神和感官的热狂"。不过戴望舒并不像姚
蓬子那样学着法国人以丑为美。

　　从某种意义上来说，中国的浪漫主义诗歌在前进的道路上，始
终面临着两种选择，其一是一任情感自然流泻，不加修饰地自我表
现。这样就不能不在艺术上停滞，甚至倒退。但是，这种情况并没
有立即给诗人们带来艺术危机之感。这是因为，浪漫主义的直接宣
泄，思想的容量比较大，抽象的概念很容易被狂热的感情所掩盖。
革命理想的、英雄的光彩淹没了艺术的贫乏。其极端就是郭沫若公
然以做"标语人、口号人"而自豪。可这对于诗的艺术是损害。杜
衡在《望舒草·序》中说："当时通行着一种自我表现的说法，做诗
通行狂叫，通行直说，以坦白奔放为标榜。我们对于这种倾向私心
里反叛着。记得有一次，记不清是跟蛰存，还是跟望舒，还是跟旁
的朋友谈起，说诗如果是赤裸裸的本能底流露，那么野猫叫春应该
算是最好的诗了。"更为严峻的是，一旦以标语口号为荣，就是表现
自我，也难以落实，因为口号与标语，所谓时代精神的号角，是群
体的共性，时常与个体的心灵有直接的冲突。对于清醒的艺术家来
说，为了作时代精神号筒而牺牲艺术代价太大了。于是同样是革命
者，共青团员戴望舒，却并不情愿像蒋光慈那样，每前进一步就要

把个人的情感领域割让给抽象的概念。尽管他也翻译过政治性极强的苏联小说和文学理论，但是，他却宁愿每前进一步就把浪漫主义的情感和象征主义的感觉交融。这就不是表现自我了，而是杜衡所说的"吞吞吐吐……既不是隐藏自己，也不是表现自己"。① 艺术的本性就是不断更新，发展到后来到了艾略特那里就干脆提倡诗人要"消灭自己"了②。

　　中国新诗在真正有才华的诗人率领下进行了一次艺术的跨越，也是一次历史的跨越，戴望舒完成了早在 1920 年由李金发开始的象征主义的艺术的奇妙长征。不过，李金发是一个并不成功的启蒙者，是一个历史的超前者。他和胡适一样，艺术的选择超过个人的才智；象征主义的优越，在他一些诗章中变成了局限。这一点，杜衡在《望舒草·序》中说得很清楚："在望舒之前，也有人把象征派那种作风搬到中国底诗坛上来，然而搬来的却正是'神秘'，是'看不懂'那些我以为是要不得的成分。望舒的意见虽然没有像我那样绝端，然而他也以为从中国那时所有的象征派诗人身上，是无论如何也看不出这一派诗风的优秀来的。因而他自己为诗便力矫此弊，不把对形式的重视放在内容之上。"③ 这样戴望舒就从他的少年之作《旧锦囊》中走了出来，终于在 1927 夏，写出了他的象征主义代表

---

　　① 王钟陵主编：《二十世纪中国文学史文论精华——新诗卷》，河北教育出版社，2000 年版，第 119 页。

　　② 比戴望舒更彻底的是艾略特，他提倡诗的"非个人"化，为了艺术不断地前进，诗人不但不能简单地表现自我，而且应该"不断地牺牲自己，不断地消灭自己的个性"。（参见杨匡汉、刘福春编：《西方现代诗论》，花城出版社，1988 年版，第 76 页。）

　　③ 同①，第 119 页。

作《雨巷》①。

这首诗从某种意义上来说是很"抒情"的，甚至是美化的，可为什么是一首象征主义而不是浪漫主义的诗作呢？理由很简单，他并没有把自己爱情失落的忧愁用自我表现的方法，也没有用情感浸透意象的方法来表现，而是把它转化为一个可视、可听的、美好的、凄然的女郎的形象，作为一种客观的对应物，来象征自己的情感。主人公行走在狭窄的雨巷中，希望遇到一个拿着雨伞的姑娘，这个姑娘的动作是徐缓的、无声的，哀愁是淡淡的、朦胧的。这个姑娘和诗人的情感是对应的，是"像我，像我一样"的、无声的、孤独的。这种感觉是轻盈的、淡淡的、默默的、优雅的性质，不但在性质上，而且在程度上和戴望舒失恋的情感对应。主观情绪和客观对应的契合点是十分精确的，有了如此精确的契合点，虽然性别不同，但是情感和感觉的特点却达到了高度的和谐。戴望舒还用了象征派感觉契合的方法，通感的方法。他笔下的姑娘"有着丁香一样的哀愁"，"太息一样的目光"，不可感的哀愁变为可视、可嗅的丁香，可视的目光变为可听的太息。

戴望舒之所以成为戴望舒，不但是因为他熟练地运用了象征派的艺术方法，而且还因为他有他自己的创造。他并没有像波特莱尔那样，追求以丑为美，没有像初期象征派诗人那样，把自己和对应者写得很不堪，很煞风景，而是写得相当优美，风格相当抒情。他和其他一些师承象征派的诗人不同，有着相当深厚的古典诗歌，尤其是中晚唐诗歌的修养。从这个意义上说，被他否定的少年之作

---

① 这首诗发表在 1928 年 8 月出版的《小说月报》上，但是据杜衡《望舒草·序》，写于 1927 年夏的前些日子。参见杜衡《望舒草·序》，王钟陵主编：《二十世纪中国文学史文论精华——新诗卷》，河北教育出版社，2000 年版，第 120 页。

《旧锦囊》并没有白费。从严格意义上来说，他并不完全是个象征主义者。这一点在当时就有人感觉到了。杜衡在《望舒草·序》中说："他底诗，曾经有一位远在北京（现在当然该说是北平）的朋友说，是象征派的形式、古典派的内容。"[①] 他的感情始终是优美的，直到他的后期，他的象征和抒情，甚至直接抒情都是结合得很紧密的，以至于有人认为他晚期变成了一个抒情诗人。

他不是一个故步自封的诗人，就在他的《雨巷》获得赞赏，声名大震的时候，他却对之并不满意，不久以后，他就写出了自己十分满意的《我的记忆》。两相对照，最大的不同是，《雨巷》中古典的抒情（幽怨）气氛太浓。作为一个现代人，他要探索出现代心灵的奥秘。《我的记忆》更加接近现代人的情感、现代人的口语。

> 我的记忆是忠实于我的，/忠实甚于我最好的友人。/它生存在燃着的烟卷上，/它生存在绘着百合花的笔杆上，/它生存在破旧的粉盒上，/它生存在颓垣的木莓上，/它生存在喝了一半的酒瓶上⋯⋯

"燃着的烟卷"，"喝了一半的酒瓶"，这不但是入不了古典的诗歌，而且在现代浪漫派看来是不够浪漫的。但是，这里有着很潜在的东西，那就是完全是个人的、平淡的，忠实于自我，也就是隐私的：

---

① 这首诗发表在 1928 年 8 月出版的《小说月报》上，但是据杜衡《望舒草·序》，写于 1927 年夏的前些日子。参见杜衡《望舒草·序》，王钟陵主编：《二十世纪中国文学史文论精华——新诗卷》，河北教育出版社，2000 年版，第 120 页。

　　　　它是胆小的，它怕着人们的喧嚣，／但在寂寥时，它便对我
来作密切的拜访。／它的声音是低微的，／但是它的话却很长，
很长，／很长，很琐碎，而且永远不肯休：／它是古旧的，老讲
着同样的故事，／它的音调是和谐的，老唱着同样的曲子；／有
时它还模仿着爱娇的少女的声音，／它的声音是没有气力的，／
而且还夹着眼泪，夹着太息。

　　这样琐碎，又不新鲜，这样容易忽略，这在本性上好像是非诗
的。从浪漫的诗艺来说，它太缺乏必要的新异，也太不够强烈了。
（浪漫派不是讲强烈的感情的自然流露吗？）然而，戴望舒的贡献就
在于他从这飘渺的、重复的、不新鲜的、不强烈、不极端的记忆中，
潜在的心灵微微的动静中，发现了它的诗意：

　　　　它的拜访是没有一定的，／在任何时间，在任何地点，／时
常当我已上床，朦胧地想睡了；／或是选一个大清早，／人们会
说它没有礼貌，／但是我们是老朋友。

　　这是一种不规则的、无声的、默默的自我体认，是不由自主的、
瞬息即逝的，没有实用价值的，但是，却有生命体验的审美价值。
戴望舒强调了它的无规律性，用了一个从实用价值来说，是贬义的
暗喻（不礼貌），但是在情感上，他却把这种无声的、瞬息即逝的思
绪，说成是一种自我心灵的默契，哪怕是悲哀也是美好的：

　　　　它是琐琐地永远不肯休止的，／除非我凄凄地哭了，／或是
沉沉地睡了，／但是我永远不会讨厌它，／因为它是忠实于我的。

这样就把不美的琐碎（但是，它不是丑的）化为情感的享受了，因而也就变为美了。"忠实"这个词就显示出了陌生的崭新的内涵，一个现代知识分子的内心体验的深沉、细腻、精致，对于无意识的关注的价值就显示出来了。

从根本上来说，戴望舒在写着象征派诗作的时候，更多接近审美，而不是审丑的。

从这一点上看，他的创作原则似乎和闻一多、徐志摩、姚蓬子、李金发都有不同，他只是把看来是不美的，被古典的和浪漫的美学原则所忽略了的，转化为美的。在转化的过程中，他并没有按照古典和浪漫的原则强化、极化，也没有按照象征派的美学原则盲目地丑化，只是借助象征派的感觉向潜在的、微妙的情绪作着深深的体验。

直到他被称为象征派的领袖的时候，他仍然是一个中国式的象征派，他所着重的仍然是现代人的真实感情世界，和比较强调智性而拒绝情感的西方现代派，仍然保持距离，在他的诗中，始终没有和浪漫的抒情断绝联系。作为象征派的不纯粹性，正是他的民族的独创性。

八

朱自清在《中国新文学大系——诗集》导言中说："若要强立名目，这十年来的诗坛就不妨分为三派：自由诗派，格律诗派，象征诗派。"① 这不是没有缺点的，首先在逻辑上划分的标准不一，必然

① 朱自清：《导言》，朱自清：《中国新文学大系——诗集》，上海良友图书印刷公司，1935 年印行，第 8 页。

发生交叉，其次与事实也有些出入。"自由派"如果指的是早期白话新诗，只在打破旧的形式镣铐上有价值，从艺术上来说，还缺乏比较成熟的诗歌，何谈流派。而其理论基础是意象派，其创作实践是大白话。格律派，并不是一个独立的流派，是极端自由派走向反面的另一个极端，而是浪漫派达到一定成熟程度以后的一种试验性的产物，一些致力于象征派的诗人也时有格律的追求。

中国的浪漫诗人，在突破浪漫历史局限的时候，胡适提倡的意象派竟无人问津。意象的理念是西方浪漫派末路的救赎，本是从中国古典汉诗中引申出来的。中国烂熟了的诗歌种子，在美国开了变种的鲜花，到中国来却发不了芽。中国浪漫派不买它的账，情不自禁地走向了象征派。这可能因为意象派，强调客观的呈现，对于情感采取过分的排斥态度。这就使受到中国古典诗歌抒情传统深刻熏陶的诗人无法想象。再加上胡适把关键词意象派（imagism），翻译成一个普通名词"影像"，用粗浅的"具体的做法"，在生理的感觉层次上去解释它，就使得中国诗人对之更加隔膜了。

在艺术上与浪漫新诗人距离最近的，不是从中国古典诗歌衍生出来的意象派，而是从欧洲来的象征派。因为象征派并不一般地拒绝情感，不过把审美情感向审丑扩大，用特殊的感觉去作整体的象征而已。因而，中国浪漫派中有出息的诗人的很大一部分经典性诗歌带上了象征派的色彩，而中国象征派杰出诗人中的相当一部分，如戴望舒、冯乃超、王独清、穆木天、冯至、胡也频、朱湘、白采，他们的象征派艺术追求和浪漫精神常常是互补的。

单纯用西方浪漫派、象征派的范畴来阐释中国现代新诗，正如用网打鱼，即使打到鱼了，难保遗漏，而且泥沙俱下，鱼龙混杂。从严格的意义上观之，不管作为一种创作方法，还是文艺思潮，或者运动，中国新诗的第一个十年，并没有完全意义上的象征派；象征派的艺术方法不过是中国诗人忍受不了浪漫派的大呼小叫的噪音的逃避所。在适当抑制了浪漫派的粗豪以后，他们没有必要把略带浪漫的审美完全放逐。从同样的意义上说，中国也没有自觉的浪漫派，中国新诗史上，并没有发生为了雨果的《欧那尼》，戈吉艾穿上红背心和古典主义者打架的事。除非有行政力量的干预，象征派和浪漫派的关系不是对立的，而是亲密友好的。到了 30 年代，当艾青用象征派的一部分方法，强调诗是灵魂的雕塑，即使思想也要有硬度的时候，他仍然是抒情的，甚至是相当浪漫的。

一切的话语都有澄明的功能，又有遮蔽的功能，浪漫主义的审美、象征主义的审丑也不例外。当我们发现它们遮蔽了许多东西，并不值得大惊小怪，把那被遮蔽的东西更加耐心地"去蔽"就是。当然，在"去蔽"的时候，又可能遮蔽了别的东西，那就再"去蔽"。写到这里，重温杜衡的话就有了更新的内涵：

> 人往往会同时走着两条绝对背驰的道路的：一方面正努力从旧的圈套脱逃出来，而一方面又拼命把自己挤进新的圈套，原因是没有发现那新的东西也是一个圈套。

这就使我不禁联想起伽达默尔的理论，一切的话语都是桥，又同时是墙。既有澄明的一面，又有遮蔽的一面。翻译成杜衡的话来说，就是一切的艺术创造革新，都是为了逃脱圈套，达到自由的澄明，进入一种新的规范。可是在挣脱了旧的圈套，创造新的规范以后，真正的诗人，又感到这仍然是圈套，难以忍受新的遮蔽。

我要补充的是，从新诗发展的第一个十年来看，逃脱千年形成的旧圈套是需要过人的才气的，因而中道牺牲的是多数，就连胡适也在所难免。能参与创造新的规范的是少数，郭沫若、闻一多、徐志摩、冯至、戴望舒就是这些少数幸运儿的代表。在这些少数艺术家中，安于旧规范的诗人在艺术上就不免要停滞，甚至于倒退了，如郭沫若。才气更大的，感到窒息，难以忍受新规范的局促的，又是少数，有足够的勇气和才华不时对新规范发动冲击，而且能取得某种突破的，更是凤毛麟角，这就是真正的艺术家。闻一多、徐志摩、冯至就是这样创造了中国式的向象征派渗透的浪漫主义诗歌。而真正的象征派诗人，却把自己的浪漫的、优美的抒情的精髓渗入到西方以丑为美的象征派的诗歌艺术中，这样就在挤进新的圈套的同时，又膨胀了它，多多少少使它发生某种变形和变质。到了20世纪末，回顾起来，戴望舒的艺术的自觉理论的清醒和成就似乎比之其他一切诗人更值得珍贵。

　　写到这里，我不由得想起新诗第一个十年的开头，郭沫若在《女神》中所宣布的："我是一个偶像崇拜者，又是一个偶像破坏者哟。"只要把"偶像"理解为诗歌艺术的话语"权威"，就不难发现：五四诗学和将近八十年后的当代文化哲学竟是如此息息相通、脉脉相承。这比之阅读五四新诗文本，更能使我感到一种豁然开朗的、醍醐灌顶的欢欣。

2002 年 8 月 30 日初稿，2007 年 12 月 12 日修改

原载《文艺争鸣》2008 年第 1 期

论幽默逻辑

一、在逻辑空白中的落空和落实

康德在《判断力批判》中说过一句在西方美学史上相当经典的话:"在一切引起活泼的撼动人的大笑里必须有某种荒谬背理的东西存在着。(对于这些东西自身,悟性是不会有何种愉快的)。笑是一种从紧张的期待突然转化为虚无的感情。"这一句话,在另外一些译本上被译成"笑产生于紧张的期待的落空而造成的感情爆发"。这下面还有一句:"正是这一对于悟性绝不愉快的转化却间接地在一瞬间极活跃地引起欢快之感。"① 康德的这个定义影响甚大,许多西方幽默理论家都是在康德的这个理论的基础上,进一步发展了笑的理论的。例如,一些理论家把笑定义为"荒谬的意义"(sense in nonsense):"我们一时认为有理性的东西,顷刻之间就成了废话。"立普斯这一关于笑的理论实际上是在康德理论的背理导致失落的基础上发展起来的。不过他补充了一点,失落以后还有某种意义,但是他最后还是没有脱出康德的窠臼,他非常强调最后的结果还是"毫无意义"的"乌有"。他说,在喜剧性的双关语中,"荒谬的单词先欺骗了我们,然后才告诉我们其真正的含义。正是这第二级启蒙,

---

① 康德:《判断力批判》上卷,宗白华译,商务印书馆,1964 年版,第 180 页。

即最后一切都归结到一个在通常概念中毫无意义的词——这种到乌有的还原过程，才产生了喜剧效果"①。

康德对于笑的定义带着西方古典美学常有的心理哲学色彩，其核心是由于期待的落空（或者译为"虚无"）而突然造成的——意外的惊奇。康德指出的期待的落空是由于荒谬，也就是由于不合乎惯常的理性（或智性）。如果合乎智性或者常理，期待就不会落空了，也就不会使人笑了。例如，俗语说的"伍子胥过昭关，一夜愁白头"，并不能使我们发笑。

康德的理论的核心，表面上可以概括为一个公式：悖理——落空。其实这还不完全。在这背后还有一个假定的原则，也就是西方人经常强调的游戏的原则。如果不是假定的游戏，那么不是错误就是欺骗。因此康德在括弧里说："被欺骗的期待怎能享乐？"而纯粹的错误只能造成"自己比这个无知的人更聪明些"的感觉。② 康德的这个定义的深刻之处，就在于他准确地抓住了心理期待的紧张变为突然的落空这一现象。

这比之后来的柏格森的笑产生于"机械镶嵌"的理论涵盖要广泛得多。但是他留下的问题也不少。首先他实际上并没有分清几个基本范畴：第一，游戏性的笑与非游戏性的笑；第二，笑与非笑；第三，滑稽的笑与幽默的笑；第四，讽刺的笑与幽默的笑和滑稽的笑；第五，笑与语境。

这五者之间究竟有什么根本的区别或者联系，应该成为我们所关注的焦点。

---

① 佛洛依德：《机智及其与无意识的关系》，张增武、同广林译，上海社会科学院出版社，1989年版，第4—5页。为了不把问题弄得过分烦琐，我在这篇论文中不再过多地为西方学者非经典的文献加脚注。

② 康德：《判断力批判》上卷，宗白华译，商务印书馆，1964年版，第180页。

在柏格森的笑论中，有这样的例子：一个人在演说，很起劲，可是忽然打了一个喷嚏；一个中学生走向黑板，突然停了下来，说是鞋子和裤带太紧；等等。[①] 这些都可能引起期待落空的笑。然而这里仅仅是可能，必须有一个条件，才能把可能转化为现实，那就是伤害不是很重，如果这个人身体受到严重的伤害，例如，跌跤导致骨折，演讲的人因有肺癌而咯血，中学生因为小石子而造成终生跛足，后果越是严重，越是难以笑得起来。因为幽默的笑必须是善意的，伤害太严重，就不可能是善意的了。一个最基本的区别就是游戏性与非游戏性。游戏性的，哪怕是再严重的，人头落地，天崩地裂，也不要紧，也笑得起来，因为游戏是假定的。如果不是游戏性的，同样是期待的落空，哪怕是稍稍严重的一点损害，不但不可能引起人的紧张情绪的放松，相反，倒是可能引起人的情绪的更加紧张，不但笑不起来，在某些人那里，哭起来的可能倒是更大。

康德在行文上并不十分严格区分游戏性与非游戏性的笑，但在实际行文中，他论述的重点却是非游戏性的。例如，他举过一个例子：一个印度人在苏拉泰（印度地名）一个英国人的筵席上看见一个坛子打开时，啤酒化为泡沫喷出，等英国人问他有何可惊奇之时，他指着酒坛说："我并不是惊讶那些泡沫怎样出来的，而是怎样进去的。"如果这个例子还不够清楚，下面的一个就比较清楚了：一位接受了富亲戚遗产的人，想替他的出丧大大地庄严一下，而抱怨未能做到。他说："我给送丧的人伕钱，要他们哭丧着脸，不料给钱越

---

① 参见柏格森：《笑——论滑稽的意义》，中国戏剧出版社，1980年版，第31页。

多，他们表现得越高兴。"① 这可能是因为他研究的只是笑而已，因而没有特别注意到假定性的游戏和现实生活中的意外之间的重大区别。

今天，当我们拿它来研究幽默的笑时，就不能不更加感到其局限了。

事实上，问题的关键不完全在于期待的落空，而在于为什么期待会落空，这是其一；其二，大量的笑，并不仅仅产生于期待的落空，而且产生于逻辑落空之瞬间想象的填充。在这方面，西方笑和幽默理论家都感觉到了，他们往往能用感性语言加以表达。例如，费舍说："机智必须发掘某种藏而不露的东西。"立普斯说："（机智）用经不起严格的逻辑或普通的思想方式和表达方式检验自己。最好这样说，它并不说出自己要说的东西。"② 其实，他们所说的都是某种现象和感觉，作为学术的界定并不严密，因为绝大多数不讲出来的意思别人是无法了解的，只有把逻辑推理的所有条件都准备好了，仅仅留下一个狭窄的逻辑断层，使之成为一个不言而喻的空白，让听者自己去推断出来，这就可能产生会心的笑了。这里的关键不在于不讲出来，而在于给足逻辑的提示，把听者逼到预先设定的、狭窄的逻辑小道上去，让对方和你在那逻辑的空白或者断层中

---

① 康德：《判断力批判》上卷，宗白华译，商务印书馆，1964 年版，第 180 页。在同一页上，康德还举了两个例子互相对比。一个是有人说自己在一夜之中因忧愁而白了头发，这只能引起人们的不快。而如果一个"恶作剧者"说一个商人从印度携带他的全都商品返回欧洲，在海洋里遇到大风暴，眼看他的全部商品不能不一一投到海里去，他这样气愤忧急，以致当天晚上，他的假发变成灰色。这样，听者就会哄堂大笑。不过，康德并未由"恶作剧"引申到游戏语境中去，而是仍然拘泥于"期待的落空"。

② 佛洛依德：《机智及其与无意识的关系》，张增武、同广林译，上海社会科学院出版社，1989 年版，第 6 页。

无声地会合，即使是你对他的调侃、揶揄。因为是他自己在推演中领悟的，他的思绪也会在与你无声的会合之中感到愉快，笑就是这样自然而然地发出来的。

中央电视台有一个喜剧小品表现夫妻吵架，妻子说："嫁给你这样的人还不如嫁给鬼。"丈夫回答说："你放心，《婚姻法》上规定，近亲不得通婚。"观众立即哈哈大笑。因为，对正常的理性的回答的期待是落空了，而"近亲不得通婚"的因果逻辑中留下了一个空白：妻子是鬼的近亲，也就是妻子本身就有鬼血统的意思。这种笑，与其说是产生于期待的失落，不如说是产生于在逻辑空白或者断层中的会合和顿悟，准确地说应该是失落与顿悟的统一，落空与落实的统一。

许多期待的落空还产生于歪曲的因果。歪曲的因果自然是不成其为因果，对于习惯于正常因果的人们来说，会造成失落之感；但是如果光是歪而无理，只是一种荒谬，并不能引起笑。无理是一种失落，歪得有理，又不完全有理，造成一种顿悟，把这二者结合起来，才能在心理上产生刹那的荒谬和机智的张力，在心理上构成必要的冲击，造成不平衡之后，又突然给以启示。启示，就是提供逻辑的暗示，但并不给出结论，结论只留在逻辑空白中。当对方的想象和你在这空白中会合时，会心的微笑才能由此而生。正是在这个意义上，人们说，笑是心灵最短的距离，当你和对方在逻辑空白中会合时，你们的心理对抗，也会因为在逻辑空白中的会合而缩短，甚至消失。

我国相声艺人总结的一条经验，叫作"理儿不歪，笑不来"。这只说对了一半，道理歪了，还不一定引起笑，歪理还得在逻辑空白中有"理"，才能逗人发笑，俗语叫作"歪打正着"。这有点像我国古典诗话中说"无理而妙"（吴乔《围炉诗话》），不过属于不同范畴。诗的无理是抒情性的，以极端化为一般特点，一般也不存在逻辑空白。① 而幽默的歪理，用我的话来说，叫作歪理歪推。二者的共同点在于：有理与无理之间。

幽默逻辑可以从两方面来说：一是在表层概念上，也就是在字眼上，很有理的样子，可在内在的逻辑空白中，又明显地违反了理性逻辑的正常规律；二是在理性逻辑空白中，虽然不合"理"，但是在情感上又有心领神会的合情。1990 年世界围棋大赛，最后聂卫平和台湾的林海峰进入了决赛。双方满怀信心，都要拿到冠军。台湾记者问聂卫平："前两次林海峰虽然战胜了你，但是决赛还是输给了一个韩国人，只拿到亚军。林海峰拿过两次亚军了，这次下决心要拿冠军，对这个问题，你有什么看法？"聂卫平说道："前两次输给了林海峰先生是存款，这次则不同，要取款了；中国有句古话，叫作'事不过三'，林海峰先生如果这次再拿一次亚军（也就是，一共三次亚军），以后就一定能拿到冠军。"在逻辑空白中的暗示就是，这次的冠军要由聂卫平来拿，台湾记者心领神会地笑了。

聂卫平所提出的自己必然会拿到冠军的理由，按正常的逻辑思维不合逻辑，以存款和取款、事不过三来类推林海峰此番只能得亚军，实际上没有道理。在通常的逻辑思维中，运用类比推理作为论证的主要根据，是一种错误（当然在诗歌中是另外一回事，在《诗经》中比兴思维是一种很重要的方法）。但是聂卫平所讲的理如果完全是胡说八道、彻头彻尾的歪理，台湾记者是不会笑的。它在表面文字上，在孤立的概念上，在逻辑表层上，又似乎合乎逻辑（例如

---

① 关于这一点，可参阅孙绍振：《审美价值结构和情感逻辑》，华中师范大学出版社，2000 年版，第 129 页。《论审美价值结构及其升值和贬值运动》："情感有一种极端化的倾向，它以绝对化为能事，不讲一分为二，不讲全面性"的有关论述。——1999 年注。

事不过三，拿三次亚军以后，就不会只拿亚军了），但是却明显违背事不过三的原意（对消极的事情容忍的极限不能超过三次）。表面上的逻辑合理性和内在的逻辑不合理性相结合，就构成了一种牵强附会的因果逻辑的"错位"，形成了形式和内容、理性和情感之间的张力，在理性逻辑上，造成了不和谐感；可是从情感上来说却淡化了矛盾，构成了和谐之感。和谐与不和谐的交织，作用于双方的心理，形成一种既是意外，又能意会的双重复合之感，这才是笑产生的根本原因。正因为这样，才是幽默的。

康德所说的悖理之所以失落，就是因为它违背了通常的理性思维逻辑。理性逻辑是人类千百年来形成的心理定势，一切的思维都沿着这条轨道自动进行。一旦脱离了这条逻辑轨道，思维就有一种突然出轨的感觉——这就是康德所说的失落。但是光有这样的失落并不一定能笑，即使是在某种场合中笑了，最多不过是滑稽的笑，还不能构成幽默的笑。聂卫平越出了什么常规呢？主要是概念的同一性规律。他犯了偷换概念的错误。聂卫平把事不过三容忍的有限性概念，临时偷换成达到三次的决赛的失败意味着第四次冠军的稳稳获得；又把自由的存款和取款与不能自由决定的棋赛胜负类比起来，就把此番对方失败的推测，变成了自己胜利的预言。这不是必然的，作这样的推断是不合逻辑的，但是由于是留在逻辑空白中，对方自然地被引诱到其间与其意向会合，很有利于情感的沟通，从而无声的意会淡化了矛盾和对抗。这里的笑，就不是滑稽的笑，而充满了智慧修养，消解了对抗的排他性，使尊重对手高雅的感情占了上风。这样的笑就升华为幽默了。

康德的有关笑的说法，不能把高层次的沟通情感的幽默的笑和低层次的滑稽的笑分别开来，是一个很大的局限。日本人把英语的幽默（humour）译成"有情滑稽"是有一点道理的。正因为有情，所以对抗的性质和程度都发生了变化，不和谐也转化为和谐。聂卫平和林海峰之间本可能有针锋相对的冲突的，但是聂卫平用他的幽默感淡化了胜败互相排斥、不能共享的竞争性，强化了友好情感的心领神会。如果没有留在逻辑空白中的情感的无声共享，便没有幽默的会心的微笑可言了。

二、幽默、讽刺和滑稽互相消长的反比定律

有时候，出于形势的需要，人们并不一定要钝化、弱化进攻的锋芒，而是坚持自己的立场，但是又不想让情绪形成直接对抗，这时就得在逻辑空白中留下比之幽默更带进攻性的意味，其特点是强烈的智性对抗多于情感的意会，在逻辑空白中把机智的暗示和进攻性结合起来，这就是讽刺。立普斯把这称之为"挑衅性幽默"或者"讽刺性幽默"。

从主观立场上看，这种幽默意味着主体和对象的对立。也正是从这个意义上，日本的鹤见佑辅说："幽默和冷嘲（cynic）只隔一张纸。"冷嘲的笑，没有沟通的温暖，由于其进攻性甚强，在很大程度上有一点冷峻的意味。这在鲁迅的杂文和钱锺书的散文中屡见不鲜，尤其在他们使用反语的时候。鲁迅在《论辩的魂灵》中这样说："你说甲生疮。甲是中国人，你就说中国人生疮了。既然中国人生疮，你是中国人，就是你也生疮了。你既然也生疮，你就和甲一样。而你只说甲生疮，则竟无自知之明，你的话还有什么价值？倘你没有生疮，是说谎也。卖国贼是说谎的，所以你也是卖国贼。我骂卖国贼，所以我是爱国者。爱国者的话是最有价值的，所以我的话是不错的，我的话既然不错，你就是卖国贼无疑了！"① 这段话用的完

---

① 《鲁迅全集》第3卷，人民文学出版社，2005年版，第31—32页。

全是荒谬逻辑，可以说根本不通。从形式上看，只有很软弱的外部逻辑上的擦边性的粘连，根本不能构成推理。但是从内容上看，则明显是反语，是对某些不讲逻辑（充足理由律）的论敌的讽刺。这也可能引起读者会心的笑，但是在作者那里，这种笑带着更多的进攻性。它和幽默的笑在逻辑空白中带着温暖的情致、会心的沟通是很不相同的。这种笑有时不但冷，而且可能很毒。

在钱锺书的散文中时常有些更刻毒的讽刺，很值得提一提。他在《谈教训》中说："有一种人的理财学不过是借债不还，所以有一种人的道学，只是教训旁人，并非自己有什么道德……真正的善人，有施无受，只许他教训别人，从不肯受人教训，这就是所谓'自我牺牲精神'。"由此他进一步推出了这样的结论："假道学比真道学更为难能可贵。自己有了道德而来教训他人，那有什么稀奇；没有道德也能以道德教训人，这才见得真本领。有学问能教书，不见得有学问；没有学问而偏能教书，好比无本钱的生意，那就是艺术了。并且真道学家来提倡道德，只像店家替存货登广告，不免自我标榜；绝无道德的人来讲道学，方见得大公无我，乐道人善，愈证明道德的伟大。"①

钱锺书先生讽刺的特点是智性锋芒淹没了幽默情感的交流。日本作家鹤见佑辅认为："幽默既然是诉于我们的理念的可笑味，则在可笑味所由来之处，必有理由在。那是大抵从'理性底倒错感'而生的。"②鹤见佑辅可能没有注意到过多的理性会将幽默转化为讽刺。钱锺书的讽刺性幽默的特点正是鹤见佑辅所说的"理性的倒错"，以

---

① 钱锺书：《写在人生边上·谈教训》，生活·读书·新知三联书店，2011年版，第32—33页。

② 《鲁迅译文全集》第3卷，福建教育出版社，2008年版，第226页。

雄辩的姿态作明明是诡辩的文章，表面上振振有词、左右逢源，实际上，全用类比推理，正推和反推并用。但是，由于类比本身只能涉及事物一个点，最多一个侧面，不可能全面，很容易带上主观随意性，所以这种推理本身并不能成为充足理由，不能作为推理的主要手段。更何况，钱锺书上述的类比推理更带牵强附会的特点（把理财和教学，把宣传道德和做商业广告混为一谈，在逻辑上属于无类比附），把个别的、孤立的事实作为全面的推理的充分而必要的论据，以虚弱的大前提来得出毫无保留的结论，越推，根据和结论之间的反差越大，越显得荒谬，越是荒谬越是显得刻毒。正是因为刻毒，因而这种笑就没有温情，有的只是冷峻。但是这又有一种智者的深刻，妙在荒谬中见深邃，歪理中见真理；在表层逻辑上荒谬，而留在逻辑空白中的是深刻的洞察。正是因为歪中有正，荒谬中有真理，才不但使人发笑，而且使人深思。这就决定了讽刺性越强，温馨的情感沟通越弱，幽默成分随之减弱。

在幽默中，共享的情感减弱，有两种可能的结果：一是讽刺的成分增加（如果智性递增），二是滑稽的成分增加（如果智性递减）。

在滑稽、幽默、讽刺的笑中，滑稽最缺少情感的共享。滑稽不但缺乏情感，而且缺乏智性的深邃。比如，有一个妇女身材近来发胖，如果你见了她，说她近来胖了，这既不滑稽也不幽默，不会引人发笑。因为这里不但没有逻辑空白，而且没有任何荒谬可言。如果你说她近来长"膘"了，可能有人就会笑了。因为你把形容动物的"膘"弄到人身上去了，这在逻辑上有一点荒谬悖理。但是这样讲只能是滑稽，不可能是讽刺或者幽默，因为有一点侮辱人的意味。不但没有智慧，而且也没有任何友好的情感可言，在你所留下的逻辑空白中，这位女士既不能和你共享友好的情感，又不能欣赏你的机智，这只能停留在滑稽的层次上。如果你说"啊，你近来发福了"这不过是比较有礼貌而已，这在正常逻辑之中，她不可能有什么意外的失落和顿悟。如果你说，一见你我就想起一个故事，一个古巴女士到加勒比海去游泳，弄得美国操纵间谍卫星的工作人员大为紧张，以为是古巴又造了一艘航空母舰。这就可能有点幽默了。因为显而易见的夸张不但并不带任何侮辱性，而且把这位女士带到了一个不带任何伤害性假定的游戏的境界，这就便于她和你在逻辑空白中遇合，在惊异中产生沟通感、共享感了。情感交流因素增加，则意味着滑稽感减少，而幽默感增强。

　　如果情感性的共享减少，代之以智性的进攻性成分增加，则不仅仅导致滑稽的减少，而且导致讽刺成分的增加。有一个故事说，有一次歌德在小道上碰到一个曾经批评过他的批评家，此人十分傲慢，他说："我是从来不给蠢材让路的。"可歌德却往旁边一退，说："我则恰恰相反。"这样的说法，表面是退步，实质上在逻辑空白中是针锋相对，反过来把对方说成是蠢材。这样一来，智性强化了，进攻性增加了，讽刺的成分递增了，但是幽默的共享成分减少了。正是因为这样，梅瑞狄斯说："如果你觉察到可笑的，而你的心却因此冷了下去，你就是落入了讽刺的手掌。""讽刺家是一个道德的代理人，往往是一个社会清道夫，在发泄胸中的不平之气。"[①] 梅瑞狄斯说的是一般理论，可是看起来却像是给钱锺书先生作风格的描述，尤其是当我们听到他说"讽刺的笑是一种冷箭或者当头棒"的时候。鹤见佑辅说："使幽默不堕于冷嘲，那最大的因子，是在纯真的同情

---

　　① 梅瑞狄斯：《喜剧的观念及喜剧精神的效用》，转引自伍蠡甫主编：《西方文论选》下卷，上海译文出版社，1979 年版，第 84—85 页。

罢。"① 在钱鍾书先生的散文中，是绝对看不到他对被讽刺对象的同情的。他的讽刺为我们的理论研究提供了典型的样本。

可以这样说，滑稽、幽默、讽刺的表层逻辑都是某种荒谬的歪理，而在深层空白中，因其智性（歪中有理）、情感、进攻性、共享性的互相消长而分化。智性的成分与滑稽成反比，而与讽刺的程度成正比。在滑稽的歪理中，情感的递增可使幽默的成分递增；反之，情感成分的递减可使幽默的成分递减。在滑稽和幽默的关系中，情感的共享与幽默感成正比，但是情感的共享与讽刺的进攻性成反比。进攻性越强，锋芒越露，越是刻薄，情感共享越是淡薄，幽默感越弱，但是讽刺性越强。

当然，智性最为深刻的可能要算是荒诞了，到了荒诞中，已经容不得情感的成分，当然没有心灵沟通的愉悦，最突出的只能是从智性上看到的残酷。这时如果有笑，也只能是无可奈何的笑，甚至是毛骨悚然的笑。桑塔耶那在《美感》中说："如果我们打算理解荒谬之事的意义，我们就应当不再发笑，而应当开始感到苦恼了。我们对人们的同情愈少，我们对他们的愚行的欣赏就愈细致：讽刺的乐趣非常近似残酷无情。"② 但是，在这样的残酷无情的所谓"讽刺"中，其荒谬性中却包含着幽默所不能容纳的深刻的理性。这就是为什么在 20 世纪中后期会产生黑色幽默和荒诞戏剧以及怪诞（畸形）雕塑的原因。

---

① 《鲁迅译文全集》第 3 卷，福建教育出版社，2008 年版，第 227 页。

② 桑塔耶那：《美感》，缪灵珠译，中国社会科学出版社，1982 年版，第 173 页。

三、概念的心照不宣的歧义和"错位"

康德的《判断力批判》以其演绎的自洽性见长，但是纯粹的演绎法，给他的理论带来了一些致命的弱点。佛洛依德提出，笑不仅产生于失落，而且产生于"混乱之后的明了"①。但是这个"明了"来自何方？在西方幽默理论界至今还没有得到很好的回答。在行文的可读性方面，可能柏格森要比康德好一些。柏格森与康德的不同，不仅仅在文风上而且在思想上。柏格森从个性心灵被歪曲出发，得出的结论是，笑产生于"镶在活的东西上的机械的东西"②。也就是说，在活生生的社会生活中、活生生的人身上，他看到了"造作的东西，刻板的东西"。表现出某种"僵硬，它和内在生命不相调和"③，就有潜在的滑稽的因素。这实际上也就是西方幽默学中最基本的范畴：不一致（incongruity，又译作：乖讹）。

在柏格森看来，这并不一定和任何一种期待失落有关，有时恰恰相反，如果一个演说者的思想丰富，变幻多端，内容毫无重复，而他的动作"却周期性地重复着，而且毫无变化"，如果"我""注意到这个动作"，"等待这个动作产生，而它果然在我预期的时刻出现，那我就要不由自主地笑起来"④。非常有意思的是，柏格森强调的和康德恰恰相反，不是期待的落空，而是期待的落实才引起了笑。

---

① 佛洛依德：《机智及其与无意识的关系》，张增武、同广林译，上海社会科学院出版社，1989 年版，第 6 页。
② 柏格森：《笑——论滑稽的意义》，徐继曾译，中国戏剧出版社，1980 年版，第 30 页。
③ 同上，第 27 页。
④ 同②，第 19 页。

两位大师在基本范畴上打架，至少在几十年中没有引起任何人的注意。这可能是因为他们的权威性把许多自命不凡的理论家吓住了。其实，他们两个人说得都没错，不过各人说对了一半。

全面的说法应该是笑产生于期待的落空和意外的落实的猝然遇合。

对于"康德的预期——失落"和"柏格森的预期——落实"这两个命题来说，康德和柏格森在这里多多少少有一点经验论的色彩。很显然，他们的经验有一个共同的特点，那就是不完全性。以今天的理论眼光看来，他们都没有意识到一个很重要的范畴：语境。① 其实也就是心照不宣的逻辑空白，只有心照不宣地进入逻辑空白的人才能进入幽默的语境，进入幽默语境的人才能会心而笑。在不同语境里，笑有不同的规律。同样一句话，不仅在游戏性语境中和非游戏性的语境中其效果不同，就是同在一种语境中，也能导致二者的转化，从而产生不同的效果。

在任何语言交流中，都少不了不言而喻的共识。人的语言符号并不是客观和主观对象的对应物，而是唤醒经验的一种信号。二者之间首先是不等量的，其次在性质上并不是完全对等的。任何语言都不可能把全部信息在现场做完全的传达。人类社会积累了一系列现成的文化的和心理的复杂共识，一定的语境就由这些不言而喻的前提性的无声的成分构成，这就可以使信息交流简化。这种前提性的空白是一种文化心理的空白，在某种意义上是一个民族、一个阶层、一个社区、一个方言区乃至一种职业所共享的。不同民族、不同文化背景、不同社会阶层、不同职业、不同性别甚至不同经验的

---

① 虽然柏格森在理论上还强调过"笑总是一群人的笑"，但在具体分析"机械镶嵌"的事例时，他又忽略了。

人有不同的前提,这种文化心理前提不但是集体的,而且是持久的,是为社会所认同的。这就是构成语境的最基础的成分。但是在这个基础上,具体的对话者,又可以因特殊的条件协同构成暂时的、个别的逻辑空白。这就是共同语境在不同条件下分化为不同的个别语境。同样一句双关语,在公众场合中讲出来,其中知情者(也就是处于语境——逻辑空白中的)会自然而然地笑起来,而不知情者则莫名其妙。这说明期待——失落,要受到语境的决定性影响,只有在同一语境中的人,才能共享心照不宣的无声的逻辑空白,构成预期和失落的心理前提。人们只有在共享的逻辑空白中,才能无声地构成某种沟通,在逻辑空白的语境以外,对于隽永的幽默,只能像傻瓜一样瞪眼睛。

所谓语境不是一个交谈空间的概念,也不仅仅是一个现成的、心理的、历史的、文化环境的概念,而且是对话者现场即兴地创造着的逻辑空白的共享关系。在同一个交谈环境中可以有一个或者几个幽默语境,也可能一个幽默语境也没有。在语境之中的人和语境之外的人所理解的同一个词,肯定会不同,或者叫作语境所造成的"错位"的语义。

鲁迅曾经引用过克尔凯哥尔的一则寓言:剧场失火,丑角惊恐地跑到前台告诉观众,观众以为是演戏,报之以掌声。小丑说是真的着火了,观众以为小丑演得非常逼真,笑更大了,掌声更响了。这种误解的产生就是因为观众和小丑虽在同一空间,却不在同一语境。此时如果有一个知情的局外人,看着这一切而笑起来,就说明他处在另外一个幽默的语境中。

期待——失落是语境的语义"错位"效应。逻辑空白是在有声语言以外的。明确的有声语言与我国《楚辞·九章》中"孔静幽默"中的"幽"和"默"(无声)不相容,逻辑的空白被顿悟却是无声的，它是一种默契。但是，幽默语境，如果不是针对或者有意排除异族人的，就不完全是集体的，而是即兴的、创造的，是在集体的心照不宣的文化、心理、历史、语境的基础上，让表层语义和潜在语义发生分化，产生巧合的临时的"错位"的意义。

在《红楼梦》中，贾宝玉有一次和薛宝钗说话，薛宝钗提议招呼林黛玉一下，贾宝玉以为林黛玉睡着了，就顺口说了一句"管她呢"。贾宝玉以为林黛玉不会听到，不想被林黛玉听到了。后来当贾宝玉在场，林黛玉和一个小丫头在裁剪衣服，有一块布角被折住了，丫头建议把它拉平，林黛玉就说"管它呢"，在场的知情者都笑了，而不知情者则毫无感觉。这种幽默语境常常构成一种"典故"，在朋友、夫妻之间非常普遍，实际上就是，同一话语在同一场合把知情者与不知情者分化为不同语境的结果。

这种逻辑空白首先所要求的不是什么期待—失落之类，而是另一个东西，我把它叫作"心照不宣的语义错位"。概念的表层意义和潜在意义（语境以外的意义和语境以内的意义）不一致了，或者说错位了。只有语境以内的人才能心照不宣，他们的心灵才能无声地在潜在意义中顿悟，产生共享的微笑。

从理论上来说，这不仅是由于不同个体的不同经验，而且是由于不同的时间、地点、条件所造成的。时间、地点、经验都可能构成语境的分化。

辜鸿铭先生是主张一夫多妻制的。有一次在北大作报告，有人问他对一夫多妻制有什么看法，他打了一个比方，丈夫好比茶壶，妻子好比茶杯，哪有一个茶壶只配一个茶杯之理。他讲这种话的时候，自己并不感到幽默，而在场的人可能会笑，但并不是因为他幽默，而是因为他愚昧。这里没有什么语义的错位，大家所理解的词语的意义是相同的，因而这样笑不是幽默的笑，而是对于愚昧的不屑。如果今日有人在什么会场上讲这样的话，由于讲话的人和大家一样都处在心照不宣的共识中，大家都认为这是荒谬的，因而可以构成广泛的共享，无疑会一齐大笑起来。这种笑的产生，是由于当时的语境和今天的语境、当时的语义和今天的语义有非常巨大的"错位"，而这一切都是在无声的逻辑的空白中的，其性质就都是幽默的。因此幽默的笑（有时也包括期待—失落、柏格森的"机械镶嵌"）的首要条件，取决于特殊语境中的双重语义"错位"。

笑的层次不但因情感、智慧、进攻、共享的成分的不同而不同，而且也因逻辑空白分化为不同的语境而不同。语境的要害是心照不宣，也就是逻辑空白，这不但牵涉在场人物的心理准备状态，而且关系民族文化心理。但是不管在什么性质的语境中，只要有一个以上的人，对于同一个概念有了双重的心照不宣的理解，笑就可能产生了，幽默就可能在此获得生命。

四、一元逻辑的阻塞与二元逻辑的错位和贯通

康德和柏格森两位大师虽然观点并不相同，但是在方法上却属于同一个模式，或者说是不约而同地遵循同一条思路。他们大体是在心理学的基础上来研究笑的，但是他们的思维逻辑却是殊途同归。他们相当一致地把笑（包括幽默的笑和非幽默的笑）当成一条思路（或一元逻辑）遭到阻碍的结果。康德注意到了一元逻辑的中断和失落，柏格森强调了活生生的内容与机械刻板动作的不和谐。叔本华则说："笑的产生每次都是由于突然发现这客体与概念两者不相吻合。"[1] 这个康

---

[1] 叔本华：《作为意志和表象的世界·世界作为表象初论》，石冲白译，商务印书馆，1982年版，第100页。

德和立普斯都支持过的"不一致"（incongruity）原则至今仍然是西方当代幽默和笑的研究的经典理论，这个范畴相当深刻，不知为什么长期以来被我国当代的幽默理论研究忽视了。这个被翻译成"不一致"的基本概念最早被蔡元培翻译为"不与事实相应"①，虽然和康德的理论不同，但是所提示的仍然是一条思路或者一元逻辑的阻塞或者不统一。

姑且暂时撇开语境的不同引起纷纭复杂的结果不谈，光凭这个一元化的思路，也很难为笑提供充分而必要的理由。笑，特别是幽默的笑，不仅仅是由于单一逻辑的不一致，期待的落空。落空只是按一条思路、一元逻辑的惯性，暂时讲不通了。这时既可能是谬误，也可能产生苦恼（包括哲学意义上的人生的苦恼）。使这种谬误或者苦恼变成笑的，是一种特别的机遇——突然有另一条思路蹿了进来。思路被篡夺，是理性思维之大忌，但在幽默逻辑中，这不但没有造成混乱，人们反而发现有另一条思路，也就是另一条逻辑突然贯通了。原来落空了的期待忽然在新的思路、第二条逻辑上落实了。从心理上来说，就不是落空的茫然，而是一种突如其来的发现（在被对方预设的逻辑空白中和对方会合了，也就是顿悟了）带来的欢乐。这时的笑不但是轻松的，而且是带着某种智慧或者比较深切的情感的。这就提高了笑的层次，从滑稽的层次上升到了幽默的层次。

事实上，佛洛依德在他的《机智及其与无意识的关系》中已经接触到这个问题。他在该书的开头举的许多例子本来是可以引申到二重"错位"逻辑上来的。其中的一个例子是这样的：海涅在《卢卡浴场》中写了一个虚荣心很重的彩票掮客，他以和一个百万富翁罗思柴尔德有过交往而自吹说："我和圣人罗思柴尔德并肩坐着，他

---

① 蔡元培：《蔡元培美学论著》，河北人民出版社，1993 年版，第 155～156 页。

把我当成他的同僚，相当地 famillinaire。"佛洛依德结合着立普斯的观念解说，他的意思本来是说百万富翁罗思柴尔德对他非常亲切（familiar），但是最后他用的词 famillinaire，却是百万富翁（million-aire）和亲切（familiar）的合成词。这是一个生造的词，把亲切和百万富翁凑合在一起。佛洛依德非常雄辩地阐释了这个合成词如何表现了这个人的庸俗和虚荣。在我看来还不如用二重错位逻辑的解释比较清晰、比较简明：在第一条思路（亲切——familiar）上讲不通的时候，famillionaire 作为交叉点却自然地过渡到第二条思路（百万富翁——millionaire）上去了。

幽默在逻辑上的特点是，第一重逻辑的失落、第二重逻辑篡位之时，中间有一个交叉的概念，这个概念的特点是其语词形式是单一的，但是其内涵却是双重的，正是这双重的概念，使得逻辑从一条线索转移到另一条线索上去了。在理性逻辑中，这是不容许的。概念的内涵必须稳定、准确，不得转移，所以西方学术传统特别强调概念严密。科学研究中，概念要有严密的定义，目的是防止概念被偷换，以保证一条逻辑线索一贯到底。概念转移，必然要造成逻辑的混乱、情致思路的不连贯或者交叉。

理性思维很强调在逻辑上的一贯，如果有两条逻辑，那就不是平行的就是连贯的，绝不允许互相交织，否则就可能互相干扰。但是幽默逻辑是二重"错位"逻辑，概念的偷换虽然导致逻辑的转移，但是两条逻辑线索不但没有互相干扰，反而形成了一种交融的效果。这是因为在这二重逻辑交错的时候，它有一个适合于两者的过渡概念，有双关语的性质。

正因为这样，在西方幽默文论中，不少理论家都接触过类似双重语义（如叔本华认为俏皮话是硬把两个不相同的实在客体压入一个概念）的问题。可惜的是，他们往往满足于在概念上分析这种双重性，而没有深入到演绎的过程中去。双重语义，在幽默语境中不像一般概念有统一的内涵和外延，它分化为显性和隐性的双重内涵。当显性的内涵被偷换时，隐性的内涵迅速地接替了上去。正是因为这种双重内涵，使得概念在推演过程中，显性概念被偷换以后置换为隐性的，而隐性的则置换为显性的，这就导致逻辑线索被隐蔽地"错位"了。之所以隐蔽，是因为概念的外在形式没有变化，而概念的内涵却转移了。这就使在一元逻辑中失落的预期（显性概念内涵失落了一贯性）的时候，隐性内涵却接通了另一种一贯性，还保持了概念外存形式的一贯性，这就使第二重逻辑自然地、静悄悄地切入，无声地篡位，从隐性化为显性。显性和隐性双重内涵构成了两条逻辑交叉"错位"的焦点。概念内涵的二重性，成为幽默二重逻辑"错位"的核心，在其他任何一个逻辑环节上都不可能默默地进行这样的逻辑转移（或者"错位"）。正是由于不变的统一的概念形式掩护了内容的二重性，才保证了逻辑的"错位"的隐蔽性。

幽默逻辑的二重错位违反了一元逻辑规范这全人类理性思维的心理定势。正是定势的被打破，先造成了心理上预期的失落，几乎是在同时，在另一条逻辑上的顿悟又是静悄悄地、默默地、突然地在预设的逻辑空白中与对方会合，会心的幽默的微笑就这样产生了。

这说明了一个道理：喜剧逻辑或者笑的逻辑、幽默逻辑与通常的逻辑不同。通常的逻辑基本上是理性逻辑，是以一元概念和一元演绎为特点的逻辑；而笑的逻辑则基本上是一种非理性逻辑，其表现形式甚为纷纭，但是其基本特点则非一元概念和非一元逻辑，它可以说是一种双重概念和二重逻辑，是一种复合的概念和逻辑，或者准确地说是一种二重"错位"的概念和逻辑，更形象一点地说是二重"篡位"概念和逻辑也无不可。

这样一个并不复杂的逻辑现象之所以长期没有得到充分阐释，

我想，可能是因为西方的大师基本上都是在强大的西方文化传统的支配之下进行思考的，整个西方的学术思潮都是在古希腊理性主义君临之下的。古希腊的学术思维模式被亚里士多德概括在他的逻辑学之中。亚里士多德在逻辑学中讲了许多规范，但归根到底只从属于一条，那就是同一律。所有西方学者从来就是这么思考的。他们不可能想象同时运用两条思路，在二元逻辑中还能思考。但是他们忽略了一点，那就是这种一元化的思维逻辑只能是理性思维的逻辑，而人并不是只用一种思维就能生活的。人类的理性是被大自然逼迫出来的，也是后天教育和训练的结果。在自发的情感领域中，人们的天性是更倾向于非理性思维的。

对于理性思维的规律，西方人作了卓有成效的研究，对于非理性思维也有不少的研究成果。例如，法国学者列维·布留尔的《原始思维》，提出了"前逻辑思维"的观念，还很有见地地归纳出了主客体的"互渗律"，这种主客体不可决然分割的逻辑是与同一律相矛盾的。但是非常可惜的是这种研究只局限于人类文化学的领域的原始思维中。在笑和幽默的研究中，西方学者仍然沿袭着理性主义一元逻辑的规范。他们的学术传统沿着心理学向着语言方向前进，取得了巨大的成就，但是在幽默逻辑学上的成就则比较有限。

比较有见地的佛洛依德沿着西方心理学的传统对幽默作了独创的研究。他说，成年人都有一点厌倦社会所要求的严格思维逻辑的理性道德规范，他们想暂时地从这种紧张中逃脱一下，因而人们就不是考察实用而是去享受小孩子式的好玩了。

按照佛洛依德的说法，幽默的笑是一种情感的宣泄，问题在于传达情感并不是幽默的特有功能，抒情诗也同样能传达情感。抒情的逻辑也有非理性的特征，其特点是其极端化，极端的片面性是其生命。但是不管多么极端，它总是沿着一条思路贯彻到底。"记得绿罗裙，处处怜芳草"，因为我爱人的裙子是绿的，所以我爱天下的绿草，这是很绝对的了。"在天愿为比翼鸟，在地愿为连理枝。天长地久有时尽，此恨绵绵无尽期"，把爱情看得不受时间、空间的限制，够绝对的了，够不合理性逻辑的了，但是它还是遵循着一元化的逻辑的思路的。它的概念没有转移，逻辑也没有错位，在逻辑形式上和理性思维没有什么不同，只是在内容上和理性逻辑思维相比大大背离罢了。

在一元逻辑和二重逻辑的两种不同的范畴上，中外许多幽默理论家都卡了壳。这就迫使我们不得不设法走另外一条路，亦即幽默逻辑学的路。据我看，在所有的西方经典中，不一致论最接近幽默逻辑学。叔本华感到了不一致，甚至可以说，他走到了逻辑错位的边缘。他对"不一致"作了这样的解释："不相吻合经常是在这样一些场合出现的：一种情况是两个或两个以上的实在客体用一个概念来思维，而把这概念的同一性套在这些客体上，可是，这样做以后，各个客体在差异中又突出地使人注意到这概念不过仅仅是在某一方面同客体相应而已。又一种情况是单一的实在客体，从一方面说是正确地包含在这一概念之内，却突然（在另一方面）又感到它和概念不相称。还有一种情形也同样是常有的：一方面是这样总括实物于一概念愈是正确，另一方面实物不符合于概念的广泛程度愈是突出，那么从这一对照产生的发笑效果也就愈强烈。"他还说道："先有两个或几个很不相同的实在客体或直接表象，人们却故意用一个包含着双方或多方的概念同这概念的统一性（笼统地）作为这些客体的标志；这种笑料叫作滑稽。"① 这个说法相当深刻，它至少可以

① 叔本华：《作为意志和表象的世界·世界作为表象初论》，石冲白译，商务印书馆，1982 年版，第 102 页。

解释比较广泛的现象。比如，卓别林的喜剧。卓别林说："假如我确信观众猜想我在影片中是要步行，那我就突然跳上一辆汽车。如果我想惹人注意，我就不用手拍他的肩膀，或者叫他的名字，而是用我的手杖钩住他的胳膊把他拉到我这边来。先按照观众所意料的那样来演，后来却又演得出乎观众的意料之外。"① 卓别林所说的意外，就是柏格森所说的不一致、不相吻合。通常的习惯、思维定式只有一致的预期，而不一致则提供了一种在预期以外的反常的东西。但是，很可惜，柏格森和西方其他文论大师一样，仅仅停留在概念的不一致上（这是因为他研究的仅仅是意志和表象的关系），没有发展下去，未能深入到逻辑的推演过程中去，因而就只能解释卓别林的滑稽性喜剧，而难以解释他的幽默感。从理论上无法弄清滑稽的不一致和幽默的不一致的区别：滑稽，只要有概念的不一致，只要在小丑的眼睛里冒出自来水，或者用拐杖钩住人家的脖子就可以了。幽默的不一致，主要特点不仅仅是概念与对象的不一致，而且是概念被偷偷地转移之后，从不一致又转化为一致。在一元化的逻辑的不一致的同时，构成了错位的逻辑，在错位逻辑的一致中导入了深长的意味。

本来逻辑要求一致，集中表现为同一律。为了保证逻辑不至于发生不一致，才不允许概念转移（或者偷换概念）。为了不让概念转移（或者偷换），就要防止概念自相矛盾，严禁既是自己又不是自己，发生内涵和外延的漂移，这都是为了确保思维过程中逻辑的高度稳定和统一，于是就有了矛盾律和排中律对同一律的补充。所有这一切都是理性思维的森严规范。而幽默之所以能在期待失落以后，

---

① 卓别林：《我的秘诀》，陈孝英等编：《喜剧电影理论在当代世界》，新疆人民出版社，1988 年版，第 173 页。

又能在逻辑空白中意外地落实、顿悟，就是因为它在逻辑上从一个概念转移到另一个概念上去了，如果不转移就只能落空，由于转移到另一个概念上去了，它就开辟了另一条思路，在另一条逻辑线索上，也就是在逻辑空白中又贯通了。这种新的贯通，就为某种意味的切入提供了条件，为共享情感准备了通道，把对方逼入自己预设的调侃或者讽喻的空白中去，让对方构成意外的顿悟。这就从滑稽上升到幽默或者讽刺了。正因为这种顿悟是隐蔽的、突然的，才引起了惊喜，产生了微笑，即使是在互相对峙的情境中，也能在无声中缩短心灵的距离，缓解对抗。

西方报纸上有一则报道说，20 世纪 80 年代，美国总统里根到加拿大访问，一下飞机，就遇到一批加拿大人高呼口号反对他，东道主多少有些尴尬。为了减轻东道主的压力，里根很轻松地说："举着旗帜呼口号反对我，挺平常，我在国内常常遇到。"这样一说，虽然缓和了一点紧张空气，但是还没有从根本上解决问题。里根接着又说："说不定这些喊口号的人就是从我国跟过来的，目的就是给我一种'宾至如归'的感觉。"里根这么一说，双方都轻松地笑了。他在这里用的就是概念转移和逻辑错位的办法。举旗帜，呼口号，本来的意思（或者准确的内涵）表示政治上的强烈反对，这个内涵是很确定的，其意味是心照不宣的，这似乎是唯一的思路。但是里根却把这个政治行动的内涵作了二重转化。第一重是把加拿大人转化为美国人，这是第一次偷换概念，这已经使冲突缓和了不少。但是这还不足以引起微笑。里根所作的第二次偷换概念是把喊口号反对他变成了对他亲切友好的表示。由于这样的概念偷换，把第一条似乎山穷水尽的思路变成了另一条柳暗花明的思路。在文学作品中，可能比较复杂，但是其根本道理却是相同的。为了便于说明问题，只好拣比较简单的文学作品为例，契诃夫早年有一篇文章，叫作《我的"她"》。原文如下：

按照我父母和上司的权威说法，她出世比我早。他们的话对不对，另当别论，我只知道我有生以来没有哪一天不属于她，不感到处处在她的威力之下。她日日夜夜不离开我，我也没有表示过要同她分开的意思，因此这种结合是坚实牢固的。……然而您不要嫉妒，年轻的女读者！……这种打动人心的结合给我带来的，除了不幸之外，一无所有。第一，我的"她"日日夜夜不放松我一步，不容许我专心工作。她妨碍我读书，写作，游玩，欣赏自然景物。……我正在写这几行，她却老是捅我的胳膊肘，每时每刻引诱我到床上去，不下于古代的克娄巴特拉引诱古代的安东尼。第二，她像法国妓女一样害得我倾家荡产。我由于爱她而牺牲了一切：事业、名誉、舒适的生活。……多承她的厚爱，我才穿得破破烂烂，住在租价便宜的公寓房间里，吃些乱七八糟的东西，用淡墨水写字。她吞噬了一切，一切，这个永不餍足的东西！我憎恨她，蔑视她。……早就应该跟她分手了，然而我却至今没有同她分手，这并不是因为莫斯科的律师们办理离婚案要收费四千。……我们目前没有孩子。……您想知道她的名字吗？行啊。……她的名字富于诗意，使人联想到莉莉亚、列丽雅、涅丽。……

她叫"懒惰"。①

这里顺便指出一点："懒惰"在俄语里和莉利亚、廖利亚、奈利亚是谐音，这就增加了概念转移的隐蔽性。本来契诃夫用尽一切模

---

① 《契诃夫文集》第3卷，汝龙译，上海译文出版社，1983年版，第345页。

棱两可的描述把读者的思路往爱情的方向引导，特别是利用了"懒惰"在俄语中作为阴性名词，其代词是阴性的"她"，这就更有利于把爱情的"她"向秉性的"它"悄悄地转移。在同一个概念"她"中包含着双重内涵，在表层是异性，所以契诃夫用了许多属于女性的描述，例如：拉"我"上床，把"她"比作妓女，引申出离婚等等，但是在深层却是作家本身的秉性。本来这两种概念互不相容，但是由于阴性名词的暗示和逻辑推演，使得在逻辑的表层上充满了婚恋的属性。但是这种属性虽然强烈，可并不过分，因为所有这一切都在爱情和懒惰均可包容的内涵之间，没有越出二者的边界，因而不管多么强烈，都没有构成逻辑转移、错位的障碍。占据文章篇幅百分之九十的文字讲述的是爱情的无奈，直到最后一句才突然冒出来另一个内涵，贯通了另一条思路，突然变成了对懒惰秉性的自嘲。两条思路代表两条逻辑，这两条逻辑如果是各自独立的话，它们就毫无关系了。然而这两条逻辑线索并没有互相平行，主要原因是其中有一个模棱两可的概念成为互相交叉的联结点。这就使得思路从身外的对之无可奈何的爱人这一条逻辑线索上过渡到身内的同样也是无可奈何的懒惰上去了。二者之间的反差是这样强烈，因而在刹那之间形成怪异，原本是埋怨他人的，却突然变成了对自己的调侃。

总起来说，幽默的笑产生于：第一，特定的语境，也就是逻辑空白中；第二，它不是单纯一贯的逻辑，而是二重复合逻辑，两条逻辑反差的强烈，造成不伦不类之感；第三，二重逻辑不是互相冲突的，也不是互相平行的，而是一条逻辑向另一条逻辑转化的，它以突然性和隐蔽性见长，这是由于它借助了概念"错位"；第四，二重逻辑反差的强烈造成失落、不和谐感，而逻辑"错位"（或者篡位）的隐蔽又使不和谐转化为和谐；第五，在一条思路向另一条思路转移，发生混乱、感到迷惑之际，立刻在另一条思路上贯通，享受到一种顿悟的快感。失落与落实、困惑与顿悟在心理上交织，就产生了会心的具有某种思维深度的幽默的微笑。

原载《文艺理论研究》1998 年第 5 期，转载于《新华文摘》1999 年第 1 期。

论《红楼梦》中八个美女死亡的谱系

一、史家笔法：内心感知的留白和外部言与行的多元

在世界文学史上，有一个值得注意的现象，小说内容往往离不开爱情和死亡。比较起来，爱情常大笔浓墨、淋漓尽致地展开，经典巨制比比皆是，其原因可能是这方面触及灵魂的体验比较直接而且可以多次性的，而对死亡的描述则相当简短，很少脍炙人口的经典，这大概是因为死亡的体验是一次性的，一去不复返，成为永恒的秘密。但是，大作家在这方面往往勇于探险，如鲁迅，在他的小说里写了八种死亡，每一种死亡都没有重复。① 但是，他几乎没有正面写到死者的感知。只有阿Q之死："耳朵里嗡的一声，觉得全身仿佛微尘似的进散了。"就这么一句，以西方小说的艺术准则来看，似乎太简单了，显不出才气。他们对于死亡往往是并不回避正面描写。詹姆斯·伍德在《小说机杼》中这样枚举式的概括：

> 在文学中，亦如在生活中，死亡常常随着明显不搭界的东西，福斯塔夫喋喋说着绿色田野，巴尔扎克笔下的吕西安在自杀前注意到建筑的细节（《烟花女荣辱记》），《战争与和平》中

---

① 孙绍振：《杂文家鲁迅和小说家鲁迅的矛盾》，《新华文摘》2009年第17期。

安德鲁王子临终前躺在床上梦见一段琐碎的对话。《魔山》里的约阿西姆在毯子上挥动手臂，"好像他在收拢什么东西一样"。普鲁斯特认为这种无关性将永远伴随我们的死亡，因为我们永远没准备好去死。

他又举契诃夫的《六号病室》的结尾，说拉金医生已奄奄一息：

> 一群鹿。体态优雅，特别漂亮，他昨天在书房里读到过的那种，从他身边跑过；然后一个农妇向他伸出手，手里有一封挂号信……米哈伊尔·阿韦良内奇说了什么。接着一切都消失了，安德烈·叶菲姆奇永远失去了意识。①

西方小说家正面描写死者内心的感受，其特点是与死亡"明显不搭界的"幻觉，丰富多彩，相比起来，鲁迅可能也是有点藏拙吧。但是，鲁迅殊胜的地方，在于写死亡之后的种种不同的反应。城里没有人悲伤，没有人哭，反而觉得不如预期的好玩，不过瘾。举人和秀才家都"号啕"了，但不是哭阿Q，而是秀才进城去报官，辫子给革命党剪掉了。阿Q枪毙了，举人家的损失捞不回来了。都为自家损失而哭。这种写法的特点是用外部的不同反应和不同的逻辑，形成一种错位的感知。鲁迅的特点是让这种错位显示了荒谬性，和死亡的悲剧性发生双重错位，构成喜剧性。把悲剧当成喜剧来处理，这才是鲁迅的创造。

---

① 詹姆斯·伍德：《小说机杼》，黄远帆译，河南大学出版社，2015年版，第43页。文中所述安德鲁王子，在多种译本译作安德烈王爵，而且死前也不如作者所说的"梦见一段琐碎的对话"。下文论及时，将有引述。

　　鲁迅的这种避开死者的感觉着重写外部反应的方法，很有民族独创性。中国的经典小说跟西方的小说不同，一般不像托尔斯泰、司汤达那样着重写人的心理过程，而是反复写外在的表现，用外部的言和行来表现内心的感情的深邃。《三国演义》中周瑜、关公、诸葛亮，《说岳全传》中岳飞死后的多元反应是一脉相承的。① 其集大成者当为《红楼梦》中八大美女之死。

　　这为什么呢？中国的小说有史传文学的传统，中国史家有个规范，就是记言和记事。孔夫子的《春秋》笔法，只讲事实，没有评论，更不能有心理分析。褒贬的倾向性就在言和行之叙述之中，这种"春秋笔法"足以使"乱贼臣子惧"。在《红楼梦》第三十六回，作者对贾宝玉和林黛玉"求近之心，反弄成疏远"这样的心理错位，并无直接的描述。曹雪芹坦承自己对于相爱的人物内在的"私心"难以"备述"。对"宝玉心中所怀"抱着"不可十分妄拟"② 的态度。

　　从这个意义上看，《红楼梦》中八个美女之死的特点是：第一，它不像西方小说那样直接描写死者内心的直接感知幻觉；第二，它是以外部反应的行为和话语来展开死亡的效果的；第三，它一连串写了八种死亡，不相重复，构成一种美的毁灭的宏大谱系。

　　本文试将此三个方面综合起来逐一作比较分析。

---

　　① 《三国演义》关公之死，孙权、曹操、刘备、诸葛、张飞的反应多元交错，《说岳全传》中岳飞死后，金兀术、牛皋的喜剧性反应，下文将有论述。中国古典小说中，也有《封神演义》那样的，善恶相斗的双方死了，一概都是：一道阴魂飞往封神台去也。最后由姜子牙一视同仁地拜将封神。鲁迅是接受了《三国演义》《说岳全传》的传统，拒绝了《封神演义》的传统。下文将有所论述。

　　② 参阅《红楼梦》上，俞平伯校，启功注，北京：人民文学出版社，2016年版，第386页。

二、"同花异果"的"错位"运动

同一母题，反复抒写，相近、重复、雷同的风险是很大的。艺术之妙在于不可重复性，这在中国古典小说理论里还上升为一对范畴，叫作"犯"和"避"。写过一事以后，再写类似的，不能趋同，否则就叫"犯"。要写得丰富，就要超越原来的写法，叫作"避"。如果敢于"犯"，硬是不"避"，就要"犯"而"不犯"，写出新的名堂来，那就是更高的艺术了。这是毛宗岗在评点《三国演义》的时候提出来的：

> 《三国》一书，有同树异枝、同枝异叶、同叶异花、同花异果之妙。作文者以善避为能，又以善犯为能。不犯之而求避之，无所见其避也。

他举了许多例子，最突出的是写战争中之火：

> 吕布有濮阳之火，曹操有乌巢之火，周郎有赤壁之火，陆逊有猇亭之火，徐盛有南徐之火，武侯有博望、新野之火，又有盘蛇谷、上方谷之火：前后有丝毫相犯否？

当然不仅限于战争之火：

> 甚者，孟获之擒有七，祁山之出有六，中原之伐有九：求其一字之相犯而不可得，妙哉，文乎！譬如树同是树，枝同是枝，叶同是叶，花同是花，而其植根、安蒂、吐芳、结子，五

色纷披，各成异彩，读者于此可悟文章有避之一法，又有犯之一法也。①

毛宗岗比曹雪芹早几十年，他的"同树异枝、同枝异叶、同叶异花、同花异果之妙"，曹雪芹是不是看到过，无从查考。但是他在创作实践中确实做到了八个美女的死亡、美的毁灭都是以"善犯为能"，"犯"中有"避"的。许多研究《红楼梦》的学者，似乎不约而同地忽略了《红楼梦》的艺术匠心，拘泥于单个人物的死亡，作孤立的论述，难以洞察其死亡艺术之奥秘。要真正领悟其精妙，当在系列美女死亡之"同枝异叶""同花异果"的"错位"谱系中展开。

第一个是秦可卿的死亡，可惜的是一个艺术上没有完成的死亡。她莫名其妙地死掉了，没有原因。据考证原来的稿子叫《秦可卿淫丧天香楼》，是跟她的公公贾珍通奸被发现，自杀了。② 曹雪芹听了畸笏叟的劝告：这么写，太丑了，太黑暗了，太肮脏了，最后改成让她死得没有原因，事前没有任何暗示，是凤姐梦中惊醒突然得知的。对于这个列入金陵十二钗的人物，这样草率地处置，不论在人物刻画上还是情节构造上是有缺陷的，在文字上也留下了痕迹。第

---

① 以上所引均见朱一玄等编：《三国演义资料汇编》，百花文艺出版社，1983 年版，第 301—302 页。

② 甲戌本第十三回前有云："封龙尉，写褒中之贬，隐去天香楼一节，是不忍下笔也。"按原本《风月宝鉴》秦可卿和贾敬通奸，为贾宝玉发现而自杀。其中还牵涉到宝玉和秦可卿的私情。畸笏审阅时指出："'秦可卿淫丧天香楼'，作者用史笔也。老朽因有魂托凤姐贾家后事二件，嫡是安富尊荣坐享人能想得到处。且事虽未漏，其言其意则令人悲切感服。姑赦之，因命芹溪删去。""此回只十页，因删去天香楼一节，少却四五页也。"（朱一玄编：《红楼梦资料汇编》，南开大学出版社，1985 年版，第 233 页。俞平伯：《脂砚斋红楼梦辑评》，中华书局，1960 年版，第 174 页。）曹雪芹删节，将贾敬改成贾珍。

十三回，对秦可卿之死，"合家皆知，无不纳罕，都有些疑心"。曹雪芹用了"疑心"这两个字，就说明，连他自己都感到情节有漏洞。曹雪芹花了极大的篇幅写她的死亡引起了盛大的出殡仪式，把主题转移到请王熙凤过来主持盛大豪华的典礼：让她游刃有余地和各式各样的人物，包括跟宫里太监、大小官僚打交道，得心应手地治理种种弊端，显示王熙凤这个女人在治家的才能上，远远超越贾府男性接班人。除此以外，曹雪芹又把秦可卿写成一个很有远见卓识的人物，托梦给王熙凤，说贾家赫赫扬扬，鲜花着锦之盛，已将百载，很难避免"盛筵必散""树倒猢狲散"。提出广置田产，"便是有了罪"，家私入了官，此等财产是不会没收的，可保证祖坟四时祭祀不绝，足够立家塾，供给子孙读书务农，"后日可保永全"（第十三回）。① 从死亡的表现来说，这个人物有点破碎，但是，在主题的完整上发挥了前后呼应的功能。

　　第一个直接描写的是金钏儿的死亡。王夫人午睡，金钏儿捶腿，贾宝玉跟她开玩笑。他们以为王夫人睡着了，哪知王夫人半醒着，马上给金钏儿一个耳光，骂她道，好好的爷们，都叫你教坏了！立马把她开除。后来得到消息，她自杀了。金钏儿的死亡，用几句话带过去，本来这是很难讨好的，但是却很动人。关键在于她的死亡引发的"效果"：贾宝玉挨贾政痛打的大场面，调动了贾母、王夫人等前来抢救，展开了一系列"错位"的反应。"错位"的特点是人物相互之间，并不是敌对的，如果单纯对立/敌对，就简单、粗浅了；人物要有个性，在情感上相当一致又拉开距离。在爱护贾宝玉这一点上，贾母、王夫人、林黛玉、薛宝钗、王熙凤，甚至贾政是

---

① 以上所引均见曹雪芹、高鹗：《红楼梦》，北京：人民文学出版社，1982 年版，第 175 页。

一致的。如果完全一致，就重合了，心心相印，就是诗化了，也很难有个性。错位则是在某种程度上重合，又拉开距离。好像两个（或以上）交叉的同心圆，我把这叫作"错位"，作为小说人物的基本范畴。①

曹雪芹笔下的"错位"，不是静止的，而是运动的。按黑格尔美学情节发展的动因，乃是内在矛盾对立，然而曹雪芹推动情节发展的乃是人物对同一事件在话语和行为逻辑上的"错位"，构成八大美女死亡的盛衰、悲喜、美丑、雅俗交织的丰富的谱系。由于"错位"是多元的，又是运动着的，八个美女之死才做到了"犯而不犯""同花异果"，构成了纷纭万状的美的毁灭的谱系。

三、正剧性、悲剧性、喜剧性和诗性、哲理性

金钏儿之死的"错位"在于：王夫人很后悔，甚至于流泪了，还给她家人几十两银子。王夫人以为，这么多钱，和小丫头生命相抵，已经很慈悲了。这是一重生命价值与实用物质的错位。薛宝钗说，也许并不是你的原因，可能是她自己失足掉到井里去了。为了安慰王夫人，不惜说谎，把死亡与王夫人的因果关系脱开。这是生命价值与善意的谎言的错位，是第二重错位。贾母、王夫人抢救宝玉。王夫人说，我就剩下这么个儿子，你这要把他打死，我怎么办？这是王夫人和贾政的错位，是第三重错位。贾母说，你要把他打死还不如把我打死了，弄得贾政马上跪下。这是第四重错位。在贾母

---

①　关于小说中人物之间"错位"的范畴，我在《文学创作论》第七章"小说对话的心心错位""在共同情意中拉开心理距离"两节中首次提出。（参阅《审美形象的创造：文学创作论》，福州：海峡文艺出版社，2000年版，第615—620页。又孙绍振：《文学创作论》，海峡文艺出版社，2007年版，第434—440页。）

的溺爱与贾政怒其不争之间，一连串的人都来慰问。林黛玉是什么话也说不出，眼睛都哭红肿了，只说了一句话，"你改了吧"。许多《红楼梦》学者回避了这一点。其实，这里有林黛玉和贾宝玉的错位，宁愿贾宝玉改了，也不能把命丢了。这是第五重。更深刻的是和薛宝钗的错位。薛宝钗是关切贾宝玉的，但没哭，拿了一些治伤的药，很理性，说涂一下，就不疼了。同样对贾宝玉好意，薛宝钗和林黛玉的感知是"错位"的，这是第六重，其性质是实用价值观念和情感/审美价值的错位。

以上错位的性质是正剧性的。

第二个用大笔浓墨写的是晴雯之死，不像金钏儿那样是侧面交代的，这是正面写的。这在《红楼梦》中是一个小的高潮。王夫人把她驱逐出去毫无道理。就看她水蛇腰，长得漂亮，比较张扬，看到小丫头不顺眼还要骂。晴雯身居下贱，心比天高，秉性坦荡。不像那个袭人那样，安分守己。这里的亮点是曹雪芹处理"犯"和"避"，"善犯为能"，"犯之而后避之"的真功夫。写晴雯之死，避免了写金钏儿之死全能全知的叙述，而是通过贾宝玉的眼睛去看。她在哥哥嫂子的家，贫病交加，嫂子对她很恶劣，连水都不给她喝，让她去死。在贾宝玉眼中，在他面前可以顶嘴的，可以撕扇子取乐的，如今落到这步田地，在贾宝玉眼中和在晴雯嫂子眼中的晴雯的处境，这是第一重错位。

第二重，晴雯把她自己的内衣脱下来给贾宝玉穿上，贾宝玉接受了。其实没什么亲密关系，白担了一个空名。这一重是纯洁的精神关系和躯体的关系的错位。

写到这个份儿上，要不"犯"，难度就比较大，在一般作者那里，可能就要"避"了。没有"犯""避"的自觉，勉强写下去有两种可能：第一，让晴雯赶快死掉，那悲剧性就成强弩之末了；第二，让两个人进一步亲密一番，就很俗气。曹雪芹的精彩就在于，在贾宝玉看着晴雯奄奄一息不胜悲抑的时候，安排晴雯嫂子进场，这个风骚女人要挟宝玉上床。一下子就双腿把贾宝玉给夹住了。① 从人物关系来说，这个错位比较复杂。首先，晴雯和宝玉的关系，在贾宝玉眼中是纯洁的，而在下流的女人来看肯定是肉欲的。其次，从风格上看，晴雯垂死的悲剧高潮，平添一个喜剧小丑，高雅的悲剧和恶俗的闹剧的错位。这第三重错位实在是太独创了。这样悲剧中的闹剧性/喜剧性的穿插，似乎并不是偶然的，而是有匠心的。再到司棋之死，鸳鸯之死中，还会遇到。

　　中国古典小说多有大团圆之正剧结局，悲剧性与喜剧性皆有不足。《儒林外史》颇富喜剧性。范进中举以后家私暴富，范母本以为系借来，得知全系人赠，乃大笑而死。吝啬鬼严贡生临死，口不能言，为着两根灯草，伸着两个指头不肯死，等到小妾领悟，把灯草去掉一根，才合上眼。这在喜剧性上弥足珍贵，但是，范母、严贡生之死无悲剧性。至于《说岳全传》，岳飞冤死，对手金兀术对之尊崇，偷偷去墓前祭拜，岳飞生死兄弟牛皋后到，金兀术被牛皋所骑而气死，而牛皋则因而笑死。此系在岳飞悲剧之后，比之晴雯之悲喜交融双重错位虽不及，但稍可望其项背。然在错位的丰富、深邃上和《红楼梦》不可同日而语。接着写贾宝玉对晴雯非常怀恋，一个小丫头骗他，说晴雯临死时说她不是死，而是天上少了一位花神，玉皇敕命她去司主。宝玉去探看灵柩，而晴雯哥嫂等她一咽气便从贾府命拿了十两烧埋银子，雇人入殓，抬往城外化人场上去了。宝

---

① 这里要说明一点，按脂砚斋本，这个嫂子虽然放荡，发现二人并没有实质性的关系，还是放了宝玉，而按程乙本，则是挟持宝玉不成，是由于外面有人喊叫打断。（参阅曹雪芹、高鹗：《红楼梦》，人民文学出版社，1957 年版，第 1013—1014 页。）故夏志清先生在《中国小说史论》中，对程乙本此处对脂本的修改，特别赞赏。

玉扑了个空，写了悼文《芙蓉诔》，把晴雯的死亡升华到仙化的层次。这是第四层次，是恶俗和诗化的错位。

在八个美女死亡/美的毁灭的谱系中，如果说秦可卿那个美的毁灭未完成的话，晴雯的死亡则全面完成了美的毁灭。错位的运动，从正剧到悲剧、闹剧，还不够，又加虚幻的成仙和高雅的诗化，错位的性质之悬殊，层次之多，在中国小说中可谓前无古人，就是和西方经典小说相比，都堪称独领风骚。

三个美女之死都没有"犯"，再要第四个，"犯"的风险就递增了。曹雪芹的魄力就在于，再一次别出机杼，写司棋之死，由抄检大观园引起。最初，读者对司棋一点同情心都没有。傻大姐拿出来一个绣春囊，王夫人觉得很严重，有伤风化，毒害小姐、少爷。王宝善家的想用抄检大观园的办法，打击平时对她不怎么客气的丫鬟。结果抄出了自己外甥女司棋和她表兄潘又安的情书，铁证如山。二人都非常狼狈。搬起石头砸自己的脚，这是一重"错位"。司棋的主子迎春是个美人，但是心很冷，司棋就要被赶走了，求她，她无动于衷，就是不保，而宝玉欲救无方，这是第二重错位。这时读者，从幸灾乐祸到有所同情。此后，有一句话很值得注意：

> 凤姐见司棋低头不语，也并无畏惧惭愧之意，倒觉可异。①

司棋面临着被开除，身败名裂，居然无所谓，挺有担当！情人潘又安溜掉了，这是司棋与潘又安的错位，司棋的悲剧性增强了。待到潘又安回来，实际上已经发财，但曹雪芹进一步营造错位，不让他说出来。如果讲明发财了，在价值观念上就不是情感的审美，

---

① 曹雪芹、高鹗：《红楼梦》，人民文学出版社，1982 年版，第 1059 页。

而是世俗的实用功利了。潘又安一副潦倒落魄的样子，来迎娶司棋，司棋妈妈大骂，可司棋就是要嫁。从这里不难看出，错位在激化中衍生，运动极其迅速，妈妈不同意，司棋就一头撞死了。这突如其来的错位非常震撼，读者不能不对她的刚烈感到肃然起敬。原来她把情感看得比物质、比生命还重要。这个时候妈妈大哭。潘又安说，我本来是外面发了财，怕你们因为我有钱才嫁我。不过想考验她一下。现在她死了，我再有钱也没用了，那我也不活了，就自杀了。这个错位推动着错位，其幅度在生死之间，可谓达到了最大限度。

曹雪芹推动错位的匠心，关键在于为潘又安选择的丈母娘和为晴雯垂危之际选的浪荡嫂子一样，在情节上功能是一致的。没有她的势利，就没有这个震撼人心的悲剧性错位衍生。这里有司棋、潘又安之间的情感错位，加上司棋母亲的观念的错位，等于将艺术感染力乘了二次方。这种死法跟罗密欧与朱丽叶是一样的，也就是时间上的一点错位，长老给她吃了一种药，就说暂时是死了，等她醒来一看，罗密欧自杀了，她也自杀了。曹雪芹和莎士比亚，时间空间距离甚远，却异曲同工，这正是错位推动错位的艺术规律在起作用。

这里蕴含着古典小说的艺术深邃规律，相爱的人一见钟情，心心相印，这不是小说，而是诗。相爱的钟情了以后又不钟情，不钟情了又钟情，这才有点小说的感染力。俄国形式主义者什克诺夫斯基曾经总结得很简明：

> 故事需要的是不顺利的爱情。例如当 A 爱上 B，B 觉得她并不爱 A；而 B 爱上 A 时，A 却觉得不爱 B 了。……可见故事不仅须要有作用，而且需要有反作用，有某种不一致。

他的核心观念是，爱情小说的关键在"不顺利""反作用""不一致"，西方文论中难得这样具体地触及小说的内在规律。但是，它还不够完善。首先，如果完全是"不顺利""不一致"，绝对的"反作用"，完全对，就简单化了，难以运动，甚至是无以为继了，应该是一致中的不一致，反作用中的正作用，又爱又不爱，也就是错位才有小说的情节发展和人物的个性可言。其次，把小说中的恋爱仅仅归结在两个人的关系是以偏概全的。三十年代鲁迅把张资平的小说概括为一个三角形。① 那就是说，光有 A 和 B，还很难写小说，还得有个 C 才有更多"错位"的空间。司棋和潘又安之死，就得力于她母亲的介入，林黛玉和贾宝玉的悲剧艺术，得力于薛宝钗的存在。什克诺夫斯基的说法很聪明，但将之局限于爱情，是太狭隘了，作为叙事文学，爱情、亲情、友情，都是一样的，艺术感染力不仅来自当事人的感知行为错位，而且还有周围人的看法、想法、说法、做法等的"错位"。这个公式应该更全面地概括为多重的错位范畴，人的精神内涵很丰富，瞬息万变，在时间上，在空间上，在相互的理解上，统一而又不统一，错过了时间，错过了地点，错过了理解，导致了悲剧，或者喜剧。

如果从错位谱系上比较一下艺术水准的话，司棋的死亡略逊一筹，晴雯的死亡更震撼。其一，司棋之死是直书其事，情节于高潮处，纯用简括叙述，运动过速。其二，司棋的悲剧发生了，就过去了，没有引起他人一连串的错位反应；而晴雯的死亡，错位的运动是丰富的，从极端高傲到极端可怜，从高雅的悲剧到恶俗的闹剧，从随意的谎言到正经的诗化。

---

① 《张资平氏的"小说学"》，《二心集》，《鲁迅全集》第 4 卷，人民文学出版社，2005 年版，第 235—236 页。

从这里可以看出：中国小说写人的死亡，并不执着于直接渲染死者感受（幻觉、错觉）的过程，重点在不同人的眼光里，多重的在性质上和幅度上的错位衍生运动。如果人死亡了以后就结束了，虽然事情本身有动人之处，但是错位是静止的，要让小说的艺术潜力发挥到极致，就要让错位运动起来，在运动中才能达到"善犯为能"的精彩。

死亡谱系中第四种是尤二姐之死。这个人的死亡在整个谱系中是比较暗淡的。尤二姐身份下贱，过着卖笑/卖身的营生。曹雪芹写到这里，对贾府就不再像写秦可卿时那样留情了，不但让贾珍、贾蓉父子两个同嫖一个女人，还加上贾琏，身为贾蓉的叔叔，也参与其间。尤二姐就忍受着这样卑下的、龌龊的生活。但是，她非常善良，非常轻信。她甘于做贾琏的"二奶"。王熙凤发现了以后，讲了一句话，"这才好呢"，其中充满了杀机。她没有大闹，而是表面上非常贤惠，啊呀，妹妹呀，你这住到外面，像什么话？我也不好看，你也不好看，你二爷脸上不好看，还是到家里来吧。用怀柔的办法把她骗到一个偏房里，然后就虐待她。这个软弱的、善良的、没有抵抗力的、不想往上爬的女人被折磨死了以后，王熙凤竟然还哭，"哎呀，妹妹呀，你把我丢下一个人，我怎么办啊？"她的软弱和善良和王熙凤这朵"恶之花""错位"的幅度是很大的。

在美女的死亡谱系中，金钏儿是最无辜的，晴雯是冤屈的，司棋是殉情的，都是有自己的精神原则，而尤二姐，则是被侮辱、被损害的，软弱的、不洁的，几乎没有自己的精神光彩，但是，作者以悲悯之心，让她仍然有小人物善良的微光。当然没有陀思妥耶夫斯基《罪与罚》中被迫当了妓女索尼娅最后从基督信仰中得到救赎的光彩。

第五种是尤三姐。很震撼，很有生命力，不断被改编成地方戏剧、京剧，甚至电影。她在死亡谱系中，可以说是最光彩的，可以说是贾府黑暗中的一道精神之光。她也是三陪女，但是她和她姐姐不一样，拿准了那些男人都是很贱的。凭着美丽这种本钱，她不要脸，很凶悍地折磨男人，弄得那些色鬼男人对她没有办法。她跟潘又安和司棋一样，都是殉情而死，但要高出很多。首先，尤三姐是出之于丑恶污秽中的奇葩。《红楼梦》三家评本如下：

> 看官听说：这尤三姐天生脾气，和人异样诡僻。只因他的模样儿风流标致，他又偏爱打扮的出色，另式另样，做出许多万人不及的风情体态来。那些男子们，别说贾珍、贾琏这样风流公子，便是一班老到人，铁石心肠，看见了这般光景，也要动心的。及至到他跟前，他那一种轻狂豪爽，目中无人的光景，早又把人的一团高兴逼住，不敢动手动脚。所以贾珍向来和二姐儿无所不至，渐渐的厌了，却一心注定在三姐儿身上，便把二姐儿乐得让给贾琏，自己却和三姐儿捏合。偏那三姐一般和他顽笑，别有一种令人不敢招惹的光景。他母亲和二姐儿也曾十分相劝，他反说："姐姐糊涂！咱们金玉一般的人，白叫这两个现世宝玷污了去，也算无能！而且他家现放着个极利害的女人，如今瞒着，自然是好的；倘或一日他知道了，岂肯干休？势必有一场大闹。你二人不知谁生谁死，这如何便当作安身乐业的去处？"他母女听了他这话，料着难劝，也只得罢了。尤三姐天天挑拣穿吃，打了银的，又要金的。有了珠子，又要宝石。吃着肥鹅，又宰肥鸭。或不趁心，连桌一推。衣裳不如意，不论绫缎新整，便用剪刀剪碎，撕一条骂一句。究竟贾珍等何曾随意了一日，反花了许多昧心钱。①

---

① 曹雪芹、高鹗著，护花主人、大某山民、太平闲人评：《红楼梦》，上海古籍出版社，1988 年版，第 1079 页。

尤三姐不想如二姐那样同流合污，"异样诡僻"，她的错位首先表现为自己身上可以有污泥，但力图感情生活上不染。在这一点上，曹雪芹用笔可谓淋漓尽致。让她把那些色鬼"逼住"，使其"不敢招惹"她，而且尽情以恶抗恶。曹雪芹以中国传统史传文学"记言"的原则让她"不怕丑"，坦然讲出来。有的版本不一样：尤二姐当了二奶，就问尤三姐是否也有个安身立命的想法。这尤三姐就哭了，讲道：

> 姐姐今日请我，自有一番大礼要说。但妹子不是那愚人，也不用絮絮叨叨提那从前丑事，我已尽知，说也无益。既如今姐姐也得了好处安身，妈也有了安身之处，我也要自寻归结去，方是正理。但终身大事，一生至一死，非同儿戏。①

她并不回避"从前丑事"，但要自己寻找"归结""方是正理"。这是曹雪芹为她的丑的反抗提供的理由。从性质上讲，这是丑和美的错位。人民文学出版社的版本，与脂砚斋本略有不同：

> 向来人家看咱娘俩细微。都不知安怎么心。所以，我泼着眉脸，人家才不敢欺负我。

"细微"就是地位低下，但是，"泼着眉脸"很泼辣啊，你要坏，我就跟你坏到底，以至于贾珍、贾蓉看了都害怕。她以污抗污，以恶求善，以丑求美。最后，她道出了她的人生理想和追求：

---

① 曹雪芹、高鹗：《红楼梦》，人民文学出版社，1982 年版，第 932—933 页。

　　我如今改过守分，只要我拣一个素日可心如意的人方跟他
去。若凭你们拣择，虽是富比石崇，才过子建，貌比潘安的，
我心里进不去，也白过了一世。①

　　这显然是把她理想化，显示她有自己的精神生活的最高原则，
让她立志"改过守分"，坚决要自己拣个如意的人。别人选的，不管
多么有钱有势，如果"心里进不去"，就"白过了这一世"。在《红
楼梦》中，对她这样的身份，曹雪芹可能是把"错位"幅度拉到
了最大限度。她看中了柳湘莲。但是，尤三姐的放浪、泼辣和她的
爱情非常专一构成了性格的内在的错位又衍生了错位。柳湘莲认为
贾府上下除了石狮子以外都不干净。婚约被毁了，错位激烈运动起
来，她和司棋一样重情超越生死，其刚烈完全在瞬间爆发，马上自
杀了。错位接着错位大开大合地运动。曹雪芹为了不"犯"，没有让
柳湘莲像潘又安那样自杀，而是让他出家。
　　尤三姐形象的光彩在于：第一，因为和柳湘莲的情感错位，从
极其放荡到极其刚烈。第二，她的死又引起柳湘莲的忏悔不算，还
看破红尘。一个为纯情而死，一个为情而看破情，双重错位反差非
常强烈。她的殉情，和二姐的软弱、自贱形成反差。和司棋的死不
同，一个脏女人，居然有这样一种刚烈的、纯洁的情怀。她的精神
光彩是从最卑污处发出的，故特别耀眼。是这个社会，这个环境，
造成了她和柳湘莲精神的错位，曹雪芹为了表现她精神的光彩，毫
不心慈手软地把她送上了死路。
　　曹雪芹在美女死亡的谱系里，把最高贵的精神给了生活在阴沟

---

① 曹雪芹、高鹗：《红楼梦》，人民文学出版社，1982 年版，第 933 页。

里的，从世俗眼光中最卑污的女人。这个实在是曹雪芹的美学最深邃辉煌之处，他的审美价值观念太超前了。

尤三姐之死是大观园外的一个插曲，她并不在十二钗"正册""副册"之中，故曹雪芹用笔不多，孤立地看，似乎她的错位运动不如晴雯那么丰富，但是，就精神光彩来说，超越了晴雯。在中国女性的殉情史上，还超越了怒沉百宝箱的杜十娘。杜十娘身为妓女，但作者并未写其与李甲之外嫖客周旋的丑恶，也未将情感追求作理想化的表白，更没有让李甲作出柳湘莲式的遁入空门。但是，这样的人物为什么不列入金陵十二钗正册、副册？是不敢呢，还是不屑呢？曹雪芹的贵族身份和艺术家的身份是有矛盾的，他的天才想象受到了他贵族身份的窒息。①

在死亡谱系中，第六个是鸳鸯之死，别具一番光彩。鸳鸯是贾母的贴身丫头、心腹。贾母的大儿子贾赦是个色鬼，看中了鸳鸯，叫大老婆邢夫人去讲。鸳鸯拒绝，得到贾母的支持。贾赦就讲，你嫌我老，自古嫦娥爱少年，肯定是看中了宝玉了。鸳鸯就剪下一缕头发，说，我就终身不嫁，等老太太归天了我就死。事情搁在那里。等到贾母仙逝，轮到写鸳鸯之死了，写了五个人的死亡之后，"犯"而不"犯"的难度是以几何级数递增的。鸳鸯死亡的难度就是金钏儿死亡难度的六次方，但是，没有难倒曹雪芹。"只见鸳鸯已哭的昏晕过去了，大家扶住捶闹了一阵才醒过来，便说'老太太疼我一场我跟了去'。"② 这时曹雪芹难得地正面写人物的死亡时的感觉。他先用鸳鸯的语言作心理剖白：

---

① 我曾经为文指出曹雪芹把赵姨娘刻画得那么讨人嫌，可能是出于对妾（半个奴才）的等级偏见（参阅孙绍振：《挑剔文坛》，福建人民出版社，第117—118页）。

② 曹雪芹、高鹗：《红楼梦》，人民文学出版社，1982年版，第1525页。

老爷是不管事的人，以后便乱世为王起来了，我们这些人不是要叫他们摄弄了么。谁收在屋子里，谁配小子，我是受不得这样折磨的，倒不如死了干净。①

《红楼梦》写鸳鸯之死不但写独白，而且难得像托尔斯泰一样，写死亡过程中不断衍生的幻觉。她走到房间里想自杀，不知道怎么个死法，走回老太太的套间，幻觉开始了：只见灯光惨淡，隐隐有个女人拿着汗巾子好似要上吊的样子。鸳鸯也不惊怕，想：这个是谁啊？和我的心思一样，倒比我走在前头啦。便问道，你是谁？咱们两个人是一样的心，要死一块儿死。那个人也不答言。鸳鸯走到跟前一看，觉得冷气倾人，那个人不见了。鸳鸯在炕沿上坐下，仔细想道：哦，是啦，这是东府上的小蓉大奶奶啊。她早就死了的，怎么会到这里来？必是来叫我来了。是啦，她是教给我死的法儿啊。鸳鸯感到邪气入骨，哭着打开装箱，取出那当年铰下的一缕头发，揣在怀里，就身上解上一条汗巾，端了一张脚凳自己站上。把汗巾拴上，扣套在咽喉，便把脚蹬开。在"咽喉气绝，香魂出窍"之际，曹雪芹把死亡在幻觉中尽情展开：

正无投奔，只见秦氏隐隐在前，鸳鸯的魂魄疾忙赶上说道："蓉大奶奶，你等等我。"②

在幻觉中死亡，似乎有点像托尔斯泰了，但是，还有中国特色。不像托尔斯泰那样带着基督教走向天国之光的幻觉，而是带着中式

---

① 曹雪芹、高鹗：《红楼梦》，人民文学出版社，1982 年版，第 1526 页。
② 同上，第 1527 页。

的神话、仙话色彩。秦可卿说，我是警幻仙子的妹妹，现在管着痴情司，现在封你一个司情的掌管。

> 鸳鸯的魂道："我是个最无情的，怎么算我是个有情的人呢？"那人道："你还不知道呢。世人都把那淫欲之事当作'情'字，所以作出伤风败化的事来，还自谓风月多情，无关紧要。不知'情'之一字，喜怒哀乐未发之时便是个性，喜怒哀乐已发便是情了。至于你我这个情，正是未发之情，就如那花的含苞一样，欲待发泄出来，这情就不为真情了。"①

这种幻觉，从仙话幻化到"情""淫""性"哲理上来，就是中国特有的风格了。"情"跟"性"是两回事。喜怒哀乐，还没有找到对象，没有发展、发生出来，那是"性"；喜怒哀乐一发，便是"情"了。"情"和"欲"又是对立的，让鸳鸯来感受就交织着两种色彩：一是现实性，不能委屈自己，我不能随便让人配个小子，做个小老婆窝囊地活着，还不如死；二是虚幻性，在幻觉中，给她一个"痴情司"的神职！把鸳鸯之死用幻觉来提升到神仙的高度。曹雪芹的"犯""不犯"的手法固然是丰富，但是，光是这样，她就成为哲理化的颂歌了。等人们发现鸳鸯死了，底下的一系列的错位，几乎都是正面的反应，但人人不一样，错位的运动极其微妙、精致。邢夫人，贾赦的老婆，说：

> 我不料鸳鸯倒有这样志气，快去告诉老爷。②

---

① 曹雪芹、高鹗：《红楼梦》，人民文学出版社，1982年版，第1527页。
② 同上，第1528页。

邢夫人觉得她很有"志气",完全是从封建奴才伦理出发的。"快去告诉老爷",话中有话——小老婆婆不成了。短短两句话,错位的意味很不单纯。而在贾宝玉眼中则错位的幅度就更大。在宝玉看来,这是极其悲痛,又是极其高贵的("天地间的灵气独钟"),而自己却是不及其万一的"浊物"。贾宝玉先是哭不出来,哭出来以后是悲,但又喜。袭人她们不理解,以为他疯了。这样的错位,弄得合府又紧张起来。对于宝钗,栊翠庵里的尼姑说她是个"冷人",真不愧是一个冷艳的美人,反应是很理性的。

宝钗道:"不妨事,他有他的意思。"宝玉听了,更喜欢宝钗的话,"倒是他还知道我的心,别人那里知道。"①

鸳鸯死了,那些跟她没有多少关系和特殊情感的人哭了,最珍惜美女的宝玉却笑了,听到自己的妻子说"他有他的意思"就更喜欢了。贾宝玉和薛宝钗本来是不知心的,但在这一点上宝玉觉得她知心了。这种知心完全是歪打正着的错位运动。可谓错位叠加着错位,揭示出人物复杂而精致的精神内涵。接着换一个角度。

正在胡思乱想,贾政等进来,着实的嗟叹着,说道:"好孩子,不枉老太太疼他一场!"②

这个贾政,曹雪芹原意是暗示他是假正经,但是,他正经得很

---

① 曹雪芹、高鹗:《红楼梦》,人民文学出版社,1982 年版,第 1528 页。
② 同上,第 1528 页。

真诚又很残酷。少女死了，还说"好孩子"。还"嗟叹"，死得好，把鸳鸯的不得已而死，当作奴为主死的表征，这种错位和宝玉、宝钗的错位构成了复合的错位。之后，所有的人都哭了，平儿啊，袭人啊，紫鹃啊，都哭。紫鹃哭得最哀，因为想到鸳鸯死了，她自己的命运也不知道如何。同病相怜，所以她哭得最哀。她的悲哀和宝玉、宝钗、贾政在性质上又拉开了错位的幅度。最为精绝的是，前面的这些错位都是非常高雅的悲剧。接着，曹雪芹又拿出他的绝招来了，突然让一个从来没有出现过的人物——鸳鸯的嫂子出场，就像晴雯的嫂子一样，让她来出了一番丑：

> （王夫人）在老太太项内赏了他嫂子一百两银子，还说等闲了将鸳鸯所有的东西俱赏他们。他嫂子磕了头出去，反喜欢说："真真的我们姑娘是个有志气的，有造化的，又得了好名声，又得了好发送。"①

大家都悲哀，悲痛，唯独这个嫂子"反喜欢"。曹雪芹这个"反"字用得很"毒"。这个嫂子，哪里有一点感情啊，她欢天喜地，为的是银子。但是，她又和贾政、邢夫人一样称赞鸳鸯有"志气"而且，"有造化"，"得了好名声，又得了好发送。""发送"就是指葬礼比较隆重。这个错位就比较不但是幅度上，而且性质上的。这本来已经带上很讽刺性了，曹雪芹觉得还不够，又让一个不相干的人物说：

---

① 曹雪芹、高鹗：《红楼梦》，人民文学出版社，1982年版，第1529页。发送：送灵柩去殡葬。这里作名词，指丧葬费用。

旁边一个婆子说道:"罢呀嫂子,这会子你把一个活姑娘卖了一百银子便这么喜欢了,那时候儿给了大老爷,你还不知得多少银钱呢,你该更得意了。"一句话戳了他嫂子的心,便红了脸走开了。①

这一重错位,就在八大美女的死亡悲剧谱系上又带上了一点喜剧性。但是,曹雪芹笔下留情,让她脸还红了,最后送灵的时候还让她"干嚎"了几声。和晴雯嫂子要挟着宝玉和她马上上床相比,又没有"犯",因为不是晴雯嫂子那样的闹剧,而是一种轻喜剧,曹雪芹的喜剧风格甚丰,即使在悲剧中,也信手拈来,增添异彩。《儒林外史》中的胡屠户本来鄙视蔑视范进,拒绝给范进考试的盘缠,理由是:举人都是天上的文曲星,范进不配。待到范进中举以后,喜极而狂,为了救治范进,要求他打范进的耳光,他却不敢了,以为打了要遭到阎王的惩罚,打入十八层地狱。此时遭到围观者嘲笑。这与鸳鸯嫂子可谓异曲同工。但是,吴敬梓纯粹是喜剧,而在曹雪芹这里是悲剧中的似闲而不闲之笔,把悲剧性和轻喜剧性错位地结合了起来。曹雪芹在此又露了一手。

从某种意义上说,这已经淋漓尽致了。但是,曹雪芹觉得"犯"而不"犯"的错位还要运动下去,进一步用正剧的风格,让错位层层递进,先是让假正经的人正经到底:

贾政因他为贾母而死,要了香来上了三炷,作了一个揖,说:"他是殉葬的人,不可作丫头论。你们小一辈都该行个礼。"

---

① 曹雪芹、高鹗:《红楼梦》,人民文学出版社,1982年版,第1529页。

宝玉听了，喜不自胜，走上来恭恭敬敬磕了几个头。①

然后花花公子贾琏去行礼，又让邢夫人说：

有了一个爷们便罢了，不要折受他不得超生。②

这样的错位中，邢夫人好像是为了鸳鸯好，她这样说，贾琏便不去了。这样的错位表现了邢夫人和贾琏各不相同的情感的空洞。接着又有个特殊的错位，向来缺乏感情的薛宝钗，这时却有非同寻常的表现：

宝钗听了，心中好不自在，便说道："我原不该给他行礼，但只老太太去世，咱们都有未了之事，不敢胡为，他肯替咱们尽孝，咱们也该托托他好好的替咱们伏侍老太太西去，也少尽一点子心哪。"说着扶了莺儿走到灵前，一面奠酒，那眼泪早扑簌簌流下来了。③

在贾宝玉去磕头时，她没有反对。这一笔"不犯"写得太精彩了，薛宝钗很少这样动感情的。贾宝玉屁股被打烂了，她都没哭！这时她却：

奠毕拜了几拜，狠狠的哭了他一场。众人也有说宝玉的两

① 曹雪芹、高鹗：《红楼梦》，人民文学出版社，1982 年版，第 1529 页。
② 同上，第 1529 页。
③ 同①，第 1529—1530 页。

口子都是傻子，也有说他两个心肠儿好的，也有说他知礼的。
贾政反倒合了意。①

这就是广义的错位了，不是一个人两个人的，而是众人和他夫妇俩的，而众人又和贾政的"合了意"是错位的。

写鸳鸯的死手法多姿多彩。幻觉写完了，哲理写完了，拿手的喜剧色彩有了，各种各样错位的反应，纷至沓来。中国古典小说的功夫，就在这些琐琐碎碎的，没有事变的地方。就这么你一句我一句，他一个反应，你一个反应，都是悲哀、痛苦，每个人的逻辑又都不一样。如果让托尔斯泰、司汤达来写，他们的笔墨就会聚焦在鸳鸯的死亡过程上，鸳鸯死了，就结束了。这一点，下文将有论述。

第七个是王熙凤之死。本来这么重要的人物，又是属于金陵十二钗的，应该是一篇大文章，如果按开头主持秦可卿的丧仪的写法再施展一下，作者应该不缺乏这样的才气。但是，王熙凤的死亡，什么排场都没有，表面上看来有点潦草。许多《红楼梦》的研究专家都说，《红楼梦》后四十回艺术上很弱，但是我觉得鸳鸯之死、王熙凤之死以及林黛玉之死都是《红楼梦》艺术的精华。王熙凤之死好就好在没什么盛大排场，错位反应还没有鸳鸯那样淋漓尽致。王熙凤死亡没有正面写，而是听说的。宝玉、宝钗夫妻两个赶到时，凤姐已经停床。本来可以把所有人调动起来，各不相同地哭，但是，作者追求的效果是特别萧索，特别凄凉。客观上，贾府已经被抄了，家道沦落了，这种沦落之感，不仅在表面上，而且在人的心理情感状态上。看来作者有考虑，错位的悲痛不能写太多，下面还有林黛玉之死，技巧不能用光，笔墨要节省一点。大家都哭得一样伤心，

---

① 曹雪芹、高鹗：《红楼梦》，人民文学出版社，1982 年版，第 1530 页。

没有什么错位啊。这里，《红楼梦》的拿手技法又来了，不用贾府上人物，而是用王熙凤的一个穷哥哥的眼光来观照。不让他悲伤，而是让他捞不到多少好处，非常庸俗地数落贾家没有"认真的发送发送"①。王仁本想来敲点竹杠的，贾家穷了，敲不到了，就找王熙凤的女儿巧姐，表面上是让巧姐逼贾琏不能把丧事办得太"将就"。巧姐实话实说，"现在手里没钱"，只好"诸事省些"。王仁图穷而匕首现了：

　　　你的东西还少么！②

从贾府捞不到什么，就想从巧姐儿那里捞一点油水。巧姐儿说东西"旧年抄去，何尝还了呢"。王仁步步紧逼：

　　　"你也这样说。我听见老太太又给了好些东西，你该拿出来。"巧姐又不好说父亲用去，只推不知道。王仁便道："哦，我知道了，不过是你要留着做嫁妆罢咧。"③

　　想捞一票，捞不到了，连对处于丧母之痛的外甥女也粗野地加以精神的伤害。"你把钱留着做嫁妆"，一句话，就写出他是何等恶毒。这就是中国古典小说，记言记事的优越。王仁这样恶毒地说话的时候，脸上表情、手势、动作，什么都没有。这么严酷的对话，就是王仁道，巧姐道，就够了，有时候加一个"笑"字。只有巧姐

①　曹雪芹、高鹗：《红楼梦》，人民文学出版社，1982 年版，第 1562 页。
②　同上，第 1563 页。
③　同①，第 1563 页。

听了，不敢回言，只得哽哽噎噎地哭将起来的效果，就够了。平儿看不下去说：

> "舅老爷有话，等我们二爷进来再说，姑娘这么点年纪，他懂的什么。"王仁道："你们是巴不得二奶奶死了，你们就好为王了。我并不要什么，好看些也是你们的脸面。"说着，赌气坐着。①

利欲熏心到对出来解劝的平儿也进行人身攻击，什么恶毒的话都说尽了，"就赌气坐着"。五个字的叙述，神情毕现。这和二十世纪中叶海明威的电报文体、冰山风格异曲同工。

和秦可卿之死的隆重和豪奢相比，王熙凤之死的氛围是在沦落中的悲凉。如果光是这样看，就可能肤浅了，续作者显然继承了曹雪芹用刘姥姥下层人物眼光看贾府的繁华的原则，让下层势利鬼的眼光看贾府的败落。

王熙凤死得凄凉，和秦可卿那个盛大、隆重、奢华的丧典是一个对照，在人物反应上，也是一个反衬，就是王仁这么一点反应，并不太简陋。这是主题的需要。更重要的是趣味上的对比。以一个世俗的小人，势利的眼光来观照王熙凤之死的悲凉。这时，贾宝玉啊，薛宝钗啊，贾政啊，哭得都很简单，没有错位，可以说草草带过。在八大美女的死亡谱系上，是最为暗淡的一笔，突出了死亡的谱系上的明暗反差。

世界古典文学史上的奇迹——林黛玉之死，是悲剧中的悲剧，高潮中的高潮。

---

① 曹雪芹、高鹗：《红楼梦》，人民文学出版社，1982年版，第1563页。

　　林黛玉本来就在希望和绝望之间，听傻大姐说，贾宝玉将迎娶薛宝钗，受到了沉重的打击。外部行动和语言描写的精彩在于，她不是一听就瘫下来，变得更加衰弱。《红楼梦》的续作者真是有才气，不让她像过去，一丁点小事就大哭，而是在这样致命的事变中，痴笑起来，让林黛玉走路更快，行动更加迅速。打击太大了，麻木了。走了一段，一口鲜血吐出来。心理麻木转化为生理的创伤。一口血吐出来以后，心里明白了：

　　　　这会子见紫鹃哭，方模糊想起傻大姐的话来，此时反不伤心，惟求速死，以完此债。①

　　爱情没有了，命也不要了，自我糟蹋身体，睡觉不盖被子。紫鹃她们给她盖上，走了以后，她又把它褪掉，巴不得早死。她最贴心的丫头、最忠心的丫头紫鹃哭得非常伤心。外部记事的动作写完了，用对话来描写。黛玉怎么讲？

　　　　黛玉笑道："我那里就能够死呢。"②

　　在这么五内俱焚、痛不欲生的时候，居然自己"笑道"，这个"笑"字，内涵太丰富了。最亲近的人为自己悲伤的时候，对其用最无情的话，恰恰表现了她们两个人最知心，这样的错位之奇，不能不令人惊叹。贾母来了，讲了一句话，这句话分量太重了：

---

①　曹雪芹、高鹗：《红楼梦》，人民文学出版社，1982年版，第1362页。
②　同上，第1362页。

老太太，你白疼了我了！①

这个"白疼了我了"，其中的错位更深邃了。一是对贾母有怨恨，你既然疼我，让我和贾宝玉耳鬓厮磨，感情深挚，你都知道，可你决策时却不疼我的感情，你这算什么疼？第二，对贾母歉疚，你这么疼我，我不能按照你的愿望生活下去，把身体搞成这样，我对不起你。弥留之际，又讲了一句话：

"宝玉，宝玉，你好……"说到"好"字，便浑身冷汗，不作声了。紫鹃等急忙扶住，那汗愈出，身子便渐渐的冷了。②

这里一个正面的"好"字，所表现的却是怨、怒、恨、爱、悲、苦，都是负面的含义。这里完全不用托尔斯泰小说常用的心理变幻，也不用司汤达的心理分析，完全是中国史传的记言内涵与外延的错位，其功力可谓登峰造极。

这还是正面的表现，还不是《红楼梦》的艺术最精粹之处。《红楼梦》续作者的才华一如曹雪芹，集中表现众多亲近人物多元交织的错位反应。来了七八批人，每个人都哭了，在悲伤这一点上是相同的，但是，每个人的哭都不同，原因不一样，逻辑不一样，错位的性质很丰富，相互之间错位的幅度又很大。这就构成了林黛玉之死惊心动魄的、精彩绝伦的悲怆交响乐章。

到这里，敏感的读者才可能真正领悟到，写王熙凤的时候，那么多亲近的人大哭一场就退场了，原来，作者是要让他们到这里来

---

① 曹雪芹、高鹗：《红楼梦》，人民文学出版社，1982 年版，第 1363 页。
② 同上，第 1383—1384 页。

一个一个地亮相，让错位一层层地作衍生的运动。首先是紫鹃，在黛玉垂危之际，哭得被子都湿了，竟无一个人来看望，深深感到所有的人都"这么狠毒冷淡"，特别想到宝玉：

> 今日倒要看看宝玉是何形状！看他见了我怎么样过的去！那一年我说了一句谎话他就急病了，今日竟公然做出这件事来！可知天下男子之心真真是冰寒雪冷，令人切齿的！①

黛玉之死，引起了紫鹃对对宝玉的切齿的恨，读者明白，这与事实是错位的。第二重反应是，向来与世无争的寡妇李纨，见紫鹃哭湿了被子，把眼泪擦干说：

> "好孩子，你把我的心都哭乱了，快着收拾他的东西罢，再迟一会子就了不得了。"②

李纨的冷静，和紫鹃的愤激拉开了错位的距离。

第三重错位反应，是《红楼梦》的毒笔。王熙凤让薛宝钗冒充林黛玉，怕贾宝玉不太相信，叫紫鹃去当伴娘，好像盖着头的新娘子是林黛玉。在林黛玉最悲痛欲绝的时候，居然叫她的亲信去骗贾宝玉，理所当然地遭到了紫鹃的拒绝。王熙凤与紫鹃的心理错位的距离可谓达到了最大限度，到了对立的程度。

第四层是平儿。比较善良的、新扶正的夫人，觉得这样的事太残酷了，便提出让雪雁去代紫鹃。错位的性质没有变化，但是幅度

---

① 曹雪芹、高鹗：《红楼梦》，人民文学出版社，1982 年版，第 1370 页。
② 同上，第 1372 页。

小了一点。

第五层错位就是雪雁了，她也是林黛玉的亲信，但是，没有紫鹃那样死心塌地。她觉得贾宝玉说玉丢了，头脑都昏了，其实是作假，装出傻样子来，好娶宝钗。

第六层就是贾宝玉看到雪雁来了，以为真是和黛玉完婚，乐得手舞足蹈。

> 巴不得即见黛玉，盼到今日完姻，真乐得手舞足蹈，虽有几句傻话，却与病时光景大相悬绝了。①

这一错位是个过渡，缩短了他和雪雁之间的错位幅度，待到宝玉发现不是黛玉而是宝钗：

> 宝玉此时心无主意，自己反以为是梦中了，呆呆的只管站着。②

当着新娘子——薛宝钗的面，口口声声地说，只要找林妹妹。

> 岂知连日饮食不进，身子那能动转，便哭道："我要死了！我有一句心里的话，只求你回明老太太：横竖林妹妹也是要死的，我如今也不能保。两处两个病人都要死的，死了越发难张罗。不如腾一处空房子，趁早将我同林妹妹两个抬在那里，活着也好一处医治伏侍，死了也好一处停放。你依我这话，不枉

---

① 曹雪芹、高鹗：《红楼梦》，人民文学出版社，1982年版，第1374页。
② 同上，第1376页。

了几年的情分。"①

这一笔之所以惊心动魄，原因就在错位的运动，一方面和雪雁的心理错位缩小到趋近于零，另一方面和宝钗的错位达到了无穷大，也就是对立的程度。

第七重是薛宝钗，这时的处境很尴尬，很悲惨，在结婚的大典上，丈夫却想着和别人一起死。贾母等在这种情况下：

> 叫凤姐去请宝钗安歇。宝钗置若罔闻，也便和衣在内暂歇。②

处在这种情况下，居然"置若罔闻"，好像什么也没有发生，没有一点眼泪。错位幅度达到如此程度，当事人却无动于衷，这是一个什么样的女性啊！连一点心理描写都没有，一点内心的感知都没有渲染。中国小说记言记事的传统太精绝了，别人哭得都要死了，她却置若罔闻，平静得很，衣服都不脱，就在那里躺着休息。用"置若罔闻"四个字，表现这么尖锐的错位真是举重若轻。在这样的大混乱之中，只有她保持着冷峻，这不是对他人冷峻，而对她自己冷峻，甚至可以说是冷酷。贾宝玉不知道林黛玉已经死了，一直要去找林黛玉，所有人都不敢告诉贾宝玉说林黛玉已经死了。他已经傻了，再告诉他，不是更要发疯了吗？但是，只有薛宝钗保持着冷峻，跟贾宝玉讲：

---

① 曹雪芹、高鹗：《红楼梦》，人民文学出版社，1982 年版，第 1380 页。
② 同上，第 1376 页。

"实告诉你说罢，那两日你不知人事的时候，林妹妹已经亡故了。"宝玉忽然坐起来，大声诧异道："果真死了吗？"宝钗道："果真死了。岂有红口白舌咒人死的呢。老太太、太太知道你姐妹和睦，你听见他死了自然你也要死，所以不肯告诉你。"宝玉听了，不禁放声大哭，倒在床上。①

薛宝钗是太理性了：迟早要告诉他，让他死了这条心。多么冷酷的魄力啊！不是薛宝钗太冷酷，而是《红楼梦》的续作者太冷酷了。这个伟大的艺术根源是中国的史传文学叙述，"春秋笔法"，"寓褒贬于叙述之中"，太令人惊心动魄了。把扩大到极限的错位的幅度，再次在运动中，回归到等于零。此前所有的错位都建立在让薛宝钗冒充林黛玉上，把薛宝钗放在错位的最尖端，所有错位的根源都在这个"冒充"上，一旦把这个"冒充"揭破，处在错位另一尖端的贾宝玉，就和薛宝钗处于直接对立的地位上。《红楼梦》一开头就宣称为表彰女性胜于男性而作。最初是在主持秦可卿的盛大的丧事上，让王熙凤显示了其胜于贾府所有男性的能耐；到了最后，在如此一团混乱中，又显示了只有薛宝钗才有这样的魄力，有担当，甘冒和贾宝玉完全对立的风险。

栊翠庵的尼姑说薛宝钗是个"冷人"，她是吃冷香丸呐。"香"就是艳，"冷"就是冷峻，这是个冷艳的美女啊！在曹雪芹笔下，她是排第二号的。她虽然是漂亮的，但内心最大的问题——感情是自我消灭的，故行酒令的时候，她抽到的签是"任是无情也动人"（第六十三回）。她没有感情，不是对别人没有感情，而是对自己没有感情。她是一个很漂亮的人，品行端庄，她不但没有做什么有意坑害

---

① 曹雪芹、高鹗：《红楼梦》，人民文学出版社，1982 年版，第 1381 页。

人的事，而且一向与人为善，甚至牺牲自己。她和林黛玉之间，并不是情敌关系的对立，而是错位。林黛玉把她假想为情敌，以为她"藏奸"，但后来林黛玉发现自己错了，就检讨（第四十五回）。其实，她一听说"金玉良缘"，就是宝钗的金锁和贾宝玉的玉；她就觉得没意思起来，有意躲着贾宝玉。

薛宝钗不在乎自己的情感，后来贾母跟薛姨妈商量好了，要把薛宝钗嫁给已经疯疯癫癫的贾宝玉，这个时候她心里是不愿意的，但是她怎么讲呢？她非常理性地遵从当时妇女整个三从四德的规范。她说：

> "妈妈这话说错了。女孩儿家的事情是父母做主的。如今我父亲没了，妈妈应该做主的，再不然问哥哥。怎么问起我来？"①

"哥哥"就是薛蟠。这个薛蟠现在坐在监牢里——打死人了。她自己的终身大事，她是这样看的。她这个人，为了遵循封建道德原则就"舒舒服服"地消灭了自己的感情。这是一个对自己无情的人，但是，对别人，甚至是林黛玉却是"多情"的。这一点是林黛玉说出口的。但是并不恶，也并不丑，而是善与美的统一。这样的形象，在世界文学史中，是极其罕见的，也许在屠格涅夫的《贵族之家》中的丽莎可以与之息息相通②。这既符合黑格尔美是理念的感性显现，也符合康德美是善的象征的最高理想。

这是第七重的心理错位运动。然后，综合起来：

---

① 曹雪芹、高鹗：《红楼梦》，人民文学出版社，1982 年版，第 1345 页。
② 在《贵族之家》中，拉夫列茨基与丽莎热恋，本以为其浪荡妻子多年失踪，已死于非命，不料却在二人准备进入婚礼殿堂之时归来。丽莎乃入修道院。在尾声中，与拉夫列茨基相遇，目不斜视，唯在擦肩而过之时，肩膀微微抖动。

当时黛玉气绝，正是宝玉娶宝钗的这个时辰。紫鹃等都大哭起来。李纨探春想他素日的可疼，今日更加可怜，也便伤心痛哭。因潇湘馆离新房子甚远，所以那边并没听见。一时大家痛哭了一阵，只听得远远一阵音乐之声，侧耳一听，却又没有了。探春李纨走出院外再听时，惟有竹梢风动，月影移墙，好不凄凉冷淡！①

超越记言、记事，很少的正面描写出现了。那边在结婚，这边人死了，其婚礼的音乐，既不让林黛玉，也不让紫鹃听，却让两个和贾宝玉感情不太深的人从喜事音乐中听出其中的"凄凉冷淡"。

最后第八重错位在是贾母身上。贾母对林黛玉之死有一个总结，她绝对是爱林黛玉的。虽然让宝钗取代黛玉是她的决策，造成这样的后果，她也感到悲痛，涕泪交流地表白：

是我弄坏了他了。但只是这个丫头也忒傻气！②

联系到她自己也说的"白疼"，贾母眼中的泪有自谴，也有自我开脱。联系到林黛玉说的"白疼"，其间的错位是多么深邃。这个悲剧性的死亡是全书的高潮，林黛玉之死下面用笔相对较少，八重错位的感情渲染则大笔浓墨。把全书的主要人物都调动起来了，情感性质是如此丰富，爱、怨、恨、悲、愤、痛、悔，错位是如此之多元，就是没有拿手的喜剧色彩，因为这是悲痛的交响曲，所需要的

———————————

① 曹雪芹、高鹗：《红楼梦》，人民文学出版社，1982 年版，第 1384 页。
② 同上，第 1384 页。

就是庄严。在八大美女死亡的谱系中，是最为惊心动魄的。

四、对心理活动"妄拟"的拒绝和追求

综上所述，《红楼梦》八大美女之死，错位谱系的多元所以能够"犯"而不"犯"，主要得力于中国史传文学传统的"记言""记事"，对于人物心理活动，一般回避描述。直接描写内心活动，在曹雪芹看来属于"妄拟"。①作者对二人的内心叫作"私心"，认为很难"备述"，只能"看外面的形容"②，这是《红楼梦》的美学原则。欧美文学则相反，他们往往长于对死亡人物的妄拟，也就是想象。前文已引詹姆斯·伍德《小说机杼》有所说明，然尚欠深入阐释。若与托尔斯泰《安娜·卡列尼娜》之死对比则论述当更深化。同样是为爱情而死，几乎没有什么他人的错位反应，仅仅聚焦于安娜内心交织着意识和无意识的流动，展示安娜走向死亡的心理过程，写了三节，译成中文是五千字左右。从乘马车到投下月台，都是安娜个人的心理自白、纷纭的回忆、情感的片段、外部环境的断续感知、无序的思绪、带有某种意识流的非逻辑性的色彩，自始至终都以安娜的内心视角展开。在她自杀了以后，最重要的干系人渥隆斯基的

---

①《红楼梦》第三十六回：宝玉一进来，就和袭人长叹，说道："我昨晚上的话竟说错了，怪道老爷说我是'管窥蠡测'。昨夜说你们的眼泪单葬我，这就错了。我竟不能全得了。从此后只是各人各得眼泪罢了。"袭人昨夜不过是些顽话，已经忘了，不想宝玉今又提起来，便笑道："你可真真有些疯了。"

②《红楼梦》第二十九回：看来两个人原本是一个心，但都多生了枝叶，反弄成两个心了。那宝玉心中又想着："我不管怎么样都好，只要你随意，我便立刻因你死了也情愿。你知道也罢，不知道也罢，只由我的心，可见你方和我近，不和我远。"那林黛玉心里又想着："你只管你，你好我自好，你何必为我而自失。殊不知你失我自失。可见是你不叫我近你，有意叫我远你了。"如此看来，却都是求近之心，反弄成疏远之。如此之话，皆他二人素习所存私心，也难备述。如今只述他们外面的形容。

反应是，受到很大的打击，几乎发疯，隔了三节，才由他的母亲点明"他为她已经开枪自杀过一次了"。当然，没有死。和林黛玉之死相比，其反应可以说是各有千秋，当然在艺术的感染力上又息息相通。要懂得《红楼梦》，必须懂得托尔斯泰没有像《红楼梦》这样写；要懂得托尔斯泰，必须懂得他没有像曹雪芹那样写。只有把二者放在世界文化、世界文学发展的过程当中来加以比较，才能看到两个高峰是如此辉煌、遥遥相对、息息相通。解读经典文本的艺术奥秘，这个课题太艰巨了，不能指望从西方前卫文论，或者当代文学评论一揽子得到解决，最切实的是，对中国和欧美的经典文本作过细的、海量的个案分析和比较。

此文据作者在东南大学演讲的录音整理。

杂文家鲁迅和小说家鲁迅的矛盾

八种独特的死亡：祥林嫂的死亡最为精致深邃

改革开放以后，鲁迅从神坛上走下来。他的思想，有一个发展的过程，有一个进化的，从不成熟到成熟的过程。但，他的艺术是不是也有一个走向成熟的过程呢？是不是也有一个从不成熟到成熟的过程呢？换句话说，从艺术上来看，他的小说，是不是也有不成熟、不够伟大的呢？似乎还没有人提出过这样的问题。我今天要来试探一下我的勇气和才气。

作为艺术家，鲁迅的伟大在于对中国小说艺术有历史性的贡献。鲁迅在写人的死亡方面，前无古人，后无来者。在鲁迅的小说中，起码写了八种死亡，每一种死亡都不一样。西方文艺思想史上有一种说法，什么主题都是过眼烟云，只有两个主题是永恒的，爱和死亡。鲁迅的精彩在于写死亡，真是丰富多彩，八种，没有重复，这才是大艺术家的风貌啊。

第一种死亡，是最有名的，阿Q，小人物，冤假错案，非常悲惨的死亡。鲁迅居然不写他的悲惨，不渲染场面的沉痛，而写他的可笑。他的伟大的艺术魅力就在于，悲剧性的死亡用喜剧性的写法。当阿Q走向刑场的时候，他最在意的居然不是自己死到临头，而是关注人群里有没有吴妈。就是他曾经跪下来说"我要跟你困觉"的那个人,这家伙不识抬举,大叫大喊,弄得阿Q挨了棒子,连阿Q最后的家当——一件破棉袄都被没收走了。这样一个给他带来灾难的女人,临死他还要关注。这是荒谬的、可笑的。这样荒谬的死亡,就是以喜剧写悲剧,不是渲染悲惨,而强调可笑,这是中国古典小说史上没有的。在西方小说史上,死到临头荒谬到阿Q这种程度是少见的。

第二种,他不但善于写喜剧性的死亡,而且善于写悲剧性的死亡。这主要是《祝福》里面祥林嫂的死亡,死得很悲惨,氛围很沉重。这个非常深刻,超过任何我们中国古典小说史上那种死亡的写法的艺术高度。请容许我下面细讲。

第三种死亡,孔乙己的死亡。他将全部的生命投注于考试。考了很多年,居然连秀才都没有考上。成了一个废料。这个科举制度的牺牲品只能给别人抄抄写写又喜欢偷书,偷笔墨纸张,典型的废料加小偷。就是这样一个悲惨的人,当他出现的时候,却给周围人带来了欢乐。这样一个人死了。没有任何人有悲哀,也没有人有快乐。这就是既无悲剧性,也无喜剧性的死亡。作为一个伟大的人道主义者,感觉到这种死亡是让人无限沉痛的。

第四种死亡,是英雄的死亡。在鲁迅的《呐喊》《彷徨》中,基本上没有正面写过英雄,只有浑浑噩噩的小人物,只有一个英雄,就是《药》里面的夏瑜。这个英雄的死亡虽然是壮烈的,却是通过小人物的麻木心态、否定话语反映出来的。众口一词地认定英雄的死亡是愚蠢的、疯狂的、活该的、大快人心的。到监狱里还要宣传革命。挨到拳脚是罪有应得、理所当然的。特别是,他的鲜血染红的馒头被当成治疗肺病的良药,内在的意蕴是冷峻的:牺牲是白费的。英雄的死亡是壮烈感和荒谬感交织。

　　第五种死亡，"孤独者"魏连殳的死亡，是冷酷的死亡。临死时嘴巴上还挂着冷笑。这个人非常孤独、非常孤傲，跟周围公然对立。对政治上的飞黄腾达、经济上的财富等等，他都采取蔑视的态度。但是这样的一个人，最后为了复仇，背叛了自己的信念，去做一个军阀的副官。他有了金钱权势以后，周围那些俗人、势利者马上就来奉承他了，他冷眼相对。这是一个以反抗恶势力开始，以同流合污为代价，取得复仇的本钱的人，最后鲁迅还是把他送上了死路。他死的时候，那些势利的小人表示悲哀，表示对他的尊敬，可是他脸上挂着冷笑。鲁迅说既是冷笑这个世界，也是冷笑他自己。这是第五种死亡，是冷笑着的死亡。

　　第六种死亡，《伤逝》里子君的死亡。她是一个新时代的觉醒者，反抗封建包办婚姻，声言"我就是我"的，毫不忌讳周围的舆论压力，毅然决然地跟自己相爱的人同居。她昂首云天之外，周围的冷眼、中伤、威胁、压迫，都无所谓，但是有一点，她含糊不了。丈夫失业了，没有钱吃饭了。涓生寄希望于去翻译赚一点稿费，好不容易登出来，只得到了几张书券。这个原来宣称"我就是我的"女性，对现实不妥协的女性，不得不妥协了，回到封建的家庭里去。这个人的死亡，是很悲惨的。可是鲁迅不是直接写这个悲惨，而是写她的爱人涓生的忏悔——忏悔自己不够坚强，忏悔自己跟子君讲"我们两人如此活下去，互相搀扶着，只能两个人一起沉没，我们还不如分开，也许还有一线生机"。因而涓生用忏悔自己的软弱，来悼念子君的死亡。这种忏悔中，交织着多重矛盾。首先是自我批判和对现实的无奈，其次是，透露出对子君的赞美、同情和惋惜。也渗透着对她沉溺于小家庭的庸俗的批判，悲剧性死亡蕴含着多元的意味。又用第一人称独自的抒情话语来表现，其间的悲郁和沉痛，智性的深思，构成多声部交响。

第七种死亡是《故事新编》里的《铸剑》。在《故事新编》中，鲁迅最喜欢的就是《铸剑》。主人公眉间尺，长大了，拿着这把剑去向暴君复仇，碰到一个义士，便把自己的头和剑交给他，结果是，眉间尺、义士和楚王，三个头都烂在一起了，无法分辨哪是暴君的，哪是义士的，只好把三者合在一起。慷慨赴义的英雄偏偏和暴君合葬。这个死亡成为英雄主义赞歌和荒谬的悲剧，矛盾很激烈，其间的意味比较复杂。

第八种死亡：在《白光》里，写一个人，类似于孔乙己去考试，考不中，做梦想到自己父亲的遗言，在家里什么地方，有大堆银子埋着。全篇就是写这个人的梦幻，在幻觉中挖来挖去，最后掉到河里就死掉了。这个死亡写得比较单薄，不能代表鲁迅的艺术成就。

总的来说，八种死亡，各不相同。至少有七种是写得很精彩的。在中国文学史上都可以说是前无古人的。

礼教的三重矛盾和悲剧的四层深度

先讲我认为鲁迅写得最成功的一种死亡——祥林嫂的死亡。

五四期间，妇女婚姻题材很普遍，许多人写封建礼教、仁义道德"吃人"，但是成为经典的，能进入我们大学、中学课本，不断改编为戏曲、电影的，就只有《祝福》，不但有历史的价值，而且有当代阅读的价值。为什么？因为，它有不朽的艺术生命力。

关键是它的主题"吃人"，比之《狂人日记》要深刻而丰富。

要把问题讲清楚，请允许我从祥林嫂死了以后各方面的反应讲起。"我"问："祥林嫂是怎么死的？"进来冲茶的茶房说："还不是穷死的。"这好像不无道理。她毕竟是当了乞丐，冻饿而死的。

但是，是终极的原因吗？在它背后是不是还有原因的原因呢？

原因的原因是，她的精神受了刺激。什么东西使她受了这么严重的刺激呢？

一切都因为她是寡妇。

鲁迅把祥林嫂放在这样的矛盾下：夫权让她守节，族权强迫她改嫁，其"荒谬和野蛮"就不言而喻了。如果光是写到这一层，也挺深刻了，可是鲁迅并不满足。他进一步提示，夫权与族权有矛盾，那是人间的事。那么到了地狱里，应该是比较平等的呀。

柳妈告诉祥林嫂：你倒好，头打破了，留下了一个疤。可是还是改嫁了，在人世留下了个耻辱的标记，这个问题还不大，但你死了以后，到了阎王老爷那里怎么办呢？两个丈夫争夺你，阎王是公平的，就把你一劈两半，一人一半。阎王代表什么权力呢？神权。神权居然是这样的一种"公平"。

礼教不讲理，人不讲理，神都不讲道理，这就是鲁迅第一层次的深度。

鲁迅的第二层次的深刻在于：这种荒谬而野蛮的封建礼教的观念，不仅被统治阶级广泛接受，不仅大家有，而且被侮辱、被损害最甚的祥林嫂也有。当柳妈告诉她要被劈成两半，祥林嫂对这种荒谬，完全没有反诘，没有怀疑，她只有恐怖：生而不能做一个平等敬神的人，死而不能做个完整的鬼。毫不怀疑地去"捐门槛"。我算了一下，大概花了一年以上，将近两年的工钱。她以为这样高的代价赎了罪，就可以摆脱躯体一分为二的恐怖下场。就可以成为平等的敬神者。可是，她端起福礼的时候，却遭到了打击——鲁四奶奶觉得，再嫁的寡妇不管怎样赎罪，也不能端福礼。祥林嫂这一下子就像被炮烙似的，从此以后脸色发灰了。鲁迅这样写道：

这一回她的变化非常大，第二天，不但眼睛窈陷下去，连精神也更不济了。而且很胆怯，不独怕暗夜，怕黑影，即使看见人，虽是自己的主人，也总惴惴的，有如在白天出穴游行的小鼠；否则呆坐着，直是一个木偶人。

祥林嫂精神恐怖的后果是这样的严重，精神竟崩溃到这样的程度，无疑导致她走向了死亡。可是，恐怖的原因，杀人的凶手在哪儿呢？

鲁迅对祥林嫂，一方面看到她的苦难是客观的原因造成的，叫"哀其不幸"；另一方面，"怒其不争"。鲁迅提示了，这个观念就是这样野蛮，可是，中毒就是这么深，中毒到了自我折磨、自我摧残，自己把自己搞得不能活的程度。祥林嫂不仅死在别人脑袋里的封建礼教观念，而且死在她自己脑袋里的封建礼教观念。

鲁迅的深邃，就深邃在多层次：

第一个层次是封建礼教本身野蛮和荒谬。

第二个层次是周围的人和她自己也迷信野蛮。当观念被周围大多数人奉为神圣不可侵犯，就具有杀人的力量。

第三个层次，就是写这个凶手的"凶"。其特点，一是，后果极其惨，但前因似乎不恶。就如，鲁四奶奶不让祥林嫂端福礼，也说得很有礼貌，"你放着吧"。但是，这却是要了她的命的。这就是软刀子杀人不见血。或者用《狂人日记》中的话来说，就是"吃人"没有罪恶的痕迹。二是，人死了，后果这么严重，可是人们还是很安静。鲁迅所提示的是：没有恐怖感的恐怖，才是最大的恐怖。第三，这些心安理得的人，脑袋里有吃人的观念，曾经参与吃人，然而，却没有感到任何歉疚，心安理得。把这一点弄明白了，才能理解，鲁迅为什么要花那么大的篇幅写祥林嫂周围的人对她冷嘲热讽。艺术上敏感的读者应该从惜墨如金的鲁迅不厌其烦地让祥林嫂讲阿毛的故事中领悟到鲁迅的艺术匠心。

第四个层次，为什么作品中冒出一个"我"来了？这个"我"和故事情节一点关系都没有，但小说把近五分之一的篇幅给了情节毫不相干的人物。因为这个"我"有深意。从哪儿讲起？从祥林嫂死了以后的反应讲起。

茶房认为祥林嫂"还不是穷死的"，鲁迅在说明，在茶房看来，穷了就要死是很自然的。可是鲁迅以全部文本显示的却不是这样，如果她是穷死的，那她的悲剧就是经济贫困的悲剧。但是，《祝福》所突出的祥林嫂的死因，是受了极其野蛮荒谬的迷信观念的打击。这种打击不仅是外来的，同时是她自己的。这不是经济贫困导致的悲剧，而是精神焦虑的恐怖造成的。可是，人们普遍却看不到这种恐怖，因而麻木不仁。

这个"我"特别选了什么时刻去写祥林嫂的死亡呢？旧历年关，一年中最为隆重的节日。为什么小说题目叫《祝福》呢？所有的人过年都敬神，祈求来年更大的幸福。祥林嫂死了，在鲁迅看来，其特别悲惨在于，表面上没有刽子手，实际上，刽子手就在每一个人的脑袋里。因而，鲁迅花了很多篇幅，正面描写了鲁镇人把她的悲剧当作谈资，当作笑料，当作自己优越的显示，没有一个人意识到这是对祥林嫂生命的摧残。从这个意义上来说，每一个人对于她的死，都有责任。可是整个鲁镇没有一个人感到痛苦，大家都沉浸在过年祝福的欢乐之中。

所有的人都不感到悲痛，只有这个和祥林嫂悲剧毫不相干的人内心怀着不可排解的负疚感。

鲁迅的艺术的匠心就在于，人们对于这样的惨剧，不但没有恐怖，相反整个鲁镇浸沉在欢乐的氛围之中，连众神都在享受香宴以后醉醺醺的。"我在这繁响的拥抱中，也懒散而且舒适，从白天以至初夜的疑虑，全给祝福的空气一扫而空了，只觉得天地众圣歆享了牲醴和香烟。都醉醺醺的在空中蹒跚，豫备给鲁镇的人们以无限的幸福。"

作品中的"我"可以算是鲁迅，但在某种意义上又不完全是鲁迅。什么地方不是鲁迅呢？这里，"在这繁响的拥抱中，也懒散而且舒适"。"我"是真的懒散而舒适得不再苦恼自己，摆脱了沉重的、不可解脱的负疚感了吗？当然不是，这是反话。更明显的则是，连神，天地众圣，也在享受了福礼之后，一个个"醉醺醺的在空中蹒跚，豫备给鲁镇的人们以无限的幸福"。这当然也是反语。恰好说明，这个唯一的清醒者甚至有点绝望的、无可奈何的情绪。这正是对整个鲁镇没有一个人感觉到悲痛的一个反拨。

鲁迅的深刻之处就在于，他批判的不是一个鲁四老爷，他写的是一种可怖的观念，习以为常，没有人感到的悲剧才是最大的悲剧。

鲁迅写死亡的悲剧，最重要的成就不在写死亡本身，而在死亡的原因和死亡在人们心目中引起的感受。所以，祥林嫂的故事中有好多情节，逃出来的情节，被抢亲的情节，孩子、丈夫死的情节，"捐门槛"的情节，等等。鲁迅都放到幕后去了，只让人物间接叙述。鲁迅正面写的是这些情节的后果，尤其是在人们心目中引起的思绪和感觉，这是关键。鲁迅的艺术原则是不是可以这样讲，事情不重要，情节链可以打碎，可以省略，可以留下空白，可以一笔带过，重要的是周围的人们怎样感觉，或者用叙事学的、结构主义的话来说，关键在于人物怎么"看"呀。

鲁迅的小说美学特征：情节连锁性淡出和
人物多元感知错位的强化

　　这里就引出了一个新问题，就是鲁迅给中国小说带来了什么新的突破？他的小说，显示了一种什么样的美学原则？

　　在这以前，我国的小说是以情节为主的，直接写人物为主的，叫一环套一环，环环紧扣，要求人物本身的动作和对话的连续性。这种方法，鲁迅是不是继承了？是，如鲁迅提倡过的白描等等。但鲁迅并不照搬，而是加以改造。情节不是强化了，而是淡化了。大量本来可以正面白描的情节，转折的关节，在传统小说中要重点描写的，在鲁迅写得最好的小说中，常常被放到幕后去，或者省略了，或者变成了在场人物的交代。祥林嫂的主要遭遇都是间接叙述的。又如，夏瑜在狱中的表现，孔乙己的挨打，子君之归去，七斤之辫子被剪等等。这些情节，都是决定人物命运的，却以间接叙述而非正面描写的形式，被虚写了，略写了。着重写的是什么呢？事情发生了以后，人们纷纭的感受。这些，对于事件来说，本来是所谓"余绪""花边"，但是，在鲁迅小说艺术中却成了描写的重点。对于同一件事情，人们扭曲的、多元的反应，成了重点用墨之所在。换句话说，在鲁迅的小说中，情节可以不作完整的交代，情节的连续性可以处理得断断续续。这些都不重要，最重要的是，哪些环节能够引起人物各不相同的错位感知。这正是鲁迅为中国现代小说带来的新的艺术天地。

　　比如《狂人日记》，写的不是狂人的系统遭遇，而是他零零碎碎的感受，他的感受与具体遭遇是有距离的，是"错位"的。在人物多元的感受和遭遇的"错位"中，营造人物的内心结构，正是鲁迅所带来的新的美学原则。又如,《风波》中,对七斤辫子的失去,不同人物的感知也是多元的:七斤的感觉是丧气,自卑;七斤嫂的感觉是反复用恶毒的语言辱骂丈夫,绝望并迁怒于女儿;九斤老太的感觉是得出哲学性的结论——一代不如一代;赵七爷的感觉是幸灾乐祸并自豪地穿上长衫;村民的感觉是畅快。这一切纷扰由皇帝复辟引起,但皇帝是不是真复辟并不重要,得知皇帝没有复辟后,一切照旧。鲁迅所要表现的,不是皇帝复辟,而是人们因为皇帝复辟引起的感知多元错位的喜剧。小说的多元感知错位,有利于从多方面,冲击读者原来稳定的、自动化的感知结构,让读者感到"惊异"。

鲁迅所带来的新的小说美学原则就是,情节、事件、人物实际遭遇的隐淡,人物感受错位的分化。他所追求的小说形式美学,不仅仅是写人,而且写不同的人的错位感知。情节的感染力不在一环套一环的悬念,而是推动感知发生错位的机制。

鲁迅的小说显示,文学关注中心从人自觉的行为话语世界转向了感知世界,人不仅是生活在自己行为和话语中的主体,而且是生活在他人感觉中的主体。人好像不是为自己的感知(欢乐、痛苦)而活着,而是为他人对自己的感觉而活的,不论是孔乙己还是阿Q,都一样有最后的自尊的挣扎;不论是祥林嫂还是魏连殳,都在为争取在他人的感知中的地位而徒劳地折腾,人的精神、人的个性就在某种扭曲的、错位的感知网罗中。鲁迅带来的错位的多元和幅度,成为小说美学的核心。

从这个意义上说,《狂人日记》还不能算是成熟的小说。因为,一方面,他有感知错位,但,有一个问题,《狂人日记》里面有很多不属于小说的东西。原因就在于,有些成分不是人物感知的错位,而是思想的错位。最明显的就是最著名的那段话——晚上反正睡不着,翻开中国历史来看,满篇都写着仁义道德,字里行间却是写满了"吃人""吃人"。这不是人物的感知错位，这是抽象概念的错位，是鲁迅的思想直接转化为人物语言。把思想直接讲出来，讲得清清楚楚，很深刻，这是社会文化批评，这是杂文。

当然，《狂人日记》中的抽象观念，如中国历史写满仁义道德，实际上却是吃人、吃人，这也是很精彩的。这种精彩不是小说的精彩，是杂文的精彩。在鲁迅的心灵深处，有两种才华，都是非常强大的。一个是小说家的才华，他独特的感知错位的特点；一个是杂文家的才华，以深刻和犀利的观念为特点。两者有统一的一面，水乳交融；也有矛盾的一面，互相干扰。

两种强大的才能，有时是统一，有时是不统一，有时是分裂。《狂人日记》里面杂文的力量更为强大，以致许多读者甚至是学者，只记得中国历史全部都是"吃人"这个杂文式的辉煌结论。而作为小说，《狂人日记》是试验性的、探索性的、未完成的，是留下了遗憾的。

《狂人日记》写出来以后，大家异口同声，认为好极。鲁迅却说：《狂人日记》很幼稚，而且太逼促，照艺术说，是不应该的。

按我的理解，作为杂文家的鲁迅五四时期已经成熟了；可作为小说家，虽然已经写出《阿Q正传》这样的经典之作，鲁迅自己却觉得没有成熟。

鲁迅为什么最喜欢《孔乙己》

那么，鲁迅认为自己的小说艺术要到什么时候才成熟呢？到《孔乙己》才成熟。鲁迅的学生孙伏园，在《关于鲁迅先生》中有这样一段话：

我曾问过鲁迅先生，其（按：指《呐喊》）中，哪一篇最好。他说他最喜欢《孔乙己》，所以已译了外国文。我问他的好处，他说能于寥寥数页之中将社会对于苦人的冷淡，不慌不忙地描写出来，讽刺又不很显露，有大家的作风。

鲁迅为什么最喜欢《孔乙己》呢？因为，孔乙己是活在、死在多元的、错位的感觉世界之中。

我们来欣赏一下这个短篇。

《孔乙己》所写几乎涉及了孔乙己的一生，但是，全文不足两千八百字。这么短的小说，怎么能写得这么震撼人心？

小说的展开并不是按故事顺序，而是以一个小店员的眼光来展开的。这是为什么呢？

第一，鲁迅的立意是让孔乙己的命运，只在小店员有限的视角里展开。孔乙己的落第，他的偷书，甚至挨打致残，一系列故事都发生在幕后，而这些决定孔乙己命运的事件，使得孔乙己成为孔乙己的情景，一件也没有写。

第二，对事件作在场的观看，只能对受虐者的痛苦和屈辱的感同身受。而事后的追叙，作为局外人，则可能作有趣、好笑的谈资。受辱者与叙述者的情感就不是对立而是错位了，情致就丰富微妙得多了。

遵循小店员的视角，小说只选取了三个场面，而孔乙己本人在咸亨酒店只出场了两次。

三个正面描写的场面，写作的焦点，是人们如何感知这个人物。对于这个完全是局外人的小店员。鲁迅很舍得花笔墨，一开头就花了两个大段。感知独异之处在于，小店员的眼光带着不以为意的观感，和孔乙己拉开情绪错位的幅度。小说的全部内容就是这个小店员的与孔乙己错位的观感。在他错位幅度以内的，就大加描述；以外的，通通省略。从这个意义上来说，小说写的并不仅仅是孔乙己，小店员的眼睛是一只三棱镜，照出来的是酒店内外、世道人心的光怪陆离。其实，这正是鲁迅的匠心，也就是小说美学。重要的不是人物遭遇，而是这种人物在他人的、多元的眼光中的错位观感。而鲁迅的小说，情节却是被压缩到幕后去，成了次要成分。而人物的感知，不但是多元的，而且是互动的，错综的网络式的动态结构成了小说的主要成分。

为了便于感知错位，鲁迅才以第一人称来展开人物和场景。应该补充的是，小说作为一种文体、文类，并不是一般变异了的感知，而是变异感知的错位结构。

叶圣陶说，《孔乙己》突出了人生的寂寞、冷漠、麻木。但是，作为一个小店员，他的漠然麻木，又有不同的错位感受。这个不同的出发点就是"无聊""单调"，所看的都是"凶面孔"，"教人活泼不得"。"只有孔乙己到店，才可以笑几声。"这里的笑声，不是一般的描述。而是整篇小说错位感知的逻辑起点和小说情绪错位结构的支点。孔乙己按说非常不幸，命运是很悲惨的。然而，恰恰是这样一个人，又给小店带来欢乐，为这个小店员打破沉闷无聊之感，感受世界与人物遭遇之间，人物与人物之间的错位，就聚焦在悲惨与欢乐之间。惜墨如金的鲁迅，在渲染孔乙己带来的欢乐的氛围时，很舍得花笔墨："所有喝酒人都看着他笑"，甚至"哄笑起来，店内店外，充满了快活的空气"。小说错位结构的焦点，显然就在这种"笑"上。对弱者连续性的无情嘲弄，不放松的调侃，弱者越是狼狈越是笑得欢乐。错位的幅度越是大，越是可笑，也越是残酷。残酷在对人自尊的摧残。孔乙己虽然潦倒、沦落，却仍然在维护着残存的自尊。更为深刻的是，发出残酷的笑声的人和孔乙己并不存在尖锐的对立，对孔乙己并没有太明显的恶意，其中还有知其理屈，予以原谅的意味。这种错位，不仅仅在情绪上，而且在价值上。在鲁迅看来，他要揭示的不是孔乙己偷书的恶，而是周围人对他冷漠的丑。特别是，传说孔乙己可能是死了的时候，说话的和听话的，都没有震惊。"掌柜也不再问，仍然慢慢算他的账。"对于一个给酒店带来欢笑的人的厄运，居然一点反应也没有。这里，错位的潜在量很大。那些个没有偷窃的人，比之这个有过偷窃行为的，在孩子面前保护着自己茴香豆瓣的人要可恶多了。孔乙己最后一次出场，已被打折了腿，不能走路，只能盘着两腿。臀下垫着一个蒲包，用手撑着地面"走"。躯体残废到这种程度，在与平常迥然不同的情况下，掌柜的"仍然同平常一样，笑着对他说：'孔乙己，你又偷了东西了！'"

对如此悲惨的事，本该有惊讶，有同情，至少是礼貌性的沉默。可是，掌柜的却不但残酷揭短，而且还"笑着"。错位到如此大的幅度，说明精神上虐杀性的伤害，已经是够可怕的了，更可怕的是，他并没有感到残酷的伤害，相反，倒是感觉到并无恶意，很亲切地开玩笑似的。鲁迅这种错位的美学功能，特别有利于揭示潜在的、微妙的精神反差。所有的人，似乎都没有敌意，都没有恶意，甚至在说话中，还多多少少包含着某种玩笑的、友好的性质。但是，却是对孔乙己残余自尊的最后摧残。从一开始，他的全部努力就是忌讳言偷，就是为了维护最后的自尊，哪怕是无效的抵抗，也要挣扎的，这是他最后的精神底线。但是，众人，无恶意的人们，却偏偏反复打击他残余的自尊。这是很恶毒的，但又是没有明确的主观恶意的。这种含着笑意的恶毒，这种貌似友好的笑中，包含着残忍。这个场景的感染力来自其中的多重错位。第一，是孔乙己的话语与被打断腿的错位，不过是幅度更大了，连"跌断"这样掩饰性的话语，都没有信心说下去了。第二，酒店里的人，却都"笑了"。这种"笑"的错位很不简单。一方面当然有不予追究的宽容；另一方面，又有心照不宣地识破孔乙己的理屈词穷，获得胜利的意思。明明是鲁迅式的深邃洞察，但是在文字上，却没有任何形容和渲染，只是很平淡地叙述，"仍然同平常一样，笑着对他说"，连一点描写都没有。由于司空见惯而没有感觉、没有痛苦：寓虐杀性的残酷于嬉笑之间，良知绝灭，惨无人道。

> 不一会，他喝完酒，便又在旁人的说笑声中，坐着用这手慢慢走去了。

孔乙己如此痛苦，如此狼狈地用手撑着地面离去，酒店里众人，居然一个个都沉浸在自己欢乐的"说笑声"中。人性麻木一至于此，错位的感觉，何等惨烈。更有甚者，孔乙己在粉板上，留下了欠十九个铜钱的记录，年关没有再来，第二年端午也没有来。人们记得的只是"孔乙己还欠十九个铜钱呢"！过了中秋，又到年关，仍然没有再来。小说的最后一句是：

> "我到现在终于没有见——大约孔乙己的确死了。"

一个人死了，留在人们心里的，只是十九个铜钱的欠账，这笔账，是写在粉板上的，是一抹就消失的。在世的时候，人们拿他作为笑料；去世了，人们居然既没有同情，也没有悲哀，甚至连一点感觉也没有。这里不但有鲁迅对于人生的严峻讽喻，而且有鲁迅在艺术上的创造性的探索。

从鲁迅的追求看来，小说美学就是人物的多元感知变幻的错位学。鲁迅的伟大就在于，发现了人物的命运，不仅仅在行为和语言、思想的冲突之中，而且在人与人感知的部分重合、部分偏离的结构之中。在同样的对象面前，不同人的感知是各不相同的、各不相通的；但是，并不仅仅是直线对立的，而是多元交错的、错位的。他人的感知和自我的感知形成一个有机的结构，变异了自我感知的功能。一元化的自我独立感知，失去了自主性。

《孔乙己》之所以受宠爱，主要的原因之一，就是人物感受错位的多元而幅度巨大。

原因之二，在形式风格上，鲁迅为孔乙己的悲剧营造一种多元错位的氛围。是悲剧，但是剧中人物没有悲哀的感觉，所有的人物充满了欢乐，有轻喜剧风格，而小说的氛围却是沉郁的。既没有《祝福》那样的沉重抒情，也没有《阿Q正传》和《药》中的严峻反讽，更没有《孤独者》死亡后那种对各种虚假反应的讽刺。有的只是三言两语。精简到无以复加的叙述。这种叙述的境界，就是鲁迅所说的"不慌不忙"，也就是不像《狂人日记》那样"逼促"。"讽刺"而"不很显露"，这就是鲁迅追求的"大家的作风"。拿这个标准去衡量《狂人日记》《阿Q正传》，鲁迅就可能觉得不够理想，不够大家作风。这不是对自己的苛刻，而是对艺术的执着和追求。

杂文成分对鲁迅小说构成干扰吗？

在鲁迅心灵中有小说艺术和杂文艺术两根弦，有的时候构成和弦，有时就互相打架。

对于《阿Q正传》，我跟所有推崇《阿Q正传》的人没有分歧。但是《阿Q正传》里面有没有"太逼促"的东西，例如漫画的、杂文的成分，这是可以讨论的。

为了防止误解，我概括一下《阿Q正传》的主要成就。

阿 Q 处在社会的下层，也就是精神等级的下层，这是严峻的现实。如果安于现实，就没有阿 Q 了。阿 Q 不安于现实，但是，要现实改变，哪怕是鸡毛蒜皮的，他只能头破血流。于是就另寻门路，争取精神上的优越。精神优越在现实中也不能实现，就在幻想中，也就是在"变异的感知"中，达到"假定的优越"。在"假定"中从弱势变成强势，把失败从感知中排除，在受辱中享受荣誉，在排斥异端中自慰，在欺凌弱者中自我陶醉。在惨败中营造精神胜利，当然是虚幻的胜利，一般论者认为，这是鲁迅的伟大发明。鲁迅的第二个发明是，这样的精神现象，恰恰是卑微人物的强烈自尊的扭曲，阿 Q 和鲁迅笔下的一切小人物一样。有着最后的自尊。他以"精神胜利法"，以虚幻的自尊来摆脱屈辱，麻痹自己。违反常识地"变异感知"、歪曲现实，成为他精神存活的条件。鲁迅的第三个发明是，把这种病态的自尊在现实中遭受悲惨的失败用喜剧的形式加以淋漓尽致地表现。鲁迅用喜剧逻辑，夸张其荒谬性。在喜剧性的悲剧中，寄寓着深邃的思想批判。就是在这种特殊艺术风格的追求中，鲁迅杂文家的才能不由自主地入侵到了小说当中。有时，两种文体，得到了和谐的统一，有时，则并未达到水乳交融的和谐。为什么呢？因为杂文是可以直接讲出深邃的思想的，而且可以相当夸张地讲。以导致荒谬的逻辑，讲得痛快淋漓。但是，小说，其强点则是从人物的多元感知错位中展开，结论是不能直接表述的。稍稍超越人物的感知系统，就变成了作者的思想表达，两种文体就可能分裂了，不统一了，不和谐了。比如，在写阿 Q 一次获得精神胜利以后。鲁迅这样写："阿 Q 永远是得意的。这或许是中国精神文明冠于全球的一个证据了。"这是满清末期，普遍存在于官僚、文人中的精神的自我麻醉。这样的反讽的概括，不是阿 Q 的感知范围所能及的，而是鲁迅的杂文句式。有时候就产生了争议：在杂文中是深刻而警策，在艺术上却冲击了感知错位的和谐。

阿 Q 受了许多侮辱后碰到小尼姑，不由自主地去把人家的脸摸一下，被小尼姑骂了一顿。阿 Q 就说，"和尚动得，我动不得？"这是完全没有根据的。尼姑就骂他，"断子绝孙的阿 Q"。他（阿 Q）想，"不错，应该有个女人"。断子绝孙是个问题呀，我想这是阿 Q 的感知系统之内的，断子绝孙有什么坏处呢？下面是鲁迅的原文：

> 断子绝孙便没有入供一碗饭，……应该有一个女人。夫"不孝有三无后为大"。

"不孝有三无后为大"，这是很有文化的人才知道的经典语录，鲁迅用来讽刺阿 Q，是鲁迅式的反语，不是变异，不是错位，而是脱位了，脱离了阿 Q 的感觉了。阿 Q 没有这么文雅。下面就更严重了，用了《左传》的一个典故，这句话念起来都很困难：

若敖之鬼馁而，也是一件人生的大衷，所以他那思想，其实是样样合于圣贤传的。只可惜后来有些"不能收其放心"了。

"若敖之鬼馁而"，是《左传》里的典故，就是说，人死了，没有人供饭呀，就像若敖一样做鬼也饿死了。这句今天连我要彻底弄懂都要查注释，阿 Q 会有这样文雅的语言吗？至于"样样合于圣贤传的"，"不能收其放心"，这绝对是在阿 Q 想象之外的。这是杂文的文言风格的反语，不对中国古典文献相当熟悉是不可能说得出的。而且由此，鲁迅还代阿 Q 想下去，"即此一端，我们便可以知道女人是害人的东西。"下面原文是：

> 中国的男人，本来大半都可以做圣贤，可惜全被女人毁掉了。商是妲己闹亡的；周是褒姒弄坏的；秦……虽然史无明文，

我们也假定他因为女人，大约未必十分错；而董卓可是的确给貂蝉害死了。

这是杂文，这不是小说呀！阿Q的感觉，再变异，再错位，也不至于错到这种程度，这就是过火地放纵了杂文的议论，破坏了小说的感知结构了。

这种倾向在阿Q之死的描述中就更为严重了。鲁迅写阿Q画押。画了个圆圈。因为他不会写字。"阿Q要画圆圈了，那手捏着笔却只是抖。于是那人替他将纸铺在地上，阿Q伏下去，使尽了平生的力气画圆圈。他生怕被人笑话，立志要画得圆，但这可恶的笔不但很沉重，并且不听话，刚刚一抖一抖的几乎要合缝，却又向外一耸，画成瓜子模样了。"阿Q不知道这画了圆圈就算招供，招供了就被定罪，就要被枪毙的"干活"。而阿Q却为画不圆而羞愧，这种感知变异，这里有错位，有喜剧性，的的确确是小说。接着，他发现人家并不计较他画得圆不圆，把他推进了监牢的栏杆里边。到此为止，强调阿Q的麻木，喜剧性风格中带着一种杂文的讽刺和幽默，二者还是和谐的，不算过火。下面的你们再听听，阿Q进了监牢，他的感觉是：

> 倒也并不十分懊恼。他以为人生天地之间，大约本来有时要抓进抓出，有时要在纸上画圆圈。

这写得是不是有点过火了，什么过火？讽刺、夸张过火。杂文风格过火。因为杂文的作者是鲁迅，而画圆圈的感觉，却只能是阿Q：

> 惟有圈而不圆。却是他"行状"上的一个污点。

即使麻木，即使变异，错位，也不能错到这么有书面语言文化的程度，对自己的人生有这样的反思能力，就不是阿Q了。下面就写，他感觉到要杀头了"他突然觉到了：这岂不是去杀头么？他一急，两眼发黑。耳朵里喤的一声，似乎发昏了。然而他又没有全发昏，有时虽然着急，有时却也泰然"。这是阿Q的感觉。但是，他意思之间，似乎觉得人生天地间，大约本来有时也未免要杀头的。

这是明显的过火，一个人到这个时候，知道自己要杀头，居然能有这样的感觉"人生天地间，大约本来有时也未免要杀头的"，对于死亡，这么无所谓呀！对于一个像阿Q这样，基本上是凭本能生存的人物，怎么可能？杂文家的反讽和小说家的心理探索的矛盾，就在这里。杂文家的才能始终强大，而小说家的才能时强时弱，一不小心就失去平衡。

鲁迅作为一个伟大的艺术家完全有自由，写悲剧命运而用喜剧的荒谬来展示人的麻木的劣根性。但是在死亡面前这么无所谓，其可信度是要受到质疑的。第一个质疑这个的是何其芳先生。当时在1956年，他写过一篇《论阿Q》，表示了他的怀疑。不过只是点了一句：只是在阿Q上刑场，写他（阿Q）的麻木，把"文人的玩世不恭、游戏人间"写到了阿Q的头上。他说，自己读来感到"不安"。

从这里，我是不是可以作出这样一个假定，《阿Q正传》不得鲁迅特别青睐，原因可能是，有时候写得太游戏化了，太杂文化了。可是鲁迅写阿Q的死亡是比较讨巧的。说得不客气一点是比较滑头的。"耳朵里嗡的一声，觉得全身仿佛微尘似的迸散了。"但是阿Q死了之后人们的反应鲁迅写得比较精彩。孔乙己死了之后没人哭，祥林嫂死了以后没人哭，但阿Q死了以后有人哭了，当然不是吴妈哭，是举人老爷全家号啕大哭，但不是为阿Q。为什么呢？因为他们家被偷了，把阿 Q 枪毙了，没处追赃呀，金钱损失无法弥补呀。赵府上也全家号啕大哭。为什么呀？秀才因为上城去报官。被革命党剪了辫子。又破费了二十千的赏钱。阿 Q 枪毙了，辫子并不能因而长出来，赏钱也不能赚回来呀。

这是小说人物的感知变异的错位和杂文的笔法的统一。

更精彩的是未庄的舆论。阿 Q 死了以后人们怎么评论呀？鲁迅写道：

> 至于舆论，在未庄是无异议。自然都说阿 Q 坏，被枪毙便是他的坏的证据：不坏又何至于被枪毙呢？而城里的舆论却不佳。他们多半不满足，以为枪毙并无杀头这般好看：而且那是怎样的一个可笑的死囚啊，游了那么久的街，竟没有唱一句戏：他们白跟一趟了。

这是荒谬的喜剧性的，带有杂文的讽刺性，又是多元错位的感知变异。这是鲁迅伟大的杂文才能和伟大的小说才能的结合，表现的是悲剧性的可笑啊，喜剧性的悲凉呀！我们说契诃夫写小人物的悲剧是含泪的微笑，鲁迅的阿 Q，是叫你痛苦地笑，笑得好绝望。

所以说，我感觉到鲁迅作为一个杂文家和小说家，都是很了不得的，以至于我们现在还找不到这样一个人。但鲁迅的两种才华的发展（成熟的）速度不一样，杂文家的才华发展速度非常快，一下子就成熟了。在五四运动初期就成熟了。而小说家的艺术才华成熟得慢。经过探索，经过突破，经过变革，经过挫折，成熟得慢，过程非常出曲折。

此文据作者在东南大学的演讲整理。

孙绍振学术年谱

1987 年

《文学创作论》，春风文艺出版社，1987 年出版。

《论变异》，花城出版社，1987 年出版。

1988 年

《美的结构》，人民文学出版社，1988 年出版。

1991 年

《你会幽默吗?》，香港镜报出版社，1991 年出版。

1992 年

《怎样写小说》，海峡文艺出版社，1992 年出版。

1994 年

《孙绍振如是说》，香港三联书店，1994 年出版。

1998 年

《当代中国文学的艺术探险》，福建教育出版社，1998 年出版。

《幽默逻辑揭秘》，福建人民出版社，1998 年出版。

《幽默学全书》，海峡文艺出版社，1998 年出版。

2000 年

《审美价值结构与情感逻辑》，华中师范大学出版社，2000 年出版。

2001 年

《挑剔文坛》，福建人民出版社，2001 年出版。

2002 年

《孙绍振幽默文集》（三卷本），广东旅游出版社，2002 年出版。

2003 年

《直谏中学语文教学》，南方日报出版社，2003 年出版。

2005 年

《对话语文》（与钱理群合著），福建人民出版社，2005 年出版。

2006 年

《名作细读——微观分析个案研究》，上海教育出版社，2006 年出版，2009 年修订。

2007 年

《孙绍振如是解读作品》，福建教育出版社，2007 年出版。

《回顾一次写作》（与谢冕、孙玉石、洪子诚、刘登翰、殷晋培合著），北京大学出版社，2007 年出版。

2008 年

《漫话幽默谈吐》，首都经济贸易大学出版社，2008 年出版。

2009 年

《演说经典之美》，福建教育出版社，2009 年出版。

《新的美学原则在崛起》，语文出版社，2009 年出版。

《幽默心理和幽默逻辑》，首都经济贸易大学出版社，2009 年出版。

《孙绍振文集》（八卷），韩国学术情报出版社，2009 年出版。

2010 年

《解读语文》（与钱理群、王富仁合著），福建人民出版社，2010 年出版。

《如何读名作·诗歌散文篇》，香港商务印书馆，2010 年出版。

《如何读名作·小说篇》，香港商务印书馆，2010 年出版。

2012 年

《月迷津渡——古典诗词个案微观分析》，上海教育出版社，2012 年出版，2015 年修订版。

《批判与探寻：文本中心的突围和建构》，山东教育出版社，2012 年出版。

《玉泉书屋审美沉思录》，凤凰出版社，2012 年出版。

2013 年

《审美阅读十五讲》，北京大学出版社，2013 年出版。

《榕荫问月：审智之美》，北京师范大学出版社，2013 年出版。

2015 年

《新的美学原则在东方崛起》，福建人民出版社，2015 年出版。

《孙绍振解读经典散文》，中华书局，2015 年出版。

《文学的坚守与理论的突围》，人民出版社，2015 年出版。

《文学文本解读学》（与孙彦君合著），北京大学出版社，2015 年出版。

2016 年

《解读经典小说》，上海教育出版社，2016 年出版。

2017 年

《演说〈红楼〉〈三国〉〈雷雨〉之魅》，福建教育出版社，2017 年出版。

中国现代文艺学大家文库

《中国文论的民族特色——徐中玉文艺学文选》

《论"文学是人学"——钱谷融文艺论文选》

《清园谈艺录——王元化文艺学文选》

《现代性与当代文学理论——钱中文文艺学文选》

《中国诗学的春天——李衍柱文艺学文选》

《文学的真谛——王元骧文艺学文选》

《在历史与当代交集点上——陈伯海文艺学文选》

《文艺学宏观阐释——陆贵山文艺学文选》

《与西方文论的平等对话和争鸣——孙绍振文艺学文选》

《走向文化诗学——童庆炳文艺学文选》